DIENSTAG

E. L. TODD

Dienstag

1

ZWEI JAHRE SPÄTER

Francesca

Wie jeden Morgen war es chaotisch.

Mitarbeiter bereiteten auf der einen Seite der Bäckerei Frühstück und Mittagessen zu, wo sich eine lange Schlange durch das Geschäft wand und sich Richtung Tür bewegte. Jeder Tisch war mit Kunden besetzt, und wenn endlich einer frei geworden war, schnappte ihn sich jemand, bevor die Kellner dort ankamen. Die Schlange bei den Backwaren war genauso lang. Wir hatten die Musik im Shop ausgemacht, denn es war so laut, dass man sowieso nichts hören konnte.

Ich war in der Kuchenküche und sah mir ein neues Design für eine Hochzeitstorte an. Es war eine ungewöhnliche Kreation, aber sie hatte auch eine ganz besondere Bedeutung für das Paar. Ich war offen für alles, und da es ihr ganz besonderer Tag war, würde ich alles mir Mögliche tun, um ihre Wünsche zu erfüllen.

„Frankie." Liz kam von vorne. Ihr schwarzes T-Shirt war mit Mehl verkrustet und ein Schimmer von Schweiß stand auf ihrer Stirn.

„Was ist los?" Ich blickte nicht von meinem Ordner auf.

„So ein Typ will eine große Cateringbestellung aufgeben. Er sagt, es ist für eine Konferenz. Und er wollte, dass ich dir sage, dass er Matt sei."

Matt war durch seine vielen Besuche in der Bäckerei schon ein wohlbekannter Kunde. Er war bei der Eröffnung mein erster Kunde, und er kam immer noch zweimal in der Woche her. „Bin in einer Sekunde da."

„Okay." Liz kehrte zu dem Chaos zurück.

Nachdem ich mein Notizbuch weggepackt hatte, eilte ich nach vorne. Je näher ich kam, desto lauter wurde es. Der Lärmpegel war fast an seiner Spitze. Wenn ich morgens hier war, war es totenstill — aber es fühlte sich irgendwie nicht richtig an.

Matts Augen leuchteten, als er mich sah. „Stressiger Tag, nicht wahr?"

„Es ist immer viel los." Ich warf ihm ein schnelles Lächeln zu und nickte dann nach hinten. „Möchtest du in meinem Konferenzraum mit mir reden?"

„Was?" Er beugte sich vor, als ob er mich nicht gehört hätte. Es war unmöglich, sich an diesem Ort zu unterhalten.

Ich winkte ihn nach hinten und wir gingen die Treppe hinauf, bis wir den Flur erreichten, dann betraten wir den Konferenzraum.

„Endlich kann ich meine eigenen Gedanken wieder hören." Er ging mit einer Hand in die Tasche seines Anzugs. Eine glänzende Uhr war an seinem Handgelenk, und er roch nach Hugo Boss.

„Manchmal trage ich Ohrstöpsel."

Er lachte. „Gute Idee."

Wir setzten uns an den Tisch und ich zog das Cateringmenü hervor. „Was hast du dir vorgestellt?"

„Nun, es ist für ein Wohltätigkeitsbankett."

Ich mochte nicht, wie sich das anhörte. „Wie viele Personen?"

Er zuckte etwas, als ob er wüsste, dass ich die Zahl nicht hören wollte. „Sechshundert."

Ich schüttelte langsam meinen Kopf. „Das sind eine Menge Leute, Matt."

„Ich weiß. Aber dein Personal ist unglaublich. Sie werden sich dafür sicher richtig ins Zeug legen."

Ich lächelte ihm sanft zu. „Ich weiß das Kompliment zu schätzen. Aber ... ich bin mir nicht sicher, ob ich genügend Leute dafür habe, und gleichzeitig noch die Lieferungen der Bäckerei erledigen kann."

„Was hältst du davon, wenn ich das Doppelte bezahle?"

Das ist nicht, worauf ich hinaus wollte. „Nein, das will ich nicht."

Er beugte sich über den Tisch, sein hübsches Gesicht war fast kindlich, als er mich anbettelte. „Komm schon, Francesca. Hilf mir dabei."

Ich seufzte, weil ich wusste, dass ich es bedauern würde. „Okay."

Er lächelte, was seine schönen Wangenknochen und geraden Zähne hervorhob. „Vielen Dank, ich weiß das wirklich zu schätzen."

Ich setzte den Stift auf das Papier und notierte seine Bestellung. Ich musste auf jeden Fall alle meine Mitarbeiter die Nacht durcharbeiten lassen, um diesen Job zu erledigen. Mein Geschäft war so sehr gewachsen, dass ich ernsthaft in Erwägung gezogen hatte, mich zu vergrößern oder einen weiteren Shop zu eröffnen.

„Hast du schon Pläne für Samstag?"

„Ich arbeite." Ich zeigte ihm meine Notizen. „Und ich werde *den ganzen Tag* arbeiten."

„Aber was ist mit dem Abend?" Matt war ein netter Kerl. Er war höflich und aufmerksam, und er war gut aussehend. Er hatte mich schon ein paar Mal diskret eingeladen, und wenn ich nein sagte, ließ er davon ab — für eine Weile.

„Ich werde sehr erschöpft sein.“ Ich versuchte, ihn sanft davon abzubringen. Manchmal, fragte ich mich, ob er meine Bäckerei so sehr liebte oder ob es nur ein Vorwand war, um mit mir zu reden.

Ein Ausdruck von Enttäuschung blitzte kurz in seinen Augen auf und verschwand gleich wieder. „Du hast recht. Ich bezweifle, dass du noch stehen kannst, wenn du damit fertig bist.“ Er gab mir ein Lächeln, das sagte, dass er keine negativen Gefühle hegte.

„Nun, wir sehen uns. Ich sollte zurück an die Arbeit gehen.“ Ich stand vom Tisch auf, die Bestellung hielt ich noch in der Hand.

„Ich auch, wenn ich zu lange hier bleibe, werde ich etwas essen, was ich nicht sollte.“ Seine Hand bewegte sich zu seinem Bauch.

„Als ob du dir wegen so etwas Gedanken machen müsstest …“

Wir gingen nach unten und zurück ins Getümmel der Menge.

„Wir sehen uns später, Matt.“

„Bye, Francesca.“ Er warf mir ein kurzes Zwinkern zu bevor er hinaus und zurück zur Arbeit ging.

Ich wühlte mich durch die Menge und zurück hinter die Theke.

„Frankie?“ Liz war wieder an meiner Seite.

„Was ist los?“

„Marie ist hier, um dich zu sehen.“

Mein Herz pochte in meiner Brust und ich wurde von Aufregung erfüllt. „Wo ist sie?“

„Ich habe sie in die Kuchenküche geschickt. War nicht sicher, wo ich sie sonst lassen sollte.“

„Vielen Dank." Ich wand mich schnell durch die Mitarbeiter in der Küche und ging nach hinten.

Marie war dort und ging auf und ab, als ob sie nicht stillstehen könnte. Sie trug einen schwarzen Bleistiftrock und eine rosa Bluse. Ihr blondes Haar reichte bis über ihre Schultern. Meine Augen wanderten sofort zu ihrem linken Ringfinger.

Als sie mich bemerkte, schrie sie fast auf. „Frankie?" Sie hielt ihre linke Hand hoch. „Sieh mal wer heiraten wird!"

„Oh mein Gott", schrie ich und umarmte sie dann fest. „Gratuliere. Ich freue mich so für dich."

„Es war so romantisch. Es war direkt am Strand."

Ich griff ihre linke Hand und betrachtete den Ring, obwohl ich ihn schon gesehen hatte. „Er ist wunderschön. Er hat gute Arbeit geleistet."

„Wir werden nun Schwestern — ganz offiziell."

„Ich weiß, es ist toll ..." Ich drückte ihre Schulter. „Ihr beiden passt perfekt zueinander. Ich bin so glücklich."

Ein Verdacht überzog ihren Blick. „Du wusstest das schon, nicht wahr?"

„Denkst du, Axel würde mir so etwas nicht sagen?", fragte ich ungläubig „Ich habe ihm geholfen, den Ring auszusuchen."

„Kein Wunder, dass er so perfekt ist", sagte sie mit einem Lachen. „Ich kann nicht glauben, dass du es geschafft hast, das geheim zu halten."

„Ich habe immer versucht, nicht daran zu denken."

Sie begutachtete ihren Ring voller Zuneigung. „Er hat mich völlig überrascht. Ich drehte mich nur um und da war er auf seinem Knie im Sand. Ich habe geweint ..."

Axel hatte mich auch überrumpelt. Ich hatte keine Ahnung, dass er romantisch sein konnte. „Das ist sehr süß."

„Ich kann nicht glauben, dass mein Tag endlich gekommen ist!", schrie sie mitten in der Küche.

Großes Glück erfüllte mein Herz. Marie verdiente nur das

Beste. Als sie und Axel herumzualbern begannen, hätte ich nie erwartet, dass es irgendwohin führen würde. Ich dachte, er würde ihr nur das Herz brechen und sie dann verlassen. Aber ich hatte mich geirrt — zum Glück.

„Wirst du meine Trauzeugin sein?" Sie drückte meine Hand.

„Ist es wirklich nötig, das zu fragen?", sagte ich sarkastisch. „Das werde ich besser sein. Sonst müsste ich dir in den Arsch treten."

Sie kicherte. „Großartig. Ich habe mir überlegt, das wir eine Verlobungsparty haben sollten."

„Das ist eine gute Idee. Ich werde sie für dieses Wochenende vorbereiten."

Ihre Augen hellten auf vor Ehrfurcht. „Wow, du bist schon eine tolle Trauzeugin."

Ich zuckte mit den Schultern. „Ich versuche es."

Sie spürte den Ring an ihrem Finger und wurde ernst. Die Aura im Raum verdunkelte sich spürbar und all die Freude, die vorher in ihren Wangen stand, verschwand. Ich fühlte, wie die Kälte meinen Körper durchdrang, mich frieren ließ. „Da ist noch etwas, worüber wir sprechen müssen ..."

Ich wusste genau, worauf sich das bezog. „Marie, ich weiß, dass er da sein wird und es stört mich nicht im geringsten."

Erleichterung war in ihr Augen zu sehen. „Axel wollte ihn bitten, sein Trauzeuge zu sein, aber wenn es dir zu unangenehm ist, lassen wir das. Wir würden dir so etwas nie antun."

Ich hatte in den letzten zwei Jahren nichts von Hawke gesehen oder gehört. Die Trennung hatte mir stark zugesetzt und ich verbrachte drei Monate nur damit, zu versuchen, darüber hinwegzukommen. Es war so, als ob mir jemand eine Lunge herausgerissen hätte, und ich gezwungen war, ohne sie zu überleben. Ich verbrachte die meisten Tage mit Weinen und im Bett liegen. Es gelang mir, meinen Kurs abzuschließen, weil Marie meine ganze Arbeit erledigt hatte. Sie beide hatten mich das Schlimmste durchmachen sehen, und ihr Mitgefühl entsprach dem. „Mir geht es gut, Marie. Es ist dein Tag, und du solltest dir über nichts anderes Gedanken machen, als dich selbst."

„Halt die Klappe", sagte sie. „Mein Tag ist auch für dich. Ich möchte, dass du dich wohlfühlst."

Nach den ersten sechs Monaten des Getrenntseins war es einfacher geworden. Ich konnte mich endlich auf die Eröffnung meiner Bäckerei konzentrieren und auch darauf, mit meinem Leben weiterzumachen. Ich war immer noch wütend auf Hawke, aber schließlich kam ich darüber hinweg. Ich hatte nun eine lange Zeit an einem glücklichen Ort verbracht. Es störte mich zumindest nicht mehr, ihn zu sehen. Wenn er weitermachen und mich vergessen konnte, konnte ich das Gleiche tun. „Es könnte mir nicht weniger egal sein, dass er dort sein wird. Er ist jetzt nur noch wie jede andere Person für mich."

„Aber Axel und ich wissen, was du für ihn gefühlt hast ..."

„Es ist zwei Jahre her, Marie. Ich habe andere Typen gedatet und bin über ihn hinweg. Im Ernst, es wird mir gut gehen."

Sie schien immer noch unsicher zu sein. „Er muss bei der Hochzeit nämlich überhaupt keine Rolle spielen. Er kann auch nur ein Gast sein."

Um ihm diese Genugtuung zu geben? „Nein, zur Hölle noch mal. Axel hat ihn auf die Liste gesetzt, er ist sein bester Freund. Er gehört dazu."

„Vielleicht solltest du dir ein paar Tage Zeit nehmen, darüber nachzudenken ..."

Ich stemmte meine Hände in die Hüften und starrte sie an. „Marie, wenn ich nicht damit umgehen könnte, würde ich es dir direkt sagen. Ich — "

„Nein, würdest du nicht."

Okay, würde ich nicht. „Mir geht es wirklich gut. Ich vermisse ihn nicht und ich denke nie an ihn. Warum würde ich jemandem hinterher trauern, der einfach seinen Scheiß zusammenpackt und sich aus dem Staub macht? Warum sollte ich über so einen Scheißkerl nachdenken? Ich dachte, dass das, was wir hatten, wahr und real war, aber das war es offensichtlich nicht. „in Ich hatte genug Zeit, ihn zu vergessen und weiterzumachen. Wie du weißt, habe ich da jetzt eine Sache mit Kyle laufen."

„Du meinst den Callboy?"

„Was auch immer. Mein Punkt ist, ich blase nicht Trübsal. Ich habe schon über ein Jahr keine Trübsal mehr geblasen."

Jetzt schien Marie etwas überzeugter zu sein.

„Das ist wirlich kein Problem für mich. Ehrlich. Lass uns jetzt aufhören von irgendeinem Kerl, den ich vor zwei Jahren gedatet habe, zu reden und lass uns deine Hochzeit planen."

Endlich entspannte sie sich und die Sorge verschwand aus ihren Augen. „Lass uns das tun."

Ich hatte sofort angefangen, die Verlobungsfeier zu planen, weil ich nur ein paar Tage Zeit hatte, um alles zu organisieren. Glücklicherweise erlaubte mir Matt, die Dachterrasse auf seinem Gebäude für die Party zu benutzen. Es war schön dort oben, und man hatte einen Blick auf die ganze Stadt. Und es war sauber. Ich hängte ein paar Lichter auf und mietete Tische und Stühle. Und nur dieses eine Mal bestellte ich das Essen woanders und machte es nicht selbst. Nur den Kuchen machte ich selbst.

Kyle kam für ein bisschen Action zu mir, und sobald wir fertig waren, ging ich wieder an die Arbeit. Ich machte die Einladungen fertig und gab ihnen den letzten Schliff. „Du hast einen sexy Mann in deinem Bett und ignorierst ihn."

Ich verdrehte meine Augen. „Wir hatten Sex, nicht wahr?"

„Aber wir haben normalerweise zweimal Sex.“ Er setzte sich mit mir auf, die Decke um seine Taille gewickelt.

„Ich gebe dir mehr Zeit zum Erholen.“

„Baby, ich brauche nicht mehr Zeit.“ Er zog die Decke herunter und entblößte sich.

Ich verdrehte meine Augen wieder. „Wie kann ich dazu nein sagen?“ Ich fuhr mit dem Adressieren der Umschläge fort.

Er seufzte, dann legte er sich am Fuße des Bettes neben mich. „An was arbeitest du gerade, so ganz nebenbei?“

„Meine beste Freundin heiratet und ich organisiere ihre Verlobungsfeier.“

„Hört sich langweilig an.“

„Es wird toll.“ Ich stapelte die fertigen Umschläge auf einem Haufen neben mir.

„Nimmst du mich als dein Date mit?“

„Nein“, platzte ich heraus.

„Dann nimmst du jemand anderen mit?“

„Nein. Ich gehe allein.“

„Das ist ziemlich arm.“

Hawke würde wahrscheinlich ein Date mitbringen, aber das war mir egal. Und ich würde niemanden mitnehmen, nur um so zu tun, als ob ich komplett über ihn hinweg sei. Ich war über ihn hinweg und das musste ich niemandem beweisen. Es machte mir nicht genug aus, um deswegen Spiele zu spielen. Das zeigte Selbstvertrauen. „Ich brauche keinen Mann an meinem Arm, um mich sicher zu fühlen.“

Er zeigte mir dieses Grinsen, das mich schon gleich zu Anfang zu ihm hingezogen hat. „Das ist sexy.“

„Sage ich doch.“

„Aber ich denke, dass du mich trotzdem mitnehmen solltest.“

„Wegen der Damen?“ *Warum sonst würde Kyle mitgehen wollen?*

Seine Augenbrauen runzelten sich vor Verwirrung. „Nein ... wegen des kostenlosen Essens. Du backst einen Kuchen für sie, richtig?“

„Natürlich.“

„Nur das interessiert mich.“

Ich fuhr fort, die Einladungen fertigzumachen. „Ich bringe dir ein Stück mit.“

Er drehte seinen Körper so, dass er näher bei mir war. Die Decke bedeckte ihn nicht mehr. „Nenne mir einen guten Grund, warum du mich nicht mitnehmen willst.“

„Weil ich das nicht will.“ Er war heute schrecklich aufdringlich. „Ist das Grund genug?“

„Oh ...“ Er nickte mit dem Kopf, als hätte er verstanden. „Planst du, jemanden abzuschleppen?“ In seiner Stimme hörte ich einen stichelnden Ton, doch in seinen Augen schimmerte Enttäuschung.

Ich dachte sofort an Hawke. „Auf keinen Fall.“

„Dann solltest du mich mitnehmen.“

„Warum bist du deshalb so aufdringlich?“ Ich legte die Einladungen nieder und sah ihm in die Augen.

„Weil ich gerne Zeit mit dir verbringe.“ Er hielt meinen Blick und blinzelte nicht. „Und deine beste Freundin heiratet. Ich bin mir sicher, dass dich das dich aus der Bahn wirft.“

„Was? Warum würde mich so etwas aus der Bahn werfen?“

„Weil du nicht diejenige bist, die heiratet ...“

Ich verdrehte meine Augen. „So bin ich nicht. Ich freue mich wirklich für sie und es macht mir gar nicht aus, dass ich nicht in der gleichen Situation bin wie sie. Irgendwann kommt mein Tag und egal, in welcher Situation sie dann ist, sie wird sich genauso für mich freuen.“

„Nun, wäre es nicht besser, mich als Gesellschaft zu haben, anstatt allein da zu sitzen?“

Ich stand auf und packte seine Kleider zusammen. „Du solltest gehen." Ich warf ihm seine Jeans zu.

„Whoa, was zum Teufel?" Er setzte sich auf und hob verwirrt die Arme.

„Wir hatten uns auf ein bedeutungsloses Techtelmechtel geeinigt und jetzt versuchst du, das zu ändern. Ich habe dir gesagt, dass ich nicht nach mehr suche."

„Ich auch nicht." Er stand auf und zog seine Boxershorts an.

„Warum willst du dann unbedingt mitkommen?"

„Ich weiß nicht", schnauzte er. „Weil wir Freunde sind. Wir können auch andere Dinge machen, als nur zu bumsen."

„Aber ich will nichts Anderes machen." Ich hatte das klargestellt und deshalb fühlte ich mich nicht schlecht, obwohl ich so kalt klang.

„Was zur Hölle ist mit dir passiert?", fragte er.

„Was soll das nun wieder heißen?"

„Du bist total hart, wie eine Betonmauer. Ich gebe zu, dass ich nicht viel von Emotionen und Anhänglichkeit halte, aber du bist schlimmer als alle Mädels, die ich je getroffen habe. Wann hattest du das letzte Mal eine Beziehung?"

Hawke. „Vor zwei Jahren."

„Und seitdem bist du Single?"

„Was ist daran falsch?"

„Es ist eben einfach … das ist eine lange Zeit, um Single zu sein."

„Vielleicht bin ich gerne Single."

Er schüttelte den Kopf. „Kein Mädchen ist gerne Single."

Ich warf ihm das Hemd zu. „Geh einfach. Das wird mir zu kompliziert."

„Was ist mit diesem Kerl vor zwei Jahren passiert?"

„Was denkst du denn?", sagte ich sarkastisch. „Dass wir noch zusammen sind?"

„Wie ging es aus?"

Ich hatte nie an Hawke gedacht, deshalb war es seltsam, über ihn zu sprechen. „Er hat mich verlassen. Er hat seine Sachen gepackt und ist einfach gegangen."

„Und das war es?", fragte er. „Keine Erklärung?"

Ich wollte nicht darauf eingehen. „Nein."

Er setzte sich wieder auf das Bett und senkte seinen Kopf. „Das ist hart, Frankie."

„Ich bin darüber hinweg", sagte ich abweisend. „Es ist schon lange her …"

„Wenn du darüber weg bist, warum bist du dann immer noch so verschlossen?"

„Vielleicht habe ich einfach noch nicht den richtigen Kerl gefunden. Ich bin sehr wählerisch. Ich habe zweiundzwanzig Jahre gebraucht, um ihn zu finden, deshalb bin ich mir sicher, dass ich noch mal die gleiche Zeit brauche, um den Nächsten zu finden."

Er zog meinen Blick auf sich, als er sprach. „Vielleicht musst du auch nur ein bisschen zielbewusster Ausschau halten." Stille erfüllte das Zimmer und dennoch sagte er nur mit seinem Blick so viel. Dann packte er sein Hemd und zog es über den Kopf.

Kyle und ich hatten seit Monaten herumgemacht. Es fing leer und bedeutungslos an, aber das war genau so, wie ich es mochte. Wenn Kyle meine Wohnung verließ, fragte ich mich nie, was er tat. Es war mir nicht wichtig genug, um darüber nachzudenken. Aber jetzt hatten sich die Dinge geändert. Es schien es so, als wolle er mehr als nur Sex, wie zum Beispiel ins Kino gehen oder Baseball zu spielen. „Du solltest gehen."

„Ja, das sollte ich wirklich." Er zog seine Jeans an und nahm dann sein Handy vom Nachttisch. „Viel Spaß bei deiner Party."

„Werde ich haben."

Er warf mir einen kalten Blick zu, bevor er durch die Haustür ging und sie dann zuschlug.

Ich seufzte und wandte mich dann wieder den Einladungen zu. Die nächste Person auf der Liste war Hawke. Sein Name und seine Adresse waren in den Notizen, die Marie mir gegeben hatte. Ich sah erst seinen Namen und dann seinen Standort an. Er hatte eine Wohnung an der Park Avenue. Es musste ihm wohl wirklich gut gehen. Ich fragte mich, wo er arbeitete und ob er glücklich war.

Ich fragte mich, ob er jemals auch über mich nachdachte.

Axel kam herein, er trug einen Designeranzug und eine Krawatte. Er hatte unbeabsichtigt Karriere gemacht und stank nach neuem Geld. „Hey, Schwester."

„Schau mal, wer da ist." Ich kam aus der Küche und umarmte ihn. Wir berührten uns nur selten, aber ich fand, dass ich mal eine Ausnahme machen könnte. „Gratuliere."

„Vielen Dank. Sie hat geweint, als ich ihr den Antrag gemacht habe." Er wischte sich über die Schulter. „Weil ich wahnsinnig romantisch bin ..."

Ich verdrehte meine Augen. „Wer hätte schon gedacht, dass du jemals heiraten würdest."

Er zuckte mit den Schultern. „Ich bin genauso überrascht. Aber sie ist die Eine, Mann."

„Mann?"

„Tut mir leid, manchmal vergesse ich, dass du ein Mädchen bist."

Ich reichte ihm ein Bier. „Ich glaube, meine Brüste sind offensichtlich

genug."

„Davon weiß ich nichts. Dort schaue ich niemals hin." Er setzte sich auf die Couch und lockerte seine Krawatte. „Was gibt es bei dir Neues?"

Ich setzte mich neben ihn. „Die Einladungen sind versendet und alles ist vorbereitet. Es wird eine schöne Party."

„Fantastisch." Er setzte sein Bier ab und trank nicht weiter.

Ich wusste, was nun kommen würde.

„Marie hat mir gesagt, dass es für dich in Ordnung ist, dass Hawke mein Trauzeuge ist."

Ehrlich? Konnten wir nicht einfach weitermachen?

„Aber ich wollte auf Nummer sichergehen, bevor ich ihn frage."

„Du machst da mehr draus, als notwendig", schnauzte ich. „Ja, wir sind ein paar Monate lang ausgegangen, aber wir haben uns getrennt. Paare trennen sich dauernd. Wir werden gut zurechtkommen."

Axel starrte mich mit einem Blick an, den ich nicht sehr oft sah. Er war von Traurigkeit erfüllt — und von Mitleid. „Er war nicht einfach nur ein Freund für dich. Ich war dabei, Frankie. Was auch immer ihr hattet ... es war besonders."

Das dachte ich auch. Aber das tat ich nicht mehr. „Aber es ist schon zwei Jahre her, Axel. Es hat sich viel verändert. Ich bin sehr glücklich damit, wo ich in meinem Leben bin. Ich denke nicht mehr an ihn. Ich habe lange nicht mehr über ihn nachgedacht." Seit wir uns getrennt hatten, hatte ich nie nach Hawke gefragt. Ich hatte seinen Namen nie erwähnt. Und auch Marie und Axel hatten ihn niemals angesprochen. Ich wusste, dass sie Zeit mit ihm verbrachten, aber sie hatten es nie erwähnt.

„Warum hast du dann seitdem keinen Freund gehabt?"

„Das geht dich nichts an", schnauzte ich.

„Reagiere nicht so abwehrend."

„Ich bin super wählerisch. Ich gebe mich nicht leicht zufrieden. Du kennst mich."

„Dies ist New York City. Du hättest schon längst jemanden finden müssen."

Hieß das, dass Hawke schon jemanden gefunden hatte? War

er in einer Beziehung? Ich schob den Gedanken beiseite, weil es egal war. „Sag mir nicht, wo ich im Leben sein sollte. Ich bin sehr froh darüber, dass du und Marie glücklich seid, aber das bedeutet nicht, dass etwas mit mir nicht stimmt, weil ich das noch nicht gefunden habe."

Er nahm es zurück. „Du hast recht. Ich will das einfach nicht machen, wenn es dir unangenehm ist. Er ist mein bester Freund, aber du bist meine Schwester. Du hast Priorität."

Wann würden die Leute endlich anfangen, zu glauben, dass ich mich nicht mehr um Hawke scherte? „Frag ihn, Axel. Er ist schon lange ein guter Freund von dir. Er verdient es, dein Trauzeuge zu sein."

Seine Augen zeigten, dass er noch immer zögerte

„Warum glaubst du mir nicht? Wann habe ich dir jemals den Eindruck gegeben, dass ich nicht über ihn weg wäre?"

„Hast du nicht. Ich erinnere mich nur nicht an alles."

„Das ist Vergangenheit, Axel. Die Zeit, die Hawke und ich zusammen hatten, war großartig, aber es ist schon lange vorbei. Ich habe weitergemacht und er auch. Du musst es nur akzeptieren."

Er seufzte. „Sieht so aus. Es ist nur ... dass du seitdem nicht darüber gesprochen hast. Wird es problematisch?"

„Nun, es wird nicht angenehm, aber auch nicht schrecklich. Und mach dir keine Sorgen um Hawke und mich. Es ist dein Hochzeitstag. Er und ich können unsere Differenzen für einen Tag beiseitelegen."

„In der Zwischenzeit gibt es noch eine Menge ", sagte er. „Planung, Partys und so ein Scheiß."

„Nun, das schaffen wir auch noch. Hör auf, so ein Drama daraus zu machen."

Er lachte. „Ich möchte nur sichergehen, dass alles in Ordnung ist."

„Mach dir keine Sorgen um uns. Ernsthaft."

„Okay.“ Endlich entspannte er sich ein wenig. „Ich werde ihn fragen. Das ist deine letzte Chance.“

Ich hielt seinem Blick stand und versuchte nicht eingeschüchtert zu schauen.

Er stand auf. „Okay. Es gibt kein Zurück mehr.“

„Gut. Was zwischen uns passiert ist, ist irrelevant. Er ist ein guter Freund von dir und er war immer für dich da. Es würde sich nicht richtig anfühlen, wenn du jemand anderen fragen würdest.“ Obwohl ich Hawke am liebsten überhaupt nicht sehen würde, waren mein Bruder und Marie dennoch wichtiger für mich. Sie verdienten es, einen besonderen Tag mit all denen zu haben, die ihnen nahe standen. Alles andere war nicht wichtig.

Er tätschelte meine Hand. „Du bist eine gute Schwester. Ich weiß, dass ich dich viel necke und dir sage, dass ich dich hasse, aber … du bist ziemlich cool.“

„Ich bin cool.“

„Okay … jetzt bist du nur eingebildet.“

„Nein, ich nehme nur dein Kompliment an. Und es war ein sehr schönes Kompliment.“ Ich tätschelte ihm auch die Hand.

Er lächelte mich kurz an. „Danke für alles, was du für Marie tust. Ich weiß das wirklich zu schätzen.“

„Sie ist meine beste Freundin. Sie verdient nur das Beste.“

„Das tut sie wirklich.“

„Und danke, dass du kein Arschloch bist.“

Er lachte. „Ich bin ein Arschloch … manchmal. Aber ich bin mir ziemlich sicher, dass sie das mag.“

2

DIE VERLOBUNGSFEIER

Francesca

ALLES WAR PERFEKT.

Die weißen Lichter, die von der Decke strahlten, beleuchteten jeden Tisch. Kleine Kerzen glimmten und beleuchteten die Gestecke, im Hintergrund gab die New Yorker Skyline dem Dach ein überirdisches Glühen. Der dreistöckige Kuchen, den ich gebacken hatte, stand auf einem Tisch in der Ecke und Kellner gingen mit Champagnerflaschen umher. Die Caterer hatten das Essen vorbereitet und warteten darauf, es zu servieren.

Ich hatte verdammt gute Arbeit geleistet.

Die Feier war besser als die meisten Hochzeiten. Es war für eine Verlobungsfeier fast übertrieben, aber sie musste perfekt sein. Es war für meine beste Freundin und meinen Bruder — die zwei Menschen, die mir am wichtigsten waren. Und ich wusste, dass meine Eltern Axel nur das Beste wünschen würden, wenn sie das hier erleben könnten.

Yaya kam auf mich zu und umarmte mich herzlich. „Meine Süße, es sieht wunderschön aus."

„Danke, Yaya. Ich habe den ganzen Tag gebraucht, aber ich habe es geschafft."

„Genau wie deine Mutter", sagte Yaya. „Sie war immer gut in solchen Dingen. Sie war ein sehr kontaktfreudiger Mensch."

So weit würde ich nicht gehen. Ich mochte es nicht, mit Menschen, die ich nicht kannte, über Unzulänglichkeiten zu reden, aber ich hasste es auch wenig. „Danke, Yaya. Ich weiß, dass es ihnen gefallen würde, wenn sie hier sein und es sehen könnten."

„Das würden sie ganz bestimmt." Sie klopfte mir auf den Rücken. „Axel ist so ein süßer Junge und er verdient das Beste."

Er war fast dreißig Jahre alt, aber sie sah ihn immer noch als kleines Kind. „Ist er."

Die Gäste kamen an und betraten das Dach. Sie legten ihre Geschenke auf den Tisch in der Ecke und steckten Karten in eine Box, die ich dekoriert hatte. Mein Herz schlug schneller, als ich mich daran erinnerte, dass ich irgendwann Hawke sehen würde. Darum würde ich nicht herumkommen und jeder würde unsere Begegnung beobachten.

Die Trennung war damals verheerend für mich gewesen. Es hatte sich angefühlt, als hätte ich meine Eltern noch einmal verloren. Hawke hatte mich ganz gemacht, wie es vorher niemand geschafft hatte und als er ging, zerbrach er mich wieder in zwei Hälften. Ich war kaum aus dem Bett gekommen. Ich hatte kaum etwas herunterbekommen. Aber ich hatte zwei Jahre Zeit gehabt, um mich zu erholen und ich musste diese schmerzhafte Erfahrung vergessen und meinen Kopf hochhalten. Ich weigerte mich, Hawke zu zeigen, wie sehr er mich verletzt hatte. Wenn er wirklich etwas für mich empfunden hätte, hätte er mich nicht verlassen.

„Oh mein Gott." Marie schnappte nach Luft, als sie das Dach betrat. „Es ist so wunderschön."

„Ich weiß." Jetzt war nicht der richtige Zeitpunkt, um sich bescheiden zu geben.

Marie umarmte mich und brach mir fast eine Rippe, als sie mich drückte. „Du hast unglaublich gute Arbeit geleistet."

„Es musste perfekt werden — für die Braut."

„Und den Bräutigam." Axel kam als Nächster, er trug eine lange Hose und ein Hemd. „Hast du großartig gemacht, Schwester."

„Vielen Dank."

Zu meiner Überraschung umarmte auch er mich. „Ich wusste gar nicht, dass so etwas in dir steckt."

„Doch, das wusstest du." Ich schob ihn spielerisch zur Seite.

„Babe, sieht das nicht toll aus?" Marie starrte auf die Lichter und dann auf die Gestecke auf den Tischen.

„Tut es wirklich, Baby." Er sah sie liebevoll an, bevor er sich wieder zu mir umdrehte. „Vielen Dank, dass du sie so glücklich gemacht hast."

„Kein Problem", sagte ich.

„Wenn wir nach Hause kommen, bekomme ich einen geblasen." Er ging zu ihr und legte seinen Arm um sie.

Ich versuchte, cool zu bleiben.

Weiter Gäste kamen an und ich unterhielt mich mit Maries Brautjungfern. Ich hatte einige von ihnen auf früheren Treffen gesehen, kannte sie aber nicht wirklich gut. Sie arbeiteten mit Marie beim Magazin, daher hatten wir nicht viel gemein. Aber sie schienen von meiner Arbeit beeindruckt zu sein.

Familienmitglieder und andere Freunde kamen und nahmen ihre Plätze ein. Wein wurde eingeschenkt und es alle lachten viel..

Hawke war noch nicht da.

Vielleicht würde er ja gar nicht kommen.

Das wäre gut für mich.

Aber er würde Axels Verlobungsfeier auf keinen Fall verpassen, egal, wie sehr er mir aus dem Weg gehen wollte. Fürchtete er sich vielleicht genauso davor, mich zu sehen, wie ich mich davor fürchtete, ihn zu sehen? Oder machte ihm das alles gar nichts aus? Was wäre, wenn er mit einem Date käme? Was, wenn er verheiratet war?

Bei dem Gedanken stieß es mir sauer auf.

Ich war über ihn hinweg, aber egal wie viel Zeit vergangen war, ihn mit einer Frau zu sehen, würde mich trotzdem tief verletzen. Mein Herz hatte ihn langsam losgelassen, aber das hieß nicht, dass ich mich ihm früher nicht hingegeben hatte. Ich hatte immer gedacht, dass wir für immer zusammenbleiben würden. Wenn jetzt eine Andere für immer sein war, wusste ich nicht, wie ich damit umgehen würde.

„Es ist wunderschön." Seine tiefe Stimme klang genau wie immer. Ich hatte diesen dröhnenden Ton, der tief aus seiner Brust kam, gleich erkannt. Die Luft wirbelte um ihn herum, als er in meiner Nähe kam und sein Duft überkam mich. Ich hatte ihn jahrelang nicht gerochen, aber sobald mein Gehirn ihn registrierte, überkamen mich Erinnerungen an leidenschaftliche Nächte. Es war, als ob ich das alles in nur einem Augenblick noch einmal erlebte.

Ich bekam Gänsehaut auf den Armen und mein Herz hämmerte in meiner Brust, als ob mir jemand eine Dosis Adrenalin gespritzt hätte. Mir war kalt und warm zugleich. Mein natürlicher Instinkt sagte, dass ich weglaufen sollte, aber meine Füße weigerten sich. Ich war über ihn hinweg und ich musste beweisen, dass es mir auch ohne ihn gut ging. „Vielen Dank." Meine Stimme war überraschend stabil, und ich wollte mir selbst auf die Schulter klopfen.

Ich blickte ihn an, und die Stärke, die ich eben noch gehabt hatte, verschwand. Er trug eine schwarze Hose und ein graues Hemd. Eine schwarze Weste spannte sich über seine Brust, die alle Muskeln seines Körpers hervorhob. Irgendwie war es ihm gelungen, noch mehr Muskeln zu bekommen.

Ein Bartschatten bedeckte sein Kinn, weil er sich ein paar Tage lang nicht rasiert hatte, was ihm einen rauen und sexy Look gab. Seine Augen waren genauso blau wie früher — tief und fesselnd. Ich konnte ihren Tiefen wieder total versinken, wenn ich nicht aufpasste. Sein Haar war genau so, wie es immer gewesen war — mit leicht lockigen Spitzen und immer ein wenig durcheinander. War er auf dem Weg hierher angespannt mit seinen Fingern hindurchgefahren? War er genauso nervös, wie ich es war?

Seine Augen ruhten auf meinem Gesicht und sein Blick wanderte nicht. Er betrachtete mich nicht, wie beim unserem ersten Treffen, von Kopf bis Fuß. Seine Hände steckten in seinen Taschen und es war klar, dass er nicht vorhatte, mich auf irgendeine körperliche Weise zu begrüßen — nicht einmal mit einem Händedruck.

Was für mich völlig in Ordnung war.

Seine Augen wanderten zu dem Kuchen in der Ecke. „Kann ich davon ausgehen, dass das dein Werk war?“

„Ja.“ Ich warf einen Blick auf den Tisch und drehte mich dann wieder zu ihm um. „Ich habe zehn Stunden dafür gebraucht. Er ist absolut perfekt — für das perfekte Mädchen.“

Eine ganz schwache Andeutung von Zuneigung stieg in seine Augen, verschwand jedoch gleich wieder. Er blieb, starr aber nicht unangenehm, neben mir stehen. „Es ist schön, dich zu sehen.“

Meinte er das wirklich? Er war ein guter Redner und konnte in jedem jede Art von Gefühl erzeugen. Er kannte seine Talente. „Und es ist schön, dich zu sehen.“

„Und du bist wunderschön, wie immer.“

Diese Aussage war zu viel für mich und gefiel mir gar nicht. Ich wusste, dass diese Zusammenkunft schwierig werden würde, aber ich wollte es nicht noch schmerzvoller machen, als notwendig. Ich verbarg meine enttäuschte Reaktion gut. „Vielen Dank, du auch."

„Ich sehe schön aus?" Ein schnippisches Lächeln breitete sich auf seinen Lippen aus.

Würde er ernsthaft mit mir reden, als ob nichts passiert wäre? Als ich ihn das letzte Mal gesehen hatte, hatte er mich allein in seiner Wohnung stehen gelassen. Als er aus meinem Leben verschwand und nicht einmal zurückblickte, war ich auf die Knie gefallen und hatte geweint. Und das war geschehen, nachdem ich ihm mein Tagebuch gegeben hatte, das Persönlichste, was ich besaß.

Vielleicht war ich doch nicht so stark, wie ich gedacht hatte.

Ich schaffte es, mitzuspielen. „In so vieler Hinsicht." Ich zwang mich, zu einem Lächeln, das mir körperliche Schmerzen verursachte und legte dann meine Hand auf seine Schulter." Entschuldige mich, ich muss noch mehr Leute begrüßen." Ich ließ meine Hand sinken und ging um ihn herum. Sobald er mein Gesicht nicht mehr sehen konnte, atmete ich tief aus merkte, wie sich mein Herz endlich verlangsamte.

Gott sei Dank hatte ich das hinter mir.

Ich saß neben Marie, während Axel auf der anderen Seite neben ihr saß. Hawke war auf der anderen Seite neben Axel. Die Tische waren rund und zum Glück saß ich ihm nicht direkt gegenüber. Aber er war mir trotzdem noch zu nah.

„Ich glaube, dass du recht hattest", flüsterte Marie mir zu.

„Womit?" Ich trank meinen Wein und merkte, dass ich mich zügeln musste. Ich hatte schon drei Gläser getrunken.

„Hawke." Sie sprach weiter leise. „Ich habe gesehen, wie ihr miteinander geredet habt. Es schien gar nicht so schlimm zu sein."

„War es auch nicht." Das war eine große Lüge, aber ich würde ihr nicht die Wahrheit sagen — nicht in diesem Moment.

„Ich bin froh, dass Axel und ich uns geirrt haben. Wir haben so viel Wind um nichts gemacht."

„Wie immer." Ich stieß mit ihr an und nahm einen großen Schluck.

„Baby, lass uns tanzen." Axel beugte sich zu ihr und küsste ihren Hals. Es war offensichtlich, dass er ein wenig angeheitert war — und sehr glücklich.

„Es gibt keine Tanzfläche." Sie schob ihn sanft vor sich her.

„Doch, genau da." Er zeigte auf den Tisch neben dem Kuchen. „Komm schon, ich liebe dieses Lied."

Sie seufzte, als ob sie das irritieren würde, doch auf ihren Lippen ruhte ein unmissverständliches Lächeln.

Axel stand auf und zog sie die Füße. „Ich möchte dich allen zeigen."

„Aber jeder hier hat mich schon gesehen", sagte sie, als sie sich von ihm wegziehen ließ.

„Aber nun wirst du meine Frau werden. Ich möchte, dass jeder weiß, wie glücklich ich bin." Er legte seinen Arm um ihre Taille und führte sie zu der kleinen Fläche. Dann tanzte er langsam mit ihr und sah sehr verliebt aus. Seine Augen hingen an ihr und er starrte sie an, als ob er nie damit aufhören wollte. Marie war die einzige Frau, mit der ich ihn je so gesehen hatte. Sie war wirklich die Eine für ihn.

Hawke rutschte einen Platz näher, sodass wir näher beieinandersaßen.

Lass mich einfach nur in Ruhe.

Es war noch ein leerer Stuhl zwischen uns, aber das war nicht genug Abstand. Ich roch seinen Duft und ich hasste es, wie er auf mich wirkte. Erinnerungen schossen durch meinen

Kopf, diejenigen, die ich versucht hatte, zu unterdrücken. „Ich freue mich wirklich für sie."

„Das tue ich auch." Ich hielt meine Augen auf sie gerichtet. Es war besser, meinen Bruder zu beobachten, als Hawkes schönes Gesicht anzustarren. Diese blauen Augen hatten mich lange Zeit verfolgt. Nachdem er gegangen war, hatte es Monate gedauert, wieder zu lernen, alleine zu schlafen. Ich war nicht schwach oder leicht zerbrechlich, aber Hawke hatte einen Narren aus mir gemacht und mich wie Glas zerbrochen.

„Marie macht einen besseren Mann aus ihm. Ich habe diesen Idioten noch nie so glücklich gesehen." Er lachte leise.

„Marie ist auch eine bessere Frau geworden." Dieses Gespräch war zu unnatürlich. Wie konnten wir hier sitzen und so tun, als ob wir uns nicht an das letzte Mal, als wir einander gesehen hatten, erinnern? Ich hatte gesagt, dass wir Seelenverwandte wären und er hatte mir zugestimmt. Oder hatte er das nur so gesagt? Ich würde es nie erfahren, weil ich mich weigerte, das zu fragen.

„Wie geht es dir?" Seine Augen wanderten zu meinem Gesicht.

Ich spürte, wie sie die Seite meiner Wange versengten. *Mir ging es viel besser, bevor du aufgetaucht bist.* „Gut. Und wie geht es dir?"

„Ich bin okay." Er ging nicht näher darauf ein. „Ich habe gehört, dass deine Bäckerei ein voller Erfolg ist — herzlichen Glückwunsch."

Hatte er Axel über mich ausgefragt? Oder hatte Axel nur so über alles Mögliche geredet? „Vielen Dank, ein Traum ist wahr geworden." Ich gab acht, dass meine Worte nicht zu emotional waren. Es war schwierig, nicht aufgeregt oder entfernt glücklich zu klingen, wenn er so nah bei mir war. Mein Bauch verkrampfte sich und mein Bein konnte unter dem Tisch nicht aufhören, zu zittern.

„Ich wusste, dass du es schaffen würdest.“ Seine Stimme war leise, als wollte er, dass es sonst niemand hörte.

Ich wusste nicht, was ich dazu sagen sollte. Unser Gespräch war nicht so natürlich, wie es früher gewesen war. Als wir uns kennenlernten, floss alles, als ob es so sein sollte. Jetzt ... war alles anders. „Es war harte Arbeit. Aber das lässt es mich es noch mehr würdigen.“

„Es ist gut, das so zu sehen.“

Es wäre unhöflich gewesen, ihn nicht nach seinem Berufsleben zu fragen, nachdem er sich nach meinem erkundigt hatte. „Wo arbeitest du jetzt?“

„Nun ... das ist eine lange Geschichte“, sagte er mit einem Seufzer. „Ich habe ein Jahr lang bei einem Börsenmakler gearbeitet, dann habe ich beschlossen, meine eigene Investmentgesellschaft zu eröffnen. Es läuft so weit ganz gut.“

Das erklärte seine Wohnung in der Park Avenue. „Gut. Ich bin froh, dass alles so gut geworden ist.“

„Vielen Dank.“ Er nippte an seinem Wein und wandte dann seinen Blick auf Marie und Axel.

Waren wir jetzt fertig? Ich hatte für einen Abend genug mit ihm geredet.

Matt kam durch die Tür am oberen Ende der Treppe und suchte das Publikum ab. Er muss auf der Suche nach mir sein.

Hawke wandte seinen Blick wieder auf mich. „Also, bist du —“

„Matt, hier drüben.“ *Genug von dieser Folter.*

Matt fand mich und kam zu mir.

Hawke wiederholte nicht, was auch immer er hatte sagen wollen.

Matt ließ sich auf den leeren Stuhl neben mir fallen. „Du hast diesen Ort total verändert. Man erkennt ihn kaum wieder.“ Er trug Jeans und ein Hemd. Sein Haar war zurückgekämmt und seine Brust sah in seinem Hemd schön aus.

Ich wusste, dass das kleinkariert war, aber ich hoffte, dass Hawke annehmen würde, dass Matt und ich zusammen wären. Ich dachte, dass ich darüberstehen würde, aber nachdem ich gesehen hatte, wie sanft und völlig unverändert Hawke sich mir gegenüber verhielt, tat es mir weh. „Es hat mich einige Arbeit gekostet. Du willst bestimmt nicht den Dreck unter meinen Fingernägeln sehen."

„Du solltest dir mal eine Maniküre gönnen." Matt zwinkerte mir zu.

„Eigentlich müsste ich sie mir ausreißen, weil sie so schmutzig sind."

Matt zuckte zusammen. "Das wäre unheimlich ... keine Fingernägel."

Ich kicherte. „Das wäre es, nicht wahr?"

Matt schien zu bemerken, dass Hawke uns anstarrte. „Hallo, ich bin Matt." Er hielt ihm die Hand hin.

Hawke beäugte sie, als ob er sie nicht nehmen wollte. Aber dann schüttelte er ihm doch die Hand. „Hawke. Schön, dich kennenzulernen."

„Bist du ein Freund von Frankie?", fragte Matt.

„So in etwa." Hawke nahm einen Schluck von seinem Wein und beendete das Gespräch.

Matt drehte sich wieder zu mir, als ob es ihm nicht peinlich wäre. „Ist noch Kuchen übrig?"

„Dachtest du wirklich, dass ich dir kein Stück aufheben würde? Nicht, nachdem du es arrangiert hast, dass ich diese Dachterrasse haben kann?"

„Hey, wir sind quitt", sagte er schnell." Du hast mir bei dem Bankett geholfen."

„Nur fürs Geld", sagte ich mit einem Lachen. „Das zählt nicht als Gefallen."

„Für mich schon." Matt sah mich liebevoll an, bevor er zu Marie und Axel hinüberblickte. „Ist das das glückliche Paar?"

„Ja, genau."

„Ich kenne sie aus der Bäckerei."

„Ja, das ist Marie. Und er ist mein Bruder."

„Ich glaube, ich sehe die Ähnlichkeiten ..." Er blinzelte mit einem Auge, als ob er versuchte eine kleine Stelle hundert Meter entfernt auszumachen.

„Ich glaube nicht, dass wir irgendwie gleich aussehen. Aber wir besitzen die gleiche Sturheit."

„War deine Mutter ein Maultier?", neckte er.

„Genau genommen war mein Vater der Sture." Das hatte ich bisher nicht realisiert.

„Nun, ich wollte die Party nicht zum Platzen bringen. Ich war gerade nach Hause gekommen und dachte, ich schau mal vorbei."

„Danke", sagte ich. „Ich weiß all die Fäden, die du gezogen hast, wirklich zu schätzen."

„Alles nur für dich, meine Schöne." Er sah mich ein letztes Mal an, bevor er aufstand und die Dachterrasse verließ.

Ich sah Hawke nicht an, weil es mir egal war, wie er darauf reagierte. Vielleicht war er eifersüchtig. Vielleicht war er wütend.

Vielleicht hatte er sich einen Dreck darum geschert.

„Er schien eine schöne Zeit zu haben." Hawke nippte wieder an seinem Wein.

„Hatte er."

„Ein Freund von dir?", sagte er gleichmütig.

Versuchte er, meine Gefühle zu erkunden? Wollte er herausfinden, ob Matt mein Geliebter war? Oder maß ich dem Ganzen zu viel Bedeutung zu? Wenn ihn mein Liebesleben interessierte, hätte er sicher etwas unternommen, um darin eine Rolle zu spielen. „Ja. Er kommt ziemlich oft in meine Bäckerei."

Er reagierte nicht, aber sein Griff um das Weinglas lockerte sich ein wenig. „Ist er der Eigentümer dieses Gebäudes?"

„Nein, ich glaube nicht. Er sagte nur, dass er da Verbindungen hätte."

„Es war nett von ihm, dir zu helfen."

„Nun, ich habe zugesagt, das Catering für eine Veranstaltung mit sechshundert Leuten zu machen … und ich bin mir immer noch nicht sicher, ob ich dem gerecht werden kann."

„Das wird schon in Ordnung gehen." Er sagte das, ohne zu zögern.

„Hast du gehört, was ich gesagt habe?" Nun sah ich ihn doch an und wünschte, ich hätte es nicht getan. Sein hübsches Gesicht war hypnotisierend. Ich hatte angenommen, dass es keine Wirkung mehr auf mich haben würde, aber das war nicht wahr. „Sechshundert. Das ist eine Unmenge von Menschen."

„Ja, aber wir reden von dir", sagte er nur. „Und du ziehst das durch."

Es irritierte mich, dass er von mir sprach, als ob er mich kannte. Zwei Jahre waren eine lange Zeit, und ich hatte mich sehr verändert. Er hatte kein recht anzunehmen, dass ich die gleiche Person war. Ich drehte mich wieder weg, weil ich verunsichert war. Die Verbitterung seiner Nähe stieg in meinem Herzen auf, aber jedes Mal, wenn ich ihn anschaute, entfachte das die Anziehung aufs Neue. Es fühlte sich wie Peitschenschläge an.

„Gefällt dir Manhattan?" Hawke wollte mich einfach nicht in Ruhe lassen.

„Es ist alles so, wie ich es mir vorgestellt hatte." Der Verkehr war schlimm und die Penner waren furchtlos, aber das Essen war fantastisch und die Leute waren interessant.

„Gib mir mehr als das."

„Ich liebe es." Ich hatte Marie und Axel geschworen, ich hätte kein Problem mit Hawke, aber jetzt wurde mir klar, wie vorschnell diese Antwort gewesen war. Aber ich hatte auch nicht erwartet, dass er mit mir sprechen würde. Ich dachte, dass wir uns nur schnell und verlegen Hallo sagen würden und dass es sich damit erledigt hätte. „Tust du das?"

„Keine Klagen."

„Erzähl mir mehr."

Das alte Lächeln erstreckte auf seinen Lippen. „Ich mag die Stadt nachts lieber als bei Tageslicht, weil sie schon von meinem Fenster aus so schön aussieht. Ich mag es, um drei Uhr morgens an einem Dienstag chinesisches Essen bestellen zu können. Mir gefällt es, wenn ich auf einer Straße, die ich schon monatelang kenne, neue Restaurants finde. Ist das genug?"

Es war eigentlich schon zu viel. „Ja." Ich schnappte mir mein Getränk und stand auf. „Ich werde mich unter die Leute mischen. Wir sehen uns." Ich gab ihm keine Chance, noch etwas zu sagen, bevor ich ging und neben Yaya einen freien Stuhl fand.

Yayas Augen hingen an meinem Bruder. „Sie sind so schön, nicht wahr?"

„Sind sie." Mein Körper entspannte sich, nun, da ich Abstand von Hawke hatte. „Sie werden wirklich niedliche Kinder haben."

„Bewundernswert ..." Sie umklammerte ihre Brust voller Emotion. „Sie werden kleine Engel sein."

„Nicht, wenn sie sich wie Axel verhalten."

Yaya kicherte. „Axel ist so erwachsen geworden. Marie ist so gut für ihn. Ich bin froh, dass er sie gefunden hat."

„Und ich bin froh, dass sie sich mit ihm abfindet."

„Aber er ist jetzt so süß zu ihr ... es ist so schön anzusehen."

Ich trank meinen Wein und nickte. Obwohl Hawke auf der anderen Seite des Daches war, spürte ich seinen Blick. Ich brauchte nicht nachzuschauen, ob ich Recht hatte. Seinen Augen brannten sich in meine Haut und setzten sie unter Feuer.

„Alles in Ordnung mit dir?"

„Mehr als in Ordnung. Mein Bruder ist schließlich doch noch erwachsen geworden."

Yaya hörte auf, zu lächeln. „Du weißt, was ich meine, Liebes."

„Mit Hawke ist alles gut", sagte ich, ohne sie anzusehen. „Sehr freundlich."

„Gut. Ich habe gesehen, dass ihr miteinander geredet habt."

„Wer sagt, dass man nicht von Liebhaber zu Freund übergehen kann?" *Jeder. Jeder hat das gesagt.*

„Das ist toll", sagte sie." Ich bin sicher, dass Marie sich deshalb Sorgen gemacht hat"

„Sie macht sich über eine Menge Dinge Sorgen..."

UM EIN UHR MORGENS ENDETE DER ABEND SCHLIEẞLICH. DIE Gäste stolperten nach all dem Wein betrunken von der Dachterrasse. Ein paar Leute blieben zurück, um beim Aufräumen zu helfen und ich war irritiert, dass Hawke einer von ihnen war.

Oh Mann, geh doch einfach.

„Lass uns bleiben und helfen." Marie konnte sich kaum auf den Beinen halten. Sie wankte und verdrehte sich die Knöchel manchmal gefährlich, weil sie so hohe Absätze trug.

„Zeit fürs Bett, Baby." Axel legte seine Jacke um sie und hielt sie dann in seinen Armen. Er kam zu mir und trug Marie, als ob sie schwerelos wäre. „Ich würde meine Hilfe anbieten, aber meine Dame ist fix und fertig."

„Ich würde euch sowieso nicht helfen lassen." Ich lächelte ihm schnell zu. „Geht nach Hause und seht zu, dass ihr schlaft."

„Danke für alles, Frankie. Marie und ich wissen es beide zu schätzen."

„Tschüss ... Frankie." Maries Augen waren geschlossen und ihre Arme lagen um Axels Hals.

„Ich denke, dass ich nach all dem keinen mehr geblasen

kriege." Er drückte sie näher an seine Brust und trug sie von der Dachterrasse.

Ich ging wieder an die Arbeit und räumte alle Teller und Utensilien weg. Meine Füße fingen an, in meinen Stöckelschuhen abzusterben, also zog ich sie aus und stöhnte sofort, als meine Füße flach auf dem Betonboden standen.

Die Tischdecken wurden in der Ecke gestapelt, und die Tische wurden abgebaut und an die Wand gelegt. Nachdem alle ihre Aufgaben erledigt hatten, gingen sie nach Hause. Dann war nur noch ich da und, unglücklicherweise, Hawke.

Er stapelte die Stühle in der Ecke, damit die Cateringfirma sie am nächsten Morgen gleich mitnehmen konnte. Wenn ich das ohne ihn hätte tun müssen, hätte ich zwei Stunden länger gebraucht.

Als er den Bereich freigeräumt hatte, kam er zu mir. Er war bei der Arbeit nicht einmal in Schweiß ausgebrochen. Es schien so, als ob er überhaupt nichts getan hätte. „Gibt es sonst noch etwas, bei dem ich helfen kann?"

„Nein. Ich habe schon alles erledigt." Ich legte den Kuchen zurück in eine Dose und schloss den Deckel. Es war nicht mehr viel davon übrig, aber ich wusste, dass Marie ihn haben wollen würde, wenn sie einen Kater hatte und sich miserabel fühlte.

„Das sieht schwer aus."

„Ist es aber nicht." Ich hob die Dose mit dem Kuchen hoch. Ich hatte sie ohne Probleme die Treppe hochgetragen — ganz ohne ihn. Ich konnte auch die Reste nach unten tragen.

„Es macht mir wirklich nichts aus."

„Und das habe ich wirklich verstanden." Ich wollte ihn nicht anschnauzen, aber er machte es mir so schwer.

„Ich will nur nicht, dass du dein Kleid vollkleckerst."

Als ob er sich einen Scheiß darum scheren würde. „Nimm nur die Tür."

Anstatt zu tun, was ich sagte, nahm er mir die Dose aus der Hand. „Noch genauso hartnäckig …“

Bei dieser Aussage wollte ich ausrasten. Aber wenn ich ihn anschrie, würde er wissen, dass es mir nicht egal war. Das konnte ich einfach nicht zulassen. Mein natürlicher Instinkt war, zu kämpfen und ihm den Kuchen zu entreißen. Aber das würde zu einem Kampf führen und der Kuchen würde wahrscheinlich herunterfallen. „Dann kümmere ich mich um die Türen …“

Wir gingen die Treppe hinunter und dann aus dem Gebäude hinaus. Als wir den Bürgersteig erreichten, bereite ich mich darauf vor, ihm den Kuchen abzunehmen.

Stattdessen winkte er ein Taxi heran.

„Was machst du?“, platzte es mir raus.

„Sollen wir zu Fuß gehen?“ Er hob eine Augenbraue und stieg dann in den Wagen.

Ich knurrte beim Atmen und setzte mich zu ihm auf den Rücksitz.

Der Fahrer fragte nach meiner Adresse.

Hawke wandte sich mir zu, als hätte er erwartet, dass ich antworte.

Er würde den ganzen Weg zu meiner Wohnung mitkommen? Ich verhielt mich cool und sagte die Adresse.

Das Taxi fuhr durch die Stadt und ich sah weiter aus dem Fenster. Ich wollte ihn nicht ansehen oder ein Gespräch führen. Ich wollte nur so schnell wie möglich weg von ihm. Zumindest würde ich ihn ein paar Monate lang nicht sehen. Ich wusste von keinen anderen Events.

Der Taxifahrer hielt an und Hawke bezahlte ihn.

Ich stieg aus dem Wagen und nahm die Kuchenbox in dem Augenblick, in dem Hawke ausstieg. „Danke fürs Mitnehmen. Tschüss.“ Ich wandte mich sofort ab und ging in mein Haus. Dann hörte ich das Geräusch von Schritten auf den Fliesen in der Lobby hinter mir und merkte, dass Hawke mir gefolgt war. „Was zum Teufel machst du?"

„Dich bis an die Tür bringen." Er hatte eine Hand in der Tasche.

„Wieso?", platzte es mir raus.

„Nun ... du bist im Moment ein wenig betrunken."

Ich spürte die Hitze des Alkohols in meinen Wangen. „Ich schaffe den Rest des Weges schon alleine."

„Ich habe nichts dagegen, sicherzugehen, dass du dort ankommst."

Ich wollte ihm ins Gesicht schlagen. Er hatte Glück, dass ich die Dose hielt. Ich wusste, dass ich hier bleiben und mich mit ihm streiten konnte, aber das würde bedeuten, dass ich noch länger mit ihm zu tun hätte. Es würde weniger Zeit in Anspruch nehmen, ihn einfach gewähren zu lassen. „Was auch immer."

Wir nahmen den Aufzug bis zu meiner Etage und traten dann heraus. Ich ging schnell zu meiner Tür und fischte meinen Schlüssel heraus. „Gute Nacht."

„Brauchst du Hilfe?"

„Nein." Ich ging hinein. „Wir sehen uns." Ich machte die Tür vor seiner Nase zu und verriegelte sie sofort. Ich warf den Kasten auf die Küchentheke und atmete die Luft aus, die ich in meinen Lungen gehalten hatte.

Dieser Abend war so eine Katastrophe. Ich hatte gedacht, dass ich mich einfach wegdrehen und so tun könnte, als wäre er nicht da, aber das konnte ich nicht. Er war überall, und je näher ich bei ihm war, desto mehr wollte ich sterben.

Schließlich waren seine Fußstapfen zu hören, als er den Flur entlangging. Wie beim letzten Mal lauschte ich ihnen, bis sie nicht mehr zu hören waren. Als sich Stille ausbreitete, erinnerte mich das an diese schreckliche Nacht.

Und mein Leid begann von vorne.

3

EINSAMKEIT

Hawke

SIE HASSTE MICH.

Francesca war nett gewesen. Sie hatte mir Hallo gesagt und mich mit einem Lächeln begrüßte. Sie hatte Blickkontakt aufgenommen, anstatt mich wegzustoßen. Als ich mit ihr sprach, antwortete sie freundlich.

Aber es war alles nur Schauspielerei.

Wenn sie lächelte, konnte ich sehen, wie sie ihre Lippen verzog. Sie hatte ihre ganze Energie darauf verschwendet, ihren Körper etwas tun zu lassen, was er gar nicht machen wollte. Es war, als ob ihr ganzes Wesen meine Anwesenheit ablehnte. Wenn ich mit ihr sprach, antwortete sie. Aber es war klar, dass sie das gar nicht wollte.

Welche Art Liebe sie auch immer für mich empfunden hatte, war entweder nicht mehr da oder tief im Inneren vergraben. Sie war so weit von der Oberfläche entfernt, dass sie nie das Tageslicht erblickte. Sie hatte mich nicht mehr so angesehen, wie sie es früher getan hatte, als wäre ich die einzige Person, die ihr etwas bedeutete.

Es war, als würde ich überhaupt keine Rolle mehr spielen.

Konnte ich ihr das übel nehmen? Ich hatte sie so plötzlich verlassen und die Entscheidung dazu getroffen, bevor ich überhaupt mit ihr gesprochen hatte. Ich hatte ihr gesagt, dass wir für immer wären, doch dann hatte ich sie verlassen. Sie hat offensichtlich nicht verstanden, dass ich aus gutem Grund gegangen war. Wie konnte ich jemanden verletzen, den ich so sehr geliebt hatte?

Und immer noch liebte.

Egal wie viel Zeit verging, diese Wahrheit würde sich nie ändern. Die kurze Zeit, die ich mit ihr verbracht hatte, war schön und rein. Was wir gehabt hatten, war echt. Es war selten.

Und ich würde es nie vergessen.

Aber sie war darüber hinweg.

Es war besser so. Wenn sie mich verachtete, dann vermisste sie mich nicht. Wenn sie sich nicht um mich kümmerte, bedeutete das, dass sie für wichtigere Dinge lebte. Sie trauerte mir nicht mehr nach. Sie hatte ein neues Leben — ohne mich.

Aber ich war immer noch unglücklich.

„Hey." Axel kam in mein Büro, als ob er der Eigentümer wäre.

Ich war am Telefon und beendete ich schnell den Anruf. „Es hat einen Grund, dass da draußen eine Sekretärin sitzt."

„Du weißt, dass ich unter selektivem Hören leide." Er trommelte mit den Fingern auf meinen Schreibtisch. „Also, Chinesisch? Thai? Burger?"

„Ist mir egal." Ich hatte kaum Hunger.

„Dann wird es Chinesisch."

„Du wählst immer Chinesisch aus."

„Ich weiß.“ Er packte meine Jacke vom Kleiderbügel und warf sie mir zu.“ Lass uns gehen.“

Wir gingen zu seinem Lieblingsrestaurant, nur die Straße hinunter. Es war wie immer überlaufen, also mussten wir zehn Minuten warten, bevor wir einen Tisch bekamen. Er befand sich in der Mitte des Raumes und alle unterhielten sich, als ob sie versuchten, ein Nebelhorn zu übertönen.

„Ich muss die Maultaschen bestellen“, sagte Axel. „Das sind die Besten.“

Ich schaute auf die Speisekarte und beschloss, das Übliche zu nehmen.

Die Kellnerin nahm unsere Bestellung auf und kehrte mit unseren Getränken zurück. Dann fing Axel an, sich über ein Basketballspiel auszulassen. „Ich sage es dir, die Knicks sind dieses Jahr gut im Rennen.“

„Ich hoffe, dass sie eine bessere Saison haben, als die letzte.“

„Werden sie “, sagte Axel. „Ich habe Geld darauf gesetzt.“

Ich hob eine Augenbraue. „Wie viel?“

„Zehn Cent.“

Ich schüttelte seine Hand. „Ich bin dabei.“ Zehn Cent standen für tausend Euro. Ich war mir nicht sicher, warum wir uns auf eine Wette einließen, da wir das normalerweise nicht taten. „Die Verlobungsfeier war toll.“

„War sie“, sagte er. „Aber Marie kann sich nicht ans Ende erinnert. Als sie am nächsten Morgen aufwachte, wusste sie nicht mehr, wie sie dorthin gekommen war.“

„Sie hat viel Wein getrunken.“

„Hattest du eine schöne Zeit?“

Francesca kam mir in den Sinn. „Ja. Du kennst mich, ich bin immer für eine gute Party zu haben.“

Axel beobachtete mich mit misstrauischem Blick. „Ich habe dich und Frankie reden sehen.“

Ich war ein Meister darin, meine Gefühle zu verbergen.

Francesca war die einzige Person, die meine Lügen durchschauen konnte. „Ja, es war schön."

„Es war schön?", fragte er ungläubig. „Es war nicht komisch?"

„Nein."

Axel rieb sich das Kinn. „Sie sagte, du wärst ihr egal. Ich glaube, sie meinte es wirklich so."

Zum Teufel, das tat weh.

„Marie und ich haben uns deshalb Sorgen gemacht, aber ich glaube, dass sie recht hatte. Es ist zwei Jahre her und ihr seid beide darüber hinweg."

„Ja ..." Ich nahm einen Schluck von meinem Eistee.

„Frankie hat gute Arbeit geleistet. Wenn es um Partys geht, ist sie ein Profi."

„Ja. Sie tut immer das Beste, wenn es um Leute geht, die ihr am Herzen liegen." Ich erinnerte mich daran, wie sie mir die Tür vor der Nase zuschlug. Sie konnte nicht schnell genug von mir wegkommen. „Ist dieser Matt-Typ ihr Geliebter?" Er hatte mit seinen Augen die Scheiße aus ihr herausgefickt. Und was noch schlimmer war, er starrte sie an, als wäre er in sie verliebt. Er hing an jedem Wort, das sie sagte, und flirtete, als ob er bereit wäre, alles zu tun, um sie zu bekommen.

Das hatte mich sehr wütend gemacht.

„Matt?", fragte Axel. „Wer ist das?"

„Der Typ, durch den sie an die Dachterrasse kam."

Axel schüttelte den Kopf. „Sie hat keinen Geliebten. Das muss irgend so ein Kerl sein, den sie kennt."

Das half mir, mich besser zu fühlen, obwohl es das gar nicht sollte. Was sie in ihrem Privatleben tat, ging mich nichts an. Ich hatte kein Recht, mich zu kümmern oder sogar Fragen zu stellen. Ich hatte sie verlassen und damit hatte ich dieses Recht verworfen.

„Marie hat einige nette Brautjungfern, hm?"

Ich hatte keine Gelegenheit gehabt, sie zu sehen. Alles, was ich bemerkt hatte, war Francesca. Sie trug ein champagnerfarbenes Kleid mit passenden Schuhen. Ihre hellgrünen Augen funkelten danke der Lichter über unseren Köpfen immerzu. Ihr langes Haar war in losen Locken gestylt, die bis zu ihrer Brust herunterreichten. „Ja sicher."

„Aber sie sind hässlich im Vergleich zu Marie. Ich habe die Gute bekommen."

Ich lächelte zum ersten Mal. „Ja, das hast du."

Zwei Wochen waren gekommen und vergangen, und ich dachte immer nur an Francesca. In den vergangenen zwei Jahren hatte ich oft über sie nachgedacht. Ich hatte mich immer gefragt, was sie wohl tat oder ob sie an mich dachte. Aber jetzt, da ich sie gesehen, sie gerochen hatte, konnte ich sie nicht mehr aus dem Kopf bekommen.

Jede Nacht, die ich ohne sie verbracht hatte, war einsam gewesen. Mädchen kamen und gingen, an ihre Namen erinnerte ich mich nie. Ich wechselte von mehreren One-Night-Stands zu Dreiern und Vierern. Nichts konnte ersetzen, was ich verloren hatte.

Bei der Arbeit war ich nachlässig, weil ich nur sie im Kopf hatte. Ich durchblätterte Tabellendokumente und erinnerte mich dann plötzlich an ein gemeinsames Erlebnis. Ich erinnerte mich daran, wie sie auf meiner Brust lag, wenn wir miteinander schliefen. Ich erinnerte mich daran, wie sie mich küsste, wenn wir Liebe machten. Ich erinnerte mich an die Verbindung, die wir fühlten und die uns unaufhörlich verband.

Ich hatte alles weggeworfen.

Axel hatte mir um die Mittagszeit eine SMS geschickt. *Wieder Chinesisch?*

Ich hatte gar keinen Hunger. Ich hatte schon seit Wochen keinen Hunger gehabt. *Ich habe schon was vor.*

Lahmarsch.

Ich hatte noch gar keine Pläne — bis jetzt.

Ich wusste genau, wo ihre Bäckerei war. Ich war unzählige Male daran vorbeigelaufen. Manchmal ging ich absichtlich dort vorbei, nur um sie einmal kurz zu sehen, aber meistens waren so viele Menschen im Shop, dass ich nichts sehen konnte.

Ich war am Eröffnungstag von *The Muffin Girl* gewesen, aber Francesca wusste nicht, dass ich dort gewesen war. Ich war in dem Gebäude auf der anderen Straßenseite, in einem Hotelzimmer im zweiten Stock, gewesen. Durch das Fenster beobachtete ich, wie sie die Schleife durchschnitt. Axel und Yaya waren auch dort gewesen.

Und ich hielt Abstand.

Als ich ankam, schaute ich durch das Fenster und sah eine endlose Schlange von Leuten. Egal, zu welcher Tageszeit ich dort vorbeiging, es war immer voll. Entweder waren sie alle in Francesca oder in ihre Backwaren verliebt.

Wahrscheinlich in beides.

Jetzt, wo ich da war, wusste ich nicht, was ich tun sollte. Sollte ich nur herumstehen? Sollte ich hineingehen? Sollte ich etwas bestellen? Auch wenn ich etwas bestellte, zweifelte ich daran, dass Francesca an der Kasse sein würde. Wahrscheinlich machte sie die ganze Buchhaltung oder sie stand in der Küche und war mit ihren Kreationen beschäftigt.

Ich hatte das nicht richtig durchdacht.

Ich ging hinein und schloss mich der Menschenmasse an. Die Auslagen waren verglast und hinter dem Glas lagen die Backwaren zur Auswahl bereit. Es gab Kuchen, Cookies und Muffins. Jedes Mal, wenn ich einen Muffin sah, konnte ich nur noch an sie denken. Ich stand in der Schlange und überflog den Raum, um nach ihren braunen Haaren und jenen hübschen grünen Augen Ausschau zu halten. Mein Blick hielt inne, als ich etwas an der Wand bemerkte.

In einem Glasrahmen befand sich die Backform, die ich ihr geschenkt hatte. Die Gravur, *The Muffin Girl*, war immer noch genauso wie früher. Ein Datum stand auf einen Zettel daneben. Mir war sofort klar, was das bedeutete. Es war die Form, die sie verwendet hatte, um ihre erste Ladung Muffins zu machen. Sie hatte mir erzählt, dass sie das vorhatte ... aber ich konnte nicht glauben, dass sie das wirklich getan hatte.

Ich fühlte mich wie ein Arschloch.

„Warum bist du hier?“ Ihre feindliche Stimme versengte mein Trommelfell.

Ich drehte mich um und sah sie neben mir stehen, ihr schwarzes Shirt mit Mehl und Zucker verklebt. Ihr Haar war hochgesteckt, was all ihre vorzüglichen Eigenschaften offenbart wurden. Sie war etwas dünner als früher, hatte aber immer noch ihre schönen Kurven.

Sie setzte mich unter Druck und mir fiel nichts ein, was ich hätte sagen können. Ich war mir nicht sicher, wie sie mich so schnell ausgemacht hatte. Vielleicht gab es Kameras. Ich hatte keine Ahnung. „Ich wollte mir nur etwas zu essen holen. Oder ist das nicht in Ordnung?“ Ich wollte nicht, dass ich mich wie ein Klugscheißer anhörte, aber es klang so.

„In dieser Stadt gibt es eine Million anderer Orte, wo du hingehen kannst. Komm nicht hierher.“ Ihre Augen brannten feurig, aber auf keine gute Art und Weise. Wenn wir uns stritten, sagte sie normalerweise Dinge, die sie nicht so meinte. Aber nun meinte sie jedes Wort.

„Ich wollte dich nicht verärgern.“

„Dann komm nicht hierher. So einfach ist das.“ Sie wandte sich ab, um zu gehen.

„Francesca, warte.“

Zu meinem Erstaunen drehte sie sich um. „Was?“

„Hast du einen Moment Zeit für mich?“

„Nein. Du hast schon viel zu viel von meiner Zeit in Anspruch genommen.“

Ich wusste, was sie damit wirklich meinte. „Wir werden miteinander auskommen müssen. Vielleicht schaffen wir es sogar, das wieder geradezubiegen.“

„Miteinander auskommen?“ Wegen des Lärms der Menge musste sie sehr laut sprechen. „Nein, wir müssen nicht miteinander auskommen. Wir müssen nur die Hochzeit hinter uns bringen. Dann kannst du verschwinden und ich auch.“

Sie hasste mich wirklich. „Wir können uns mitten in deinem Laden gegenseitig anschreien oder du kannst dich auch einfach mit mir hinsetzen. Was soll schon daraus werden?“

„Ich dachte, du seist hierhergekommen um etwas zu essen?“, forderte sie mich heraus.

„Das wollte ich auch, bis du mir den Service verweigert hast.“

Ihre Augen glimmten schon wieder, als ob sie mich schlagen wolle. „Okay.“ Sie marschierte durch die Tür auf den Bürgersteig. Ich war direkt hinter ihr. „Über was wolltest du mit mir sprechen?“

Ich schaute mich um. „Können wir uns irgendwo hinsetzen? Oder sind wir Tiere?“

„Ich habe nicht viel Zeit.“ Sie kreuzte ihre Arme vor der Brust. „Ich hatte heute Mittag etwas vor.“

„Mit wem? Trink nur schnell einen Kaffee mit mir! Das wird nicht lange dauern.“

Sie verlagerte irritiert ihr Gewicht.

„Es gibt ein Café direkt nebenan. Und es ist ruhig.“

„Dann hättest du dort hingehen sollen", murmelte sie.

Wir bestellten unsere Getränke und setzten uns dann an einem Tisch in der Nähe des Fensters. Unterhaltungsmusik spielte über unseren Köpfen und die Tische um uns herum waren frei.

Sie sah überall hin, nur nicht zu mir. Manchmal wanderte ihr Blick zum Fenster und manchmal starrte sie auf das Gemälde an der Wand. Als sie diese zwei Sachen erschöpft hatte, starrte sie ihren Kaffee an. Dann wiederholte sie die ganze Prozedur. So nah bei mir zu sitzen, war körperlich qualvoll für sie.

Sie wünscht sich, dass ich tot wäre.

Sie las die Uhrzeit von ihrem Handy ab und seufzte. „Dieses Treffen war deine Idee. Über was wolltest du mit mir sprechen?"

„Über uns."

Sie nippte an ihrem Kaffee. „Da gibt es nichts zu sagen, Hawke. Lass uns einfach für Axel und Marie klarkommen. Keiner muss irgendetwas wissen. Wir haben sowieso schon alle verarscht."

„Mich hast du nicht verarscht."

Furcht überschattete ihren Blick, verschwand aber sogleich wieder.

„Ich weiß, dass das nicht ideal für dich ist. Das hier ist für uns beide schwer. Aber, wenn wir über das, was geschehen ist, sprechen würden, würdest du mich vielleicht nicht mehr so sehr hassen."

Sie erstarrte, als sich Verwirrung in ihrem Gesicht breitmachte. „Ich hasse dich nicht."

Tat sie nicht?

„Ich interessiere mich nicht für dich."

Mein Herz rutschte mir in die Hose. *Das war noch viel schlimmer.*

„Ich fühle mich in deiner Gegenwart nicht wohl, aber es macht mir auch nichts aus."

„Es sah nicht so aus, als ich mit dir gesprochen habe."

„Weil du mit mir geredet hast", schnauzte sie. „Du hast mich ja nicht in Ruhe gelassen."

Ich umklammerte meine Kaffeetasse unbewusst fest.

„Was hattest du erwartet, was passieren würde? Das wir einfach wieder von vorne anfangen und Freunde sind?

„Nein." Ich war mir nicht sicher, was ich erwartet hatte.

Wir waren vorher auch keine Freunde gewesen, warum sollten wir dann jetzt Freunde sein? Nur Hallo und Tschüss sagen, das war schon mehr als genug. Wir hätten keine weiteren Probleme haben, wenn wir es dabei beließen.

„Aber ich will nicht, dass es so ist."

Sie stellte ihre Tasse hin. „Was soll das bedeuten?"

Ich blickte aus dem Fenster, bevor ich mich ihr wieder zuwandte. „Ich wollte nur ..." Ich wusste nicht, was ich wollte. „Axel und Marie werden immer in unserem Leben sein. Anstatt nur die Hochzeit hinter uns zu bringen, sollten wir vielleicht lernen, uns gegenseitig zu akzeptieren."

Sie zog eine Augenbraue hoch. „Klingt verdammt nach Freunde sein ..."

„Nun, warum können wir das nicht sein?"

Sie schüttelte den Kopf und biss sich dann auf die Lippe. „Du bist unglaublich."

„Was?"

„Du hast mich verlassen, ohne zurückzuschauen. Du bist einfach gegangen, als wäre da nichts, was du hinterlässt, und nun willst du mein Freund sein? Bin ich die Einzige, die denkt, dass das verrückt ist?"

„Es ist viel mehr als das, nicht wahr?"

„Ich ..." Sie sah aus dem Fenster und hielt den Mund. Was

auch immer sie sagen würde, blieb ihr im Hals stecken. „Okay, wie auch immer."

„Was soll das heißen?"

„Hawke, ich könnte kaum weniger an dir interessiert sein. Du gehörst der Vergangenheit an, und ich bin über das hinweg, was zwischen uns passiert ist. Ich bin glücklich und habe alles, was ich je wollte. Du bedeutest mir so wenig, dass ich das machen kann. Wenn du wirklich mit mir zusammen ausgehen und eine gute Zeit haben willst, dann okay. Lass uns das tun."

Ich hielt mich weiter an meiner Kaffeetasse fest, als ihre Worte mich zerbrachen. Ich wusste, dass ich sie nicht verdient hatte, nachdem ich sie auf solche Weise verlassen hatte. Wie konnte ich etwas Anderes erwarten? Aber das verringerte den Schmerz nicht.

Sie streckte ihre Hand über dem Tisch aus. „Freunde?"

Ich sah ihre Hand an, nahm sie aber nicht. Ich dachte an all die Momente, in denen diese kleinen Hände auf mir waren. Sie ruhten auf meinem Herzen und spürten, wie es schlug. Aber jetzt war es nur eine Hand — eine bedeutungslose Berührung. Meine Hand fand die ihre und wir schüttelten sie. Ich bildete mir ein, einen entfernten Funken zu spüren, wusste jedoch, dass er nur von mir ausging. Sie hatte nichts gefühlt. „Freunde?"

„ALTER, DIESER SCHUSS WAR UNGLAUBLICH, ODER?", FRAGTE AXEL, als wir das Haus betraten, in dem er wohnte und die Treppe hinaufgingen.

„Das war einfach nur Glück."

„Nein, das war reines Können." Er hatte den Basketball unter den Arm geklemmt. Er war vom Basketball spielen ganz verschwitzt. Ich war auch verschwitzt.

„Wie kann es Können sein, wenn du in die andere Richtung

siehst und dann den Ball über deinen Kopf hinweg in den Korb wirfst?“

Er schüttelte den Kopf. „Eifersucht steht dir nicht besonders gut.“

„Und Prahlerei steht dir nicht.“

Axel näherte sich seiner Tür und schloss sie auf. „Bleib dabei, und Marie wird dich ihr köstliches selbst gekochtes Essen nicht mitessen lassen.“

„Willst du mich veräppeln?“, fragte ich. „Sie mag mich mehr als dich.“

„Keine Chance. Ich besorge es ihr so richtig, jeden Abend.“ Axel öffnete die Tür. „Du könntest mit meiner Frau gar nicht umgehen. Sie ist unglaublich gut im Bett.“

Ich ging hinter ihm hinein. „Ich nehme dich beim Wort.“

Axel legte den Ball auf den Tisch neben der Tür. „Baby, ich bin zu Hause.“ Er drehte sich zu mir um und zwinkerte. „Ich liebe es, das zu sagen.“

Marie kam in Jeans und T-Shirt den Flur entlanggelaufen. „Axel, leg doch nicht den Ball auf den Tisch. Wie oft muss ich dir das noch sagen?“

Er verdrehte seine Augen. „Ich will nicht, dass er schmutzig wird.“

Sie blickte ihn ungläubig an. „Du hast gerade Basketball damit gespielt. Er ist schmutzig.“

„Gut, schön.“ Axel legte den Ball neben seinen Schuhen auf den Boden. „Kein Schaden angerichtet.“

„Ich müsste den Tisch mit Lysol schrubben …“

Axel ging zu ihr und gab ihr dann einen Kuss. „Ich habe dich vermisst.“

Sie schmolz direkt vor meinen Augen dahin. „Ich habe dich auch vermisst.“ Sie ging zurück ins Wohnzimmer.

Axel drehte sich zu mir um und zwinkerte. „Das ist das Können, von dem ich gerade gesprochen habe.“

Ich versuchte, nicht zu lachen.

Axel und ich gingen ins Wohnzimmer und ich stolperte fast, als ich Francesca neben Marie auf der Couch sitzen sah. Sie trug Jeans-Shorts und ein rosa Top. Sie trug selten Shorts, weil ihrer Beine sie verunsicherten. Ich wusste nicht warum, sie waren wunderschön.

Hochzeitsmagazine waren um sie herum verteilt und sie schnitten Bilder aus und legten sie auf den Couchtisch. Da waren Bilder von Blumen und Brautkleidern. Es sah aus wie ein Raum im Kindergarten.

Als Francesca aufblickte, bemerkte sie mich. „Hallo, Hawke." Sie sagte es in einem angenehmen Ton, und es hörte sich nicht an, als ob es unecht wäre.

„Hey, Francesca." Es fühlte sich nicht richtig an, sie so zu nennen. Ich wollte sie automatisch mit ihrem Spitznamen ansprechen, aber dazu hatte ich kein Recht.

„Seid ihr bereit fürs Abendessen?", fragte Marie. „Ich habe Spaghetti und Frikadellen gemacht."

„Ja!", Axel klatschte aufgeregt in die Hände. „Verheiratet sein ist super."

„Du bist doch noch gar nicht verheiratet", sagte Francesca sarkastisch.

„Das macht keinen Unterschied", sagte Axel. „Wir leben doch schon zusammen."

Marie lächelte ihm liebevoll zu, bevor sie aufstand. „Ich muss nur noch den Tisch decken und dann kann es losgehen."

„Brauchst du Hilfe, Baby?", fragte Axel.

„Nein", sagte Marie aus der Küche.

„Möchtest du ein Bier?", fragte Axel.

„Gerne", antwortete ich.

„Blue Moon oder Dos Equis?"

„Ist mir egal."

„Kommt sofort." Er ging in die Küche und seine Stimme klang bis in das Wohnzimmer. „Baby, du siehst heute gut aus."

„Danke", sagte Marie. Es hörte sich an, als ob sie sich küssten, weil sie antwortete: „Nicht jetzt, Axel. Deine Schwester ist nebenan."

„Als ob mich das verdammt noch mal interessiert", schnauzte er.

Mein Bier würde eine Weile brauchen.

Francesca hatte die Magazine weggelegt. „Wie geht es dir?" Ihre Frage schien aufrichtig zu sein. Sie sah mir dabei sogar in die Augen.

„Gut. Und dir?"

„Großartig. Hochzeiten planen macht Spaß. Jetzt weiß ich genau, was ich für meine will."

Der Gedanke, dass sie heiratete, machte mich krank. Es stieß mir sauer auf und in mir wuchs der Wunsch, aufzuschreien. Ich gab mein Bestes, um meine Reaktion zu verbergen und mich nicht auf das Parkett zu erbrechen. „Spart dir Zeit ..."

Sie stand auf und legte ihre Haare über eine Schulter. „Ich bin so froh, dass du hier bist."

„Bist du das?" Ich konnte die Überraschung in meinem Ton nicht verbergen.

„Ja." Sie kam langsam näher zu mir und kreuzte die Arme vor ihrer Brust. Der feindliche Blick von vor ein paar Tagen war verschwunden. Sie sah liebevoll an, aber ich sah auch keinen Hass. „Ich wollte mit dir über letzte Woche sprechen. Ich habe über alles, was ich gesagt habe, nachgedacht, und ... ich wollte mich entschuldigen."

Wofür wollte sie sich entschuldigen?

„Ich war wirklich harsch und habe eine Menge gemeiner Dinge gesagt ... dass ich nicht an dir interessiert wäre. Das ist nicht wahr, Hawke. Ich bin mir sicher, dass du das weißt."

Mein Herz schlug schneller.

„Ich schätze, dich wiederzusehen, hat mich aus dem Gleichgewicht geworfen. Ich dachte, es würde mir nichts ausmachen, aber als ich dann in deiner Nähe war ... kam alles zurück und überrumpelte mich. Ich hatte genug Zeit, um darüber hinwegzukommen und mich mit unserer Trennung zu arrangieren, aber ... ich war einfach nicht bereit dafür. Ich war sehr fies und gemein ... es tut mir leid."

„Du brauchst dich nicht zu entschuldigen. Du hattest jedes Recht, böse zu sein. Du hattest nie eine Chance, mir zu sagen, was du gefühlt hast ... „

„Aber es spielt keine Rolle. Das war in der Vergangenheit, und wir sind beide darüber hinweg. Es gibt keinen Grund diesen Hass aufrechtzuerhalten — dafür ist das Leben zu kurz. Obwohl wir lange nicht zusammen waren, war ich doch sehr glücklich. Und ich habe dich geliebt."

Mein Herz blieb stehen.

„Es gibt keinen Grund, warum wir nicht Freunde sein können — richtige Freunde. Wenn wir uns wirklich geliebt haben, sollten wir in der Lage sein, weiterzumachen und daraus zu lernen. Ich bin über dich hinweg und du über mich. Ich denke, dass es am Anfang seltsam sein wird, aber es wird auch wieder normal werden. Wenn unsere besten Freunde miteinander verheiratet sind, wird es unser Leben leichter machen, wenn wir miteinander klarkommen."

Sie war über mich hinweg?

Ich wusste, dass sie das war, aber es tat weh, zu hören, wenn sie es laut aussprach. Ich konnte das nicht falsch interpretieren. Im Augenblick war sie ruhig und verständnisvoll. Sie meinte jedes Wort, das sie sagte. Sie log nicht, weil sie verletzt oder enttäuscht war.

Sie war wirklich über mich hinweg.

Und sie dachte, dass ich über sie hinweg wäre? Hatte sie nicht verstanden, warum ich sie verlassen hatte? Ich hatte sie verlassen, weil ich sie so sehr liebte — nicht, weil ich aufgehört hatte, sie zu lieben. Ich starrte in ihre smaragdgrünen Augen, als ich mir eine Antwort ausdachte. Sie zu korrigieren und ihr zu erzählen, was ich wirklich fühlte, würde nichts ändern. Selbst, wenn sie mich immer noch liebte und mich wollte, konnte sie mich nicht haben. Ich war gefährlich. Ich war ein Monster.

Ich würde sie in Stücke reißen.

Das hier war alles, was wir je sein konnten. Und wäre es nicht besser, sie ab und zu in meinem Leben zu haben, als sie überhaupt nicht mehr zu haben? Die letzten zwei Jahre ohne sie zu verbringen, war Folter gewesen. Ich hatte mich noch nie in meinem Leben so einsam gefühlt.

Ich hatte lieber nur einen kleinen Teil von ihr, als gar nichts.

„Ach, ich hasse es, Monopoly mit ihr zu spielen.“ Marie hatte fünfundzwanzig Scheine und einen Bahnhof. Sie war dem Ziel schon ziemlich nahe. „Sie schummelt. Ich schwöre es.“

Francesca hustete in ihre Hand. „Schlechter Verlierer ...“

„Halt die Klappe.“ Marie griff sich ein Plastikhaus und warf es nach ihr.

Francesca wich aus und das Haus fiel auf den Boden.

„Hier?“ Axel gab ihr die Hälfte seines Bargeldes, seine Schlossallee und die Parkstraße. „Jetzt bist du wieder im Rennen, Baby.“

Marie lächelte triumphierend.

Ich schüttelte den Kopf. „Das ist die lahmste Scheiße überhaupt.“

„So lahm“, wiederholte Francesca.

„Was?“ Fragte Axel unschuldig. „Ich breche keine Regeln.“

„Eine Memme zu sein, bricht jede Jungsregel, die je gemacht wurde“, sagte ich.

„Ich bin keine Memme“, sagte Axel. „Ich versuche nur, ihr zu helfen.“

„Na toll.“ Ich packte mein ganzes Geld zusammen und ließ es auf Francescas Haufen fallen. Dann gab ich ihr alle meine Besitztümer, darunter drei Bahnhöfe. „Ich würde gerne sehen, wie du sie jetzt schlägst.“

„Das war aber jetzt wirklich Memmenscheiße von dir“, sagte Axel.

Ich zuckte mit den Schultern. „Ich breche keine einzige Regel, oder.“

Axel verdrehte seine Augen und dann gab er Marie alles, was er noch hatte. „Tritt ihr in den Arsch, Baby.“

„Ich bin dabei“, sagte Marie.

Francesca und Marie spielten weiter. Nachdem sie unzählige Male gegenseitig auf ihren Besitztümern und auf Los gelandet waren, dominierte Francesca, und Marie saß auf dem Trockenen. Francesca warf ihr ganzes Geld in die Luft. „Ich bin die Auserwählte.“

Ich lachte, bis mein Bauch weh tat.

Marie verdrehte die Augen und seufzte genervt. „Okay, Harry Potter.“

„Nur Verlierer lesen Harry Potter“, sagte Axel.

„Du bist nur eifersüchtig, weil du gar nicht lesen kannst“, schnauzte Francesca.

„Francesca ist von Monopoly verbannt“, sagte Marie, als sie alles in die Kiste warf.

„Das ist nicht fair“, sagte Francesca. „Es ist nicht meine Schuld, dass du zum Kotzen bist.“

„Ich bin nicht zum Kotzen“, sagte Marie.

„Oh doch, das bist du.“ Axel grinste wie ein Idiot.

„Göre ...“, sagte Francesca.

Marie schlug auf seinen Arm. „Sag so etwas nicht in ihrer Gegenwart.“

„Was?“, fragte Axel. „Es ist nicht so, dass sie es nicht weiß.“

„Aber ich denke gar nicht an so was.“ Francesca stand auf und packte ihre Magazine. „Ich bin dann weg.“ Sie schnappte sich ihre Handtasche und sah auf ihr Handy. Sie musste eine SMS erhalten haben, weil sie schnell etwas tippte, bevor sie ihr Telefon zurück in ihre Handtasche steckte.

Es war zehn Uhr abends. Wem hatte sie die SMS geschickt?

„Wir sehen uns.“ Francesca ging zur Tür.

„Ich werde auch gehen.“ Ich stand auf. „Danke für das Abendessen, Marie.“

„Jederzeit wieder“, sagte sie. „Komm gut nach Hause.“

Axel stupste mich mit der Faust an. „Gutes Spiel.“

„Monopoly oder Basketball?“

„Beides“, sagte er mit einem Achselzucken.

Er hatte beide Spiele verloren, sodass ich nicht wusste, welches er wirklich meinte. „Bis dann.“ Ich ging zur Tür und schloss mich Francesca an. Ich schloss die Tür hinter mir und wir gingen zusammen den Flur entlang.

„Schlechte Verlierer, nicht wahr?“, fragte sie.

„Ja.“ Es war das erste Mal, dass es sich wie gewohnt anfühlte. Zwischen Francesca und mir war es wieder angenehm. Die Chemie stimmte, so wie es schon immer gewesen war. Und die Verbindung war immer noch da — zumindest für mich.

Wir verließen das Gebäude und erreichten den Bürgersteig.

„Lass mich dich nach Hause bringen.“ Es war spät, und ich wollte sichergehen, dass sie gut nach Hause kam. Ich würde es jedem Mädchen anbieten, aber sie war etwas Besonderes. Ich musste mich vergewissern, dass sie sicher dort ankam.

„Nein, das ist schon okay“, sagte sie schnell. „Wir sehen uns.“ Bevor sie ging, winkte sie noch schnell.

„Das glaube ich aber nicht.“ *Ich holte sie ein.* „Es macht mir wirklich nichts aus. Die Stadt ist nachts nicht sicher.“

„Ich kann mich um mich selbst kümmern, Hawke. Das weißt

du doch."

„Es beruhigt mich aber."

Sie blieb stehen und seufzte. „Ich gehe nicht nach Hause, Hawke."

Die Bedeutung ihrer Worte traf mich wie ein Schlag. Es war, als ob mir jemand einen Amboss auf den Kopf hatte fallen lassen. Ich bekam keine Luft. Mir war kalt — ich war schwach. Nun wusste ich, wem sie so spät in der Nacht eine SMS geschickt hatte. „Ich verstehe …" Ich versuchte, es zu verbergen, dass ich wie am Boden zerstört aussah, hatte aber das Gefühl, dass ich das nicht konnte. Ich wusste, dass sie mit anderen Kerlen zusammen sein musste, aber … ich versuchte nicht daran zu denken.

Sie vermied es, mich anzusehen, als wäre es ihr unangenehm. „Nun … dann gute Nacht."

„Ja." Ich wollte ihr anbieten, trotzdem mit ihr zu gehen, aber ich wollte den Kerl nicht sehen, der ihr die Tür öffnete. Jetzt, wo ich wusste, was passieren würde, wollte ich nicht gehen. Jemand hatte mir ein Messer zwischen die Rippen gerammt und jetzt blutete ich überall.

Francesca drehte sich um und lief auf dem Bürgersteig davon. Sie sah sich nicht um, um zu sehen, ob ich sie noch beobachtete. In dem Augenblick, in dem sie mich nicht mehr sah, vergaß sie mich.

Warum musste ich so ein kaputter Typ sein? Warum konnte ich nicht einfach nur normal sein? Wenn ich nicht all diese Probleme hätte, wäre sie noch mit mir zusammen. Wir könnten sogar inzwischen verheiratet sein. Vielleicht wäre sogar ein Kind unterwegs …

Aber ich hatte sie weggeworfen.

Ich hatte sie verloren.

Ich hatte alles versaut.

Ich war am Arsch.

4

BEDEUTUNGSLOS

Francesca

„Hast du mich vermisst?“ Kyle nahm einen Schluck von seinem Bier auf dem Nachttisch. Er lag auf den Kissen, die Decke bis zu seiner Taille hochgezogen.

Ich zuckte mit den Schultern. „Äh.“ Ich lag neben ihm, die Decke über meine Schulter gelegt. Meine Augen waren geschlossen, und ich war müde. Ich würde wahrscheinlich hier schlafen, weil ich zu müde war, um nach Hause zu gehen.

„Äh“, sagte er heiter. „Ist das alles?“

„Wir haben uns doch erst letzte Woche gesehen.“

„Eine Woche ist eine lange Zeit, Baby.“

„Sag nicht Baby zu mir.“ Ich mochte keine Kosenamen. Sie klangen so vereinnahmend.

„Muffi ... Habe ich dich nicht hergebeten?“

„Nein, hast du nicht.“

„Dann weiß ich nicht, was dein Problem ist.“ Er nahm einen weiteren Schluck. „Ich weiß, dass du nicht deine Tage hast, also was könnte es sonst sein.“

Ich trat ihn spielerisch.

Er legte sich neben mich auf den Rücken. „Irgendetwas stimmt nicht. Ich kann es fühlen."

Ich redete mit Kyle nicht über ernste Dinge. Ich hatte aber auch sonst niemanden, mit dem ich reden konnte. Marie war immer die erste Person, an die ich mich wandte, aber mit ihr konnte ich nicht darüber sprechen. Es bestand ein Interessenskonflikt. „Ich bin nur gestresst ..."

„Weswegen?" Er legte seine Hände auf meine Hüfte.

„Das ist eine lange Geschichte."

„Ich habe die ganze Nacht Zeit." Er drückte meine Hüfte sanft. „Komm schon, erzähl es mir."

Ich wusste, dass ich nichts zu verlieren hatte. „Du erinnerst dich sicher noch an den Kerl, von dem ich dir erzählt habe?"

„Der, mit dem du vor zwei Jahren zusammen warst?"

„Ja", sagte ich mit einem Nicken.

„Was ist mit ihm?"

„Nun ... er ist in mein Leben zurückgekehrt."

Verwirrung umspielte seine Augenbrauen.

Ich erzählte ihm die ganze Geschichte und dass er Axels Trauzeuge war. „Prinzipiell heißt das, dass ich die ganze Zeit mit ihm zu tun haben werde und es keine Chance gibt, das zu ändern.

„Das ist ja ätzend ..."

„Ja."

„Was wirst du tun?"

„Ich weiß nicht so recht. Als ich ihn das erste Mal gesehen habe, war ich total böse auf ihn. Er redete dauernd mit mir, obwohl ich nur in Ruhe gelassen werden wollte. Dann kam er in meinen Laden und das hat mich echt sauer gemacht. Dann haben wir uns hingesetzt und geredet, und ich habe ein paar gemeine Dinge zu ihm gesagt ... dass es mir egal wäre, ob er lebt oder stirbt."

Kyle zuckte leicht zusammen. „Und was ist dann passiert?"

„Ich habe gemerkt, wie unfair ich war. Obwohl die Trennung wirklich hart war, war er doch gut zu mir, solange wir zusammen waren. Er hat mich gut behandelt und hat mich wirklich glücklich gemacht. Und ich habe ihn geliebt ... Ich werde ihn immer lieben."

Enttäuschung blitzte in seinen Augen. „Wieso habt ihr euch noch mal getrennt?"

Ich wollte Hawkes Geheimnisse nicht teilen, obwohl Kyle ihn nicht kannte. „Er hatte einige persönliche Probleme. Weißt du, er hatte eine schlechte Kindheit und war emotional nie besonders stabil. Er hat gesagt, dass er mich verletzen würde und dass es am besten wäre, wenn er einfach nur Schluss machte."

„Aber er hat dich sowieso verletzt, oder?"

„Ja ..."

„Ich weiß nicht ... Ich denke, dass er ziemlich im Arsch ist. Er hat dich dazu gebracht, ihn zu lieben und dann ist er einfach gegangen. Wenn er schon am Anfang gemerkt hat, dass die Beziehung nicht funktioniert, warum hat er dann deine Zeit verschwendet?"

„Weil er dachte, dass sie funktionieren würde."

„Hört sich für mich wie ein Idiot an."

„Ist er aber nicht." Ich wusste, dass ich ihn nicht verteidigen sollte. Er hatte niemals versucht, mich zu verletzen, nicht auf die Art, wie ich versucht hatte, ihn zu verletzen, als ich all die gemeinen Dinge gesagt hatte. Ich wusste, dass er Probleme hatte, also hätte ich mich gar nicht erst mit ihm einlassen sollen. Ich bin über ihn hinweg und mein Leben geht weiter. Ich möchte keinen Groll hegen, sondern ihn auf Abstand halten. Letztendlich war er mir doch irgendwie wichtig. „Ich will nicht, dass wir einander hassen."

„Man muss sich nicht hassen, aber man muss auch nicht zusammenhängen."

„Wir hängen auch nicht nur zu zweit zusammen ab. Unsere besten Freunde werden einander heiraten. Das macht die Sache kompliziert."

„Mann, das ist wirklich kompliziert."

„Verstehst du, was ich meine?", fragte ich. „Es ist weniger Herzschmerz für mich, einfach loszulassen."

„Tut es weh, in seiner Nähe zu sein?"

Ich zuckte mit den Schultern. „Ich denke einfach nicht daran. Wir hatten, was wir hatten, und es war schön ... aber es ist vorbei. Ich werde niemals bereuen, was wir hatten. Aber ich werde nicht mehr in der Vergangenheit leben."

Er starrte mir in die Augen, ohne mit der Wimper zu zucken. „Wenn er dich zurückhaben wollen würde, würdest du zu ihm zurückgehen?"

„Nein, das würde nie passieren."

„Beantworte einfach nur die Frage."

„Nein, das würde ich nicht. Ich würde das alles nicht noch mal durchmachen wollen ... nicht, wenn ich schon vorher weiß, wie es enden würde."

„Also, ich denke nicht, dass Ex-Partner Freunde sein können. Aber wer weiß das schon?"

„Es ist nicht so ungewöhnlich. Ich kenne andere Leute, die das schaffen. Wir hatten zwei Jahre, um darüber hinwegzukommen, das ist etwas Anderes."

„Also ist es okay für dich?" Er fuhr mit den Fingern durch mein Haar. „Du wirkst nämlich ziemlich traurig."

„Ich denke, dass es mich manchmal traurig macht..."

„Warum?"

Wie sollte ich das so erklären, dass er es verstehen würde? Meine Beziehung mit Hawke bewegte sich auf einer anderen Wellenlänge. Axel und Marie waren total verliebt, aber selbst sie würden das nicht verstehen. „Weil ich mir ein ganz anderes Ende für uns beide ausgemalt hatte. Genau genommen hatten wir gar kein Ende. Auch wenn wir vergehen würden und unsere Körper verwesten, würden unsere Seelen überall auf der Erde herumreisen, eng miteinander verstrickt."

Kyle sah mich mit leerem Blick an, als ob er nicht ein Wort von dem was ich gesagt hatte, verstand. „Was genau bedeutet das?"

„Wir sind Seelenverwandte."

Verwirrung verengte seinen Blick. „Glaubst du wirklich, dass dieser Kerl dein Seelenverwandter ist?" Skepsis stand in sein Gesicht geschrieben und er konnte die Herablassung seiner Stimme nicht fernhalten.

Hawke und ich konnten es nicht hinbiegen, weil er zu zerbrochen war. Seine Familie hatte ihn zerrissen und sein Herz gebrochen. Selbst die Liebe, die ich ihm gab, konnte all die Wunden und Löcher nicht reparieren. Sein Verstand war durcheinander und er glaubte fest daran, dass er ein Monster sei, obwohl er ein Heiliger war. Aber das änderte nichts an der Wahrheit. Das änderte nicht, was wir gehabt hatten — selbst, wenn wir nie zusammen sein konnten. „Ja."

Wir gingen zu mehreren Floristen in der Stadt und versuchten, zu entscheiden, welcher billiger war. Marie hatte nur ein bestimmtes Budget zur Verfügung, weil sie eine teure Location ausgesucht hatte. Axel würde sie alles tun lassen, was sie sich wünschte, aber manchmal musst er sie auch bremsen.

„Die Hortensien sehen schön aus", sagte sie.

„Sie könnten ein pfiffiges Blumengesteck ergeben."

„Ich weiß nicht ... irgendwie schreien sie Ostern."

„Leg nur keine Ostereier in die Vasen und alles wird gut."

Sie verdrehte die Augen und verließ den Laden. „Dieser Laden ist viel zu teuer."

„Wir könnten genauso gut unsere eigenen Gestecke machen“, sagte ich. „Du weißt schon, ein paar Blumen besorgen und sie in eine schöne Vase stecken.

„Das klingt nach einer Menge Arbeit.“

„Ja gut, was willst du sparen? Zeit oder Geld?“

Sie stieß einen Seufzer aus. „Hochzeiten sind stressig.“

„Wusstest du das nicht schon längst?“ , fragte ich wie ein Klugscheißer.

„Ich dachte, sie würden übertreiben.“

„Überraschung“, sagte ich. „Haben sie aber nicht.“

Sie ging in einen Hotdog-Laden. „Ich brauche etwas Fettiges und Widerliches.“

„Ich auch.“

Wir bestellten zwei Hotdogs, dann setzten wir uns hin und stopften unsere Münder damit.

„Wie läuft es mit Kyle?“

„Was meinst du?“

„Das ist eine einfache Frage“, sagte sie. „Wie läuft's so?“

„Du weißt, dass das nichts Ernstes ist. Er ist nur für kurze Rendezvous.“

„Gut, aber nun ist er schon ein paar Monate dein Rendezvous“, sagte sie. „Da läuft sonst weiter nichts?“

„Nein.“

„Du weißt, dass es mit Axel und mir genauso angefangen hatt. Jetzt heiraten wir.“

Kyle war nicht mein zukünftiger Ehemann. „Für einige Leute funktioniert das, aber nicht für alle.“

„Kann ich ihn wenigstens treffen?“

„Wieso?“, fragte ich. „Wir sind nicht zusammen.“

„Wie oft siehst du ihn?“

Ich zuckte mit den Schultern. „Das hängt davon ab.“

„Wovon?“

„Wie gestresst ich bin. Vielleicht ein oder zwei Mal pro Woche."

„Das ist aber ziemlich oft", sagte sie. „Was ist er für einer?"

„Er ist nett", sagte ich. „Perfekter Körper. Hübsches Gesicht. Du kennst meinen Geschmack."

„Wenn er dein Typ ist, warum gibst du ihm keine Chance?"

„Was bringt dich dazu, anzunehmen, dass er überhaupt eine Chance will?" Das hier kam mir fast vor wie ein Verhör.

„Wen verarschst du jetzt, Frankie?", fragte sie. „Jeder Kerl, mit dem du zusammen bist, verliebt sich in dich."

„Das ist ja gar nicht wahr."

Sie legte ihren Hotdog weg. „Willst du dieses Spiel wirklich spielen?" Sie begann, mit ihren Fingern zu zählen. „Cameron, John, Jason —"

„Okay, ich verstehe, worauf du hinauswillst."

Sie lächelte siegreich. „Er steht auf dich. Ich bin sicher, dass er das tut."

„Nun, aber ich stehe nicht auf ihn."

Sie nahm sich mehr Pommes. „Du stehst nie auf jemanden. Die einzige Person, die dir wirklich jemals gefallen hat, ist Hawke."

„Nun, ich bin wählerisch. Irgendwann werde ich schon jemanden finden."

„Du wirst keinen anderen Hawke finden", sagte sie. „Lass mich dir helfen, etwas Zeit zu sparen."

„Du kannst mir glauben, dass er nicht die Art Kerl ist, die ich suche." Wenn ich mich mit jemandem einlassen würde, dann mit einem guten Kerl, der kein Risiko darstellt. Ich kann nicht mehr die Last eines Anderen tragen, nicht wenn es mir so sehr wehtut."

„Es ist schon seltsam, euch beiden rumhängen zu sehen. Es sieht aus, als ob niemals etwas passiert wäre."

„Zwei Jahre sind eine lange Zeit, Marie. Menschen machen weiter. Es ist ein Teil des Lebens.“

„Ich weiß … aber es ist trotzdem komisch.“ Sie hatte ihren Hotdog aufgegessen. „Mann, war das gut.“

„Ich will gar nicht wissen, was da alles drin ist, aber es schmeckt einfach köstlich.“

Sie wischte sich den Mund mit einer Serviette ab und knüllte diese dann zu einer Kugel zusammen. „Sollen wir auf ein Doppeldate gehen?“

„Was?“, platzte es mir raus. „Hawke und ich werden nie wieder zusammenkommen.“

Ihr verengter Blick richtete sich auf mein Gesicht. „Ich meinte mit Kyle.“

„Oh …“ Das war dumm. „Nein. Ich glaube nicht, dass es mit ihm irgendwo hinführen könnte.“

„Nun, geh auf ein Date mit ihm und lass es darauf ankommen.“

„Wenn ich ihn mögen würde, wüsste ich das schon.“ *Verdammt, sie behandelte mich wie meine Mutter.*

„Wenn du so lange mit ihm geschlafen hast, hat er Potenzial.“

„Er ist wirklich gut im Bett“, sagte ich. „Das ist alles, woran ich interessiert bin.“

„Wie hast du ihn überhaupt getroffen?“

„Im Fitnessstudio.“

„Romantisch …“

Ich verdrehte meine Augen. „Ich bin aus Versehen in die Männerumkleidekabine gegangen und da war er … nackt.“ Bei der Erinnerung lief ich rot an.

Maries Unterkiefer klappte runter. „Warum hast du mir diese Geschichte nie erzählt?“

„Weil es peinlich ist.“ Mein Gesicht brannte von der Hitze.

„Und dann ... wie ging das weiter?“ Sie lehnte sich mit großen Augen nach vorne.

„Ich habe Etwas superdummes gemacht.“

„Was?“ Sie zappelte ungeduldig mit ihren Händen herum.

„Ich ... ich habe ihn eingeladen.“

Sie hielt sich die Hände vors Gesicht und lachte, bis sie Tränen in den Augen hatte. „Oh mein Gott, Frankie.“

Ich kicherte, weil es irgendwie lustig war. „Ich habe gar nicht mehr daran gedacht. Ich habe ihn gesehen ... und alles an ihm ... und habe mich einfach dafür entschieden.“

Sie wischte sich die Tränen aus ihren Augen. „Das ist die komischste Geschichte, die ich je gehört habe. Ich werde sie bei deiner Hochzeit erzählen.“

Mein Lachen hörte sofort auf. „Nun, das wäre aber peinlich, weil ich diesen Kerl nicht heiraten werde.“

„Gib ihm eine Chance, Frankie. Mann, du bist ganz schön zickig.“

„Bin ich nicht!“

„Schau mal, es ist meine Aufgabe, Dinge zu sagen, die du nicht hören willst. Also daher weht der Wind; du hast nicht einmal versucht, eine sinnvolle Beziehung zu haben, seit Hawke weg ist. Du suchst nur nach schnellen Nummern mit gut gebauten Typen. Das ist ja okay, aber ich weiß, dass du damit nicht glücklich bist.“

„Wer sagt das?“

„Ich weiß es einfach“, sagte Marie. „Ich sage dir nicht, dass du dem nächsten Kerl in deinem Bett versprechen solltest, dass ihr für immer zusammenbleibt, aber du solltest dem wenigstens offenen gegenüberstehen.“

Ich wusste, dass sie recht hatte, obwohl ich das nicht zugeben würde.

„Wir vier sollten etwas zusammen unternehmen. Ich verspreche dir, ich werde dich nicht in Verlegenheit bringen.“

„Das ist traurig, dass du das versprechen musst.“ Ich starrte sie an, während ich sprach.

„Hey, du bringst mich vor Axel die ganze Zeit in Verlegenheit.“

„Er ist mein Bruder — das ist etwas Anderes.“

„Was auch immer.“ Sie bewarf mich mit einer Pommes.

Ich warf die Pommes zurück. „Alles nur für dich.“

Sie nippte an ihrer Limonade, dann erstreckte sich ein Grinsen über ihre Lippen. „Also ... wie groß ist sein Ding?“

„Oh mein Gott. Ich werde so tun, als hättest du das nicht gefragt.“

„Was?“, fragte sie. „Ich bin nur neugierig.“

„Es ist sehr schön. Das ist alles, was ich dazu sagen werde.“

„Schöner als Hawkes?“

Als sie Hawke erwähnte, verschwand mein Lächeln sofort. Ich hatte nie andere Kerle mit ihm verglichen. Tatsächlich weigerte ich mich, überhaupt noch an ihn zu denken. Diese Erinnerungen waren mir heilig. Die Nächte, die wir zusammen verbrachten, waren voller Leidenschaft und Liebe gewesen; nicht wie das, was ich jetzt hatte. Nichts im Vergleich dazu, und ich weigerte mich, diese Erinnerungen mit Mist zu trüben.

Ich war gerade in der Kuchenküche, als ich ein Klopfen an der gläsernen Eingangstür hörte. Ich legte meine Dekorierwerkzeuge weg und wusch die Buttercreme von meinen Händen, bevor ich nach vorne ging.

Es war 5:30 Uhr und die Sonne war noch nicht einmal aufgegangen. Draußen war es noch dunkel, und die Lichter der Stadt glühten, als ob alles brannte. Als ich die Tür erreichte, stand ein Mann davor. Er trug Laufshorts und ein T-Shirt. Es war schwer, seine Züge zu erkennen, aber er hatte den Körper eines römischen Soldaten.

„Wir haben geschlossen." Ich zeigte auf das Schild, das im Fenster hing.

Er trat leicht zurück, sodass sein Gesicht sichtbar wurde. „Ich bin's." Hawke lächelte, ein Kopfhörer hing um seinen Hals. Das Kabel führte in seine Tasche, wo sich sein Handy befand.

„Oh." Ich hatte nicht erkannt, dass er es war. Ich entriegelte die Tür und öffnete sie. „Tut mir leid, es ist so dunkel da draußen."

„Ist in Ordnung." Er ging hinein. „Ich weiß, ich bin groß, dunkel und gefährlich." Seine Lippen wurden von einem neckischen Lächeln umspielt.

Ich vermisste dieses Lächeln. „Und Furcht einflößend. Wenn ich dich in einer dunklen Gasse gesehen hätte, wäre ich weggelaufen."

„Du solltest auf mich zulaufen", sagte er. „Weil ich dich vor wirklich schrecklichen Dingen beschützen kann." Seine Augen sahen mein Gesicht an, bevor er sich umdrehte und sich in der Bäckerei umsah. „Es ist still."

„Es ist schön, nicht wahr?" Ich verschränkte meine Arme vor der Brust und starrte auf die leeren Stühle in der Lobby. „Aber gewöhn dich nicht daran. In einer halben Stunde wird es sich wie der beliebteste Club der Stadt anhören."

Er lachte. „Die meisten Unternehmen würden alles tun, um deine Popularität zu haben."

„Und ich beschwere mich nicht", sagte ich schnell. „Meine Ohren schon."

Er schaute sich die verschiedenen Bilder an der Wand der Lobby an. Darunter war eine Collage von Fotos von mir und meinen Eltern, Yaya, Axel und eins von Hawke. Er und ich saßen in meiner Küche, und unsere Gesichter waren voller

Kuchenteig. Marie hatte das Bild gemacht, als wir es am wenigsten erwarteten, deshalb war es ein echter Schnappschuss.

Hawke starrte es fast zwei Minuten lang an.

Es war eine unangenehme Situation. Ich hätte jede Erinnerung, an das, was ich mit Hawke erlebt hatte, wegwerfen und neu beginnen können, aber ich wollte nicht vergessen, was wir gehabt hatten. Für mich war er nicht nur irgendein Geliebter.

Er war der eine.

„Ich kann es abhängen, wenn es dich stört …"

Er wandte sich mir langsam zu mir, ein distanzierter Blick in seinen Augen. „Es stört mich überhaupt nicht."

„Ich meine … du hast diesem Laden seinen Namen gegeben. Du bist wichtig in seiner Geschichte."

Er nickte etwas. „Und das ist eine große Ehre … *The Muffin Girl*."

Ich war froh, dass er nicht böse war. „Nun …" Ich verlor mich ein wenig, weil mir nichts Anderes einfiel, das ich hätte sagen können.

Er ging einen Schritt zurück und schaute sich den Rest der Bäckerei an. „Eine ungewöhnliche Architektur … aber das gibt dem Ganzen Charakter."

„Ich wollte, dass es einzigartig ist."

„Das hast du erreicht." Er näherte sich der Theke und sah durch das Glas. „Zeigst du mir alles?"

„Klar. Es ist aber nichts Besonderes."

„Lass mich das beurteilen."

Ich zeigte ihm die Brot- und Backküche, in der sich die Angestellten schon für den Tag vorbereiteten. Es wurde Kaffee gekocht und das Aroma erfüllte die Küche. Ich zeigte ihm den begehbaren Gefrierschrank und führte ihn dann in die Kuchenküche.

„Hier arbeitest du?"

„Ja. Ich mache alle Hochzeitstorten." Ich hielt vor der Wand an, an der ich alle die Bilder von früheren Torten aufgehängt hatte.

Er stand neben mir und sah sie an. „Wow ... du machst wahnsinnig tolle Arbeit."

„Danke ..." Ich bekam ständig Komplimente, aber es bedeutete mir viel, wenn es von ihm kam.

„Ich mag die hier." Er zeigte auf das Bild einer Motorradklub-Torte. Darauf waren Spielzeugmotorräder, auf der ein Mann und eine Frau saßen. Lederwesten mit Fransen bedeckten ihre Körper.

Ich kicherte. „Sie haben sich in einer Motorradgang ineinander verliebt."

„Wow, das ist romantisch ..." Seine Stimme war voller Sarkasmus, aber er lächelte. „Und knallhart."

„Sie sind wirklich süße Menschen", sagte ich. „Die nettesten Leute, die ich je getroffen habe."

„Ist die für eine Hochzeit?" Er zeigte auf die Meerjungfrautorte.

„Nein, die war für eine Geburtstagsfeier."

„Eine dreistufige Torte für eine Geburtstagsfeier?", fragte er ungläubig.

„Du weißt, wie es ist ... sie sind fürchterlich reich."

Ich wandte mich ihm zu und merkte endlich, dass ich ihn gar nicht gefragt hatte, warum er hier war. „Also ... was führt dich hier her?" Ich wollte nicht rau klingen, aber ich war neugierig.

„Ich bin hier vorbeigelaufen und dachte mir, dass ich dir einen Besuch abstatten könnte."

„Du gehst so früh am Morgen joggen?"

„Wann sonst sollte ich das tun?", fragte er. „Ich boxe nach der Arbeit, also habe ich dann keine Zeit für Ausdauertraining."

Er boxte? „Das macht Sinn."

„Ich wohne ganz in der Nähe — direkt an der Park Avenue."

„Ich weiß“, platzte ich heraus.

Er drehte sich mit einer hochgezogenen Augenbraue zu mir um. „Du weißt das?“

„Wegen der Einladungen“, sagte ich schnell. Ich wollte nicht, dass er glaubte, dass ich ein Stalker sei.

Er nickte verständnisvoll. „Ich verstehe.“

„Ich bin froh, dass es dir so gut geht.“

Dieser altbekannte Blick erfüllte seine Augen, einer, der voller Zuneigung und etwas anderem war. „Vielen Dank, ich freue mich auch für dich.“

„Jedes Mal, wenn ich an dieser Bäckerei vorbeigehe, bekomme ich gute Laune.“

„Weil du einen Muffin willst?“, neckte ich ihn.

„Du hast mich erwischt.“

Ich öffnete einen Container und nahm eine neue Kreation heraus. „Das ist Orange und Preiselbeere.“

„Ooh ...“ Er nahm ihn mir aus der Hand und biss hinein. Er kaute langsam und wischte sich die Krümel von den Lippen. „Verdammt, ist das gut.“

„Vielen Dank.“ Meine Wangen erröteten etwas.

„Wie kannst du nicht fett sein?“ Er aß es auf und leckte sich dann die klebrige Süße von den Fingern.

Das erinnerte mich an etwas, woran ich nicht denken sollte. „Ich habe vor langer Zeit gelernt, mich zu beherrschen.“

„Beeindruckend.“ Er wischte sich die Hände an seinen Laufshorts ab. „Nun, da du mich durch dein Geschäft geführt hast, möchtest du meines sehen?“

„Dein Büro?“ Ich hatte nicht darüber nachgedacht, ich wusste nicht einmal, wo es war.

„Ich meinte meine Wohnung — sie ist nur ein paar Blocks entfernt.“

„Oh ...“ Der Gedanke, alleine mit ihm in seiner Wohnung zu sein, ließ mir die Haare zu Berge stehen, aber ich war mir nicht sicher, warum. Es war klar, dass er über mich hinweg war und nie wieder mit mir zusammen sein wollte. Der Gedanke hätte mir überhaupt nicht kommen dürfen. „Sicher. Denk ich mal."

„Es sei denn, du musst noch eine weitere Kreation fertigstellen?"

Ich war nur so in der Küche herumgewuselt. „Nein. Ich habe Zeit."

„Cool." Er zog seinen Kopfhörer aus und schob ihn in seine Tasche. „Ich habe Blick auf den Park. Tagsüber ist es ziemlich cool. Aber am Abend ist es richtig cool."

„Ich bin sicher, dass es das ist."

Wir betraten sein Haus und näherten uns der Lobby. Die Sonne ging endlich über der Stadt auf und jeder war dabei, sich für die Arbeit schick zu machen. Einige Leute kamen aus dem Aufzug und eilten ganz schnell ihren Zielorten entgegen. Andere kamen die Treppe herunter.

„Du wohnst in einem schönen Gebäude."

„Vielen Dank." Er betrat den Aufzug und hielt dann die Tür für mich auf. Dann drückte er die Taste für die oberste Etage.

Die Stahltüren schlossen sich und unsere Reflexionen waren an den makellosen Wänden zu sehen. Der Aufzug fuhr langsam hoch und sanfte Musik kam aus den Lautsprechern über unseren Köpfen. Mit ihm auf engstem Raum zusammen zu sein, war ein wenig unangenehm. Ihn in einem T-Shirt und Shorts zu sehen erinnerte mich daran, wie schön sein Körper war. Ich vermisste das Gefühl, wenn meine Brust an seiner lag. Wenn sie mit Schweiß bedeckt und warm war, verjagte das immer die Kälte.

Die Tür öffnete sich und wir gingen durch den Flur. „Es ist

schön, in der Lage zu sein, seine Arbeit zu verlassen, wann immer man will, nicht wahr?“

„Es ist definitiv besser als *The Grind*.“

Er lachte. „Kann ich mir vorstellen.“

Wir gingen um die Ecke und sahen eine Frau, die sich an die Wand lehnte. Sie trug ein schwarzes Kleid und Stöckelschuhe. Ihr Haar war ein wenig durcheinander und ihr Make-up verschmiert. Sie sah erschöpft aus, als ob sie eine lange Nacht gehabt hätte.

Hawke ging plötzlich langsamer, als ob ihre Anwesenheit ihn unvorbereitet erwischt hätte. Seine Schultern versteiften sich merklich, als ob es ihm unangenehm wäre.

Im Bruchteil einer Sekunde fügte ich die Bruchstücke zusammen.

Und mir wurde schlecht.

„Da bist du ja.“ Das Mädchen näherte sich seiner Tür mit nervösem Blick. „Ich habe dich den ganzen Morgen angerufen.“ Sie verschränkte ihre Arme vor der Brust und sah mich wütend an.

„Was willst du?“, fragte Hawke kalt.

„Ich habe mein Portemonnaie vergessen.“

Oh mein Gott, ich wollte sterben.

Hawke sah mich nicht an. „Ah … ich werde es dir holen.“

„Es liegt auf dem Nachttisch.“

Mein Herz zersprang in eine Million Stücke. Ich wollte weglaufen und mich verstecken. Ich wollte nicht hier sein.

„In Ordnung …“ Hawke hatte die Tür aufgeschlossen und betrat die Wohnung.

Die Frau starrte mich an, als ob ich ein Stück Kaugummi auf der Unterseite ihres Schuhs wäre.

Ich hielt meine Arme vor der Brust verschränkt und versteckte die Erschütterung in meinem Gesicht. Zwei Jahre waren nun vergangen, aber ihn mit einer anderen Frau zu sehen, tat mir genauso weh, als wenn es an dem Tag geschehen wäre, an dem er mich verlassen hatte. Ich wusste, dass er mit anderen Menschen zusammen war, aber es mit meinen eigenen Augen zu sehen war... herzzerreißend.

Hawke erschien mit dem Portemonnaie. „Hier." Er schob es ihr in die Arme. Es war offensichtlich, dass es für ihn genauso unangenehm war, wie für mich.

„Ruf mich später an." Sie drehte sich auf dem Absatz um und ging weg.

Hawke nahm keinen Blickkontakt mit mir auf. Er blieb starr, als ob er nicht wüsste, was er tun sollte. Stille breitete sich zwischen uns aus, und keiner von uns wusste, was er sagen sollte. Schließlich betrat er seine Wohnung. „Das ist sie ..."

Ich trat hinter ihm ein und ging sofort in die Mitte des Raumes, mit dem Rücken zu ihm, damit er mein Gesicht nicht sehen konnte. Ich versuchte, unbeeindruckt zu erscheinen, aber ich wusste, dass ich das nicht konnte. Egal, wie viel Zeit vergangen war, es war quälend, ihn mit einer anderen Person zu sehen. „Sie ist schön." Ich hielt meine Stimme stabil.

Seine Wohnung hatte Fenster, die vom Boden bis zur Decke reichten und man hatte einen atemberaubenden Blick auf den Park. Ledersofas standen im Wohnzimmer, zusammen mit einem ausgefallenen Teppich. Ein großer Fernseher bedeckte die Wand, und seine Küche war mit Granit und Edelstahl gestaltet. „Ich bin so neidisch."

Hawke legte seinen Kopfhörer auf die Theke und ging dann tiefer in den Raum hinein. „Ich habe die Wohnung günstig bekommen. Ich kenne den Verkäufer."

Und ich hatte das Gefühl, dass ich wusste, wie.

„Möchtest du mein Büro sehen?"

Es machte mir nichts aus, egal was zu sehen, außer seinem Schlafzimmer. Alles, woran ich denken würde, waren all die Mädchen, die unter seiner Decke gewesen waren. Das mussten jetzt schon Hunderte gewesen sein. Ich wollte mein Gesicht weiterhin versteckt halten, aber die Zeit lief mir davon. „Ja sicher."

Er zeigte mir den großen Raum mit einem riesigen Schreibtisch. Weiße Bücherregale, die mit Lehrbüchern gefüllt waren, stellten seine primäre Inneneinrichtung dar. Hinter dem Schreibtisch befand sich ein großes Fenster und man hatte eine andere Aussicht auf den Park. „Die Aussicht stört so sehr, dass ich nicht viel Arbeit erledigen kann."

„Kann ich mir vorstellen."

Als Nächstes zeigte er mir sein Badezimmer und das Gästezimmer. Aber sein Schlafzimmer zeigte er mir nicht.

Gott sei Dank.

Die Bettwäsche war danke der Frau, die die Nacht mit ihm verbracht hatte, wahrscheinlich immer noch unordentlich durch die Frau. Wahrscheinlich befanden sich noch Haare von ihr auf dem Kissen. Und es roch sicher nach Sex. „Nun gut, ich sollte zurück zur Arbeit gehen." Ich ging zurück zur Tür und versuchte, nicht zu laufen.

„Ja, und ich muss duschen."

Hatte er nicht geduscht, seit diese Frau bei ihm gewesen war? Widerlich. „Wir sehen uns." Ich drehte mich nicht um und sah ihn nicht mehr an. Ich wollte meine Beine in die Hand nehmen und verdammt noch mal so schnell wie möglich von ihm weg kommen. Diese Frau sollte mich eigentlich nicht stören, und dennoch tat sie es. Ich musste mein Gesicht wahren, doch das konnte ich nicht, wenn er mich ansah.

„Francesca." Seine Stimme nahm einen anderen Ton an und klang plötzlich entschuldigend.

Ich wusste nicht, was ich dachte, drehte mich aber dennoch um. „Hmm?" Ich nahm für eine kurze Sekunde Blickkontakt mit ihm auf. Sein Gesicht wirkte hin und her gerissen, als ob er nicht sagen wollte, was auch immer er zu sagen hatte.

„Ich ..." Er kämpfte damit, die richtigen Worte zu finden.

Ich wusste, dass er versuchte, eine Entschuldigung für die Anwesenheit dieses Mädchens zu finden. Ihre Gegenwart war kein bösartiger Plan, und er hatte keine Ahnung gehabt, dass sie dort sein würde. Er wollte sich für etwas entschuldigen, für das er sich nicht zu entschuldigen brauchte. „Es ist okay, Hawke." Ich wandte mich ab, weil mir Tränen in die Augen steigen würden, wenn ich noch länger dort blieb.

Er senkte seinen Blick und sah zu Boden. „Es tut mir leid ..."

Ich ging weiter. Mein Herz schmerzte und meine Füße trugen mich so schnell wie möglich davon. Alte Wunden waren aufgerissen worden. Als ich ihn an dem Abend letztens gesagt hatte, dass ich nicht auf dem Heimweg war, das Gleiche angetan. Er hatte genauso bestürzt ausgesehen, wie ich mich gerade fühlte. Aber er hatte sich Kyle nicht in Person ansehen müssen. „Es gibt nichts, was dir leidtun müsste."

Als ich den Kraftraum im Fitnessstudio betrat, saß Kyle auf einer Bank. Eine Hantel ruhte auf seinen Oberschenkeln und er starrte sich im Spiegel an.

„Hey." Ich stellte mich, in mein Trainingsoutfit gekleidet, hinter ihn.

Er grinste, als er mich sah. „Schau mal an, wer da ist." Er pfiff, während er mich in meiner hautengen Kleidung anstarrte,. „Du siehst aus wie Catwoman, wenn du das trägst." Er wackelte auf anzügliche Art mit den Augenbrauen.

Ich ignorierte seine kitschige Bemerkung. „Möchtest du mit mir auf ein Date gehen?"

Er hielt inne, als ob er nicht sicher war, dass er mich richtig verstanden hatte. „Du lädst mich ein?"

„Mach da keine große Sache draus. Meine beste Freundin

möchte auf ein Doppeldate gehen. Bist du dabei, oder was?" Ich lehnte mich gegen die Bank und stemmte eine Hand in die Hüfte.

„Du bist so eine gewandte Rednerin." Seine Stimme war voller Sarkasmus. „Aber da du so süß bist, gehe ich mit dir aus."

„Vielen Dank. Ist Samstag okay?"

„Jeder Tag ist okay." Er zwinkerte mir zu.

„Könntest du bitte damit aufhören?"

„Womit?", fragte er unschuldig.

„Das ganze Zwinkern und wie du mit den Augen wackelst. Ohne diesen Bullshit bist du heiß."

„Ich denke, dass dich das antörnt und du es nur nicht zugeben willst." Er zwinkerte mir dramatisch zu.

„Ich kann das Date auch absagen, das weißt du?"

„Ich werde dich so oder so abholen." Er hob eine Hantel hoch und fing an, Curls zu machen. Während er das tat, starrte mich die ganze Zeit an. „Bist du in Stimmung?"

Ich verdrehte die Augen. „Ich habe noch nie jemanden getroffen, der so von sich selbst überzeugt war."

„Weil eine Menge Leute was von mir abhaben wollen." Er zwinkerte wieder.

Ich knurrte und rauschte genervt davon.

„Hey, komm zurück." Er legte die Hantel ab. „Es war nur ein Scherz."

Ich kam zurück, war aber auf der Hut.

Er fing an, ernst zu werden. „Warum willst du plötzlich auf ein Date gehen? Du hattest mir doch zu verstehen gegeben, dass du nur auf der Suche nach einigen bedeutungslosen Seitensprüngen wärst."

„Marie spricht mich dauernd deswegen an und ..." Ich wollte nicht auf Einzelheiten eingehen.

„Hat es etwas mit Hawke zu tun?" Er schien nicht irritiert zu sein, nicht so wie sonst.

„Ich habe ihn gestern gesehen und irgend so eine Tussi hatte ihr Portemonnaie in seiner Wohnung vergessen ... es war peinlich."

„Was hattest du erwartet, was er tun würde?", fragte Kyle. „Er ist Single, richtig?"

„Er kann tun, was er will." Das hieß aber nicht, dass es nicht auch wehtat.

„Immerhin schläfst du seit Monaten mit mir."

Ich wurde etwas gereizt. „Ich bin nicht sauer auf ihn und er schuldet mir rein gar nichts. Aber es tut immer noch weh, ihn mit jemand anderem zu sehen, ob es bedeutungslos ist oder nicht." Ich schüttelte den Kopf. „Warum habe ich erwartet, dass du das verstehen würdest?"

„Oha ... Moment mal." Er hob als Zeichen der Kapitulation beide Hände. „Ich verurteile dich nicht. Ich bin nur neugierig."

„Warst du jemals verliebt, Kyle?"

Bevor er antwortete, starrte er mich lange an. „Nein."

„Dann kannst du das nicht verstehen."

„Du liegst falsch damit ... aber was auch immer." Er legte seine Gewichte in den Ständer und kam auf mich zu. „Wenn du keine Beziehung mit mir haben willst, warum willst du dann mit mir ausgehen?"

„Weil Marie das so möchte, und Hawke zu sehen ... hat mich wieder daran erinnert, dass ich mit meinem Leben weitermachen muss. Wie soll ich jemanden finden, wenn ich nie jemandem eine Chance gebe?"

Er nickte. „Ich mag Marie."

„Sie ist herrisch und fordernd."

„Ich mag herrisch und fordernd."

„Sie heiratet meinen Bruder", schnauzte ich. „Sie ist tabu."

Er lachte. „So habe ich das nicht gemeint, mein Schatz. Ich mag nur, dass sie dir all den Scheiß erzählt, den du nicht hören willst — das ist alles."

„Also, machst du bei dem Doppeldateding mit?"

„Es klingt so, als ob du das eigentlich gar nicht willst."

„Weil ich es nicht will." Ich war immer ehrlich mit den Männern in meinem Leben. Ich wollte sie nie vorführen oder sie auf falsche Ideen bringen.

Er schüttelte den Kopf. „So viel dazu, dass du nur jemandem eine Chance geben willst."

„Du weißt doch schon, wie ich bin. Wir beide wissen, dass das hier nirgendwo hinführt. Aber vielleicht kann das ein erster kleiner Schritt für mich sein."

„So funktioniert es bei allen anderen ..." Seine Stimme war voller Sarkasmus, aber auch leicht amüsiert.

„Tut mir leid", sagte ich. „Du musst nicht mitmachen. Ich weiß, dass du auch nicht nach etwas Ernstem suchst."

„Ich hätte nichts dagegen, wenn wir etwas anderes als Sex tun würden", sagte er. „Du bist wirklich cool. Ich dachte schon in dem Moment an so was, als du in den Umkleideraum gekommen bist und mein Ding angestarrt hast, als ob es das größte Stück Schokolade wäre, das du je gesehen hast."

Ich verdrehte meine Augen und errötete gleichzeitig. „Nicht mein bester Auftritt ..."

„Ich fand es sexy." Er lehnte sich zu mir. „Kann ich jetzt zwinkern?"

Ich verdrehte die Augen wieder. „Okay. Mach das nur nicht beim Abendessen."

Kyle war pünktlich bei mir. Er trug ein Hemd und eine Anzughose, viel schicker als seine übliche Kleidung. Er betrachtete mein Kleid und seine Augen würdigten den Anblick. „Das gefällt mir."

„Vielen Dank. Du siehst auch gut aus."

„Ich weiß.“ Auf seinem Gesicht bildete sich ein selbstgefälliges Grinsen.

Ich ging hinaus und schloss die Tür hinter mir, bevor er zwinkern oder mit seinen Augenbrauen wackeln konnte. „Marie und Axel sind cool. Du wirst sie mögen.“

„Ich mag jeden.“ Er legte seinen Arm um meine Taille.

Normalerweise berührte er mich außerhalb der Wohnung nicht, aber ich ließ es zu. „Wie war dein Tag?“

„Ich bin aufgewacht und habe den ganzen Tag Videospiele gespielt.“

„Zumindest hast du dich entspannt.“

„Entspannt?“, fragte er mit einem Lachen. „Ich habe die Köpfe der Leute abgeschossen und Granaten geworfen. Ich würde es nicht als entspannend klassifizieren.“

„Und wie würdest du das dann klassifizieren?“

„Stimulierend.“

Wir gingen den Bürgersteig entlang und erreichten das Restaurant.

„Also, Axel ist dein Bruder, richtig?“, fragte er.

„Ja.“ Ich ging hinein und suchte die Tische ab.

„Also ... was muss ich tun?“

„Was meinst du damit?“ Ich entdeckte sie an einem Tisch in der Ecke, aber ich wandte mich zuerst Kyle zu, bevor wir rübergingen.

„Er ist dein Bruder, macht das dieses Date ernst? Du stellst mich deiner Familie vor.“

„Oh.“ *Jetzt verstand ich.* „Nein, so ist es nicht. Axel und ich sind genauso Freunde wie Geschwister. Er wird nicht zu viel hineininterpretieren.“

„Bist du dir da sicher?“, fragte er. „Er ist kein psychotischer, extrem fürsorglicher Bruder?“

„Nein. Jetzt lass uns gehen, ich habe Hunger.“

Wir näherten uns dem Tisch und Maries Blicke wanderten

sofort an Kyle auf und ab. Dann warf sie mir ein kurzes Lächeln zu, das alles sagte, was ihre Lippen nicht aussprechen konnten.

Ich ignorierte dies. „Hallo, das ist Kyle."

„Es ist mir ein Vergnügen, dich kennenzulernen." Er schüttelte zuerst Axel die Hand.

„Ebenso", sagte Axel höflich. Er musterte Kyle von Kopf bis Fuß und sah sich seine Kleider und seine glänzende Uhr an.

„Ich freue mich so, dich zu treffen." Anstatt seine Hand zu schütteln, umarmte Marie ihn, als ob sie schon lange Freunde wären. „Ich habe mich schon den ganzen Abend darauf gefreut."

„Oh ..." Kyles Lippen erstreckten sich zu einem Grinsen. „Ich bin froh, dass sich jemand freut. Immer wenn Frankie mich sieht, scheint sie sich nur zu langweilen."

„Sie hat einfach nur eine raue Schale." Marie lachte darüber, warf mir aber einen vielsagenden Blick zu.

Kyle zog den Stuhl für mich vor, bevor er sich hinsetzte.

Als ich aufgrund dieser Geste erstarrte, erkannte ich, dass es lange her war, seit ich auf einem Date gewesen war. Ich wusste schon fast nicht mehr, wie ich mich verhalten sollte. Es war, als ob ich vergessen hatte, wie das ging. „Danke ..." Ich ließ mich auf dem Stuhl nieder.

Axel starrte Kyle an, ohne sich darum zu kümmern, ob es diskret war oder nicht.

Marie nahm ihre Speisekarte und drehte sie so, dass die Jungs nicht sehen konnten, wie wir uns über den Tisch lehnten und redeten. „Verdammt, er ist wirklich süß."

„Ich weiß." Darüber gab es keinen Zweifel. Als ich ihn im Fitnessstudio gesehen hatte, war ich sofort hin und weg.

„Ihn zu finden, war gute Arbeit. Er hat wirklich schöne Augen."

Axel räusperte sich. „Ich habe auch wirklich schöne Augen."

Maries Gesicht errötete vor Verlegenheit, dann senkte sie ihre Speisekarte, als ob nichts passiert wäre.

Kyle grinste dauernd wie ein Idiot.

Ich blickte auf meine Speisekarte und versuchte, mich so zu benehmen, als wäre es nicht unglaublich unangenehm. „Was nimmst du?"

Kyles Hand wanderte zu meinem Oberschenkel. „Ich bin mir nicht sicher, und du?"

Ich spannte mich an, als er mir in der Öffentlichkeit Zuneigung zeigte. Es packte mich auf eine falsche Art, und ich konnte nicht erklären, warum. Wir waren auf einem Date, also war das eigentlich normal, aber ... irgendetwas passte nicht.

Axel sah Kyles Hand an und nahm dann ein Schluck von seinem Wasser.

„Wahrscheinlich die Spaghetti." Ich legte die Karte weg.

„Vielleicht können wir uns etwas von der Pasta teilen, wie in dem Disneyfilm." Er drückte meinen Oberschenkel unter dem Tisch.

„Vielleicht ..." *Ich brauchte Wein.*

„Also, Kyle." Axel setzte sein Wasser ab. „Wovon lebst du so?"

Kyle kam kaum dazu, die Frage zu beantworten. „Ich betreibe eine —"

„Verhör ihn aber nicht." Ich warf Axel einen tödlichen Blick zu. „Wir sind hier, um Spaß zu haben, nicht um seinen Lebenslauf zu untersuchen."

Axel starrte mich an. „Ich will nur deinen Geliebten kennenlernen."

„Er ist nicht mein Geliebter." Ich wollte nicht so hart klingen, aber es kam einfach so raus.

„Autsch." Kyle drückte meinen Oberschenkel wieder, als würde er mich necken.

Zum Glück kam in diesem Moment die Kellnerin und nahm

unsere Bestellung auf. Es war schön, etwas zu tun zu haben, anstatt sich nur unangenehm gegenseitig anzuschauen. Aber sobald sie gegangen war, kehrte die gedrückte Stimmung zurück.

„Also, was sagtest du", fragte Axel. „Bevor meine görenhafte Schwester dich unterbrach?"

„Sie ist wirklich eine Göre", sagte Kyle lachend.

„Finde ich auch", sagte Marie mit erhobener Hand.

Ich verdrehte nur die Augen.

„Ich besitze eine Anwaltskanzlei in Manhattan. Sie ist auf der Sechsten und Broadway." Kyle nahm einen Schluck von seinem Wein.

So etwas hatte Axel offensichtlich nicht erwartet, seinem überraschten Blick nach zu urteilen. „Du besitzt eine Kanzlei?"

„Ja", sagte Kyle bescheiden.

„Wie alt bist du denn, wenn ich dich mal so fragen darf?", fragte Axel.

Ich warf ihm einen strengen Blick zu. „Verhör ..."

„Baby, es ist schon in Ordnung", sagte Kyle.

Ich mochte es nicht, außerhalb des Schlafzimmers so genannt zu werden, korrigierte ihn aber trotzdem nicht.

„Ich bin dreißig", sagte Kyle. „Mein Vater war Anwalt, und er ist vor einigen Jahren verstorben. Ich habe seine Firma geerbt und jetzt betreibe ich sie."

„Oh ..." Axel nickte verständnisvoll. „Mein Beileid."

„Wir hatten eine sehr enge Beziehung, deshalb war das sehr schwer für mich", sagte Kyle. „Aber in seinem Büro zu arbeiten, gibt mir manchmal das Gefühl, dass er immer noch da ist ..." Seine Stimme verklang.

Mein Herz schmerzte für ihn, deshalb legte ich meine Hand auf seine.

Als er die Zuneigung spürte, lächelte er und drückte meine Finger.

Marie grinste, als sie unsere Interaktion beobachtete. „Also, geht das schon lange so?“ Sie lehnte sich auf der Stuhlkante nach vorn.

Kyle wandte sich mir zu. „Ihr redet über mich, nicht wahr?“ Er wackelte mit den Augenbrauen. „Ich wusste, dass du auf mich stehst.“

„Ich erzähle ihr alles“, sagte ich. „Sie ist meine beste Freundin.“

„Wie lange?“, fragte Axel, als sein Beschützerinstinkt erwachte.

„Etwa sechs Monate oder so“, antwortete Kyle.

Ich wünschte, dass er das nicht gesagt hätte.

„Sechs Monate?“, fragte Axel. „Das ist eine lange Zeit ...“ Er wandte sich mir zu und warf mir einen missbilligenden Blick zu. „Warum treffe ich ihn erst jetzt?“

„Weil wir es nicht ernst meinen“, sagte ich. „Können wir jetzt aufhören über Kyle und mich zu reden und einfach nur Spaß haben?“

„Du stellst mich deinem Geliebten vor“, sagte Axel. „Ich möchte mehr über ihn wissen. Das ist mein Job.“

Ich schnappte mir ein Stück Brot aus dem Korb und warf ihn damit ab. Es traf ihn direkt auf die Nase.

Marie hielt sich eine Hand vor den Mund und versuchte, nicht zu lachen.

„Sei nicht so nervig“, sagte ich. „Lasst uns über etwas Anderes reden.“

Axel wischte sich die Krümel aus dem Gesicht und presste seine Lippen fest zusammen. Es war offensichtlich, dass er gereizt war, aber weil Kyle hier war, hielt er seine Zunge im Zaum.

„Ich habe gehört, dass ihr beiden heiratet“, sagte Kyle. „Gratulation.“

„Danke“, sagte Marie. „Wir sind wirklich außer uns vor Freude.“ Sie beugte sich zu Axel und küsste seine Wange.

Ihre Zuneigung ließ Axel sanft werden. „Ja, ich werde sie auf jeden Fall heiraten. Marie hat perfekte Beine und noch dazu einen perfekteren Arsch.“

Ich ignorierte den letzten Kommentar.

„Warst du schon in Frankies Laden?“, fragte Marie.

„Ich gehe dort ziemlich oft hin“, sagte Kyle. „Manchmal, um sie zu sehen … und manchmal wegen ihrer Leckereien.“ Er warf mir einen koketten Blick zu.

Ich drückte meine Lippen an sein Ohr. „Nicht so übertrieben.“

Seinen Lippen kamen an mein Ohr. „Ich bin nur ich selbst. Es interessiert mich nicht die Bohne, ob Menschen mich mögen oder nicht.“ Dann zog er sich zurück.

„Wie habt ihr beiden euch getroffen?“, fragte Axel.

Marie lachte sofort und versuchte dann, sich zurückzuhalten. Es kam heraus, wie ein schnelles Wiehern, das wir alle bemerkten.

Axel beäugte sie. „Das sollte interessant sein …“

Kyle drehte sich zu mir um und fragte leise, was ich sagen wollte.

„Wir haben uns im Fitnessstudio getroffen.“ Ich ging nicht näher darauf ein.

„Du meinst im Umkleideraum“, neckte Marie.

Ich trat sie unter dem Tisch.

„Der Umkleideraum?“, fragte Axel.

Axel verdiente es, mit der perfekten Frau sein Leben zu verbringen, und Marie war diese Person. Aber manchmal war es nervig, dass meine beste Freundin mit meinem Bruder zusammen war. Ich konnte in seiner Gegenwart nicht einfach alles sagen. „Ich bin versehentlich in den Männerumkleideraum gegangen … und dort bin ich auf Kyle gestoßen.“

„Versehentlich — verarschen kann ich mich selbst“, platzte es aus Marie heraus.

Kyle legte seinen Arm auf die Rückenlehne meines Stuhls. „Ich glaube auch nicht, dass es versehentlich war.“

„Nun, das war es aber“, sagte ich defensiv.

„Und dann?“, Axel zog eine Augenbraue hoch.

Kyle übernahm. „Sagen wir einfach, dass ihr gefallen hat, was sie sah und sie mich gleich gefragt hat, ob ich mit ihr ausgehen möchte.“

Ich weiß nicht, warum es mir etwas ausmachte, Dinge vor Axel zu verbergen. Da Marie meine beste Freundin war, war es eh fast unmöglich.

Marie lachte. „Die Beste Geschichte aller Zeiten.“

„Ich bin wirklich versehentlich in den falschen Raum gegangen.“ Ich wollte nicht das jemand dachte, dass ich ein seltsamer Vogel wäre, der von Grenzen nichts verstand.

„Wie ist das möglich?“, fragte Axel. „Du kannst lesen, und du warst vorher schon mal in der Umkleidekabine.“

„Es war mein erster Tag im Fitnessstudio und ich war ein wenig durcheinander“, sagte ich.

„Aber ich habe ihr geholfen, den Weg zu finden.“ Kyle genoss das mehr, als er sollte.

Marie klatschte aufgeregt in ihre Hände. „Ich erzähle diese Geschichte bei eurer Hochzeit.“

Ich trat sie unter dem Tisch.

„Aua“, sagte sie mit verhaltenem Atem.

„Du erzählst den Leuten, dass wir heiraten?“, fragte Kyle.

„Zur Hölle, nein“, platzte ich heraus. „Marie will nur unbedingt, dass ich heirate, deshalb denkt sie, dass jeder Mann, den ich treffe, mein zukünftiger Ehemann sei.“

„Es würde mir nichts ausmachen, dich zu heiraten“, sagte Kyle. „Ich hätte auf jeden Fall ständig Unterhaltung.“ Seine Finger rieben meinen Nacken.

Marie blickte drein, als ob ihr größter Traum gerade wahr geworden wäre.

Axel beobachtete Kyle aufmerksam, bis dann das Essen kam.

Als die Teller vor uns hingestellt wurden, war ich dankbar, dass wir etwas anders zu tun hatten, als nur zu reden. Dieser Abend sollte ein lustiges und unbeschwertes Doppeldate sein, aber es hatte sich in eine Hochzeits-Planungs-Sitzung verwandelt.

„Wie schmeckt dir dein Essen?“, fragte Kyle.

„Es ist gut. Und deins?“

Er steckte seine Gabel in eine meiner Hackfleischbällchen und aß sie. „Köstlich.“

Ich nahm ein Stück von seinem Huhn und aß es. „Hmm ... echt gut.“

„Wie wäre es, wenn wir uns das Essen zur Hälfte teilen?“ Kyle packte seinen Teller und wollte ihn austauschen.

Ich wurde sofort an mein erstes Date mit Hawke erinnert. Die Nacht war ähnlich verlaufen und wir hatten unser Essen geteilten, als ob wir schon jahrelang zusammen gewesen wären. Kyle etwas so Ähnliches tun zu sehen, ging mir wirklich sehr nah. „Nein, das ist schon okay.“ Ich zog meinen Teller zu mir zurück und hielt meinen Blick nach unten gerichtet.

Marie schaute mich fragend an.

Ich ignorierte sie und aß weiter.

5

FALSCHE RICHTUNG

Hawke

Ich war so ein Scheißkerl.

Warum zum Teufel musste Renee auch ihr Portemonnaie vergessen? Warum musste sie mit verschmiertem Make-up im Gesicht und unordentlichen Haaren vor meiner Tür stehen? Es war so offensichtlich, dass sie die Nacht irgendwo verbracht hatte.

Ich wollte nicht, dass Francesca das sah.

Sie traf sich mit einem Kerl und das hatte mein Herz in unendliche viele Stücke zerbrochen. Zu wissen, dass sie mit jemand anderem zusammen war ... jemand anderen küsste ... machte mich krank. Ich hatte kein Recht, so zu fühlen. Schließlich hatte ich unsere Beziehung beendet. Ich drehte mich einfach um und verließ sie ohne einen Blick zurückzuwerfen. Wir waren wahnsinnig verliebt und glücklich ... aber ich hatte es weggeworfen.

Ich hatte kein Recht, darüber erbost zu sein.

Was mir am meisten wehgetan hatte, war ihre Reaktion. Francesca kümmerte das nicht im Geringsten. Sie ging in meine

Wohnung, als wäre nichts passiert. Renees Gegenwart hatte sie überhaupt nicht beeindruckt. Sie schaute sich meine Wohnung und die Möbel an und machte mir Komplimente, dass es gut aussähe.

Sie war wirklich über mich hinweg.

Ich wollte nicht, dass sie wegen Renee verletzt wäre. Ich war kein Sadist. Aber es wäre eine Lüge, wenn ich sagen würde, dass ich nicht wollte, dass sie sich Gedanken machte.

Denn ich machte mir Gedanken.

NACH MEINEM ABENDLICHEN BOXTRAINING TRAF ICH AXEL AUF einen Drink. Wir trafen uns immer im Laufe der Woche, spielten Basketball oder tranken unsere Probleme weg. Ich hatte angenommen, dass sich unsere Freundschaft verändern würde, als er sich verlobt hatte, und war überrascht, als das nicht der Fall war. Er verbrachte nicht seine ganze Zeit mit Marie, was ich nicht erwartet hatte.

Wenn ich eine Verlobte hätte, wäre ich mit ihr die ganze Zeit zusammen.

„Wie war dein Training?", fragte Axel und trank dann sein Bier.

„Ganz gut." Ich war noch wütender als üblich, also war ich dankbar, dass ich einen Boxsack hatte, an dem ich es auslassen konnte. Mein Trainer hatte gefragt, ob ich ein Problem hätte, aber ich hatte gelogen und gesagt, dass alles in Ordnung sei.

Axel fing an über die Arbeit und das Portfolio zu reden, an dem er arbeitete. „Alter, es war schlau von dir, dein eigenes Unternehmen zu gründen. Ich hasse es, einen Chef zu haben."

„Dann tu es doch auch."

„So einfach ist das nicht ..." Er schüttelte den Kopf und sah sich in der Bar um. „Ich wünschte, ich hätte etwas von meinem

Vater geerbt, aber außer seinem alten Werkzeug und dem Chevy habe ich nichts bekommen."

Was? Hatte ich etwas verpasst? „Wie bitte?"

„Oh." Er schüttelte den Kopf, als ob er seinen Irrtum bemerkt hatte. „Francescas Geliebter hat eine Anwaltskanzlei geerbt. Jetzt leitet er sie und tut so ziemlich all das, was auch immer er möchte. Er hat sogar … " Axel sprach weiter, aber seine Worte verschwammen.

Sie hatte einen Geliebten?

Also war der Kerl, den sie sah, nicht nur beiläufig?

Sie hatte tatsächlich eine Beziehung mit ihm?

Liebte sie ihn sogar?

Sprachen sie über die Ehe?

„Ich weiß, dass Neid nicht schön ist, aber ich bin total neidisch", fuhr Axel fort. „Ich bin total dafür, hart für Dinge, die man haben will, zu arbeiten, aber es wäre schön, auch mal etwas einfach zu bekommen, weißt du?"

Ich hörte kein Wort von dem, was er sagte. Jemand hatte mir mit einem Küchenmesser in die Brust gestochen und nun spritzte mein Blut überall hin. Das sollte mir nichts ausmachen. Ich wusste, dass so etwas irgendwann passieren konnte. Sie war verdammt noch mal zu perfekt, als das keine Kerle hinter ihr her sein würden. Ich wusste, dass sie sich mit anderen Männern treffen und sich schließlich wieder verlieben würde, aber … ich hatte mich anscheinend nicht auf die Realität vorbereitet. „Er ist Anwalt?"

„Ja", antwortete Axel. „Ich weiß nicht, was für einer. Ich hatte nicht die Gelegenheit, danach zu fragen, weil Frankie nicht wollte, dass ich ihn verhöre." Er verdrehte die Augen. „Sie ist eine Drama-Queen, das schwöre ich."

„Also, magst du ihn?" Ich hoffte, dass er ein Versager war, den Axel hasste. Dann würden sie sich trennen.

Gott, ich war so ein Arschloch.

„Um ehrlich zu sein, ja." Er zuckte mit den Schultern. „Das hat mich überrascht."

„Verdammt."

„Er ist nicht zu verkrampft und ernst. Er macht viele Späße, vor allem mit Frankie. Er lässt ihr nichts durchgehen und er sagt ihr, wenn sie Scheiße erzählt. Und er schien sich überhaupt nicht von mir bedroht zu fühlen. Es ist so, als ob ihm meine Meinung völlig egal wäre."

„Ist das nicht eher negativ?"

„Nein, ich mag einen Mann, dem egal ist, was andere denken. Das reduziert das Drama."

Und es kam noch schlimmer.

„Und er ist wirklich erfolgreich und sieht auch noch gut aus. Ich werde mich nicht beschweren, wenn ich weiß, dass es so viele schlechtere Möglichkeiten gibt." Er blickte zum Fernseher in der Ecke der Bar.

Ich fühlte mich, als wäre ich innerlich gestorben. Ich starrte die Oberfläche des Tisches an und ließ meine Finger durch meine Haare gleiten.

Axel wandte sich mir wieder zu. „Alles okay bei dir, Mann?"

„Ja, alles in Ordnung." Ich klang überhaupt nicht überzeugend, aber egal.

Axel behielt mich weiterhin im Auge. „Ich dachte mit dir und Frankie wäre alles in Ordnung? Jedes Mal, wenn ihr zusammen seid, ist es so, als wäret ihr wieder Freunde."

Nein, wir haben nur wieder eine Verbindung. „Ich habe nur Kopfschmerzen."

Das nahm Axel mir nicht ab. „Empfindest du immer noch etwas für sie?"

Ich werde immer etwas für sie empfinden. „Nein."

Er lehnte sich in der Nische zurück und rührte sein Bier nicht noch mal an. Seine Augen waren auf mich gerichtet, kalt und berechnend. „Alter, ich habe dich gefragt, ob du mit all dem klarkommst, und du hast gesagt, dass es okay sei."

„Es geht mir gut", schnauzte ich. „Können wir uns über etwas Anderes unterhalten? Wie Sport zum Beispiel? Oder Musik? Egal worüber?"

Er schüttelte leicht den Kopf. „Was soll ich tun? Du kannst nicht einfach nicht mehr mein Trauzeuge sein."

Die Situation lief aus dem Ruder. „Axel, ich habe keine Gefühle für Francesca. Ich bin ganz und gar über sie hinweg. Ich gebe zu, dass es seltsam ist, zu wissen, dass sie einen Geliebten hat, aber das ist normal. Es wird immer eigenartig sein, wenn deine Ex in einer neuen Beziehung ist." Ich hielt seinem Blick stand und hoffte, dass er meine erlogene Geschichte glauben würde.

Axel trank schließlich sein Bier weiter, was mir sagte, dass er Menschen nicht besonders gut durchschauen konnte. „Okay. Ich bin froh, dass ich mich geirrt habe. Es hat lange gedauert, zu verstehen, dass ihr zwei nie wieder zusammenkommen werdet. Ich erinnere mich noch daran, wie ihr es war, als ihr zusammen wart. Es schien eigentlich, als ob ..."

Dass wir für immer zusammenbleiben würden. „Beziehungen kommen und gehen und die Welt dreht sich weiter." In der Hoffnung, dass es die Depression wegspülen würde, nahm ich einen großen Schluck von meinem Bier.

„Warum habt ihr euch überhaupt getrennt?"

Mussten wir nun wirklich noch mal alle Erinnerungen hervorkramen? „Es ist schon lange her ..."

„Aber du hast mir nie wirklich gesagt, warum." Axel wusste nichts von meiner Kindheit oder der Tatsache, dass ich ein unkontrollierbares Temperament hatte, das zu unverzeihlichen Handlungen führen könnte. Er wusste nicht, dass ich ein Monster war — und dass ich Francesca verletzen würde.

„Es hat halt nicht funktioniert." Ich sah zu dem Fernseher,

nur damit ich Axel nicht anschauen musste. Ich wollte gehen und irgendwo an meinen Wunden lecken. Mein Herz hatte schmerzhafte Schläge abbekommen, und jetzt schlug es nicht mehr wie vorher.

Es würde nie wieder wie früher schlagen.

ICH MUSSTE ES DAMIT KLARKOMMEN.

Ich war derjenige, der gegangen war. Sie war vor meiner Tür auf die Knie gegangen, aber ich hatte mich trotzdem umgedreht und mich davongemacht. Sie hatte gesagt, dass wir Seelenverwandte wären und ich hatte dieser Aussage zugestimmt.

Und trotzdem hatte ich sie verlassen.

Es gab Zeiten, in denen ich sie bitten wollte, mich doch zurückzunehmen. Es gab Zeiten, in denen ich sie anrufen wollte, nur um ihre Stimme zu hören. Aber dann erinnerte ich mich daran, was ich ihr Jahre vorher in dieser Bar angetan hatte. Ich hatte sie am Arm gepackt und zu Boden geschleudert. Damals hatte ich angenommen, dass ich Axel erwischt hätte.

Aber das änderte nichts.

Der Hass brannte tief in mir und dieses Gefühl entfachte Wut und Verzweiflung. Ich würde immer nur der Schatten eines Mann sein. Ich würde immer gefährlich sein. Egal, was ich tat und was ich mir selber versprach, ich würde niemals gut genug für sie sein.

Es war, wie es sein musste.

Es war egal, wie sehr ich sie liebte, oder was wir gehabt hatten. Es war alles vergangen, tief in der Vergangenheit vergraben. Trotz meiner Eifersucht und der anhaltenden Besitzgier wusste ich, dass ich mich in die andere Richtung bewegen und es ignorieren musste. Francesca hatte weitergemacht, so, wie sie sollte.

Das war, was ich wollte.

Ich wusste, dass sie jemanden finden würde, der sie richtig behandelte und sie glücklich machte. Er würde eine ganz normale Familie haben und nicht diese ernsten Probleme, die ich hatte. Er würde sie lieben und sie nie wieder gehen lassen.

Das war, was ich wollte.

Also sollte ich mich für sie freuen. Ich sollte nicht über sie nachdenken, als ob sie immer noch mir gehörte. Dieser Tag würde kommen, und ich musste es so weit wie möglich annehmen. Es war egal, was zwischen uns war, so mächtig es auch war.

Es war einfach nicht möglich.

Als ich an diesem Abend nach Hause ging, waren meine Schultern schwerer als je zuvor hatte. Eine unsichtbare Last ruhte auf ihnen, und manchmal war es schon schwer, einfach nur zu gehen. Ein Amboss lag auf meiner Brust, der das Atmen schwer machte.

Ich saß auf der Couch und schaute aus dem Fenster. Die Stadt lag mir zu Füßen und ich saß auf meinem eisernen Thron. Ich hatte alles erreicht, wovon ich geträumt hatte, aber es fühlte sich seltsam leer an. Mein Leben war nie komplett gewesen … seitdem sie mich verlassen hatte.

Die Einsamkeit fraß mich meistens lebendig auf. Es war einfacher gewesen, nicht daran zu denken, als Francesca nicht in meinem Leben gewesen war. Aber jetzt, da sie wieder aufgetaucht war, war ihre Anwesenheit eine ständige Erinnerung an das, was ich verloren hatte. Sie sandte ein kleines Leuchtfeuer aus, etwas, das niemand außer mir sehen konnte. Trotz seiner Bedecktheit, strahlte es hell, und ich konnte es an den dunkelsten Orten sehen. Manchmal war es schwierig, dieser Anziehung zu widerstehen. Ich wollte zu ihr gehen und mich wieder sicher fühlen, wieder geliebt fühlen.

Aber dann erinnerte ich mich daran, dass sie ja nicht mehr so fühlte.

Und das sollte sie auch nicht.

Ich zog mein Handy heraus und schickte eine Nachricht an eine von meinen Regulären. Sie war ein Modell für Cosmo und hatte die Figur eines Bademodenmodells. Sie kam aus dem Ausland und schämte sich wegen ihres schlechten Englisches, weshalb sie nicht viel redete, was ich bevorzugte. *Ich denke an dich.*

Sie reagierte sofort, wie immer. *Ja? Sei etwas konkreter.*

Komm her und ich zeige es dir.

6

PLÄNE

Francesca

JEDER TAG IM *THE MUFFIN GIRL* WAR GLEICH. VON MORGENS BIS zum Mittag war es chaotisch und es war nicht mal genug Zeit, um einen Blick auf die Uhr zu werfen. Aufträge strömten herein, Kunden bestellten ihren Kaffee mit dem Geschmack des Tages, und ich arbeitete hinten an meinen Kreationen. Ich verbrachte den Großteil meiner Zeit damit, Hochzeitstorten herzustellen, etwas, das ich nicht erwartet hatte, bevor ich den Laden eröffnete. Ich hatte angenommen, dass ich meine Zeit mit dem Backen von Neuschöpfungen verbringen würde. Das hatte ich auch schon gemacht, nur nicht sehr oft. Aber es gab sonst niemanden, bei ich mich darauf verlassen konnte, dass die Kuchen richtig gut werden würden.

Liz ging vorbei, sie hatte Mehl auf der Wange. „ Marie ist hier."

„Schick sie nach hinten." Ich war dabei, den Zuckerguss auf dem Kuchen zu verteilen und wollte sichergehen, dass es perfekt wurde.

„Klar.“ Bevor sie wieder nach vorne eilte, nahm Liz sich einen Stapel Cookie-Kartons.

„Liz?“ Ich nahm meine Augen nicht von dem Kuchen. „Du hast Mehl auf deiner Wange.“

„Oh.“ Sie wischte es mit ihrem Unterarm ab. „Danke.“ Dann verschwand sie wieder im vorderen Teil der Bäckerei.

Marie kam einen Augenblick später nach hinten. Sie trug ein figurbetontes, graues Kleid und eine Halskette mit türkisfarbenen Perlen um den Hals. „Ein weiterer Tag im Paradies?“

Ich tauchte den Spatel in die Schüssel mit Wasser, bevor ich mehr Zuckerguss darauf verteilte. „Wie oft muss ich dir noch sagen, dass du einfach nach hinten kommen sollst? Du musst nicht jedes Mal um Erlaubnis fragen.“

„Was ist, wenn du gerade mit einem Mann rummachst?“

Ich hörte auf, an der untersten Ebene zu arbeiten, und drehte mich mit fragendem Gesichtsausdruck zu ihr um. „Hier hinten in der Bäckerei?“

„Ja.“ Marie blickte weiter unschuldig drein.

„Wenn wir geöffnet haben?“ Dachte sie wirklich, dass ich eine solche Schlampe wäre?

„Warum nicht?“, fragte sie ernst. „Es ist dein Laden. Außerdem bringen Backwaren jeden in Stimmung.“

Manchmal konnte ich nicht unterscheiden, ob sie nur scherzte oder nicht. „Was gibt’s, Marie?“ Ich packte den Spritzbeutel und fing an, die Elfenbeinperlen entlang der untersten Schicht der Hochzeitstorte zu formen.

„Ich mochte Kyle echt gerne.“ Ein Lächeln war in ihrer Stimme zu hören.

„Er ist ein echt heißer Typ.“ Er war der weichherzigste Kerl, den ich je getroffen hatte, von Hawke abgesehen.

„Und ich kann dir sagen, dass er dich auch mag.“

„Er mag die Tatsache, dass ich in die Umkleidekabine gegangen bin und ihn eingeladen habe, als er nackt war.“

„Ich denke, dass es mehr als das ist …"

Ich legte mein Werkzeug ab und zog dann meine Schürze aus. „Wie spät ist es?"

„Oh, wechsle das Thema nicht einfach."

„Was?", fragte ich. „Wir haben nur über Kyle geredet. Das ist kein Thema." Ich schnappte mir mein Handy und schaute auf dem Bildschirm nach der Zeit. „Verdammt, es ist ja schon eins!"

„Die Zeit fliegt dahin, wenn man in einem Märchen lebt."

Ich blickte an meinem Oberteil herunter, das mit Mehl und Zuckerguss bekleckert war. „Ja … Ich sehe aus, wie eine Prinzessin."

Marie ging zu einem Hocker und sah mich mit an, in ihren Augen spiegelte sich Begeisterung wieder. „Kyle ist wirklich nicht schlecht. Warum hat es so lange gedauert, bis du mit ihm auf ein Date gegangen bist?"

Ich wusste, dass Marie sich um mich sorgte, weil sie meine beste Freundin war. Ihr lag immer das Beste für mich am Herzen. Aber manchmal ging mir ihre Neugier verdammt noch mal auf die Nerven. „Wenn er so traumhaft ist, warum gehst du dann nicht mit ihm aus?"

„Weil ich schon den traumhaftesten Kerl aller Zeiten heiraten werde." Sie hielt ihren Ringfinger hoch, auf dem der riesige Stein glitzerte.

Ich zuckte zusammen. „Axel ist nicht traumhaft. Er ist eher ein Albtraum."

Marie verfolgte die Diskussion nicht weiter. „Ich werde mir am Samstag ein Kleid kaufen gehen. Möchtest du mitkommen?"

„Was ist das für eine Frage?" Ich wollte meinen Spatel auf sie werfen. „Natürlich komme ich mit. Ich werde jedes Mal, wenn du ein Kleid anziehst, weinen und den ganzen Champagner austrinken."

„Großartig", sagte sie. „Ich werde ein Designerkleid nehmen, also können wir bei Saks in der Fifth Avenue anfangen."

Da sie für ein Magazin arbeitete, war Marie wählerisch, wenn es um Kleidung ging, und ich war nicht überrascht, dass ihr Hochzeitskleid eins der Besten sein sollte. Es war immer mein Plan gewesen, an meinem großen Tag das Hochzeitskleid meiner Mutter zu tragen. „Das klingt gut. Ich kümmer mich um die Reservierung."

„Beste Trauzeugin aller Zeiten."

„Ich weiß." Ich würde mich in dieser Hinsicht nicht bescheiden geben. Ich würde für Marie zum Mond und zurück fliegen, und es würde mir überhaupt nichts ausmachen. Ich wollte das Allerbeste für sie, und nicht nur, weil sie meinen Bruder heiraten würde.

„Hast du schon mit Kyle gesprochen?"

„Nicht seit wir zusammen ausgegangen sind."

Marie drückte ihre Lippen fest zusammen, als ob sie etwas sagen wollte.

Ich warf ihr einen herausfordernden Blick zu.

Es war die richtige Entscheidung, sich zurückzuhalten. „Also, möchtest du jetzt zu Mittag essen? Ich weiß, dass du heute noch nichts gegessen hast. Na gut, noch nichts Anderes als Zuckerguss."

„Sehr gerne."

Ich hatte die selbst gemachte Pizza gerade fertig, als es an meiner Tür klopfte. Ich lief in einer Flanellpyjamahose und einem Tanktop ohne BH herum. Jedes Mal, wenn ich allein war, zeigte ich mein wahres Gesicht. Ich war eine Chaotin, und ich liebte es.

Ich schaute durch das Guckloch und hoffte, dass es nur Marie wäre, die gekommen war, um die Hochzeitspläne durchzusprechen, doch es war Kyle.

Kyle hatte seine Arme vor der Brust gekreuzt. „Willst du mich nur anstarren? Ich weiß, dass ich schön bin, aber es ist unhöflich zu gaffen."

Ich wollte ihm am liebsten eine knallen.

Ich entriegelte die Tür und öffnete sie. „Warum kannst du nicht mal anrufen, bevor du vorbeikommst?"

„Warum sollte ich anrufen?" Er kam einfach rein, ohne dazu aufgefordert zu werden. „Ich würde sowieso kommen, auch wenn du sagen würdest, dass du keine Lust dazu hast." Er schnupperte und ging dann in die Küche. „Was riecht hier so gut?"

Ich schloss die Tür und stieß ein Knurren aus. „Wenn du angerufen hättest, hätte ich Zeit gehabt, Make-up aufzutragen und mir etwas Anderes anzuziehen." Ich folgte ihm in die Küche, meine Arme vor der Brust gekreuzt, um meine harten Nippel, die durch den dünnen Stoff zu sehne waren, zu verstecken.

Er beäugte die Pizza auf dem Herd. „Verdammt, sieht die gut aus."

„Vielen Dank."

Er wandte sich mir zu, während er an der Theke lehnte. Seine Augen betrachteten mich von Kopf bis Fuß, und seine Mundwinkel formten sich zu einem Lächeln. „Du siehst perfekt aus, genauso, wie du bist."

Ich wusste, dass er das nur so sagte. Mein Haar war in einem lockeren Dutt, und im Schritt meiner Hose war ein Loch. „Huhuhu ..."

„Wirklich." Er kam langsam auf mich zu und legte dann seine Hände um meine Hüften. Das geisterhafte Lächeln war immer noch auf seinem Mund und seine Augen hellten sich merklich auf, als er näherkam. „Ehrlich gesagt, finde ich, dass du ohne Make-up besser aussiehst."

„Lügner."

„Baby, du weißt, wie ich bin. Ich erzähle keine kitschigen Dinge, nur um etwas zu sagen."

„Dann erzählst du sie, um jemanden flachzulegen."

„Und würde ich dich flachlegen wollen, wenn du wirklich scheußlich aussehen würdest?" Er lächelte triumphierend, als er wusste, dass er mich so weit hatte. Er drückte seine Lippen auf meine Mundwinkel, bevor er sich zurückzog. Dann packte er meine Brüste und presste sie zärtlich. „Und ich bevorzuge es, wenn du keine Unterwäsche trägst." Er zwinkerte und ging dann wieder zu der Pizza. „Kann ich zum Abendessen bleiben?"

Kyle war arrogant, aber er verhielt sich genau so, dass ich dahinschmolz. „Ja sicher."

„Fantastisch." Er nahm sich einen Teller und setzte sich an den Tisch. Er begann zu essen, bevor ich dazu kam. „Wie war dein Tag?"

„Gut", sagte ich. „Jeder Tag in der Bäckerei vergeht wie im Nu."

„Jedes Mal, wenn ich dort bin, ist es ein verdammter Zirkus."

„Was schön ist", sagte ich. „Der Arbeitstag kommt mir kürzer vor."

„Aber du fängst morgens um fünf Uhr an zu arbeiten …" Er zuckte zusammen. „Das ist das Allerschlimmste."

„Macht mir nichts aus. Ich wache sowieso früh auf."

„Wer zum Teufel wacht freiwillig so früh auf?" Zwischen den Sätzen schob er sich das Essen in den Mund.

„Ich wache sogar an meinen freien Tagen um fünf Uhr auf."

„Verrückt …"

„Ich gehe ins Fitnessstudio, erledige meine Einkäufe, mache Frühstück …"

„Immer noch verrückt." Er aß drei Stücke, bevor er sich den Bauch rieb. „Willst du meine Frau werden?"

Ich hielt mitten beim Abbeißen inne. „Was?"

„Du könntest jeden Tag für mich kochen. Dein Essen ist immer super."

„Warum fragst du mich nicht, ob ich dein Privatkoch werden möchte?" Als ich merkte, dass es nur ein Scherz gewesen war, aß ich weiter.

„Nun gut, ich will auch Sex. Also musst du meine Frau werden."

„Und was habe ich von diesem Szenario?"

Er blickte in seinen Schoß und wandte sich dann wieder mir zu, ein süffisantes Grinsen in seinem Gesicht.

Ich hätte ihm am liebsten ein Stück Pizza ins Gesicht geworfen. „Wie war dein Tag?"

„Gut. Meine Firma hat heute einen großen Fall bekommen."

„Oh?"

„Die Polizei hat fünf Terabyte mit Kinderpornografie auf dem Laptop von diesem Kerl gefunden. Und dann wurde er geschnappt, als er für den Sex mit einer Minderjährigen in Florida bezahlt hat. Der Fall ging über Nacht vom Landgericht zum Bundesgericht. Ziemlich verrückt."

Ich wusste nichts über das Rechtssystem, und ich versuchte auch nicht, so zu tun, als ob das anders wäre. „Wo liegt der Unterschied?"

Kyle war wegen seiner überlegenen Kenntnisse nie arrogant. „Der Fall geht durch die Bundesgerichte und wird zum Bundesverbrechen. Der Fall wird viel mehr Aufmerksamkeit erlangen, und das Urteil, wenn er schuldig gesprochen wird, wird viel schwerwiegender ausfallen."

„Nur, weil er das Verbrechen in einem anderen Bundesland begangen hat?"

„Theoretisch", sagte er. „Aber mit all dem Scheiß, den sie auf seinem Laptop gefunden haben, kriegen sie ihn sowieso dran."

„Du wirst ihn strafrechtlich anklagen?"

„Ja. Wir werden den Kinderschänder für eine lange Zeit aus

dem Verkehr ziehen." Kyle sprach nicht sehr oft über seine Arbeit, aber wenn er es tat, war es leidenschaftlich. Er nahm viele zivile Fälle an, aber manchmal übernahm er auch hochkarätige Fälle wie diesen.

Kyle arbeitete nicht sehr oft im Büro. Er war hauptsächlich ein Aushängeschild für eine Gruppe von Rechtsanwälten, die unter ihm arbeiteten. Er verbrachte viel Zeit damit, zu Golfen, Ausarbeitungen zu machen und auf ausgefallene Reisen zu gehen. Er hatte definitiv einen Lifestyle, von dem die meisten nur träumen konnten. „Wirst du selber an dem Fall arbeiten?"

„Ja, aber muss kaum etwas tun. Es gibt so viele Beweise, dass wir ihn an die Wand nageln werden."

„Ich bin froh, dass er nicht davonkommen wird."

„Ich auch." Kyle schien immer mehr Leidenschaft für Fälle zu haben, bei denen es um Minderjährige oder sexuell Missbrauchte ging, als für die, bei denen es sich um Morde drehte. Er hatte mir nie gesagt, warum das so war.

Aber ich hatte auch nie danach gefragt. Ich hatte versucht, unsere Beziehung so oberflächlich wie möglich zu halten. Wir waren nur Freunde mit gewissen Vorzügen, die großartigen Sex hatten. Nichts weiter.

Er blickte aus dem Fenster, bevor er sich mir wieder zuwandte. „Ich habe ein Attentat auf dich vor — und du schuldest mir was."

„Das ist kein guter Anfang ..."

„Meine Cousine heiratet dieses Wochenende in den Hamptons. Ich möchte, dass du mein Date bist."

Obwohl ich keine Reaktion zeigte, hämmerte mein Herz in meiner Brust. Schweiß trat sofort auf meine Stirn und meine Hände fühlten sich klamm an. Ich ließ das Pizzastück fallen, weil ich meinen Appetit verloren hatte. „Was?"

„Wie, was?", fragte er. „Du weißt, was eine Hochzeit ist, richtig?"

„Aber warum fragst du mich, ob ich mit dir hingehe?“ Wir hatten solche Dinge noch nie getan.

„Weil ich ein Date brauche.“ Er sagte es herablassend, als ob ich ein Idiot wäre, weil ich es nicht gleich verstanden hatte.

Das nahm ich ihm nicht ab. Kyle war ein gut aussehender Mann, der nicht darum kämpen musste, Dates zu bekommen. Er konnte haben, wen er wollte, wann immer er wollte. „Nimm jemand anderen mit. Du weißt, dass ich keine gute Begleitung bin.“

„Im Moment wirklich nicht“, sagte er. „Aber ich will immer noch, dass du mitkommst.“

Eine unangenehme Atmosphäre machte sich breit. „Wir machen so etwas nicht. Wir haben nur eine Affäre.“ Ich hatte mich nie für Familiengeschichten interessiert.

„Ich bin gerade erst mit deiner Familie essen gegangen und habe mich nicht beschwert.“

Das konnte er nicht ernst meinen. „Das ist nicht dasselbe und das weißt du. Das war ein Doppeldate —“

„Mit deinem Bruder.“

„Aber er ist mit meiner besten Freundin verlobt —.“

„Das macht sie zu deiner Schwägerin“, sagte er triumphierend. „Das macht sie zu einem Teil der Familie. Ich habe das für dich getan, also kannst du das auch für mich tun.“

Ich schüttelte den Kopf leicht. „Hast du mich jetzt ernsthaft in Kreuzverhör genommen?“

Er grinste bis über beide Ohren. “Versuche nicht, mit mir zu streiten. Ich verspreche dir, dass du immer verlieren wirst.“

„Wird deine Mutter da sein?“

„Natürlich.“

„Und der Rest deiner Familie?“

„Ja, sicher.“

„Und du willst wirklich, dass ich sie kennenlerne.“

Er nickte. „Das möchte ich wirklich.“

Ich wusste, dass ich da mich nicht rausreden konnte. Nicht, wenn er gerade mit meinem Bruder zu Abend gegessen hatte. „Kostenlose Getränke?"

Kyle stieß ein leises Kichern aus. „Oh ja. Außerdem ist es in den Hamptons, also werden wir in meinem Strandhaus übernachten."

„Du hast ein Strandhaus?"

„Das wusstest du nicht?"

„Äh, nein."

„Nun, jetzt weißt du es." Er nahm seinen Teller mit zum Spülbecken und spülte ihn kurz ab, bevor er ihn in die Spülmaschine steckte. „Zieh etwas Schickes an. So sehr ich meine Familie auch liebe, sie sind doch ziemlich schnöselig."

„Super ..."

Er saß neben mir auf dem Stuhl und zog mich plötzlich auf seinen Schoß. Seine Arme waren dick und mächtig, und sie zogen mich mit Leichtigkeit zu ihm. In dem Augenblick, als mein Arsch auf seinem Schoß saß, fühlte ich seine Härte durch seine Jeans. „Nun, da du nach Pizza riechst, warum gehen wir nicht ins Schlafzimmer?"

„Törnt dich das an?"

„Oh ja?" Er küsste meine Mundwinkel. „Hmm ... Peperoni."

Seine Worte waren so lächerlich, dass ich lachte. „Hmm ... Oliven."

„Yeah, Baby. Sag mir schmutzige Dinge."

Ich lachte wieder und fühlte, wie mein Bauch sich durch die Anstrengung verkrampfte. „Du machst mich wieder hungrig."

„Auf noch ein Stück Pizza?", fragte er. „Oder auf mich?"

„Kann meine Antwort auch beides sein?"

„Sicher", sagte er. „Aber wir beide wissen, was die richtige Antwort ist."

Marie und ich gingen in die Hochzeitsabteilung bei Saks in der Fifth Avenue.

„Kannst du es glauben?“, fragte ich. „Du suchst dir tatsächlich dein Hochzeitskleid aus. Der Tag ist endlich gekommen.“

„Ich weiß.“ Marie wollte kreischen. Man sah es daran, dass sie nicht stillstehen konnte.

„Du wirst in allem, was du anziehst, schön aussehen.“

„Gott, ich hoffe es.“

Ich freute mich für Marie. Sie war das coolste Mädchen, das ich kannte, und sie verdiente so viel Glück. Und ich wusste, dass sie Axel für den Rest seines Lebens glücklich machen würde. Ich wusste immer noch nicht, was Axel getan hatte, um sie für sich zu gewinnen, aber er hatte offensichtlich das Richtige getan. „Wir müssen uns anmelden.“

Nachdem wir der Empfangsdame gesagt hatten, dass wir da waren, gingen wir zu einem Showroom, in dem ein kleines Podest stand, das von Spiegeln umringt war. Links war ein Umkleideraum und auf einem Tisch stand ein Tablett mit Champagner, Gläsern und Erdbeeren.

„Hier sind ein paar unserer beliebtesten Kleider.“ Der Assistent brachte alles in den Umkleideraum. „Lassen Sie mich wissen, wenn Sie noch irgendetwas brauchen.“

„Vielen Dank.“ Marie rannte fast in den Umkleideraum und schloss die Tür.

Ich schenkte mir selbst ein Glas Champagner ein und wartete geduldig darauf, dass sie herauskam.

„Champagner?“ Eine tiefe Stimme erklang hinter mir, und sie war mir zu vertraut, als dass ich sie nicht erkannt hätte. Hawke stand neben dem Tisch und betrachtete das leere Glas. „Wenn ich meine maßgeschneiderten Anzüge bekomme, geben sie mir nicht einmal ein Stück Kaugummi.“

Jedes Mal, wenn ich ihn sah, konzentrierte ich mich sofort auf seine Augen. Sie waren tiefer als der Ozean, und sie enthielten mehr Geheimnisse als jedes Tagebuch. Ich erinnerte mich daran, wie ich in sie geblickt hatte, wenn wir mitten in der Nacht Liebe gemacht hatten. Manchmal kamen mir willkürliche Erinnerungen in den Kopf, und ich tat alles, was ich konnte, um sie zu verdrängen. Selbst nach all dieser Zeit wusste ich, dass das, was wir gehabt hatten echt gewesen war. Aber das hieß nicht, dass ich es noch einmal erleben wollte. „Vielleicht solltest du mehr Trinkgeld geben."

Hawke lächelte leicht und seine Augen leuchteten heller. „Kann sein." Er setzte sich neben mich. Er trug einen marineblauen Anzug mit einer schwarzen Krawatte. Eine schicke Uhr zierte sein Handgelenk, und seine Pilotensonnenbrille steckte in der Tasche seines Sakkos.

„Also ... was führt dich hier her? Brauchst du ein Kleid?" Die Atmosphäre zwischen uns war immer noch ein wenig angespannt. Ich konnte nur an die Frau denken, die ihr Portemonnaie in seiner Wohnung vergessen hatte. Und nachdem dieser Gedanke verklungen war, konnte ich nur noch an die schöne Beziehung denken, die wir damals gehabt hatten. Aber nach jedem Treffen war es ein bisschen leichter. Danach dachte ich nicht mehr so viel darüber nachgedacht.

Ein Lachen bildete sich tief in seinem Hals. „Nein. Ich habe genug zu Hause."

„Ja, wirklich?", fragte ich. „Du trägst sie zu Hause, um dich hübsch zu fühlen?"

„Sehr hübsch." Er sprach diesen Witz mit einem Lächeln auf seinen Lippen aus. „Genau genommen hat mich Axel gebeten, zu kommen."

Ich konnte mir nicht erklären, warum. „Weil?"

Er räusperte sich. „Er will, dass ich ihm erzähle, wie verdammt gut Marie in ihrem Kleid aussieht." Er zuckte mit den Achseln, als er seinen Satz beendete. „Ich denke, dass das, als sein Trauzeuge, meine Aufgabe ist."

Ich verdrehte die Augen, weil es nach etwas klang, was Axel tun würde. „Er hat dir tatsächlich die Erlaubnis gegeben, seine zukünftige Frau auszuspionieren?"

„Ich konnte es auch nicht glauben."

Marie kam aus dem Umkleideraum und hob die Vorderseite ihres Kleides an, als sie auf den Sockel trat. Um die Taille herum lag es eng an , aber alles andere war bauschig. Sie legte den Kopf auf die Seite, als sie sich selbst betrachtete, und der Mangel an Aufregung in ihren Augen sagte uns alles, was wir wissen mussten. „Darin sehe ich fett aus."

Hawke stieß ein unfreiwilliges Lachen aus, weil das so absurd war.

„Ich weiß, es ist dein Tag und so, aber halt zur Hölle deine Klappe. Du wiegst fünfundvierzig Kilo."

„Ich habe nicht gesagt, dass ich fett wäre." Sie packte ihr Kleid und trat vom Sockel runter. „Ich habe nur gesagt, dass mich dieses Kleid fett aussehen lässt." Sie ging zurück in die Umkleidekabine.

Hawke beugte sich zu mir und senkte seine Stimme. „Ist das nicht dasselbe?"

Ich schüttelte den Kopf. „Ignoriere sie einfach."

Er entfernte sich wieder. „Ich glaube, dass das eine gute Idee ist."

Ich trank den Champagner und nahm eine Erdbeere dazu.

„Das ist wirklich schön", sagte Hawke, als er sich umsah. „Kein Wunder, dass Mädchen so versessen aufs Heiraten sind."

„Es ist einer der Vorteile. Wenn mein großer Tag kommt, werde ich das hier nicht machen. Und ich werde es nicht bereuen."

Hawke sah mich an, und seine Augen veränderten sich etwas, als ob sich die Zahnräder in seinem Kopf drehen würden. Ich konnte seine Gedanken nicht mehr so einfach wie früher lesen, aber es war offensichtlich, wenn ihm etwas durch den Kopf ging. „Und warum wirst du das nicht tun?"

„Ich werde das Kleid meiner Mutter anziehen."

Seine Augen wurden sofort milder, und auf seinem Gesicht spiegelten sich Emotionen wider. Er sah plötzlich weg, als ob er damit den Abstand zwischen uns so weit wie möglich vergrößern könnte, ohne sich wirklich zu bewegen. „Das ist schön ..."

Ich schlürfte meinen Champagner, um etwas zu tun zu haben.

Marie kam erneut heraus, dieses Mal in einem ausgestellten Kleid.

„Ooh ... das mag ich." Ich sah, wie sie auf das Podest stieg und sich im Spiegel betrachtete. „Es hebt deine Kurven wirklich gut hervor. Und dein Arsch sieht großartig aus."

„Axel wird es lieben." Marie stylte ihre Haare auf verschiedene Art und Weise, um eine Vorstellung zu bekommen, wie sie mit dem Kleid aussehen würden.

Hawke beugte sich zu mir. „Ich glaube, es gefällt ihr ..."

„Mir auch." Ich wollte jeden Gedanken äußern, der mir in den Sinn kam, aber ich wollte ihre Meinung nicht zu sehr beeinflussen. Manchmal war es einfach, von der Vorliebe der besten Freundin mitgerissen zu werden.

Marie starrte sich weiterhin an, ohne eine offenkundige Überreaktion zu zeigen. Aber ich kannte sie gut, wohl besser als Axel. Und ich wusste, dass sie sich ausmalte, wie sie den Mittelgang der Kirche entlangging, und sich vorstellte, wie die Rosenblätter unter ihren Füßen klangen, während sie darüber lief, und sie sich fragte, wie Axel aussehen würde, wenn er sie beobachtete, wie sie näherkam.

Ich stellte mein Glas weg und trat langsam an ihre Seite. Das Kleid passte ihr wie angegossen, als ob es nur für sie gemacht worden wäre. Die kleinen, tief in das Gewebe eingebetteten Glitzersteine waren hell und nicht überwältigend. Das Kleid war ab den Knien ausgestellt und ließ sie irgendwie größer aussehen. „Marie … du siehst unglaublich aus."

Sie fühlte das Gewebe mit den Fingerspitzen und stieß einen tiefen Seufzer aus. „Ich glaube, ich habe mich verliebt."

Ich lächelte und fühlte, wie meine Augen etwas feucht wurden. „Ich glaub' ich auch."

„Glaubst du, dass es Axel gefallen wird?"

Es würde ihm sogar gefallen, wenn sie ein Hühnerkostüm tragen würde. Für ihn sah sie in allem schön aus. „Ja."

Sie schlug die Hände vor der Brust zusammen. „Ich glaube, dass es das Richtige ist."

„Bist du sicher?", fragte ich. „Du hast ja nur zwei Kleider anprobiert."

„Ja, das ist es." Es gab kein Zögern in ihren Augen. Ihr Herz hatte sich festgelegt.

„Dann, herzlichen Glückwunsch."

Sie suchte nach dem Preisschild, bis sie es gefunden hatte. „Ich hoffe nur, dass es nicht absurd teuer ist. Axel hat gesagt, dass ich nicht mehr als zehntausend ausgeben kann."

Ich konnte nicht glauben, dass sie bereit war, so viel für ein Kleid auszugeben. Aber ich hielt meine Zunge im Zaum und teilte meine wirtschaftliche Sicht der Dinge nicht mit.

Als Marie das Preisschild dann fand, hielt sie den Atem stehen und ihre Augen weiteten sich in schockiert. „Ach … Scheiße."

„Wie viel kostet es?" Wenn es nur ein paar Tausend extra wären, hätte ich nichts dagegen, ihr zu helfen. Es war ein Geschenk für sie und meinen Bruder.

„Das wollt ihr gar nicht wissen …"

Ich riss ihr das Preisschild aus der Hand. Wie teuer konnte es schon sein? „Heilige Scheiße …"

„Sag ich doch."

„Dieses Kleid kostet zweiundzwanzigtausend Dollar?" War

das überhaupt legal, so viel dafür zu nehmen? „Wie können diese Leute nachts noch schlafen?“

„Ich bin sicher, dass sie in einem Bett aus Geld schlafen.“ Marie versuchte, einen Witz daraus zu machen, um ihren Schmerz zu verschleiern. „Ach, na ja … ich bin sicher, dass ich noch ein Anderes finden werde.“ Sie trat langsam von dem Sockel herunter und ging im Schneckentempo zu ihrer Umkleidekabine zurück, deutlich niedergeschlagen.

Ich wollte, dass meine beste Freundin das Kleid bekam, dass Sie verdiente, aber so viel Geld hatte ich einfach nicht übrig.

Hawke kam an meine Seite. „Was hat sie gesagt?“

„Sie kann sich das Kleid nicht leisten, also wird sie ein paar andere probieren …“

Hawke steckte seine Hände in die Taschen. „Wie viel kostet es?“

„Genug, um jedem einen Herzinfarkt zu verpassen.“ Ich kehrte zu meinem Platz zurück und trank das ganze Glas Champagner auf einmal aus.

Hawke blieb draußen vor Maries Tür stehen, seine Gedanken versteckte er hinter seiner stoischen Fassade.

Marie kam in einem neuen Kleid heraus und hängte ihren Favoriten zurück auf die Kleiderstange. Ich konnte schon jetzt sagen, dass sie das Kleid, das sie jetzt trug, hasste, weil sie, als sie auf das Podest trat, auf die Unterseite des Kleides trat, als ob sie sich einen Dreck darum scherte.

Ich kehrte an ihre Seite zurück und schaute mir das Kleid an. Es war schön und passte ihr gut, aber es war nicht annähernd so spektakulär wie das letzte. Aber ich versuchte, das Beste daraus zu machen. „Es ist hübsch …“

„Na ja … es kostet achttausend Dollar. Zumindest kann ich mir das hier leisten.“

„Weißt du was? Ich bin mir sicher, dass wir irgendwo anders

ein noch viel besseres Kleid finden. Du musst ja nicht unbedingt heute eins kaufen."

Marie fühlte den Tüll an der Unterseite, dann ließ sie es langsam wieder an ihre Seite fallen. „Es ist irgendwie hübsch ..."

Vielleicht sollten wir erst mal Schluss machen, damit sie darüber schlafen konnte. Ihr Herz war offensichtlich zu sehr gebrochen, um weiterzusuchen. „Wie wäre es, wenn wir etwas trinken gehen und an einem anderen Tag wiederkommen?"

„Ein Drink hört sich wunderbar an." Sie hob das Kleid hoch und kehrte zu der Umkleidekabine zurück.

Als ich mich umdrehte, war Hawke verschwunden. Ich suchte nach ihm, konnte ihn aber nirgendwo entdecken. War er gegangen? Würde er einfach gehen, ohne etwas zu sagen? Vielleicht hatte er einen Anruf bekommen und war deshalb für einen Moment rausgegangen.

Marie kam in ihrer Freizeitkleidung heraus. „Jetzt fühle ich mich abscheulich."

„Warum?"

„Ich trage Jeans. Ich fühle mich in Jeans nicht besonders."

Ich klopfte ihr auf den Rücken. „Wenn wir das richtige Kleid gefunden haben, kannst du es jeden Tag tragen und dich besonders fühlen."

„Wenn wir jemals das richtige Kleid finden ..."

„Marie, es war nur ein Tag. Verliere nicht gleich alle Hoffnung."

„Du hast recht", sagte sie mit einem Seufzer. „Ich stell mich wie eine riesengroße Zicke an."

„Eine kleine vielleicht..." Ich versuchte, nicht zu lächeln.

„Lass uns gehen, bevor ich mein Taschenmesser herausziehe und ein Kleid zerschneide, nur um boshaft zu sein ..."

Ich packte sie am Arm und zog sie in Richtung Ausgang. „Ja, lass uns unsere Ärsche hier rausbewegen." Wir erreichten den Eingangsbereich des Ladens und sahen Hawke an der Kasse stehen. Der Kassier gab ihm gerade seine Kreditkarte zurück und überreichte ihm dann eine Kleidertasche. „Wir wünschen Ihnen noch einen schönen Tag."

„Vielen Dank." Hawke hielt die Tasche mit beiden Händen und ging auf uns zu.

„Was hast du gekauft?", fragte ich. „Gibt es hier Anzüge?"

„Oh Gott." Marie schlug sich auf die Stirn. „Hawke hat etwas gefunden und ich nicht. Wie lächerlich ist das denn?"

Hawke setzte ein gespenstisches Lächeln auf, bevor er die Tasche aufmachte und das strahlend weiße Hochzeitskleid zeigte. Der Glanz fing das Licht, und der unberührte Stoff glänzte, als wäre er aus Kristall gemacht. „Axel wollte, dass ich ihm erzähle, wie gut du in deinem Kleid aussiehst. Also, musste ich sichergehen, dass du das richtige Kleid bekommst." Er hielt es ihr entgegen.

Maries klappte die Kinnlade runter und sie wurde steif, als ob ihr ganzer Körper sich abgeschaltet hätte.

Ich war genauso schockiert. „Was ...?"

Marie hielt sich eine Hand vor den Mund. „Oh mein Gott."

„Hast du das ernsthaft gemacht?" Jetzt stand auch mein Mund offen.

„Ich kann nicht glauben, dass du mein Kleid gekauft hast." Sie ließ ihre Arme fallen. „Hawke, das musst du nicht. Das kann ich nicht annehmen. Das kann ich einfach nicht."

Hawke nickte zu dem Schild, das auf der Theke stand. *Der Umtausch ist ausgeschlossen.* „Ich kann es sowieso nicht zurückgeben. Also, nimm es schon. Du verdienst es, an deinem besonderen Tag schön auszusehen. Es ist meine Art mich dafür zu bedanken, dass du meinen Freund so glücklich machst."

Marie hielt sich wieder eine Hand vor den Mund, als ob sie nicht wusste, was sie sonst tun sollte.

„Hawke ..." Ich konnte seine Großzügigkeit immer noch nicht verarbeiten. „Es war so teuer."

Als Antwort zuckte er nur mit den Schultern.

„Wir müssen uns das wenigstens teilen“, sagte Marie. „Mein Budget war sowieso zehntausend.“

„Nein.“ Hawke ergriff ihre Hände und legte sie um die Tasche. „Es ist ein Geschenk. Ich will dafür nichts haben.“

Marie hielt das Kleid an ihre Brust und ihre Augen wurden feucht. Ihre Brust hob und senkte sich schwer, und ich wusste, dass sie sich gleich in einen Springbrunnen verwandeln würde.

Hawke unterbrach den Blickkontakt, weil er nicht wusste, wie er reagieren sollte.

Marie warf sich ihm plötzlich an den Hals, sodass er fast umkippte. „Vielen Dank, vielen, vielen Dank dafür!“ Sie drückte seine Hüfte, das Kleid befand sich noch zwischen ihnen.

Hawke erwiderte die Umarmung etwas ungeschickt, als ob er nicht sicher wäre, wie er ihr seine Zuneigung zeigen sollte. Er klopfte ihr auf die Schulter und räusperte sich. „Sehr sehr gerne, Marie.“

Selbst meine Augen wurden durch Hawkes Geste feucht. Er hätte das nicht tun müssen, und niemand hätte so etwas von ihm erwartet. Er tat es aus der Güte seines Herzens. Vor zwei Jahren hatte er mich verlassen, weil er behauptet hatte, dass er ein Monster sei. Wie könnte ein Monster etwas so Süßes und Herzliches tun? Warum konnte er sich nicht einfach nur so sehen, wie er wirklich war?

Marie löste sich endlich aus der Umarmung, hielt das Kleid aber immer noch fest in ihren Händen. „Du bist mein Superheld, Hawke.“

Er zuckte noch mal mit den Schultern, offensichtlich unsicher, wie er reagieren sollte.

„Ich muss Axel anrufen und ihm sagen, wie großartig sein Trauzeuge ist …“ Sie fischte ihr Handy aus der Tasche und ging nach draußen, um den Anruf zu tätigen.

Nun waren Hawke und ich allein, starrten einander an und unterhielten uns ohne Worte.

„Das war wirklich lieb von dir.“ Endlich konnte ich sagen, was ich dachte.

„Ich habe gesehen, wie ihre Augen aufgeleuchtet haben, als sie es angezogen hat.“ Er steckte seine Hände in die Taschen. „Nachdem sie sich schon so lange mit ihm abgeben muss, verdient sie nun etwas Schönes.“ Er lächelte, als er diesen Witz aussprach.

Ich lächelte auch. „Das stimmt.“

Er warf einen Blick auf seine Uhr und räusperte sich. „Nun, ich muss los …“

Ich wusste, dass er log. Als er an mir vorbeiging, griff meine Hand nach seinem Arm.

Es war das erste Mal seit Jahren, dass wir uns berührten.

Er ging weiter, drehte seinen Kopf jedoch in meine Richtung. Seine Augen studierten mich, wie sie es immer taten, meine Worte, Bewegungen und Atmung absorbierend, alles zur gleichen Zeit.

„Du bist ein guter Mensch, Hawke. Ich hoffe, dass du das eines Tages erkennst.“

Er hielt meinem Blick stand, ohne zu blinzeln. Seine blauen Augen tauten auf. Das Eis, das sie überzog, schmolz. Ich sah den Mann, den ich einst gekannt hatte, die verletzliche Person unter der rauen Schale. Nur für einen Augenblick blieb die Zeit für uns stehen, aber eine Zeit, die so anders war, als die Realität. Es war vor zwei Jahren gewesen, und diese Verbindung zwischen uns brannte immer noch wie ein Lauffeuer im Wald. Er konnte sich nicht vor mir verstecken, und ich konnte mich nicht vor ihm verstecken.

Und dann, nach einem kurzen Augenblick, war alles verschwunden.

Hawke ging, sein Arm löste sich aus meinem Griff. Sobald

unsere Berührung aufhörte, nahm die Kälte ihn wieder komplett ein. Sein Rücken spannte sich an, und hundert Mauern ersetzten die Dutzend Mauern, die er zuvor errichtet hatte. Er schloss die Welt aus. Er schloss jeden aus.

Und mich auch.

7

STRÖMUNG

Hawke

AXEL PLATZTE, OHNE ANZUKLOPFEN, DURCH MEINE BÜROTÜR. Meine Sekretärin versuchte schon gar nicht mehr, ihn aufzuhalten. Nichts, was sie sagte oder tat, brachte ihn dazu, zu gehorchen. Er war wie ein Welpe, den man nicht kontrollieren konnte und der zu alt war, um trainiert zu werden. „Alter, was zur Hölle?“

Ich schloss meine E-Mails. „Wie bitte?“

„Marie hat mir erzählt, dass du ihr das Hochzeitskleid gekauft hast.“

„Ja. Was ist das Problem?“

Er ließ sich auf den Stuhl vor meinem Schreibtisch fallen. „Worauf ich hinauswill? Es hat zweiundzwanzigtausend Dollar gekostet. Was zum Teufel hast du dir dabei gedacht?“

„Dass deine Verlobte sich in das Kleid verliebt hatte und sie es haben sollte. Du warst derjenige, der mich dort hingeschickt hat, um dir berichten zu können, wie heiß sie darin aussieht. Ich habe nur meinen Job gemacht.“

„Aber sie würde in jedem anderen Kleid genauso heiß aussehen. Sie braucht kein überteuertes Kleid."

Ich zuckte mit den Schultern. „Sie wollte es so gerne haben, Mann."

„Das musstest du nicht machen."

„Ich weiß, Axel. Aber ich wollte es tun."

Er kratzte seinen Nacken, was er es oft tat, wenn ihm etwas unbequem war. „Lass mich dir wenigstens die zehntausend Dollar geben, die wir sowieso ausgeben wollten. Das ist fair. Du musst das nicht komplett bezahlen."

„Es war ein Geschenk. Schluck deinen Stolz herunter und nimm es einfach an."

„Es geht nicht um Stolz", erwiderte er. „Ich finde nur, dass es nicht fair ist. Lass mich die Hälfte bezahlen."

„Warum bist du auf einmal so ein Schlappschwanz?" Ich drehte einen Stift mit meinen Fingerspitzen.

„Bin ich doch gar nicht."

„Dann lass das Thema einfach ruhen. Ich hätte das nicht getan, wenn ich es nicht hätte tun wollen."

Axel kratzt wieder seinen Nacken, er war sprachlos.

Ich war froh, dass der Streit sich erledigt hatte. „Also, ich habe mir überlegt, dass wir für deinen Junggesellenabschied nach Las Vegas fliegen könnten. Was hältst du davon?"

Axel zuckte mit den Schultern. „Ich weiß nicht ... da gibt es nur eine Menge Glücksspiele und Stripperinnen."

„Ist das nicht der Punkt?" Ich hob eine Augenbraue.

„Ich bin nicht an Stripperinnen interessiert."

Ein unerwartetes Lächeln erstreckte sich über mein Gesicht. „Wow ... sie hat dich wirklich in Form gepeitscht, nicht wahr?"

„Sie hat mir das nicht verboten", sagte er defensiv. „Es fühlt sich nur irgendwie seltsam an, weißt du? Wir fühlen uns bereits wie verheiratet. Es wäre, als ob ich sie betrügen würde."

Ich würde ihn nicht drängen, wenn er es nicht wollte. Ich

war genauso wenig daran interessiert, eine Reihe von Stripperinnen zu sehen. Jede Nacht meines Lebens kam mir wie ein Junggesellenabschied vor. Es war hohl und leer, und egal wie oft ich meine Kleidung wusch, ich roch immer noch nach Alkohol und Sex. „Hast du irgendetwas etwas Anderes im Sinn?"

„Wie wäre es mit einem Yankees-Spiel?"

Das wäre aber ziemlich lahm. „Das können wir immer machen."

„Naja, es ist praktisch. Und billig."

Ich musste die Zügel in die Hand nehmen. „Ich werde mir etwas ausdenken und es dich wissen lassen."

„Keine Stripperinnen, Hawke. Es ist mein Ernst."

„Das verstehe ich." Als Francesca und ich zusammen waren, hatte ich andere Frauen nicht mal angesehen. In einem Universum, in dem sie meine Verlobte wäre, würde ich genauso wenig Stripperinnen sehen wollen. Die fand ich ehrlich gesagt sogar ziemlich erbärmlich.

Ich lag im Bett, Rebecca neben mir.

„Wovon lebst du so?" Sie strich mit ihren Fingern über meine Brust.

Ich nahm einen letzten Schluck von meinem Scotch und spürte, wie die Eiswürfel meinen Mund berührten. Sie und ich hatten das Lokal in dem Augenblick verlassen, als wir Augenkontakt aufgenommen hatten. Es hatte keinen Small Talk gegeben, und ich wollte auch jetzt keinen Small Talk machen. „Ich bin Investor."

„Und was macht ein Investor?"

Ich kam mir vor, als ob ich einen Vortrag über Finanzen halten würde. „Den ganzen Tag rechnen."

Ihr Haar war auf meinem Bauch verteilt, und ihre Berührung fühlte sich warm an. „Ist Hawke dein richtiger Name?“

Diese Frage wurde mir gelegentlich gestellt. „Ja.“

„Tust du —.“

Mein Handy klingelte.

Obwohl ich es nie zugeben würde, hoffte ich jedes Mal, wenn mein Handy klingelte, dass es Francesca wäre. Ich wusste nicht, was ich ihr sagen wollte. Ich wusste nicht, was ich mit ihr machen wollte. Alles, was ich wusste war, dass ich ihre Stimme hören musste.

Aber sie war es nicht.

Es war meine Mutter.

Ohne mich zu entschuldigen, schnappte ich mir das Handy und ging ins Wohnzimmer. Ich stand in Unterhose vor dem Fenster, das vom Boden bis zur Decke reichte. Mutter rief mich kaum noch an, und zu meiner Überraschung, rief sie nicht an, wenn sie in Schwierigkeiten war. Ich nahm an, dass sie nicht mehr anrief, weil sie nicht wollte, dass ich zurückkomme. Sie wollte, dass ich frei war.

Ich ging ran. „Mama, bist du in Ordnung?“

Eine lange Pause folgte. „Hawke, warum überweist du immer noch Geld auf mein Konto?“

Ich hatte Einzahlungen gemacht, seit ich mit meiner Investmentgesellschaft angefangen hatte. Alle zwei Wochen hatte ich mein Gehalt auf mein Konto eingezahlt. Dann überwies ich ihr einen Teil davon. „Weil du dann all das Geld hast, das du mal brauchen wirst. Fliege auf irgendeine Insel. Verschwinde einfach. Sei glücklich.“ Warum hoffte ich immer noch auf Veränderung, obwohl ich wusste, dass es sie niemals geben würde?

„Hawke, es geht mir gut.“

„Tut er dir immer noch weh?“ Ich hielt das Telefon fest in meiner Hand.

„Nein, Hawke. Tut er nicht mehr.“

Konnte ich ihr wirklich glauben?

„Hawke, ich brauche kein Geld. Hör auf, es auf mein Konto zu überweisen.“

Ich starrte aus dem Fenster.

„Hawke?“

Ich knirschte mit meinen Zähnen, bevor ich sprach. „Ich bin noch da.“

„Ich bin okay, Hawke. Ich brauche nichts.“

Ich würde es aber trotzdem weiterhin tun. „Wir reden, Mama.“

Mama wusste, dass ein Streit zu nichts führen würde. „Ich liebe dich, Hawke. Du bist der großartigste Sohn, den eine Mutter sich wünschen könnte.“

Ich schloss meine Augen, während ich die Emotionen tief in meinem Hals zurückhielt. „Ich liebe dich auch, Mama.“

8

HOCHZEITSGLOCKEN

Francesca

Ich starrte aus dem Fenster und beobachtete den Strand. Die Wellen rollten auf das Ufer, und die Leute joggten mit ihren angeleinten Hunden. Familien genossen einen Strandtag und spielten mit ihren Eimern und Schaufeln im Sand.

„Es ist schön hier, nicht wahr?“ Kyle hielt eine Hand am Steuer.

„Sehr hübsch. Wo ist dein Haus?“

„Es ist einen Kilometer hinter dem Veranstaltungsort. Wir fahren danach hin.“

„Hört sich gut an.“ Ich war dankbar, dass wir nach der Hochzeit nicht direkt zurückfahren mussten. Es wäre schön, nach der Hochzeit mal etwas abzuschalten.

Kyles Hand tastete nach meiner und hielt auf meinem Oberschenkel an.

Ich genoss die Berührung.

„Du siehst wunderschön aus.“ Er sah mich an, bevor er seinen Blick wieder der Straße zuwandte.

„Danke.“ Ich trug ein dunkel-lila Kleid mit einem tiefen

Ausschnitt. Diamantohrringe hingen an meinen Ohren, das einzig schöne Paar, das ich besaß. „Du siehst auch gut aus.“

Er trug einen schwarzen Anzug mit einer grauen Krawatte. Er sah im Anzug immer gut aus. Eigentlich sah er in allem gut aus. Er hatte sein braunes Haar gerade erst schneiden lassen, deshalb war es ein wenig kürzer als normalerweise, aber es war trotzdem wie immer sexy.

Kyle bog auf den Schotterweg ab und fuhr weiter, bis er das Crimson White Anwesen erreichte. Ein Brunnen spritzte Wasser in den Himmel und ein Mann vom Parkservice nahm unser Auto entgegen, als wir ankamen, und Kyle schob ihm etwas Geld zu.

Seine Hand wanderte an meinem Rücken hinunter. „Alles in Ordnung mit dir?“

„Warum sollte es das nicht sein?“

„Nun, das ist eine vornehme Party und meine Familie wird hier sein.“ Er sah zu mir runter, auf seinem Kinn war ein Schatten zu sehen, weil er sich ein paar Tage nicht rasiert hatte.

„Und warum sollte mich das einschüchtern?“ Hatte ich etwas verpasst?

„Ich hatte kurz vergessen, mit wem ich rede.“ Er zog mich an seine Brust und gab mir einen hastigen Kuss.

„So ist es richtig. Ich mag zwar klein sein, aber ich bin stark.“

„Wohl wahr.“ Er hielt mich an seiner Seite, als wir hineingingen und uns in das Gästebuch einschrieben. Dann nahmen wir auf den weißen Stühlen Platz und warteten darauf, dass die Zeremonie begann.

„Bist du mit Braut oder Bräutigam verwandt?“, fragte ich. „Mit der Braut. Sie ist die Tochter des Bruders meines Vaters ... wenn das nicht zu kompliziert ist.“

„Hab ich verstanden.“

Kyle legte seine Hand auf meinen Oberschenkel und drückte ihn sanft.

Ich sah mich um und bemerkte, dass uns einige Leute anstarrten und versuchten, diskret dabei zu sein. Da die Hochzeit im Begriff war, zu beginnen, nahm ich an, dass das der Grund war, warum Kyle seine Familie nicht begrüßt hatte. Er hatte nur Augen für mich.

Als die Zeremonie vorbei war, gingen wir zu den weißen Tischen und Stühlen auf dem perfekt gepflegten Rasen. Das Anwesen war mit funkelnden weißen Lichtern beleuchtet, und die Luft roch nach Geld. Es war der ausgefallenste Empfang, auf dem ich je gewesen war, aber ich fühlte mich nicht fehl am Platz.

„Wer wohnt hier?", fragte ich. „Es ist wunderschön."

„Meine Mutter."

Ich versuchte, nicht zu japsen. „Deine Mutter?"

„Ja, ich bin hier aufgewachsen."

Ich betrachtete das Herrenhaus. „Hier?"

„Genau." Er lächelte, bildete sich aber nichts darauf ein.

„Mann, du musst ja jede Menge Mädels flachgelegt haben."

Er kicherte leise, bevor sich sein Kichern in ein echtes Lachen verwandelte. „Ja, schon. Aber ich denke, dass das etwas mit meinem schroffen, guten Aussehen zu tun hatte."

„Das war sicher hilfreich."

„Und du hast ja meine Ausrüstung gesehen … eine Menge Leute wissen sie zu schätzen." Er zwinkerte mir zu, bevor er seinen Arm um meine Schulter legte.

Ich verdrehte meine Augen. „Du bist so arrogant und trotzdem schlafe ich noch mit dir."

„Du weißt, dass du ohne mich nicht leben kannst, Baby." Er küsste mich auf die Wange.

Ich mochte außerhalb des Schlafzimmers keine Kosenamen,

aber ich ließ es durchgehen, weil er so gut gelaunt war. Zu Hause zu sein, hellte deutlich seinen Tag auf.

Es hatte sich noch niemand zu uns an den Tisch gesetzt, aber ich vermutete, dass seine Mutter und seine Tante bei uns sitzen würden. „Gibt es irgendetwas, was ich über deine Familie wissen sollte?" Mein Aussehen war wahrscheinlich kein großes Problem für sie. Kyle musste wohl zu jedem Anlass ein Date an seinem Arm haben. Ich war nur eine von vielen.

„Nein. Sie sind ziemlich cool. Ich meine, sie haben mich aufgezogen, also müssen sie ja genial sein."

Meine Lippen formten sich automatisch zu einem Lächeln. Ich musste zugeben, dass ich Papas Liebling gewesen war. „Ich bin mir sicher, dass sie das sind."

Kyle nahm seinen Blick von mir und sah zu jemandem, der sich uns näherte. „Da ist meine Mutter."

Sie war genauso, wie ich sie mir vorgestellt hatte. Sie hatte kurzes, blondes Haar, das elegant gestylt war, wie bei Prinzessin Diana, und sie hatte markante blaue Augen, die Kyles Augen sehr ähnelten. Sie bewegte sich wie eine Königin, doch die Arroganz, die Adelige in der Regel besaßen, fehlte.

Wenn sie ihren Blick zu mir wandte, war nur ein Lächeln auf ihren Lippen. Es war kein Urteil oder eine Überraschung in ihrer Reaktion zu sehen.

Kyle erhob sich und half mir vom Stuhl. „Hey, Mom. Was gibt es Neues?" Er umarmte sie fest und küsste sie auf die Wange. „Wow, du siehst heiß aus. Versuchst du, jemanden zu beeindrucken?"

Sie lächelte, und ihre Wangen wurden rot. „Nur meinen Sohn."

Kyle legte seinen Arm um meine Taille. „Mom, das ist Francesca." Er hatte mich nicht als seine Freundin vorgestellt, und er erwähnte nicht einmal, dass ich sein Date war.

Das war genau das, was ich gehofft hatte. „Es ist eine Freude,

Sie zu treffen, Mrs. Campbell." Ich reichte ihr meine Hand, um ihre zu schütteln.

Ihre Augen studierten mein Gesicht eindringlich. Sie untersuchte jeden meiner Gesichtszüge und ihre Augen verweilten auf der Rundung meiner Wangenknochen und der smaragdgrünen Farbe meiner Augen. Sie versuchte, sich mich einzuprägen, mich in ihre Erinnerung zu platzieren, sodass sie mich nie vergessen würde. „Das Vergnügen ist auf meiner Seite, Liebes." Anstatt meine Hand zu nehmen, umarmte sie mich. „Es ist so wunderbar, dich endlich zu treffen."

Mich endlich treffen?

Was bedeutete das?

Redete Kyle über mich?

Ich zwang mich, zu reagieren. „Sie haben ein schönes Zuhause. Ich freue mich sehr, hier zu sein."

Mrs. Campbell trat ein wenig zurück. „Es ist sehr nett von dir, das zu sagen. Vielen Dank." Sie wurde nicht von einem aristokratischem Charisma umgeben. In der Tat schien sie bescheiden zu sein, genau wie Kyle. „Wir leben hier, seit Kyle geboren wurde."

„Es ist wunderschön."

„Danke", sagte sie noch mal. „Bitte nenne mich Julia."

„Gerne."

Kyle zog den Stuhl seiner Mutter zurück, bevor sie sich setzte. Dann nahmen wir die Plätze neben ihr ein. Andere Personen, mit Weingläsern in der Hand, füllten den Tisch. Kellner trugen Vorspeisen herum. Krabbenküchlein wanderten an unserem Tisch vorbei, und ich fühlte, wie mir der Magen knurrte.

„Sah sie nicht bezaubernd aus?", fragte Julia.

„Das tat sie wirklich", sagte Kyle.

„Ich fand ihren Blumenstrauß toll", sagte ich. „Das waren wunderschöne Blumen."

„In der Tat“, sagte Julia. „Also, Kyle hat mir erzählt, dass du in Manhattan eine kleine Berühmtheit bist.“

Was? „Hat er das gesagt?“

„Deine Bäckerei wurde zwei Jahre in Folge zur *Besten Bäckerei* in Manhattan gewählt.“ Sie nickte zustimmend. „Sehr beeindruckend.“

Was hatte Kyle ihr sonst noch erzählt? „Oh ja. Das *Muffin Girl* ist mein Zuhause. Als ich den Laden aufgemacht habe, dachte ich zuerst, das ich mein gesamtes Erspartes verlieren würde. Zum Glück ist alles gut gelaufen.“

„Du bist eine sehr versierte Frau“, bemerkte Julia. „Das braucht wirklich Mut.“

Jeder sagte, dass es ein Albtraum wäre, seine Schwiegereltern zu treffen, aber dieses hier war ein Kinderspiel. Es schien so, als hätte sie mich schon gemocht, bevor sie mich getroffen hatte. Was genau hatte Kyle ihr erzählt? Ich würde ihn fragen müssen, wenn wir das nächste Mal allein waren. „Vielen Dank, ich hatte die ganze Zeit Hilfe.“

„Sie macht die besten Brownies überhaupt“, sagte Kyle. „Glaub mir, ich habe fünf Pfund zugenommen, seit wir uns kennengelernt haben.“

„Die muss ich wohl irgendwann selbst probieren“, sagte Julia.

„Wir bringen beim nächsten Besuch welche mit “, sagte Kyle.

Werden wir?

„Was machst du in deiner Freizeit, wenn du gerade nicht backst?“, fragte Julia.

Ich hatte nicht erwartet, so viel Aufmerksamkeit zu bekommen. „Im Moment habe ich überhaupt keine Zeit. Meine beste Freundin heiratet und ich bin ihre Trauzeugin.“

„Oh, das ist wunderbar“, sagte Julia. „Hochzeiten machen so viel Spaß.“

„Machst du ihre Torte?“, fragte Kyle.

„Natürlich“, sagte ich. „Das kann ich niemand anderem überlassen.“

Julia richtete ihren Blick auf Kyle. „Wie geht es dir so, Schatz?“

„Gut“, sagte Kyle. „Nur viel Arbeit.“

Sie warf ihm einen Blick zu, der ausdrückte, dass sie das nicht glaubte.

Kyle verdrehte die Augen, bevor er sprach. „Okay, ich habe viel Golf gespielt. Aber wir haben vor Kurzem einen großen Fall bekommen und seitdem wird im Büro von nichts anderem gesprochen.“

„Ich habe davon gehört.“ Julia ging nicht näher darauf ein.

Ihr musste ein Teil der Firma gehört haben. Anders konnte ich mir nicht erklären, wie sie sich diesen Ort sonst hätte leisten können.

„Ich habe wirklich viel gearbeitet“, sagte Kyle. „Und Zeit mit Frankie verbracht. Du weißt schon, den Traum leben.“

„Das hört sich schön an“, sagte sie.

„Was ist mit dir, Mom?“, fragte Kyle.

„Nun …“ Ihre Wangen nahmen Farbe an. „Ich habe mich jemanden kennengelernt.“

„Du?“, fragte Kyle verwundert. „Wer ist der Glückliche?“

„Ich habe ihn im Gericht getroffen“, sagte sie. „Er ist sehr freundlich. Ich glaube, dass du ihn mögen würdest, Kyle.“

„Da bin ich mir sicher“, sagte Kyle. „Nachdem ich sichergestellt habe, dass er gut genug für dich ist.“

Julia lächelte, als ob die Zuneigung ihres Sohnes sie zu der glücklichsten Frau der Welt machte. „Er besitzt eine Reihe von Resorts in der Karibik.“

„Er wird mich mit in den Urlaub nehmen müssen, um mich wieder aufzupäppeln“, sagte Kyle.

Julia lachte. „Er braucht dich nicht aufzupäppeln. Er ist ein sehr netter Mann und sehr respektable."

„Es gibt nur einen Weg, um das herauszufinden", sagte Kyle. „Ich werde mit ihm Armdrücken machen müssen. Wenn er gewinnt, bekommt er ein Date mit dir."

„Armdrücken?", platzte es mir raus.

„Ja, er muss mir seine Stärke beweisen", sagte Kyle.

Kyle war auf skurrile Weise niedlich, aber manchmal sagte er Dinge, die einfach keinen Sinn ergaben.

„Du kannst ihn herausfordern, wenn du ihn triffst." Julia nahm einen kleinen Schluck von ihrem Wein.

Ich war in der Gegenwart von Kyle und seiner Mutter ein wenig unsicher, weil ich nicht wusste, was Kyle über mich gesagt hatte, als ich nicht dabei gewesen war. Aber sie war sehr nett und warmherzig, und es war offensichtlich, dass die beiden eine großartige Beziehung hatten, die man gerne mit ihnen teilen würde.

Jemand auf der anderen Seite des Rassen zog Kyles Aufmerksamkeit auf sich. „Da ist Onkel Rob. Ich muss ihm gratulieren. Ich bin sofort wieder zurück." Er gab mir noch schnell einen Kuss auf die Wange, bevor er mich mit seiner Mutter allein ließ.

Ich hätte Angst haben sollen, hatte ich aber nicht.

Julia starrte mich weiterhin an, auf eine freundliche Art an. „Kyle hat mir von deinen Eltern erzählt. Das zu hören, hat mich sehr traurig gemacht."

Was hatte er denn nicht über mich erzählt? „Vielen Dank, es ist schon lange her. Ich habe mich damit abgefunden."

Sie nickte. „Ich bin immer hier, wenn du jemanden zum Reden brauchst."

Es war ein nettes Angebot, besonders, weil wir praktisch Fremde waren. „Meine Yaya hat mich erzogen, und sie ist die beste Yaya überhaupt. Ich habe auch noch meinen Bruder Axel. Er ist ein guter Kerl."

„Kyle hat ihn erwähnt. Er hat gesagt, dass er ihn sehr gern hat."

Das war eine Premiere. Keiner meiner Freunde mochte meinen Bruder, und umgekehrt war es genauso.

„Was macht er?"

„Er ist Finanzberater in Manhattan. Er ist derjenige, der meine beste Freundin heiratet."

Ein aufrichtiges Lächeln erstreckte sich über ihre Lippen. „Das ist perfekt. Gratulation."

„Ein Traum. Meine beste Freundin wird meine Schwägerin."

„Ich habe das Glück, Schwiegereltern zu haben, die mich nicht die Wände hochgehen lassen", sagte sie mit einem leisen Kichern. „Und ich habe den wunderbarsten Sohn der ganzen Welt."

Sie so über Kyle reden zu hören, brachte mich zum Lächeln. „Ja, er ist schon großartig." Manchmal ging er mir unter die Haut, aber er war wirklich ein außergewöhnlicher Mensch. Seine unbeschwerte Persönlichkeit beruhigte mein Gemüt immer.

Julia wollte gerade etwas sagen, als Kyle zum Tisch zurückkam.

„Es gibt ein paar Leute, die ich dir vorstellen möchte." Kyle reichte mir seine Hand. „Es ist Zeit, dich vorzuführen, Baby."

ICH TRAF ALLE SEINE FAMILIENMITGLIEDER UND REDETE MIT IHNEN. Überraschenderweise war es einfach, mit ihnen zurechtzukommen. Ich hatte nicht einmal das Gefühl, dass ich verhört würde. Die meiste Zeit verbrachten wir mit Lachen und Wein trinken.

Kyle war die ganze Zeit an meiner Seite und seine Hand hatte in der Regel engen Kontakt zu mir. Als die Musik spielte und jeder auf die Tanzfläche ging, nahm Kyle mir mein Glas weg. „Tanz mit mir."

„Ich muss dich warnen … ich bin ziemlich gut."

„Ja, wirklich?", fragte er. „Ich habe es im Gefühl, dass ich besser bin." Er zog mich auf die Tanzfläche und legte sofort los. Die meisten seiner Tanzbewegungen waren obszön, und ehrlich gesagt unangebracht. Aber sie brachten mich so sehr zum Lachen, dass ich Seitenstechen bekam.

Wir lachten und tanzten weiter, bis ein langsames Lied gespielt wurde. Ich nahm an, dass wir damit fertig wären und wollte deshalb zurück zum Tisch gehen.

Kyle packte mich und zog mich zurück an seine Brust. Er legte meine Hand auf seine Schulter und tanzte langsam mit mir, den Schatten eines Lächelns auf seinen Lippen. „Was denkst du, wo du hingehst?"

„Nach all dem tanzen, brauche ich eine Pause."

„Betrachte dies als deine Pause." Sein Gesicht war nah an meinem, und sein Aftershave wehte in meine Nase. Es roch nach maskulinem Schweiß und Hugo Boss. Seine Hand war weit unten an meinen Rücken gepresst, während er langsam mit mir tanzte.

„Ich habe ein Hühnchen mit dir zu rupfen."

„Ach ja?" Ein neckisches Lächeln war auf seinen Lippen. „Wie soll ich dich später rannehmen? Auf den Händen und Knien? Oder auf dem Rücken?"

Meine Haare standen mir zu Berge, und ich fühlte, wie eine ferne Hitze durch meinen Körper fuhr. Ich schluckte den Knoten im Hals runter und ließ es geschehen. „Nein. Warum sprichst du mit deiner Mutter über mich?"

„Warum sollte ich das nicht tun?"

„Weil wir nur Freunde sind."

„Sind wir das?“, fragte er. „Ich habe heute nicht ein einziges Mal diesen Eindruck gehabt.“

„Nun, ich bin nicht deine Geliebte.“

Er zuckte mit den Schultern. „Das steht zur Debatte.“

Mein Blick verengte sich auf sein Gesicht und ich drückte meine Lippen fest zusammen. „Kyle.“ Ich wollte, dass er mich ernst nahm.

Plötzlich legte er mich zurück und gab mir einen langen Kuss. Jeder konnte uns sehen, aber er schien sich nicht darum zu kümmern. Als er den Kuss beendete, sah er mir in die Augen. „Bezeichne dich, wie immer du willst. Und ich bezeichne dich genauso, wie ich will.“

Am Ende der Nacht war ich müde. Ich war bereit, in Kyles Bett zu fallen, das nur ein Stück die Straße hinunter stand. Vielleicht könnten wir die Fenster offenlassen und den Wellen lauschen, die an das Ufer brandeten.

Kyle legte seine Jacke über meine Schultern. „Ich muss meine Dame wärmen.“

Ich zog sie um mich herum und lächelte. „Sie riecht auch gut.“

Er legte seinen Arm um mich, als wir uns dem Tor näherten. „Wir verabschieden uns nur schnell von meiner Mutter, bevor wir gehen.“

„Okay.“

Kyle führte mich ins Haus, wo seine Mutter sich um die Tischdekoration kümmerte, die zurückgelassen worden war. „Mom, wir gehen.“

„Tut ihr das?“ Sie stellte die Vase ab und umarmte ihn. „Es ist immer so schön, dich zu sehen. Ich vermisse dich.“

„Ich vermisse dich auch. Ich werde jetzt öfter kommen.“

„Ich werde dich daran erinnern." Sie wandte sich zur Tür und sah, wie Onkel Rob versuchte, einen Tisch abzubauen. „Kyle, könntest du ihm zur Hand gehen?"

„Ja", antwortete Kyle und ging. „Mache ich."

Als er gegangen war, drehte Julia sich zu mir. „Es war so schön dich hier zu haben, Francesca. Du bist genauso, wie ich mir dich vorgestellt hatte."

Ich hatte keine Ahnung, was das bedeuten sollte. „Ich bin wirklich froh, dass ich mitgekommen bin. Es war so eine schöne Hochzeit."

„Das war sie wirklich, nicht wahr?", fragte sie. Sie zog mich in ihren Arm und gab mir eine warmherzige Umarmung. „Ich freue mich so sehr, dass du hier bist. Ich habe so lange darauf gewartet." Sie drückte mich sanft, bevor sie wegging.

So lange gewartet? Worauf denn genau? „Hat mich Kyle schon vor langer Zeit erwähnt?" Vielleicht hatte er von mir erzählt, als wir vor etwa sechs Monaten zum ersten Mal rumgemacht hatten. Ich hoffte, dass das nicht der Fall war, weil das den Anschein erwecken würde, als ob es mit uns ernster sie, als es wirklich war.

„Nein, er hat dich vor ein paar Wochen erwähnt."

„Oh." Das passte nicht zusammen.

„Ich habe schon darauf gewartet, dass Kyle jemanden nach Hause bringt. Jedes Mal, wenn ich ihn gefragt habe, sagte er, das es keine gäbe, die erwähnenswert wäre. Und als er mich dann vor ein paar Wochen anrief und von dir erzählt hat … habe ich fast geweint." Sie legte ihre Hand auf ihr Herz. „Und jetzt, da ich dich getroffen habe, sehe ich, wie perfekt du bist. Mein Sohn ist so glücklich. Und jetzt bin ich auch glücklich."

Wir betraten sein Strandhaus und gingen ins Schlafzimmer.

Ich redete kein einziges Wort mit ihm. Obwohl das Haus so schön war, und trotz der Tatsache, dass es nur wenige Schritte vom Strand entfernt war, machte ich ihm kein einziges Kompliment.

Ich war sauer.

Ich warf meine Tasche auf den Boden und zog dann ein Shirt heraus, um es als Schlafanzug anzuziehen.

Kyle zog sich aus und warf seine Krawatte über die Lehne eines Stuhls. „Warum bist du so still?"

„Müde."

„Bist du immer wütend, wenn du müde bist?" Er kannte mich gut genug, um meine Gedanken lesen zu können.

Ich zog mich um, bevor ich ins Bett ging. „Nicht unbedingt. Aber heute Abend bin ich es."

„Wieso?" Er zog seine Boxershorts runter, bevor er neben mir ins Bett kam.

„Wegen dir", zischte ich. „Du machst mich fertig." Ich drehte mich auf die Seite und schaute in die entgegengesetzte Richtung von ihm.

„Was zum Teufel habe ich gemacht?" Er kam hinter mich und packte meine Hüfte.

„Warum hast du mich deiner Mutter vorgestellt? Sie denkt, dass ich ihre zukünftige Schwiegertochter bin."

Er seufzte. „Du weißt doch, wie Mütter sind. Sie gehen davon aus, dass jedes Mädchen ihre neue Schwiegertochter ist."

„Nun, ich mache ihr keine Vorwürfe dafür, dass sie so etwas annimmt", schnauzte ich. „Du hast ihr vorher noch nie jemand vorgestellt. Also, warum hast du ihr mich dann vorgestellt?"

„Vielleicht, weil ich dich mag? Vielleicht, weil ich dich länger als fünf Minuten ertragen kann, anders als alle anderen? Scheiße, du bist mein bester Freund, und ich kann dich nicht mal mit zur Hochzeit bringen?"

„Nicht, wenn deine Mutter denkt, dass ich deine Geliebte wäre."

„Was bedeutet so ein Label schon?"

„Es ist mir wichtig." Ich drehte mich endlich um und starrte ihn an. „Kyle, ich habe dir von Anfang an gesagt, dass es nur eine Affäre ist. Es scheint so, als ob du ständig versuchst, mehr daraus zu machen. Warum bringst du mich in eine Situation, in der ich nicht sein will?"

Er verdrehte die Augen und sah zur anderen Seite des Raumes. Seine Augen wurden klein und müde, als ob er tausend Gedanken auf einmal hätte. Dann wandte er sich mir wieder zu. „Welche Art von Affäre hält sechs Monate an?"

„Ich weiß nicht so recht. Gibt es da eine Zeitbegrenzung, wann sie enden muss?"

„Hast du mit jemand anderem geschlafen, seit wir uns getroffen haben?"

„Nein ... aber worauf willst du hinaus?"

„Ich glaube, dass das hier vielleicht gar keine Affäre mehr ist. Hast du darüber schon mal nachgedacht?"

„Es ist eine Affäre", sagte ich unbeirrt. „Ich hätte das nicht deutlicher ausdrücken können."

„Wenn das der Fall wäre, hättest du mich schon vor ein paar Monaten links liegen lassen."

„Vielleicht bist du einfach nur gut im Bett."

Er lächelte gegen seinen Willen. „Offensichtlich. Aber denkst du nicht, dass da mehr als das ist?"

„Nein. Und jetzt freut sich deine Mutter total, wegen nichts."

„Hör zu, sie fing schon an sich zu fragen, ob ich schwul wäre. Das hat ihr jetzt Seelenfrieden gegeben."

Ich schlug mit meiner Hand auf die Matratze. „Kyle. Du hast ihr den falschen Eindruck gegeben und du weißt es."

„Ja, und? Das ist mein Problem, nicht deines."

Ich stieß einen Seufzer aus, der sich mehr wie ein Knurren anhörte, bevor ich mich wieder umdrehte.

„Baby, sei doch nicht so."

„Manchmal verstehe ich dich nicht."

„Schau, meine Familie verhört mich dauernd über mein Liebesleben. Ich habe dich mitgebracht, damit sie mich in Ruhe lassen würden. Jetzt, da sie eine echte Person gesehen haben, werden sie das Interesse an mir verlieren."

„Oder sie interessieren sich noch mehr dafür."

„Frankie, komm mal wieder runter."

Ich zog meine Knie an die Brust.

„Hast du keine tolle Zeit gehabt?"

„Darum geht es doch gar nicht."

„Doch, genau darum geht es." Er drehte mich um und zog dann meinen Schlüpfer an meinen Beinen hinunter.

„Ich bin jetzt wirklich nicht in der Stimmung."

„Nun, ich kann nicht schlafen, wenn du zickig bist. Also muss ich es in Ordnung bringen." Wie immer verführte Kyle mich, mit den richtigen Küssen und den richtigen Berührungen. Er war gut im Bett und wusste genau, was er tat. Er war schon oft genug mit mir im Bett gelandet, um zu wissen, was mir gefiel und was ich hasste. Diese Dinge waren einfach mit ihm, aber bedeutungslos. Innerhalb von Sekunden war mein Körper für ihn bereit.

Und dann verrauchte meine Wut.

9

ZEIT FÜR DEN ANZUG

Hawke

Axel und ich betraten das Kaufhaus. Wir waren dort, um verschiedene Anzüge für die Hochzeit anzuprobieren. Axel bestand hartnäckig darauf, einen weißen Smoking zu tragen, und ich wusste, dass das Marie nicht gefiel.

Mir auch nicht.

Wir gingen zu den Umkleidekabinen, wo sich eine Blondine und eine Brünette vor einem Regal voller Sakkos leise unterhielten.

„War die Hochzeit schön?", fragte Marie.

„Ja, sie war okay." Francesca hatte ihre Arme vor der Brust gekreuzt, ein klassisches Zeichen der Unlust. Etwas ging ihr durch den Kopf, etwas, das sie störte. Ich konnte sie wie ein offenes Buch lesen, obwohl wir schon so lange getrennt waren.

Marie kam nicht ganz mit. „Es muss ganz schön protzig gewesen sein, wenn es in den Hamptons war."

„Es war übertrieben protzig", sagte Francesca. „Ich habe überhaupt nicht dahin gepasst."

„Ich bin sicher, dass das nicht stimmt ..." Marie brach in der Mitte des Satzes ab, weil Axel sie packte und ihr einen glühenden Kuss gab. Seine Hände waren an ihrer Taille und er presste seinen Mund auf ihren, als ob er sie seit Jahren nicht gesehen hätte.

Francesca verzog angewidert das Gesicht, bevor sie sich abwandte. „Jedenfalls ..." Ihre Augen fielen auf mich, und in ihnen spiegelte sich eine kleine Explosion wider. Sie hatte offensichtlich keine Ahnung, dass ich dort sein würde.

„Hallo." Egal wie oft wir uns auch sahen, es war immer noch angespannt. Wir waren damit einverstanden, Freunde zu sein, und nicht über die Vergangenheit zu sprechen. Doch jedes Mal, wenn wir zusammen waren, konnten wir an nichts anderes denken. Zwischen uns bestand ein gewisser Abstand, aber das Feuer brannte genauso, wie immer. Ich konnte es verleugnen, so oft ich wollte, aber es würde nichts ändern. Und auch wenn sie sich jetzt sicher anders fühlte, konnte sie die Funken immer noch nicht leugnen. Wenn es um uns ging, gab es eine angeborene Anziehung. Zeit und Raum konnten das nicht mindern. Es war so absolut wie die Schwerkraft.

„Hallo." Sie behielt ihre Arme vor der Brust gekreuzt. „Wie läuft es so?"

„Gut." Ich warf einen Blick auf die Turteltauben, die sich noch immer wie der Anfang eines Pornos verhielten. „Es ging mir schon mal besser."

Francesca lächelte verständnisvoll. „Ich verstehe das nicht. Sie leben zusammen. Sie sehen sich die ganze Zeit."

Ich verstand es ganz und gar. Ich würde mit Francesca dasselbe tun, würde sie noch mir gehören. Aber ich stimmte ihr dennoch zu. „Ja."

„Wie war dein Wochenende?"

Schrecklich. Einsam. Unerträglich. „Gut. Und deins?"

„Gut."

„Also warst du auf einer Hochzeit?“ Ich vermutete, dass sie mit Kyle gegangen war. Ich hatte ihn noch nicht gesehen, und ich hoffte, dass ich ihn niemals würde sehen müssen. Mein Verstand hatte sich sie schon mit einem imaginären Kerl vorgestellt. Ich wollte kein echtes Gesicht als Futter für meine Albträume.

„Ja, es war in den Hamptons. Es war wirklich schön. Überraschenderweise war niemand stocksteif.“

„Cool.“ Ich verschränkte meine Arme vor der Brust.

Axel und Marie waren immer noch gut dabei.

Francesca seufzte. „Sollten wir sie mit etwas abwerfen?“

„Ich könnte Axel ins Knie treten.“

„Ich denke, dass wir ihm woanders hintreten müssten“, sagte Francesca. „Das würde die Möglichkeit eliminieren, dass das nochmal passiert.“

Meine Mundwinkel verzogen sich zu einem Lächeln.

„Okay, genug.“ Marie schob Axel weg. „Lasst uns Anzüge aussuchen.“

„Baby, ich habe dich vermisst.“ Er schlang seinen Arm um sie herum und zog sie an seine Seite.

„Ich habe dich auch vermisst. Wir können später noch darüber reden.“ Sie ging nach vorne und betrachte die verschiedenen ausgestellten Anzüge.

Francesca kam an meine Seite. „Kannst du glauben, dass Axel sich ihr gegenüber früher wie ein egoistischer Mistkerl verhalten hat?“

Konnte ich ehrlich gesagt nicht. Er war so lange so gewesen, dass es schwer war, sich daran zu erinnern. Es war so, als ob alles in der Vergangenheit, nie passiert wäre. „Ich denke, der alte Axel ist tot. Das hier ist Axel 2.0.“

„Ich dachte, dass ich diese Version mag ... bis sie ihre Zunge in Maries Hals gesteckt hat.“

Ihr Sarkasmus brachte mich immer zum Lachen, aber ich

hielt es zurück. „Habt ihr schon eure Kleider ausgewählt?"

„Nein. Und ich hoffe ernsthaft, dass sie nicht rosa und flauschig sind."

„Marie hat guten Geschmack."

„Das hoffe ich."

Marie nahm einen grauen, dreiteiligen Anzug von der Stange. „Der ist schön. Der gefällt mir."

„Warum müssen wir eine Weste tragen?", fragte Axel. „Wir tragen bereits ein Unterhemd, ein Hemd, eine Krawatte und eine Jacke. Jetzt müssen wir die auch noch tragen?"

„Du trägst so was die ganze Zeit, bei der Arbeit", argumentierte sie. „Warum, ist das nicht was Anderes?

„Weil ich das zur Arbeit anziehen muss. Hier geht es um meinen Hochzeitstag. Ich kann tragen, was immer ich will."

„Genau genommen, nein, das kannst du nicht." Marie hielt einen Finger hoch.

„Komm schon", sagte er. „Ein weißer Smoking wird richtig geil aussehen."

Ich würde für Axel an seinem Hochzeitstag alles tun, und mich sogar wie ein totaler Versager anziehen. Aber ich hoffte dennoch, dass Marie das nicht zulassen würde.

„Keine Chance, dass du das jemals anziehst." Sie schob ihm den Anzug an die Brust. „Probiere den mal an."

„Aber er ist grau", widersprach Axel.

„Grau steht dir echt gut. Es betont deine Augen."

„Aber ich trage bei der Arbeit ständig graue Anzüge."

Francesca und ich tauschten einen Blick aus, der sagte ‚Das kann noch eine Weile so weitergehen.'

„Na toll." Marie kreuzte ihre Arme vor der Brust. „Willst du, dass ich ein lila Dinosaurierkostüm bei der Hochzeit trage?"

„Das ist nicht dasselbe und das weißt du." Er hielt den Anzug weiter fest.

„Für mich schon." Sie boxte ihn in die Brust. „Geh jetzt da rein und probiere ihn an."

Axel seufzte, als ob er einen Streit anfangen wollte.

„Axel, lass mich dir helfen", sagte Francesca. „Tu einfach nur, was sie sagt."

Axel verengte seine Augen. „Aber —"

„Du wirst länger leben." Ich nickte in Richtung Umkleidekabine.

Als Axel merkte, dass es drei gegen einen stand, ging er zur Garderobe, und schleifte seine Füße den ganzen Weg über den Boden.

Nachdem die Tür zu war, drehte Marie sich um und sah uns an. „Ich liebe ihn. Das tue ich wirklich. Aber ... gerade hasse ich ihn. Du weißt, was ich meine."

Francesca nickte. „Leider weiß ich genau, was du meinst."

Meine Augen blickten ihr Gesicht an, und ich fragte mich, auf was sie sich bezog.

„Hawke, komm raus." Maries Stimme schallte durch die Tür.

Ich knöpfte mein Sakko zu und kam dann heraus. Der Anzug passte mir perfekt, auch wenn er nicht maßgeschneidert war, wie alle anderen, die ich besaß. Es war ein dunkles Anthrazit, und das passte genau zu meiner grüblerischen Natur.

Ich stand vor dem Spiegel und steckte meine Hände in die Taschen. Marie und Axel standen nebeneinander und musterten mich von Kopf bis Fuß.

„Ich liebe es", sagte Marie. „Ich finde, dass alle Jungs den tragen sollten."

„Ja", sagte Axel. „Dein Hintern sieht darin wirklich großartig aus."

Ich hob eine Augenbraue. „Äh, danke." Meine Augen fanden Francesca im Spiegel, und anstatt meinen Arsch anzusehen, sah sie meine Brust an. Ihre Augen wanderten über meinen Körper, und da war das gleiche Verlangen zu sehen, an welches ich mich aus unserer Vergangenheit erinnerte. Wenn wir Liebe gemacht hatten, hatte sie ihre Hände an meiner Brust auf und ab gerieben, besonders über meinem Herzen. Die Berührung war nicht sexuell, sondern spirituell. Der Blick in ihre Augen l mich nach einer Vergangenheit sorgte dafür, dass ich mich sehnte, die ich niemals wieder erleben konnte. Alles war so einfach mit ihr. Es war die einzige Zeit in meinem Leben gewesen, in der ich jemals glücklich gewesen war.

So nah bei ihr zu sein, machte es noch schwieriger, nicht mit ihr zusammen zu sein. Wenn wir uns nicht sahen oder miteinander sprachen, war es viel einfacher. Aber jetzt, wo ich neben ihr stand, konnte ich die Gefühle, die ständig durch mein Herz wanderten, nicht kontrollieren. Meine Seele war in natürlichem Einklang mit ihrer. Sie schwang in Resonanz, mit einem entfernten Brummen, wann immer ihre in der Nähe war.

Ich würde dem nie entkommen können.

Endlich sagte Francesca etwas. „Der gefällt mir. Ich glaube, dass der allen gut stehen würde."

„Ich auch", sagte Marie. „Nun, das war einfach."

„Ich hoffe, dass es bei unseren Brautjungferkleidern genauso einfach ist", sagte Francesca.

„Gib eure Hoffnung nicht auf", sagte Marie mit einem Lachen.

Weil ich davon ausgegangen war, dass wir damit fertig wären, ging ich zurück zur Umkleidekabine.

Axel packte meinen Arm, bevor ich hineinging. „Also, machst du Kniebeugen oder was?"

„Tut mir leid?" Von was zum Teufel sprach er?

„Dein Hintern", sagte Axel. „Was tust du dafür?"

Francesca presste ihre Lippen fest zusammen, als ob sie versuchte, nicht zu lachen.

Marie verdrehte die Augen und zog Axel weg von mir. „Babe, dein Hintern ist genauso schön. Lass ihn in Ruhe."

„Ist er das?", fragte Axel. „Ich kann ihn nicht sehen."

Sie tätschelte seinen Arm. „Vertraue mir."

10

FRAUENGESPRÄCHE

Francesca

MARIE UND ICH GINGEN UNS NACH DER ARBEIT AUF EINEN Drink aus.

„Also, hat Axel die Diskussion über den weißen Smoking sein gelassen?"

Sie nippte an ihrem Cosmo. „Möglicherweise. Ich bin nicht einmal sicher, wo er die Idee herhatte. Das letzte Mal, dass jemand einen weißen Smoking getragen hat, war in den achtziger Jahren."

„Axel war schon immer ungewöhnlich ..."

„Ich habe ein paar Dinge gemacht, die er liebt, und seitdem hat er dazu nichts mehr gesagt."

Wenn sie mit einem anderen Kerl zusammen wäre, würde ich nach Einzelheiten fragen, aber da es mein Bruder war, wollte ich es gar nicht wissen. Ich würde mich in meinen Mund übergeben, und dann müsste ich es wieder schlucken. „Hoffentlich lässt er davon ab."

„Diese grauen Anzüge sehen so viel besser aus, und nicht nur bei Axel. Hawke sah erstaunlich darin aus."

Hawke sah in allem super aus — und auch in nichts. „Ich könnte dem nicht mehr zustimmen."

„Ich kann immer noch nicht glauben, dass er das Kleid für mich gekauft hat. Er ist ein Superheld."

„Er ist ein Schatz." Trotz des kalten und dunklen Äußeren, das er projizierte, war er der mitfühlendste Mensch auf dem ganzen Planeten.

Sie rührte ihr Getränk, bevor sie einen Schluck davon nahm. „Du hast mir noch nie erzählt, warum ihr euch getrennt habt."

Wann immer mir diese Frage gestellt wurde, vermied ich es, zu antworten. „Doch, habe ich. Es hat halt nicht funktioniert."

„Was für ein Grund ist das denn?", fragte sie. „Ich habe dich nicht damit belästigt, als es passiert ist, weil ich wusste, dass du vor Kummer verrückt werden musstest. Aber jetzt solltest du in der Lage sein, es mir zu sagen. Axel hat gesagt, dass Hawke es ihm auch nicht erzählt."

Ich könnte ihr nie die Wahrheit sagen. „Marie, ich würde es dir sofort sagen, wenn ich könnte. Aber das kann ich einfach nicht."

Das weckte ihr Interesse sogar noch mehr. „Was soll das bedeuten?"

„Hawke hatte ein Problem, aber ich kann nicht darüber reden."

„Ein Problem?" Ihre Augen waren groß. „Welche Art von Problem?"

Ich sah sie mit strengem Blick an. „Ich kann dir das nicht erzählen, Marie. Es ist seine Sache, und ich werde seine Geheimnisse nicht ausplaudern. Es tut mir leid."

„Also habt ihr euch nicht getrennt, weil ihr es so wolltet?"

Ich konnte ihr nur so viel sagen. „Nein."

Sie nippte wieder an ihrem Drink. „Nun gut, aber warum könnt ihr es jetzt nicht zum Laufen bringen?"

„Er hat noch immer das gleiche Problem."

Marie wollte nicht lockerlassen. Ihr Verstand war fürchterlich am Arbeiten,. „Was wäre, wenn —"

„Vergiss es. Hawke und ich werden nie wieder zusammenkommen. Ende der Geschichte."

„Ihr beide seid wirklich nur Freunde?"

„So gute Freunde, wie wir nur sein können." Wir würden nie platonisch sein. Jedes Mal, wenn wir nah beisammen waren, würde die alte Chemie wieder zum Leben erweckt werden. Unsere Körper fühlten sich auf natürliche Weise zueinander hingezogen. Darüber hatten wir keine Kontrolle.

Marie wusste, dass diese Diskussion nirgendwo hinführen würde. „Nun, du hast mir immer noch nicht alles von der Hochzeit erzählt."

Das war sicheres Gebiet. „Ich bin im Moment total sauer auf Kyle."

„Was hat er denn getan?" Sie stützte ihre Ellbogen auf den Tisch. In der Bar war es durch die vielen Leute sehr laut, und ich wusste, dass die Männer sie ansahen, auch wenn ich sie nicht sehen konnte. Der Stein an ihrem Finger hatte die Wirkung eines natürlichen Insektenabwehrmittels.

„Als wir zur Hochzeit kamen, wusste seine Mutter schon genau, wer ich bin. Sie ist süß und charmant, und sie war so warmherzig zu mir."

„Ist das nicht eine gute Sache?"

„Dann habe ich herausgefunden, dass Kyle noch nie ein Mädchen zu irgendeiner Familienfeier mitgebracht hatte. Ich war die Erste. Also denkt sie, dass Kyle und ich demnächst heiraten werden und solchen Mist." Es war ein Albtraum.

Marie schien überhaupt nicht überrascht zu sein. „Nun, du bist schon sechs Monate mit ihm zusammen."

„Ich war nie mit ihm zusammen. Wir haben sechs Monate lang nur so rumgemacht."

„Monogam."

„Wir haben uns nie nur auf uns beschränkt."

„Nun, ich weiß, dass du in dieser Zeit mit niemand anderem was hattest."

„Na ja, ich bin schon sicher, dass er in der Zeit mit vielen Menschen zusammen war." Kyle hatte eine natürliche Anziehungskraft, die jeden anzog. In Bars flirteten Frauen ständig mit ihm und auch im Fitnessstudio hatte ich einige Frauen gesehen, die ihn angemacht hatten.

„Ich bezweifle sehr stark, dass er mit irgendeiner was hatte."

„Wieso denn?", platzte es mir automatisch raus. „Du kennst ihn ja nicht mal."

„Ich weiß, dass er total in dich verknallt ist."

Mein Gesicht wurde ausdruckslos und der Lärm in der Bar verstummte plötzlich. Die Zeit verlangsamte sich, als ihre Worte mich irgendwo tief im Inneren trafen. Marie hatte einen unbeirrten Gesichtsausdruck, kein Hauch eines Lächelns war zu sehen. „Was?"

„Als ob du das nicht wüsstest, Frankie."

„Er ist nicht in mich verliebt." Das war gar nicht möglich. Kyle war immer nur am Scherzen. Er hatte keinen einzigen ernsten Knochen in seinem Körper. Es war gar nicht möglich, dass er irgendwelche tiefen Gefühle hatte. Wir hatten uns verdammt nochmal in der Herrenumkleidekabine getroffen.

„Ist er aber", sagte Marie. „Und du weißt, dass das wahr ist."

Das konnte nicht wahr sein. „Aber das stimmt ganz bestimmt nicht."

„Frankie, denk mal darüber nach. Er klebt seit sechs Monaten an deiner Seite. Du erzählst mir dauernd, dass er mehr Zeit mit dir verbringen will. Und dann nimmt er dich mit, um seine Familie zu treffen. Wie blind bist du denn?"

Erinnerungen schossen mir durch den Kopf. Ich erinnerte mich die Male, als er bei mir schlafen wollte und ich versucht hatte, ihn rauszuwerfen — und dass er nicht hatte gehen wollen.

Ich erinnerte mich an jedes Mal, an dem er mich zum Abendessen einladen wollte, ich aber abgelehnt hatte. Als er zu meiner Wohnung kam, um Pizza zu essen, scherzte er, dass ich seine Frau werden sollte ... oder war es gar kein Scherz gewesen? Und dann hatte ich seine Familie getroffen, und es war klar, dass Kyle ihnen alles über mich erzählt hatte.

Maries Lippen spiegelten ihren Unglauben wider. „Tut mir leid, Mädchen."

Ich rieb meine Stirn, als ob die Wahrheit mich hart traf.

„Ich dachte, du wüsstest das."

„Ich habe nicht darauf geachtet ..." Nun war ich in ernsthaften Schwierigkeiten.

„Warum ist das so schlimm?", fragte Marie. „Kyle ist sexy, reich, und er hat eine großartige Persönlichkeit. Und das Beste von allem, er betet dich total an. Er setzt sich mit deinem Schwachsinn auseinander, obwohl die meisten Männer das Handtuch werfen würden. Er ist ein ernst zu nehmender Fang, Frankie."

„Ich weiß, dass er ein guter Fang ist."

„Dann nimm die Beziehung endlich ernst."

„Aber das kann ich nicht." Ich konnte keinen Blickkontakt mehr mit ihr aufnehmen.

„Warum nicht?", forderte sie. „Gib mir einen guten Grund."

„Ich fühle einfach nicht so für ihn. Natürlich mag ich ihn und genieße die Zeit mit ihm, aber das ist alles."

„Wie ist so was möglich?"

„Es ist einfach so."

Marie wollte mir das nicht abkaufen. „Werde nicht böse auf mich, okay?"

Ich wusste, was kommen würde.

„Hat das irgendetwas mit Hawke zu tun?"

Ich schloss meine Augen, während der Schmerz mich überflutete. Ich brauchte ein paar Sekunden, um sie wieder zu öffnen. „Nein."

Marie glaubte mir nicht, nicht einmal eine Sekunde lang. „Du sagst, dass über ihn hinweg bist, aber das ist eindeutig nicht wahr."

„Ich bin über ihn hinweg."

„Bullshit."

„Es ist ... kompliziert." Niemand verstand das, außer Hawke.

„Dann erkläre es mir."

Ich rieb meine Stirn wieder. „Ich bin über Hawke weg. Es hat sehr lange gedauert, endlich weiter zu machen und zu akzeptieren, dass unsere Beziehung wirklich vorbei war. Marie, du warst doch dabei."

„Ja, ich erinnere mich", sagte sie traurig.

„Eines Tages bin ich dann endlich aus eigener Kraft aufgewacht. Ich habe endlich weiter gemacht und nicht mehr zurückgeblickt. Es ging mir endlich wieder gut."

Sie hörte sich jedes Wort von mir genau an.

„Und ich habe seitdem nicht wieder zurückgeblickt. Ich war mit anderen Kerlen zusammen, und ich denke nicht mehr an ihn. Ich bin glücklich ... meistens. Aber was ich mit Hawke hatte ... war unbeschreiblich. Nichts wird jemals mit dem, was wir hatten, mithalten können."

„Ihr wart doch nur drei Monate zusammen ..."

„Das spielt keine Rolle. Ich weiß, dass ich verrückt klinge, wenn ich das sage, aber ... er ist mein Seelenverwandter."

Marie lachte nicht und machte auch keinen Witz, aber sie schien nicht überzeugt zu sein.

„Ich weiß, dass du mir nicht glaubst und das ist völlig in Ordnung. Aber ich weiß, dass er für mich geschaffen wurde, genauso, wie ich für ihn geschaffen wurde. Auch jetzt ist da noch ein fernes Summen in meinem Ohr, wann immer er in der Nähe ist. Es besteht eine Anziehungskraft zwischen uns, die uns ständig miteinander verbindet. Egal wohin ich gehe oder mit wem ich schlafe, dieses Gefühl ist immer da."

Marie nahm einen tiefen Atemzug. „Frankie ..."

„Und genau wegen dieser Verbundenheit ist es schwer für mich, irgendetwas Besonderes für jemand anderen zu fühlen. Kyle ist in jeder erdenklichen Hinsicht perfekt. Wenn ich ihn zuerst kennengelernt, und nie ein Auge auf Hawke geworfen hätte, würde ich gespannt darauf warten, dass er mir einen Antrag macht. Aber da ich meine große Liebe schon gefunden habe, kann ich wirklich niemand anderen lieben."

Marie blinzelte nicht, während sie mich beobachtete. Ihr Getränk blieb unberührt und ihre Finger ruhten auf dem Tisch. Sie atmete nicht einmal. „Wenn du solche Gefühle hast ... kannst du das mit Hawke dann nicht irgendwie hinbekommen?"

„Nein." Es hatte sich nichts verändert. Nur ein einziger Blick auf Hawke sagte mir, dass sich nichts verändert hatte. Er kämpfte noch mit den gleichen Dämonen und er würde es immer tun. Er glaubte nicht an sich selbst.

„Aber warum?"

„Wir haben uns aus einem Grund getrennt, und der Grund ist immer noch da."

„Gut ..." Marie versuchte, einen Ausweg zu finden. „Aber wenn dieser Grund beseitigt wäre, was auch immer er sein mag, würdest du dann wieder mit ihm zusammen sein wollen?"

Ich hatte unzählige Male über diese Möglichkeit fantasiert. „Nein."

Maries Augen verdunkelten sich vor Überraschung. „Nein?"

„Ich vertraue ihm nicht mehr. Er hat mich verlassen, ohne einen einzigen Blick zurückzuwerfen. Ich habe ihm alles gegeben und er hat mir trotzdem den Rücken zugewandt. Ich habe ihm gesagt, dass wir Seelenverwandte seien, und er stimmte mir zu, aber das war für ihn noch nicht Grund genug, zu bleiben. Ich liebe ihn auf eine Art, die kein anderer versteht, aber das ist einfach nicht genug. Er hat mich unwiderruflich verletzt. Es gibt keine Garantie, dass er es nicht wieder tun wird.“

Sie brauchte einige Minuten, um alles zu verarbeiten, was ich gesagt hatte. Sie sah ihr Glas an, nahm aber keinen Schluck. Die Welt um sie herum schien zu verblassen, und alles, was sie tun konnte war, meine Worte immer wieder von vorne in ihrem Kopf abzuspielen. „Das ist so … intensiv.“

„Das ist definitiv ein guter Begriff, um es zu beschreiben.“

„Also … wenn das der Fall ist, warum versuchst du dann nicht, dich wieder zu verlieben?“

„Das geht nicht.“

„Hast du es schon versucht?“

„Nun … nein.“

„Vielleicht solltest du es wirklich versuchen“, flüsterte sie. „Du kannst doch nicht den Rest deines Lebens so weiterleben. Ich möchte, dass du das bekommst, was ich mit Axel habe. Du verdienst es, glücklich zu sein.“

Ehe und Kinder waren etwas, was ich mir nicht vorstellen konnte — zumindest jetzt noch nicht. „Ich glaube, dass ich noch etwas mehr Zeit brauche, um dahin zu kommen. Vielleicht werde ich eines Tages jemanden treffen, der alles ändern wird. Ich möchte einen Mann, der die ganze Zeit meine Kekse isst, und ich möchte Kinder, mit denen ich sonntags backe. Ich will das alles wirklich haben. Aber es ist nicht so einfach für mich, das zu finden.“

„Was wäre, wenn Hawke ganz aus deinem Leben verschwunden wäre? Wenn du nichts mehr mit ihm zu tun hättest?“

„Ich glaube ehrlich gesagt nicht, dass das irgendetwas ändern würde. Ich bin immer noch über ihn hinweg, auch wenn ich ihn sehe. Natürlich schmerzt meine Seele nach ihm, aber ich habe mein Herz unter Kontrolle.“

„Ich weiß nicht, was ich tun würde, wenn ich Axel wollte, aber ihn niemals haben könnte."

„Denk einfach nicht daran. Es wird dich nur verrückt machen."

„Wie wäre es, wenn du Kyle alles erzählst und der Beziehung eine Chance gibst?"

„Nein."

„Warum nicht?"

„Weil ich noch nicht so weit bin und er schon. Ich werde ihn nicht in so etwas hineinführen. Das einzig Richtige ist, ihn gehen zu lassen."

Maries Gesicht verfiel in Traurigkeit. „Aber er ist so gut zu dir."

Kyle war nachdenklich und leidenschaftlich, und er war auch lustig und warmherzig. Er hatte mein Leben so stark beeinflusst, ohne dass ich es bemerkte. Er versteckte seine Gefühle so gut, aber er verbarg sie nicht gut genug. Er wollte mich für sich selbst haben, auch wenn ich nicht so fühlte. Er war selbstlos genug, um sich nicht zu sorgen. „Aber ich bin nicht gut zu ihm."

11

GEBROCHENES HERZ

Francesca

Es graute mir davor.

Trennungen waren einfach. Ich sagte, dass es vorbei sei und sie akzeptierten es, ohne mit dem Auge zu blinzeln. Jede andere Beziehung, die ich seit Hawke gehabt hatte, war nur eine bedeutungslose Affäre, also machten die Jungs weiter, ohne einen Blick zurückzuwerfen.

Aber Kyle war anders.

Im Laufe unserer Beziehung hatten sich Gefühle entwickelt. Das war meine Schuld, weil ich es so lange laufen ließ. Sechs Monate war bisher meine mit Abstand längste Affäre.

Nachdem er sein Training beendet hatte, kam er zu mir, und er kam herein, ohne anzuklopfen. „Der heißeste Mann der Welt ist hier.“ Er zog seine Schuhe aus und setzte sich zu mir auf die Couch. „Was liest du da?“

„Zu Hause sein.“ Ich fand ein interessantes Rezept für Erdnussbutter-Cookies. Ich knickte die Ecke um und warf es zur Seite, für später.

Kyle legte seinen Arm über die Rückenlehne der Couch und küsste mich. „Ich habe dich heute vermisst.“

Ich wollte das nicht tun.

„Ich habe an deinen schönen Arsch gedacht, als ich heute Morgen aufgewacht bin.“ Er zwinkerte. „Ich habe mir das Vergnügen selbst bereitet.“

Warum musste er so sexy und süß zugleich sein? „Da ist etwas, worüber wir sprechen müssen.“

Er legte seinen Kopf in den Nacken und seufzte. „Du bist immer so ernst. Bleib doch wenigstens einmal cool.“

„Nein, ich muss das jetzt sagen.“

„Na gut, du musst nicht noch mal mit in die Hamptons kommen. Ich hätte nicht gedacht, dass du meine Familie so sehr hassen würdest ... “

„Darum geht es nicht, Kyle. Sie waren wunderbar.“

„Was ist dann dein Problem?“

„Das versuche ich dir ja zu sagen, aber du unterbrichst mich dauernd.“ Ich warf ihm einen vielsagenden Blick zu.

„Tut mir leid“, sagte er. „Was ist los?“

Nun, da ich das Wort hatte, wollte ich nicht mehr reden. Ich wollte kein einziges Wort mehr sagen. Seine blauen Augen waren hypnotisierend, und ich wollte keinen Schmerz in ihnen sehen. „Ich habe sehr viel nachgedacht und ... ich glaube, wir sollten die Sache zwischen uns beenden.“

Er reagierte überhaupt nicht. Er starrte mich nur weiter an, als ob er kein Wort gehört hatte.

„Es funktioniert einfach nicht für mich. Aber ich denke, dass wir Freunde bleiben sollten.“

Schweigen.

Er gab mir keinen Hinweis auf das, was er fühlte. War er böse? Aufgebracht? Oder machte ihm das alles gar nichts aus?

„Nein.“

Nein, was? „Huh?“

„Ich akzeptiere das nicht."

Was hatte er gerade gesagt? „Bitte? Du akzeptierst das nicht."

„Genau", sagte er ruhig. „Ich akzeptiere das nicht."

Meine Nasenflügel blähten sich auf. „Es tut mir leid, dass du das nicht akzeptierst, aber es ist genau das, was passieren wird. Komm drauf klar."

„Wo zum Teufel kommt das her, Frankie? Vor zwei Tagen war mit uns noch alles in Ordnung."

„Ich habe nachgedacht."

„Und?" Er hob eine Augenbraue. „Du hast erkannt, dass ich ein toller Typ bin, der nichts Anderes getan hat, als dich zum Lachen zu bringen und zu kommen?"

Mein strenger Blick richtete sich auf sein Gesicht.

„Ich weiß, dass du dich nicht festlegen willst, aber das ist keine stichhaltige Begründung. Also akzeptiere ich das nicht."

Er trieb mich näher an den Abgrund. „Ich kann nicht mit jemandem zusammen sein, der in mich verknallt ist. Tut mir leid, aber ich das kann nicht für dich tun."

Nun reagierte er endlich. Seine Gelassenheit verschwand, und Panik trat in seine Augen. „In dich verknallt?" Er zwang sich zu einem gefälschten Lachen, das gar nicht nach ihm klang. „Ich … du denkst, dass ich in dich verliebt bin?"

„Willst du mir erzählen, dass du das nicht bist?"

„Natürlich nicht." Er lachte wieder und sah weg. „Darum geht es also? Dann hast du nichts zu befürchten, Frankie."

Ich war mit ihm nicht im Einklang, wie ich es mit Hawke war, aber ich kannte ihn dennoch ziemlich gut. „Kyle." Meine Stimme wurde sanfter, um sensibel auf das Thema eingehen zu können. „Was hat es für einen Wert, mich zu täuschen. Marie hat mich darauf hingewiesen."

Jetzt war seine sorglose Fassade vollständig verschwunden. Ein düsterer und trauriger Mann ersetzte ihn. „Ich glaube, dass ich überrascht bin, dass du es nicht schon früher herausgefunden hast.“ Er zog seine Unterarme auf die Knie und ließ sie dort liegen. Seine Finger waren ineinander verschränkt. Er starrte auf den Holzboden unter seinen Füßen.

Ich legte automatisch meinen Ellenbogen auf seinem Oberschenkel ab und schlang meinen Arm um seinen. „Ich kann nicht so weitermachen, wenn ich weiß, dass du so fühlst. Das wäre falsch.“

„Wieso nicht?“, flüsterte er. „Mit uns war bis jetzt alles in Ordnung.“

„Weil ich dich nicht verletzen kann, Kyle.“ Ich wollte das nicht. Ich war zwar nicht in ihn verliebt, aber er war mir dennoch wichtig. Wir hatten viele gute Erlebnisse zusammen gehabt. Vorher hatte ich ein gebrochenes Herz gehabt, und ich wollte nicht, dass jemand Anderes das durchmachen muss.

„Wenn du mich verlässt, wird mir das wehtun.“

„Aber es wird im Laufe der Zeit noch mehr wehtun.“

Er drehte sich zu mir, sein Blick kollidierte mit meinem. „Frankie, warum lässt du mich nicht rein?“

Meine Augen wanderten zum Boden.

„Du sagst, dass du mich nicht liebst, aber ich weiß, dass du das tun würdest, wenn du mir nur eine Chance geben würdest. Während dieser ganzen Beziehung hast du dich eingemauert. Wie willst du je etwas für jemanden fühlen, wenn du es so angehst? Gib mir eine Chance. Eine richtige.“

Ich schüttelte den Kopf. „Tut mir leid, Kyle.“

Er neigte seinen Kopf etwas, als er mich ansah. „Bitte sag mir nicht, dass es seinetwegen ist.“

„Ist es nicht … und irgendwie doch.“

Er stieß einen enttäuschten Seufzer aus. „Du hast gesagt, dass du niemals zu ihm zurückgehen würdest.“

„Würde ich auch nicht.“

„Und ihr beide seid schon seit zwei Jahren getrennt.“

„Ich weiß.“

„Warum willst du dann noch immer in der Vergangenheit leben, Frankie? Verabschiede dich davon und mach weiter."

„So ist das nicht", sagte ich. „Ich bin über ihn hinweg. Es ist nur ... er ist mein Seelenverwandter. Ich habe dir das schon vorher gesagt."

Kyle hatte keine Antwort darauf. Er rieb seine Handflächen aneinander und zappelte herum. „Nach all dieser Zeit glaubst du immer noch daran?"

„Ich weiß es."

„Aber, wenn du sowieso nicht mit ihm zusammen sein kannst, was spielt es dann für eine Rolle?"

„Ich kann nur nicht jemand anderes lieben. Vielleicht werde ich das eines Tages können, aber heute kann ich das nicht."

Er beugte sich näher zu mir. „Was wäre, wenn das für mich in Ordnung wäre?"

Das gefiel mir überhaupt nicht. Ich konnte nicht mit ansehen, wie er um mich kämpfte. „Du verdienst jemanden Besseren als mich, Kyle. Du bist der perfekte Mann. Du könntest jedes Mädchen haben, das du willst."

„Aber ich will nur dich." Er drehte sich zu mir und ergriff meine Hand. „Ich habe schon viel erlebt — sehr viel. Ich bin mit jeder Art von Mädchen, die du dir vorstellen kannst, ausgegangen. Keine hat jemals so mein Interesse geweckt und behalten, wie du das tust. Ich liebe die Tatsache, dass du eine so schöne Frau bist, dich aber so burschikos verhältst. Ich liebe die Tatsache, dass du bei der Arbeit kein Make-up trägst und dein Haar zu einem lockeren Zopf bindest. Ich liebe die Tatsache, dass es dir egal ist, was andere denken, sodass du immer du selbst sein kannst. Es gibt keine andere, die so ist wie du. Ich hätte viel lieber das Mädchen, das ich wirklich will — auch wenn sie nicht dasselbe fühlt."

Es wurde schwer, meine Entschlossenheit zu behalten. „Trotz allem verdienst du etwas Besseres, Kyle."

„Was, wenn ich gar nichts Besseres will?“, fragte er. „Wirf das nicht einfach weg.“ Er drückte meine Hand.

„Es tut mir leid.“ Ich konnte ihm nicht mehr in die Augen schauen. Es wurde zu schmerzhaft. Als ich dasaß und unsere Beziehung beendete, wurde mir klar, wie sehr meine Verbundenheit zu ihm gewachsen war. Dies war viel schwerer als ich erwartet hatte.

„Willst du mir erzählen, dass du für immer allein sein möchtest?“, fragte er. „Immer von einem Kerl zum anderen springen? Möchtest du nicht eines Tages einen Mann und eine Familie haben?“

„Doch, das möchte ich. Wirklich.“

„Dann hab sie mit mir.“

„Aber ich bin noch nicht bereit dafür. Ich brauche mehr Zeit, um voranzuschreiten.“

„Ich kann dir all die Zeit geben, die du brauchst.“ Er drückte seine Stirn an meine.

Wenn ich mich jetzt nicht davonmachen würde, würde ich in diesem Moment versinken. „Kyle, das Entscheidende ist, dass ich nicht das Gleiche fühle. Wenn ich es täte, würde ich das noch einmal überdenken. Aber ich tu es nicht.“

„Aber du könntest —“

„Tu ich nicht.“ Ich hasste es, so kalt zu sein. Aber wenn ich nicht stark blieb, würde Kyle mich überzeugen, zu bleiben. Dann würde ich ihn durch den Dreck ziehen, ihn Nacht für Nacht benutzen. „Und wer weiß, ob ich das jemals tun werde.“

Kyle ließ schließlich meine Hand los, gab auf. Seine Augen hatten ihr Leuchten verloren, und er hatte keinen Drang mehr, zu kämpfen. Er wusste, dass es nichts gab, was er tun konnte, um meine Meinung zu ändern. Ich war sehr stur, aber das war einer der seltenen Momente, in denen das nicht das Problem war. „Ich will noch etwas sagen, bevor ich gehe.“

Ich schluckte den Knoten in meinem Hals runter. „Okay ...“

„Falls du jemals deine Meinung ändern solltest, rufst du mich dann an?"

Das konnte ich mir nicht vorstellen. Und wenn ich doch meine Meinung ändern würde, würde es für mich sicherlich Jahre dauern, um dahin zu gelangen.

„Es ist mir egal, wie viel Zeit vergangen sein wird. Wenn du meinst, dass du doch für etwas Ernstes bereit bist, möchte ich die erste Person sein, die du anrufst."

Er hatte mir nicht einmal gesagt, dass er mich liebte, aber jetzt war offensichtlich, wie stark seine Gefühle waren. Er deckte all seine Karten auf, und seine Verzweiflung erfüllte die Luft. Er war immer so sanft und cool. Aber jetzt spielte er keine Spiele oder versteckte Gefühle.

„Frankie?", zwang er sich zu sagen.

Ich räusperte mich. „Das werde ich."

12

GLAUBEN

Hawke

Axel saß mir in der Bar gegenüber, aber er rührte sein Bier nicht an. Seine Finger tippten auf seinem Handy herum.

Ich war sowieso kein großer Redner, also trank ich mein Bier und genoss die Stille. Manchmal, wenn ich allein war, wanderten meine Gedanken zu Francesca. Sie war am vergangenen Wochenende zu einer Hochzeit gegangen, und ich vermutete, dass sie mit dem Kerl gegangen war, mit dem sie sich traf. Hatte sie seine Familie kennengelernt?

Ich sollte über so etwas gar nicht nachdenken.

Es war auch egal.

Sie war glücklich.

Das war, was ich wollte.

Axel seufzte und tippte weiter.

Das Geräusch zog meine Aufmerksamkeit auf sich. „Schreibst du einen Roman?“

„Ich versuche, diesen feinen Arsch hier herunter zu bekommen.“

„Deine Braut?“ Ich würde nie so über Francesca reden, nicht, weil es respektlos wäre, aber ich würde niemals wollen, dass irgendein anderer Mann an ihren feinen Arsch dachte.

„Ja. Sie kommt gerade von der Arbeit und ich möchte, dass sie sich zu uns gesellt." Axel ging nirgendwo ohne sie hin. Er war so besessen, fast schon wahnsinnig. Er beschwerte sich gerne über zu anhängliche Tussis, aber er selber war der anhänglichste Kerl, den ich kannte.

„Vielleicht hat sie andere Pläne."

„Hat sie nicht."

Ich fragte mich, ob sie ihn vielleicht leid wäre. Manchmal konnte ich Axel nicht dazu bringen, mit mir Basketball zu spielen, weil er bei ihr zu Hause bleiben wollte.

Axel lächelte schließlich und legte sein Handy hin. „Sie kommt."

Mir war es egal, ob sie da war oder nicht. Ich mochte Marie und fand, dass sie eine gute Frau für Axel war, aber die wahre Zuneigung rührte von ihrer Freundschaft mit Francesca her. Sie war jeden Tag für Francesca da, auch in der schwierigen Zeit nach unserer Trennung. Dafür würde ich sie immer respektieren. „Cool."

„Sie trägt dieses schwarze Bleistiftkleid, das ihre Beine unglaublich aussehen lässt."

Sollte ich mich dafür interessieren? „Nervös, weil du heiratest?"

„Nervös?" Er sprach das aus, als wäre es absurd. „Hätte ich sie gefragt, wenn ich das gar nicht wollte?"

„Ich habe nicht gesagt, dass du das nicht willst. Ich habe nur gefragt, ob du nervös bist."

„Nein, ich bin nicht nervös." Er nahm einen großen Schluck von seinem Bier. „Ich meine nur, wir sind sowieso so gut wie verheiratet. Da wird sich nichts mehr ändern."

Das sah ich anders.

„Ganz nebenbei, ich liebe sie," sagte er und zuckte mit den Schultern. „Ich will mit keiner anderen Frau zusammen sein."

Ich verstand diese Art von Hingabe. Ich hatte das Gleiche für Francesca gefühlt. Tatsächlich fühlte ich immer noch so. Verschiedene Frauen besuchten mein Bett, aber sie waren nichts weiter als warme Körper. Ich erinnerte mich nie an ihre Namen oder Gesichter. Sie waren unbedeutend, nur ein Zeitvertreib. „Ich freue mich so für dich."

„Jetzt wird jeder Kerl in der Welt wissen, dass ich derjenige bin, der sie jede Nacht fickt, keiner von ihnen." Er rückte seine Uhr zurecht und blickte auf die Zeit.

Ich erinnerte mich daran, wie besitzergreifend ich bei Francesca gewesen war.

Und immer noch war.

Marie kam herein und ging auf unseren Tisch zu. Sie sah in ihrem Bleistiftrock und der engen Bluse schlank aus. Ihr langes blondes Haar war in offenen Locken gestylt.

Axel pfiff, als er von seinem Platz aufstand. „Heiße Schnitte."

Marie verdrehte ihre Augen, als ob seine Worte sie nicht beeindruckten, aber das Lächeln in ihrem Gesicht zeigte deutlich, dass sie diese Aufmerksamkeit liebte. Sie drückte sich an seine Brust und küsste ihn.

Axel packte sie fest, so wie er es immer tat und neigte seinen Kopf, damit er sie küssen konnte. Sie war fast einen Kopf kleiner als er, selbst wenn sie hohe Absätze trug. „Ich habe mein Baby vermisst", sagte er in ihren Mund.

„Ich habe dich auch vermisst." Sie gab ihm einen letzten Kuss, bevor sie zurückwich.

Axel zog den Stuhl für sie hervor. „Was kann ich dir bringen?"

„Ein Glas Wein."

„Kommt sofort." Er küsste sie auf die Stirn, bevor er ging.

Mein erster Gedanke war, mich über ihn lustig zu machen,

weil er so unter ihrer Fuchtel stand, aber ich hielt meine Zunge im Zaum. Ich wusste, dass meine Kommentare nur meine Eifersucht ausdrückten. Ich hatte einmal das Gleiche gehabt und ich hatte weggeworfen.

Wie ein Idiot.

Marie hörte auf zu lächeln und starrte mich vehement an.

Die Temperatur im Zimmer war um ein paar Grad wärmer geworden, und ich spürte die Feindseligkeit, die sie ausstrahlte, wie die heiße Sonne an einem Sommertag. „Schlechter Tag?"

Ihre Augen waren dunkel wie Kohle. „Ich bin im Moment nicht dein größter Fan."

„Was?" Ich hatte ihr gerade ein Hochzeitskleid für zwanzigtausend gekauft und sie war böse auf mich? „Tut mir leid?"

Sie warf einen Blick auf Axel, um sicher zu gehen, dass er immer noch an der Bar war, bevor sie sich mir zuwandte. „Ich weiß nicht, was zwischen dir und Frankie vor all diesen Jahren geschehen ist, weil sie sich weigert, mir das zu sagen, aber es ist klar, dass das Problem bei dir liegt, nicht bei ihr."

Marie hatte mir nie Fragen über meine Beziehung mit Francesca gestellt. Axel hatte das ein paar Mal getan, aber als er merkte, dass er nichts aus mir herausbekommen würde, gab er auf. Diese Konfrontation war unerwartet, und ein wenig zu spät.

„Hawke, regle, was auch immer das Problem ist und sei mit ihr zusammen."

Wo kam das nun wieder her? „Hat sie dir etwas erzählt?"

„Nein."

Jetzt war ich noch mehr verwirrt. „Warum sagst du das dann zu mir?"

Ihre Stimme wurde um Einiges höher. „Weil sie einen tollen Kerl hatte, aber einfach mit ihm Schluss gemacht hat."

„Was?"

„Kyle war intelligent, süß und schön. Erlag ihr zu Füßen und tat alles, um sie glücklich zu machen. Aber egal, wie hart er arbeitete, um ihre Aufmerksamkeit auf sich zu ziehen, sie hat sich nicht dazu hinreißen lassen. Als Frankie herausgefunden hat, dass er in sie verliebt war, hat sie das Ganze beendet. Sie hat es einfach beendet."

Wäre ich ein Arsch, wenn ich sagen würde, dass mich das glücklich machte? „Ich kann dir immer noch nicht folgen."

Marie hatte die Krallen ausgefahren und war bereit, mein Gesicht zu zerkratzen. „Ich glaube, ich muss Klartext mit dir reden. Frankie hat mir erzählt, dass du ihr Seelenverwandter wärst, und dass, obwohl sie über dich hinweg sei, sie sich nie wieder in dich verlieben könnte. Ihre wahre Liebe kam und ging, wie kann sie je jemand Anderen lieben? Ihre emotionale Kapazität ist durch das, was du ihr angetan hast, völlig verkümmert. Sie ist nicht ganz bei Sinnen. Ich will nicht, dass sie wegen dem, was zwischen euch passiert ist, alleine bleiben muss. Ich will, dass sie mit Kyle weitermacht und zehn verdammte Babys haben wird oder zehn verdammte Babys mit dir bekommt. Also, überwinde dich und hol sie dir zurück. Es ist offensichtlich, dass du immer noch der einzige Mann bist, den sie wirklich will."

Axel kam zurück an den Tisch und hielt das Glas Wein in der Hand. „Ist Weißwein in Ordnung, Baby?"

Marie lächelte, als ob wir uns über Regenbögen und Einhörner unterhalten hätten. „Ist genau richtig. Vielen Dank." Sie küsste ihn auf die Wange.

Er lächelte, wie ein Idiot, der hoffnungslos verliebt war. „Also, über was habt ihr beiden euch unterhalten?"

„Nichts." Marie nahm einen langen Schluck.

Ich schaute mein Glas an. „Über gar nichts."

DAS *MUFFIN GIRL* WAR, WIE JEDEN NACHMITTAG, VOLL. ICH SAß AN dem kleinen Tisch auf der Terrasse und blickte hinein. Die

Angestellten arbeiteten wie Bienen hinter der Theke, bedienten die Menschenmassen in der Schlange. Eine Hälfte des Ladens war für warme Speisen reserviert, während die andere Seite nur für Backwaren war. Der Raum war etwas chaotisch organisiert, aber gerade das war es, was ihn zu einer so interessanten Location machte. Die Leute liebten es dort.

Sie liebte sie.

Als ich dann endlich den Mut fand, hineinzugehen, ging ich nach vorne und spähte nach hinten. Leute gingen hin und her, um Nachschub von hinten zu holen. Schließlich entdeckte ich Francesca. Sie trug ein schwarzes T-Shirt mit dem Shop-Logo auf der Vorderseite. Es war wie immer mit Mehl und Zucker bedeckt. Irgendwie sah sie noch liebenswerter aus, wenn sie so schmutzig war.

„Kann ich Ihnen helfen?“ Ein Mädchen hinter der Theke beäugte mich interessiert, mein Designeranzug und die teure Uhr an meinem Handgelenk gefielen ihr. Hoffnung schimmerte in ihren Augen, als ob sie wünschte, dass ich nur gekommen wäre, um mit ihr zu reden.

„Ist Francesca beschäftigt? Ich bin ein Freund von ihr.“

Ihre Hoffnung verschwand, zerplatzte wie eine Seifenblase. „Sie ist immer beschäftigt. Aber Sie können nach hinten gehen und mit ihr reden, wenn Sie wollen.“ Das Mädchen ging weg und wieder an die Arbeit.

Ich nahm die Einladung an und ging zur Hinterseite des Shops. Ich war ja schon einmal da gewesen, also wusste ich, wohin ich gehen musste. Regale voller Tüten mit Mehl und Zucker füllten den Raum, und die Tür des massiven, begehbaren Kühlschranks befand sich an der gegenüberliegenden Wand.

Als ich näherkam, bekam ich einen besseren Blick auf sie. Francesca arbeitete gerade an einer Hochzeitstorte, und sie sah fast fertig aus. Oben hatte sie zwei Figuren, beides Seepferdchen, arrangiert und Muscheln verzierten die verschiedenen Ebenen.

Ich wollte sie nicht erschrecken, deshalb blieb ich ein paar Schritte von ihr entfernt stehen und beobachtete ihre Arbeit. Mehl war auf ihrer Nase verschmiert, und sie wusste sicher nicht, dass es so war. Sie hielt den Spritzbeutel in der Hand und untersuchte die Textur des Kuchens, auf der Suche nach etwas, das nur ihr erfahrener Blick sehen konnte. Wenn sie nur die geringste Unvollkommenheit gefunden hatte, nahm sie mit ihrem Werkzeug die Änderung vor. Dann trat sie zurück und überprüfte ihre Arbeit.

„Hallo."

Sie drehte sich in dem Augenblick um, als sie meine Stimme hörte. Angst stand in ihrem Gesicht, als ob sie nicht wollte, dass ich es sei. Aber zur gleichen Zeit war ein klein wenig Freude tief im Inneren, als ob sie immer gehofft hatte, dass ich dort stehen würde, wenn sie sich umdrehte. „Hallo ..." Sie legte die Spritztüte weg und wischte dann ihre Handflächen auf ihrer Jeans ab. „Ich habe nicht gehört, dass du reingekommen bist."

„Tut mir leid, eines deiner Mädchen sagte mir, ich könnte nach hinten kommen."

„Ist schon okay", sagte sie schnell.

Ich sah mir den Kuchen an. „Der sieht gut aus."

„Ja ... es hat zwölf Stunden gedauert, aber er ist ein weiteres Meisterwerk."

„Ich bin sicher, dass die Braut es zu schätzen wissen wird."

„Das hoffe ich. Genau deshalb mache ich das jeden Tag."

Ich steckte meine Hände in die Taschen und versuchte, sie nicht zu sehr anzustarren. Ich tendierte dazu, das gedankenlos zu tun. „Hast du geplant, Hochzeitstorten zu machen, als du mit der Bäckerei angefangen hast?"

„Nein", antwortete sie. „Aber ich habe keinen Kuchendekorateur mit genug Erfahrung gefunden. Wahrscheinlich sind

Hochzeitstorten der wichtigste Aspekt der Bäckerei. Wenn wir den Tag nur einer Braut ruinieren, werden wir uns niemals davon erholen."

„Sprichst du über Druck." Ich lächelte sie vorsichtig an.

„Du scherzt darüber, aber es ist eine ernste Sache." Sie ging zur Spüle und wusch den Schmutz unter ihren Fingernägeln weg. „Nun ... was führt dich hierher? Also, außer meinen Kuchen anstarren zu wollen."

Mit ihr zu reden war so einfach, und manchmal vergaß ich, wie weit wir voneinander entfernt waren. „Ich habe neulich mit Axel gesprochen ... er hat gesagt, dass du dich von deinem Freund getrennt hast." Eigentlich war das eine Lüge. Marie war diejenige, die mir das erzählt hatte, aber ich wollte sie nicht vor den Kopf stoßen.

„Oh ..." Francesca nickte leicht, ein eindeutig unangenehmes Thema für sie. Ich war die letzte Person, mit der sie das besprechen wollte. Sie steckte ihr dunkles Haar hinter ihr Ohr, und als sie ihre Schulter bewegte, fiel ihr langer geflochtener Zopf nach vorne. „Ja, es hat einfach nicht funktioniert."

Und ich wusste warum. „Alles in Ordnung mit dir?" Ehrlich gesagt wusste ich nicht, warum ich dort war. Ich wusste nicht, warum ich sie all das fragte. Alles, was ich wusste, war, dass sie Schmerzen hatte — meinetwegen. Maries Worte zwangen mich, alles noch mal zu überdenken. Ich liebte Francesca immer noch und das würde ich immer tun. Ich wollte sie wieder in meinem Leben haben. Ich hasste es, ohne sie zu leben. Es war unerträglich.

Aber würde ich ihr wehtun?

Hatte ich mich verändert?

Oder war alles genau wie vorher?

„Ja, ich bin in Ordnung." Sie vermied Augenkontakt, um ihre Fassung zurückzugewinnen. „Es hat nicht funktioniert, und wir dachten, dass es am besten wäre, wenn wir getrennte Wege gingen."

Warum log sie mich an? „Ich bin froh, dass es dir gut geht. Ich dachte nur, ich schau mal nach dir."

„Nun ... danke." Sie steckte ihr Haar wieder hinter ihr Ohr.

„Also, bist du mit dem Kuchen fertig?"

„Ja. Jetzt ist er bereit für die Lieferung."

Ich nickte, meine Hände noch in den Taschen. „Wenn du Zeit hast, möchtest du mit mir zu Mittag essen?" Ich sprach die Worte aus, ohne darüber nachzudenken.

„Äh ... jetzt?"

„Es sei denn, du bist beschäftigt." Ich behielt meinen sanften Blick.

Sie war etwas unruhig, weil ich sie anstarrte. „Ja sicher."

Hatte sie ja gesagt?

Sie sah an ihrem schmutzigen Shirt hinunter. „Solange wir irgendwo hingehen, wo ich normale Kleidung tragen kann."

Ich kicherte. „Wie wäre es mit Pizza?"

„Das passt gut."

Wir saßen uns in der Nische gegenüber und waren beide angespannt. Nicht, weil wir uns miteinander unwohl fühlten. Eigentlich war es genau das Gegenteil. Wir fühlten die Anziehung zwischen uns. Eine unsichtbare Kraft zog mich zu ihr. Wenn ich nahe genug war, fühlte ich das Brennen auf meiner Haut. Aber ich wollte mich verbrennen — solange ich in ihrer Nähe sein konnte.

Sie sah die Speisekarte an. „Ich glaube, ich werde nur Käse nehmen."

„Es hat einen Grund, dass das der Klassiker ist."

Als der Kellner kam, bestellten wir beide und gaben ihm

unsere Menükarten. Dann waren wir wieder mit unseren Limonaden auf dem rot-weißen Tischtuch allein. Das Mehl war immer noch auf ihrer Nase.

„Du hast ein bisschen Mehl an deiner Nase." Ich wollte sie nicht in Verlegenheit bringen, aber ich wollte auch nicht, dass sie später in den Spiegel schaut und sich deswegen schlechter fühlt.

„Oh." Sie wischte es schnell mit dem Unterarm weg. „Danke. Mehlspritzer sind ein Risiko bei meiner Arbeit."

„Das macht es noch edler."

Sie lächelte leicht und ließ es dann sofort wieder sein.

Ich wusste nicht, warum ich sie gefragt hatte, und jetzt, wo sie hier war, wusste ich nicht, was ich mit ihr machen sollte. Sie aus der Ferne zu sehen, immer in der Gesellschaft von anderen, laugte mich aus. Ich wollte nur in ihrer Gegenwart sein, selbst nur so wie jetzt.

Dann fühlte ich mich besser.

Sie hielt meinem Blick stand, ihre Lippen fest zusammengepresst.

Ich fuhr fort, sie anzusehen, um Trost in ihren grünen Augen zu finden. Ich starrte sie gewöhnlich endlos lange an, und wenn sie schlief, wartete ich aufgeregt darauf, dass sich ihre Augen öffneten.

Sie brach den Kontakt ab, als es ihr zu viel wurde. „Wie geht es deiner Mom?"

Ich senkte meinen Blick.

„Tut mir leid ... über sie müssen wir schließlich auch sprechen, oder?"

„Die Frage stört mich nicht." Francesca konnte mich alles fragen, was sie wollte. Sie hatte das Recht dazu — würde es immer haben. „Sie ist okay. Wenn wir miteinander reden, sagt sie immer, dass alles in Ordnung ist. Dass er sie nicht mehr schlägt. Aber ich glaube ihr das nicht."

Sie faltete ihre Hände auf dem Tisch.

„Ich habe schon seit langem Geld auf ihr Privatkonto überwiesen. Ich möchte, dass sie wegläuft. Sie hat genug Geld, um, egal wo sie will, etwas Neues zu beginnen. Aber das wird sie nicht tun."

Sie beugte traurig ihren Kopf. „Das tut mir leid, Hawke."

„Ich weiß."

Wir starrten einander noch ein paar Minuten an, ein stilles Gespräch zwischen uns. Ich würde alles geben, um normal zu sein, um dieses Problem nicht zu haben. Ich könnte mit der einen Frau, die ich wirklich liebte, zusammen sein. Aber ich war gezwungen, meine Distanz zu halten, still zu leiden.

„Axel hat mir erzählt, das er Kyle mochte."

„Das ist eine Überraschung", sagte sie. „Axel mag niemanden."

„Ich weiß ... also muss er ein ziemlich großartiger Kerl gewesen sein."

„Das war er." Sie zappelte, wann immer sie über ihn sprach. „Was ist mit dir?"

„Was meinst du?", fragte ich. „Ob Axel mich mag? Ich bin mir manchmal nicht sicher."

Sie lachte, und ihre grünen Augen erhellten sich. „Du weißt, was ich meinte."

Ich zuckte mit den Schultern. „Bei mir hat sich nichts verändert, Francesca." Das war genug, um ihre Frage zu beantworten. Ich hatte bedeutungslose One-Night-Stands und wachte alleine auf. Mein Leben war ständig der kälteste Monat des Jahres. Ich hatte mich nicht mehr lebendig gefühlt ... seit einer Ewigkeit.

„Niemand Besonderes in den letzten zwei Jahren?"

„Nein." Ich war verletzt, dass sie das überhaupt fragte. „Sonst keiner, außer Kyle?"

„Ein paar hier und da ... aber nichts Ernstes."

Der Kellner brachte die Pizza und stellte sie zwischen uns.

Das unterbrach den angespannten Moment, was für uns beide gut war.

Francesca schaute aus dem Fenster, während sie ihr Essen aß, was ihre Gedanken vor mir verbarg.

Ich aß leise, meine Augen auf sie fixiert.

Keiner von uns sagte auch nur ein Wort, bis wir fertig waren. Allein die Nähe war genug, um unsere schmerzenden Herzen zu beruhigen. Anderthalb Meter trennten uns, aber da war noch so viel mehr Abstand zwischen uns.

Er dehnte sich ewig aus.

Der letzte Schlag zerstörte den Boxsack.

Er riss von der Kette ab und fiel zu Boden, was einen lauten Knall verursachte, als er auf dem Betonboden aufschlug.

Meine Knöchel waren wund von dem ständigen Druck, und Schweiß bedeckte meine Stirn. Ich atmete schwer, aber ich wünschte, dass ich völlig außer Atem wäre. Ich trat zurück und schüttelte meine Arme, damit das Blut wieder floss.

Zander, mein Trainer, hob den Sandsack vom Boden auf. „Er ist kaputt."

„Ich werde ihn bezahlen." Ich wickelte meine Handgelenke aus und spürte, wie die Zirkulation zunahm.

„Hast du etwas auf dem Herzen, Hawke? Du scheinst heute besonders verärgert zu sein."

Nur über mich selber. „Nein."

Zander sah mich ungläubig an, sprach seine Zweifel jedoch nicht aus. „Du kannst immer mit mir reden, Junge."

Junge? Ich war fast dreißig. „Ich weiß."

„Dusche dich und wir kümmern uns morgen darum."

Ohne ein weiteres Wort ging ich in den Umkleideraum und dann unter die Dusche. Ich hatte mit meinem Training begonnen, um meine Wut zu verjagen. Ich dachte, wenn ich hart genug trainieren würde, würde sich mein Temperament legen.

Aber es machte keinen Unterschied.

ALS ICH AUS DER DUSCHE KAM, SAH ICH, WIE REBECCA MEINEN Nachttisch durchsuchte. „Suchst du was?"

Sie zuckte zusammen, als sie merkte, dass sie erwischt worden war.

„Was zum Teufel stimmt bei dir nicht?" Meine Privatsphäre war mir wichtig, und ich schätzte es überhaupt nicht, wie ein Verbrecher durchsucht zu werden. Ich schlug die Schublade zu und sah sie giftig an. „Zieh dich an und mach zur Hölle das du hier rauskommst."

„Es tut mir leid, Hawke. Ich habe nur meinen Lippenstift gesucht."

„Dann hättest du mich fragen sollen."

„Es war wirklich nur ein dummer Fehler." Sie zog sich nicht an und saß weiterhin in einem meiner T-Shirts auf meinem Bett. In ihrer Hand hielt sie mein Tagebuch.

Jetzt war ich sauer. „Dummer Fehler?" Ich riss es ihr mit Gewalt aus der Hand. „Geh, bevor ich dich rausschmeiße."

„Hör zu, es tut mir leid. Beruhige dich einfach."

Ich packte ihre Kleider vom Boden und warf sie ihr zu. „Geh. Jetzt!"

Sie stand auf und zog langsam ihre Kleider an, hielt sich so lange daran auf, wie möglich.

Ich zog meine Laufshorts und ein T-Shirt an, und sah sie dabei absichtlich nicht an, weil ich Angst hatte, dass ich ihre Kehle herausreißen könnte.

„Was ist mit ihr passiert?"

Ich drehte mich zu ihr um, und sah sie abweisend an.

„Francesca."

Mein Schädel dröhnte von dem Blut, das durch meinen Körper fuhr, und meine Hände bildeten Fäuste. „Das geht dich einen Scheißdreck an."

Rebecca studierte mein Gesicht und fand die Antwort auf eine Frage, die sie nie gestellt hatte. „Du liebst sie."

Bei dieser Aussage rastete ich aus. Ich packte sie am Arm und zerrte sie aus meiner Wohnung.

„Hawke, ich war nur neugierig —"

„Ruf mich nicht noch mal an." Ich schob sie über die Schwelle.

„Lass mich erklären —"

Ich schlug ihr die Tür vor der Nase zu und schloss dann ab.

Mein Tagebuch war persönlich. Es beschrieb jeden Aspekt meines Lebens. Nachdem ich Francescas Tagebuch gelesen hatte, hatte ich mich dazu entschlossen, mein eigenes anzufangen, um zu lernen, mit meinen Schmerzen und Leiden umzugehen. Ich hatte es schon seit Jahren, ohne ein Zeichen der Erholung, geführt.

Und trotzdem schrieb ich weiter.

13

VERGEBUNG

Francesca

„Es gefällt dir, stimmt's?"

Ich stand vor dem Spiegel und trug ein bodenlanges Kleid. Es war tiefgrün, hauteng und brachte die natürliche Farbe meiner Augen hervor. Mit meinem dunkelbraunen Haar fühlte ich mich wie ein ausgefallener Park Ranger. „Es ist schön."

„Sei ehrlich." Marie sah mich verächtlich an.

„Es ist sehr schön."

„Komm schon, Frankie." Sie warf ihre Arme nach unten. „Sag mir die Wahrheit."

„Du willst die Wahrheit?", fragte ich.

„Ja." Sie überkreuzte ihre Arme vor der Brust.

„Es ist dein Tag und es sollte dir verdammt egal sein, ob es mir gefällt oder nicht. Das ist die Wahrheit."

Marie verdrehte die Augen. „Ich möchte, dass du dich wohlfühlst."

„Marie, ich würde ein Godzilla Kostüm tragen, wenn es das wäre, was du möchtest. Jetzt such aus, was auch immer du willst, und ich gehe den Laufsteg mit einem Lächeln im Gesicht entlang."

Endlich lächelte sie. „Du bist die beste Trauzeugin überhaupt."

„Ja, ich weiß", sagte ich besserwisserisch.

„Alles klar. Dann lass uns das nehmen."

NACH DEM KLEIDERKAUF GINGEN WIR ZU EINEM Schnellrestaurant, wo Marie einen Salat aß, der wie ein einfacher Kopfsalat aussah.

Ich blickte ihn missbilligend an. „Ich weiß, dass du auf Diät bist, aber ... du musst was Richtiges essen."

„Fall mir nicht in den Rücken", sagte sie defensiv. „Axel liegt mir damit zu Hause die ganze Zeit in den Ohren."

Zumindest aß sie mit ihm.

„Gibt es was Neues bei dir?", fragte sie. „Ich habe das Gefühl, dass wir nur über mich reden."

„Weil wir das tun."

Sie warf mir einen verspielten Blick zu.

„Nun ... Hawke und ich haben neulich zusammen zu Mittag gegessen."

Sie hörte auf, mit ihrer Gabel in dem Salat herumzustochern und schenkte mir ihre ganze Aufmerksamkeit. „Ernsthaft?"

„Ja, er kam in die Bäckerei und hat mich gefragt, ob ich Hunger hätte."

„Halt die Klappe."

„Was ist denn daran so interessant?" Ich musste zugeben, dass es ein wenig ungewöhnlich war, aber wir hatten uns in letzter Zeit sowieso ziemlich oft gesehen.

„Er hat dich auf ein Date eingeladen. Das ist eine ziemlich große Sache."

„Es war kein Date."

„Hört sich aber so an."

„Marie, glaube mir. Ich weiß, ob ich auf einem Date war oder nicht." Ich nippte an meinem Softdrink und nahm dann einen Bissen von meinem Frikadellensandwich.

„Was ist passiert?", fragte sie aufgeregt. „Über was habt ihr euch unterhalten?"

„Er hat mich nach Kyle gefragt … und ob es mir gut geht." Diese Frage hatte mich am meisten überrascht. Ich hatte nicht erwartet, dass er mich nach meinen romantischen Beziehungen fragen würde. Es war zu unangenehm für uns beide.

Ihr Unterkiefer klappte fast bis auf den Tisch.

„Was?"

„Er hat nach deinem Ex-Freund gefragt?" Sie quietschte praktisch. „Er versucht so sehr, dich wiederzubekommen."

„Ich glaube nicht, dass das so ist." Ich kannte ihn viel besser als sie.

„Dann erkläre mir, was da vor sich geht." Sie sah mich sarkastisch an, als ob sie erwartete, dass ich ihr recht geben würde.

„Ich glaube, dass er herausgefunden hat, dass wir uns getrennt haben, und wollte sehen, ob es mir gut geht — ganz wie er gesagt hat. Und ich glaube, dass mich zum Mittagessen eingeladen hat, weil er eine harte Zeit durchmacht und einfach nur in meiner Nähe sein muss, damit … es beruhigt ihn. Das ist schwer zu erklären. Ich glaube, dass er sich im Moment ein bisschen verloren fühlt und nicht weiß, was er tun soll."

„Verloren?", fragte sie. „Verloren von was?"

„Nur ganz allgemein."

„Oder er weiß, dass du offiziell Single bist, und will dich wegschnappen."

„Nein." Das war es nicht.

„Warum bist du gegen diese Möglichkeit?", fragte sie.

„Weil ich ihn kenne. Nichts hat sich verändert. Ich glaube, dass es ihn gestört hat, als er wusste, dass ich mit einem anderen Kerl zusammen war. Sobald ich wieder Single war, dachte er, das ich wieder ihm gehörte ... nur für ein paar Minuten. Und dadurch ging es ihm besser."

Nun sah Marie verwirrt aus. „Das ergibt keinen Sinn — überhaupt nicht."

„Ich weiß ... aber vertrau mir."

„Du irrst dich und ich weiß, dass das stimmt." Das sagte sie triumphierend, als ob sie etwas wüsste, was ich nicht wusste.

„Warum bist du dir da so sicher?"

„Bin ich einfach." Sie aß ihren Salat weiter, ein Lächeln auf dem Gesicht.

„Marie?"

„Was?"

„Was verschweigst du mir?"

„Nichts." Sie nahm keinen Blickkontakt mit mir auf.

„Mädchen, ich zieh dir gleich an den Haaren."

„Es ist nichts", sagte sie. „Vergiss das einfach und iss dein lächerlich großes Sandwich."

„Willst du es dir mit mir teilen?"

Sie seufzte traurig. „Das würde ich so gerne."

Ich wusste, dass Marie etwas vorhatte, aber ich wusste auch, dass sie nicht darüber reden würde, wenn sie nicht wollte. Ich musste nur warten, bis sie den Mund von sich aus aufmachte.

Ich saß in meiner Wohnung und sah fern, als etwas Ungewöhnliches passierte.

Ein schwaches Geräusch klang in meinem Ohr, aber es war so leise, dass ich nicht sicher war, ob ich es überhaupt gehört hatte. Die Luft im Raum änderte sich. Sie wurde schwer, es wurde wärmer und feuchter. Eine plötzliche Statik erfüllte die Luft und versetzte mich in einen Alarmzustand. Aus irgendeinem unerklärlichen Grund fühlte ich mich nicht mehr allein.

Ich packte die Fernbedienung und schaltete den Fernseher aus, wartete darauf, einen Ton zu hören, der aber nie kam. Mein Blick ging zur Tür und ich vermutete, dass jemand auf der anderen Seite sein musste. Eine Empfindung formte sich tief in mir und sagte mir unaufhörlich, dass jemand vor meiner Haustür stand.

Ich konnte es nicht erklären.

Ich war nicht einmal sicher, was da vor sich ging.

Ich ging langsam auf die Tür zu und bewegte meine Füße dabei so leise wie möglich. Ich atmete langsam und stetig, und ich hatte überhaupt keine Angst. Als ich die Tür erreicht hatte, blieb ich stehen.

Ich wusste, wer auf der anderen Seite war.

Hawke stand auf der anderen Seite der Tür — er stand einfach lautlos da.

Ich war nicht verrückt.

Ich wusste es einfach.

Ich drückte mein Auge auf das Guckloch, um sicherzugehen.

Und ich hatte recht. Er stand mit seinen Händen in den Taschen seiner Laufshorts da. Das T-Shirt, das er trug, passte sich seiner Brust und den Schultern gut an. Er blickte mich direkt an, als ob er wüsste, dass ich dort war, obwohl ich kein Geräusch machte.

Ich öffnete die Tür, ohne nachzudenken. Mir fehlten die Worte und ich wusste nicht, was ich sagen sollte. Er würde fragen, warum ich wusste, dass er da war, und ich hätte keine Antwort darauf. Wir starrten einander wortlos an.

Hawkes Augen sagten nichts. Sie waren, wie so oft, leer und ausschließend. Sein Kinn war mit Haaren bedeckt, als ob er sich tagelang nicht rasiert hätte. Seine Hände blieben in den Taschen, und es schien nicht so, als ob er die Absicht hätte, irgendetwas zu sagen.

Ich hielt die Tür auf, ging aber nicht über die Schwelle.

„Ich will mit dir schlafen — ein One-Night-Stand." Er blickte mir in die Augen, als er das sagte. Es war kein verlangender Blick, aber es war offensichtlich, dass er es wirklich wollte.

Ich wusste, was er meinte. Es war nichts Physisches oder Lustvolles. Seine Worte waren wörtlich zu nehmen.

Aber sollte ich das wirklich tun?

Ich hatte so hart daran gearbeitet, über ihn hinwegzukommen.

Es hatte ein ganzes Jahr gedauert, bis ich morgens endlich wieder aus dem Bett kam.

Mein Herz würde immer für ihn schlagen, aber das bedeutete nicht, dass ich mich dumm verhalten sollte.

Aber ich wollte, dass er reinkam. Ich wollte mit ihm zusammen sein.

Ich wusste, dass ich das nicht tun sollte. Es war keine gute Idee. Was wäre, wenn uns das nirgendwohin führte?

Oder was, wenn ich es bereuen würde, nein zu sagen?

„Nur eine Nacht."

Er nickte verständnisvoll, bevor er hereinkam. Seine Hände waren an seinen Seiten und er versuchte nicht, mich zu berühren. Wir gingen wortlos in mein Schlafzimmer.

Die Matratze war die gleiche, auf der ich früher mit Hawke geschlafen hatte. Die Tagesdecke war immer noch gelb, und die Möbel waren auch die gleichen. Hawke bemerkte es, danach zu urteilen, wie schnell er den Raum erfasste.

Ich schaltete das Licht aus und ging dann zum Bett. Hawke zog sein Hemd oder seine Shorts nicht aus, sondern legte sich neben mich ins Bett. Es war noch früh, um ins Bett zu gehen.

Ich ging in der Regel um zehn Uhr schlafen, aber es war erst neun.

Hawke lag neben mir, berührte mich jedoch nicht.

Ich drehte mich auf meine Seite, zum Fenster hin und weg von ihm. Ich wartete darauf, seine großen Hände zu spüren, und wie er seinen Körper an mich drückte. Er hatte mich so lange nicht berührt, dass ich mich nicht mehr daran erinnerte, wie es sich anfühlte.

Dann drückte er seine Brust an meinen Rücken und in dem Augenblick, in dem wir uns berührten, überkam mich die Hitze automatisch. Seine Hand ging langsam um meine Taille, bis nach vorne zu meinem Bauch. Er nahm sich Zeit, als ob er versuchte, jeden Moment zu würdigen. Dann drückte sein Gesicht meinen Hals, und er atmete tief ein, um meinen Duft aufzunehmen.

Es fühlte sich besser an als Sex.

Es war so gut, dass es wehtat.

Mein Körper füllte sich mit Schmerz und Freude zugleich.

Ich atmete tief ein und fühlte, wie meine Brust erschütterte. Er hatte mich seit Jahren nicht so festgehalten. Wir hatten das jeden Abend getan, und ich hatte versuchte, zu vergessen, wie toll es sich angefühlt hatte, damit ich ohne ihn weitermachen konnte.

Wir waren zu Hause.

Ich versuchte, nicht zu weinen, weil es diesen Moment ruinieren würde. Die Schmerzen, die ich unterdrückt hatte, tauchten tief aus meiner Kehle auf und ich konnte sie nicht herauslassen. Ich musste stark sein und den Augenblick so akzeptieren, wie er war.

Hawke atmete tief ein und aus, seine Atemzüge waren ungewöhnlich schnell. Seine Finger umfassten meinen ganzen Bauch, spürten die nackte Haut unter meinem Shirt. Seine Hüften waren an mich gedrückt, aber die Beule, die ich erwartet hatte, war nicht da. Er drückte seinen Arm um mich herum, bevor er mich weiter an sich zog, damit wir uns so nah wie möglich waren.

Es war himmlisch.

Aber es war auch die Hölle.

Unsere Seelen hörten endlich auf ,zu schmerzen, jetzt, da sie zusammen waren. Das Pochen und Bluten hielt nur für einen kurzen Augenblick inne. Aber wenn er mich dann am nächsten Morgen verließ, würde der Schmerz wieder von vorn beginnen.

Während ich meine Atmung kontrollierte und meine Tränen unterdrückte, wurden meine Augen feucht. Eine Träne löste sich aus meinen Wimpern und lief über meine Wange in Richtung meiner Lippe.

Hawke drückte seine Lippen direkt auf meine Haut und gab mir damit, zum ersten Mal in zwei Jahren, das Gefühl zu leben,. „Das habe ich gebraucht."

„Ich auch."

WIR WACHTEN BEIM KLANG DES WECKERS AUF.

Als ich meine Augen öffnete, erkannte ich, dass ich auf ihm lag. Ich schlief auf seiner Brust, wie ich es früher gewohnt war. Es war der wärmste und bequemste Ort im Bett. Mein Haar lag auf ihm, und seine Hand war tief in den Strähnen vergraben. Seine Brust stieg und fiel mit einem konstanten Rhythmus, trotz des abscheulichen Klangs des Alarms.

Mein Märchen war vorüber.

Ich erhob mich von seinem Körper und versuchte, nicht zu schreien. Der eine Menschen in meinem Leben, der mir wirklich Komfort gab, würde mich wieder verlassen, weggehen und aufs Neue seine Distanz von mir halten.

Warum hatte er mich überhaupt verlassen müssen?

„Du stehst morgens um fünf Uhr auf?", fragte er, während er sich den Schlaf aus den Augen rieb.

„Ja. Tut mir leid."

„Vielleicht hätten wir lieber bei mir schlafen sollen."

„Du kannst ruhig weiterschlafen, wenn du willst. Schließ nur ab, bevor du gehst."

„Nein, es ist okay." Er deckte sich auf und setzte sich auf den Rand des Bettes. Nachdem er ein paar Mal mit den Augen geblinzelt hatte, sah er mich an. Er hatte einen verschlafenen Blick in seinen Augen, aber irgendwie sah das sexy aus. Sein Haar war unordentlich, aber auch das sah gut aus.

„Hawke?"

„Hmm?" Er hielt meinem Blick stand, und in seinen Augen brannte die gleiche Enttäuschung. Er bereute es nicht, letzte Nacht zu mir gekommen zu sein, aber er bedauerte die Tatsache, dass er wieder gehen musste.

„Was hat Marie zu dir gesagt? Oder was hast du zu ihr gesagt?" Ich wusste, dass Hawke mich nicht anlügen würde, selbst wenn er dachte, dass es mir Schmerzen ersparen würde. Marie, im Gegenteil, würde sich die wildesten Lügen ausdenken, wenn sie dachte, dass es in meinem besten Interesse wäre.

„Sie hat mir den wahren Grund gesagt, warum du dich von Kyle getrennt hast." Er beschönigte es nicht. „Er hat sich in dich verliebt, aber du hast nicht das Gleiche für ihn empfunden, und du hast ihm gesagt, dass das auch nie geschehen würde ... meinetwegen." Seine Stimme klang weder siegreich noch fröhlich.

Ich konnte keinen plausiblen Grund finden, warum Marie so etwas tun würde. Warum würde sie meine Geheimnisse einfach so ausplaudern? Und ausgerechnet Hawke gegenüber? Ich wusste gar nicht, dass sie eine so enge Beziehung hatten.

Hawke beantwortete meine unausgesprochene Frage. „Sie hat mir die Meinung gesagt, weil ich dein Herz gebrochen habe, und mir gesagt, dass ich mein Problem beheben müsse, was immer es auch sei, wenn ich unsere Beziehung je reparieren wollte ... weil du gesagt hast, dass wir Seelenverwandte sind."

Meine Wangen erröteten, weil ich so verlegen war.

„Das denke ich immer noch." Sein Oberschenkel berührte meinen, als wir nebeneinander auf dem Bett saßen.

Ich versuchte, nicht erleichtert auszusehen. Wenn er auf unsere Beziehung zurückgeblickt und gesagt hätte, dass wir nur zwei verliebte Idioten gewesen waren, hätte es mir das Herz gebrochen. Durch die Tatsache, dass er das auch noch glaubte, fühlte ich mich weniger allein. „Warum bist du letzte Nacht zu mir gekommen?"

„Du hast mir gefehlt — mehr als sonst."

Ich wartete auf mehr.

„In letzter Zeit ging es mir sehr schlecht ... deine Anwesenheit heilt das."

Ich wusste, wovon er sprach.

Er rieb langsam seine Handflächen, als ob er den nächsten Satz in seinem Kopf vorformulieren musste. Dann erhob er sich. „Ich sollte gehen. Ich weiß, dass du arbeiten musst."

Dass Hawke ging, war im Moment das Beste für mich. Ich wollte mich nicht an ihn binden und hoffen, dass die letzte Nacht zu mehr führen würde. Wir konnten nicht noch mal das Gleiche durchmachen — nicht, weil ich dachte, dass Hawke jemals eine Hand an mich legen würde, sondern weil er mein Herz irgendwann wieder herausreißen würde. Mit mehr als dieser schmerzhaften Distanz könnten wir nicht umgehen.

Und das war alles, womit wir je würden umgehen können.

Mein Bauch brannte an der Stelle, an der er mich berührt hatte.

Ich konnte seinen Duft immer noch an mir riechen.

Es kam mir vor wie ein Traum, weil es so magisch gewesen war. Ich wollte nie wieder aufwachen und die Vision langsam verlieren. Aber ich wusste, dass ich loslassen musste. Wenn ich das nicht tat, würde es mich auffressen.

Ich legte eine neue Fuhre Zimtschnecken in die Glastheke und blickte auf, um vielleicht ein bekanntes Gesicht zu sehen.

Kyle stand da, ein erzwungenes Lächeln auf seinem Gesicht.

Ich hatte nicht erwartet, ihn wiederzusehen. „Hallo."

„Hallo." Anstatt einen Klugscheißerkommentar loszulassen, sah er mich nur an, als ob er nicht sicher war, ob seine Anwesenheit mich sauer machen würde oder nicht.

Ich wischte meine Hände an meiner Serviette ab und ging um die Theke herum. Es waren eine Menge Leute dort, die in der Schlange darauf warteten zu bestellen. Als ich mich ihm näherte, sah ich den Schmerz tief in seinen Augen. Er versuchte, es zu verbergen, das gelang ihm jedoch gar nicht. Ohne noch einmal darüber nachzudenken, umarmte ich ihn.

Er erwiderte die Umarmung sofort, als ob es der eigentliche Grund für sein Kommen gewesen wäre. Er drückte mich an seine Brust und legte sein Kinn auf meinen Kopf. „Tut mir leid, falls das nicht in Ordnung ist ..."

„Es ist okay." Ich riss mich los und kreuzte dann meine Arme vor der Brust. Die Umarmung war rein freundschaftlich, und ich wollte ihm keinen falschen Eindruck vermitteln.

„Ich wollte nur ... sehen, wie es dir geht."

„Ich bin okay." Ich wusste, dass ich die Trennung besser verarbeitet hatte als er. Erst letzte Nacht hatte ich mit Hawke geschlafen. Mein Körper wollte explodieren, weil es sich so gut angefühlt hatte. „Und du?"

Er zuckte mit den Schultern. „Es ging mir schon mal besser. Eigentlich geht es mir noch schlechter als ich gedacht hatte. Ich habe so etwas noch nie vorher erlebt. Du weißt schon, eine Trennung."

Mein Herz streckte zu ihm aus. „Es ist scheiße. Ich werde es nicht schönreden."

„Ja, das merke ich." Er kicherte leise, und das altbekannte Lächeln tauchte wieder auf seinen Lippen auf. „Was hast du so gemacht?"

„Ich habe gearbeiten und Marie dabei geholfen, die Hochzeit zu planen."

„Klingt nach zwei Vollzeitstellen."

„Mehr wie drei."

Er lachte wieder. Wenn sich sein Blick auf mich konzentrierte, glänzte die Zuneigung tief in seinem Inneren. „Lass uns zu Mittag essen. Ich vermisse dich."

Ich vermisste ihn auch. Ich hatte mich zwar nicht in ihn verliebt, aber er war einer meiner engsten Freunde gewesen. Es war seltsam, ihn nicht mehr zu sehen, nicht mehr die Nacht mit ihm zu verbringen. Aber ich wusste, dass das von Problemen begleitet werden würde. „Ich glaube nicht, dass das eine gute Idee ist …" Ich würde mein Herz nicht riskieren, wenn ich Zeit mit ihm verbrachte, aber er würde es tun. Und das konnte ich ihm nicht antun.

Er seufzte, als ob er befürchtet hatte, dass das meine Antwort wäre. „Ich verstehe schon."

„Aber ich bin froh, dass du vorbeigekommen bist."

„Ja … es ist schön, dich zu sehen." Sein Lächeln verschwand und wurde durch Traurigkeit ersetzt. „Wir sehen uns, Frankie."

„Pass auf dich auf, Kyle."

Er nickte traurig, bevor er die Menge durchtrennte und hinausging.

„Ich habe ein Problem mit dir.“ Ich zeigte mit meinem Finger in Maries Gesicht, sobald ich sie auf dem Bürgersteig traf.

„Mit mir? Wieso?“ Sie projizierte, dieses unschuldige, nicht so unschuldige, Aussehen, das ich nicht durchschauen konnte.

„Du hast Hawke von Kyle erzählt.“ Wir standen vor *The Plaza,* und Axel und Hawke würden sich in einer Sekunde zu uns gesellen.

Das Blut wich aus ihrem Gesicht. „Hat er dir das gesagt?“

„Natürlich hat er das. Warum sollte er das nicht tun?“

„Diese kleine Schlampe.“ Sie drückte ihre Lippen vor Missbilligung zusammen.

„Er ist keine kleine Schlampe.“ Ich winkte ab. „Aber darum geht es nicht. Warum hast du ihm das gesagt?“

Sie ließ ihre Arme fallen, als ob sich etwas in ihr aufgestaut hätte. „Frankie, wer erzählt denn so etwas? ‚Er ist mein Seelenpartner, aber wir können nie zusammen sein. Ich war sechs Monate lang mit einem perfekten Mann zusammen, aber ich konnte mich nicht in ihn verlieben, weil ich meine große Liebe schon hatte.‘ Ich meine, befinden wir uns gerade in einem Shakespeare-Stück?“ Sie legte ihre Hände in die Hüften und blickte mich kalt an. „Frankie, das war das intensivste Gespräch, das ich jemals hatte. Ich war sauer, dass Hawke dir das angetan hatte, also habe ich ihn deshalb angemotzt.“

„Das habe ich gehört ...“

„Und ich bereue es nicht. Er verdient es, manchmal in seine Schranken verwiesen zu werden.“

Ich verschränkte meine Arme vor der Brust.

„Wann hat er dir das erzählt?“

„An dem Abend.“

„Was habt ihr beiden gemacht?“

Sollte ich ihr das sagen? „Er hat die Nacht bei mir verbracht.“

Ihr blieb der Mund offen stehen. „Was?“

„Wir haben nicht miteinander geschlafen", sagte ich schnell. „Wir haben nur geschlafen, falls du den Unterschied kennst."

„Er ist zu dir gekommen, nur um bei dir zu schlafen?", fragte sie ungläubig.

Ich wusste, dass das für normale Menschen keinen Sinn machte. „Ja, ich wusste, dass er vor meiner Tür stand —"

„Was meinst du damit, du wusstest es? Hat er nicht geklopft?"

Das war eine weitere übernatürliche Sache, die mich verrückt klingen ließ. „Nein, ich wusste einfach, dass er da war. Er kam herein und wir gingen ins Bett. Das ist alles?"

„Kein Küsschen-Küsschen? Kein Anfassen, kein berühren?"

„Wir haben miteinander gekuschelt."

Sie verlagerte ihr Gewicht und schüttelte leicht den Kopf. „Ihr zwei seid die verrücktesten Menschen auf der Welt. Frankie, ich meine das jetzt nicht als Scherz. Ich kann das ehrlich nicht verstehen."

„Ich mache dir keine Vorwürfe ..."

„Was bedeutet das alles? Werdet ihr beiden wieder zusammenkommen?"

„Es bedeutet absolut nichts", sagte ich in traurigem Ton. „Wir wollten einfach nur zusammen sein, nur für die eine Nacht. Wir haben uns dadurch beide besser gefühlt."

Sie neigte ihren Kopf zur Seite und öffnete ihren Mund, als ob sie etwas sagen wollte. „Weißt du was? Ist egal."

Es war eine gute Sache, dass dieses Gespräch vorüber war.

Aber Marie kam doch noch mal darauf zurück. „Also, ihr kommt wirklich nicht wieder zusammen?"

„Nie wieder."

„Also, *überhaupt nie mehr*?"

„Nie mehr."

„Ich kann das einfach nicht begreifen. Wie können zwei

Menschen, die einander so sehr lieben, das nicht zum Laufen bringen?“

Ich wünschte, ich könnte ihr das beantworten. Hawke hatte kein Vertrauen in sich selbst und das würde er niemals haben. Wenn sein Temperament aufflammte, war er außer Kontrolle. Er glaubte nicht daran, dass er sich selbst davon abhalten könnte, genauso ein Monster wie sein Vater zu sein. Ich wusste, dass das nie passieren würde, aber Hawke weigerte sich, mir zu glauben. Und selbst wenn er es täte, wäre es jetzt egal. Er hatte mich mehr verletzt, als jeder Schlag, den er landen könnte. Er hatte mich in eine Million Stücke zerbrochen, und diese Fragmente waren immer noch vom Wind verweht. Er würde sie niemals alle finden und wieder zusammensetzen können.

„Oh mein Gott, ich liebe es.“ Marie drehte sich im Festsaal im Kreis, während sie zum Kronleuchter aufblickte. „Ist es nicht wunderschön? Axel, liebst du es nicht auch?“

Axel sah sich im Raum um, seine Hände in den Taschen. „Ja sicher.“

Marie hielt in inne. „Was gefällt dir daran nicht?“

„Ich habe nicht gesagt, dass es mir nicht gefallen würde.“

„Aber du hörst dich nicht an, *als ob* du es magst.“

Hawke drehte sich zu mir um, ein leichtes Lächeln zog seine Mundwinkel ein wenig nach oben. „Das kann wohl noch eine Weile dauern.“

„Kein Scherz.“ Ich stand neben ihm, hielt aber meine Arme vor der Brust gekreuzt, um sicherzugehen, dass sie nicht zu Hawke wanderten, wie sie es gerne wollten.

„Gefällt es dir?“

„Wie sie diskutieren?“, fragte ich.

Ein herzliches Kichern bildete sich tief in seinem Hals. „Nein, magst du *The Plaza*?"

„Oh. Ja, es ist schön hier."

Hawke hörte den Unterton in meinen Worten. „Nicht so dein Ding?"

„Ich mag es nicht, drinnen zu sein. Ich wäre lieber am Strand oder auf einem Weinberg, etwas unter freiem Himmel."

Er nickte. „Das passt besser zu dir."

„Ich würde gerne auf einem Hügel heiraten. Weißt du, mit Gänseblümchen im Gras und einem Tal in der Ferne …" Das war das, was ich mir immer vorgestellt hatte.

Hawke wandte sich ab, sein Gesicht eine stoische Maske.

Wenn ich mir meine Zukunft vorstellte, sah ich einen Mann. Er hatte kein Gesicht, aber er war dort. Ich hoffte nur, dass dieser Traum irgendwann wahr werden würde. Diese unendliche Folter mit Hawke würde jeden verrückt machen.

„Das klingt schön."

Ich wandte meinen Blick absichtlich auf das Klavier in der Ecke. Es war schwarz, und das Holz war spiegelglatt.

Marie und Axel stritten sich immer noch in der Mitte des Raumes.

„Wenn du es nicht magst, sag es mir einfach." Marie stützte ihre Hände in die Hüften.

„Baby, ich habe gesagt, dass es in Ordnung ist."

„Nun, ich will aber nicht nur *schon in Ordnung*. Ich möchte, dass du es liebst."

Axel fuhr mit den Fingern durch die Haare. „Ehrlich gesagt werde ich keinen Ort lieben, den du auswählst. Es ist mir scheißegal, wo wir heiraten. Alles, worauf es mir ankommt, ist, dass du in einem Kleid erscheinst, in dem deine Titten unglaublich geil aussehen, okay?"

Hawke kicherte. „Er ist geschickt …"

Ich verdrehte meine Augen. „Und ekelhaft."

„Komm schon", sagte er leise. „Glaubst du nicht auch, dass sie ein bisschen süß sind?"

„Ich weiß nicht ... er ist mein Bruder."

„Trotzdem —."

„Du findest sie süß?", fragte ich ungläubig. Süß tauchte nicht so oft in Hawkes Vokabular auf.

„Ich finde nicht viele Dinge süß, aber sie sind eins davon." Er fuhr mit der Hand über seine Brust, um seine Krawatte zu glätten. Er trug seinen Anzug, als ob er gerade von der Arbeit gekommen war, bevor wir uns hier getroffen hatten. Mit 1,90 m war er sowieso schon ein Kraftpaket, aber wenn er seinen Hugo Boss Anzug überstreifte, sah er noch beeindruckender aus.

Egal, wie viel Zeit vergehen würde, meine Knie würden in seiner Gegenwart immer weich werden. Als ich ihn das erste Mal gesehen hatte, war alles, was ich fühlte eine körperliche Anziehung. Er war wunderschön und jedes Mädchen würde mir zustimmen. Aber als ich ihn dann kennenlernte, sah ich so viel mehr hinter diesem muskelbepackten Äußeren. Und ich glaubte, dass das der Grund war, warum er sogar noch schöner wurde. „Wo feiert ihr Axels Junggesellenabschied?"

„Im *The Rainbow Room*."

„In der Stadt?" Ich hatte angenommen, dass sie nach Las Vegas fliegen oder etwas anderes Klischeehaftes unternehmen würden.

„Axel will überhaupt nichts Verrücktes machen. Ich dachte, eine Nacht mit Trinken und Glücksspiel an einem gehobenen Ort wäre okay."

„Keine Stripperinnen?" Axel war auf jeden Fall einer, der auf Stripperinnen stand.

„Er sagte, dass er keine will."

„Wow ..." Er war wirklich ein neuer Mensch.

Hawke kicherte. „Er schwebt dank Marie auf Wolke sieben. Und ich glaube nicht, dass das eine schlechte Sache ist."

„Nein, auf keinen Fall."

„Was macht ihr?"

„Äh ... wir gehen zu den Chippendales."

„Was ist das?"

„Die Männer Stripshow ..."

Hawke versuchte, nicht zu lachen. „Nun, es sieht so aus, als wäre Marie nicht so besessen von Axel, wie er es von ihr."

„Es ist nicht das Gleiche. Ehrlich gesagt, wenn die Jungs in ihren G-Strings auftreten, ist es eher lustig als sexy."

„Wenn ich mich in einem G-String sehen lassen würde, wäre es überhaupt nicht lustig."

Ich schluckte den Knoten in meinem Hals runter. „Nein, das wäre es nicht."

Hawke schaute auf seine Uhr und steckte dann die Hand wieder in seine Tasche. „Der Abend letztens war schön ..."

Wir hatten nicht darüber gesprochen, seit er gegangen war. „Ja ..."

„So gut habe ich schon jahrelang nicht mehr geschlafen."

„Ich auch nicht."

Hawke kam näher zu mir, seinen Blick immer noch auf Axel und Marie gerichtet. Als er direkt neben mir war, streiften seine Finger meine. Seine Knöchel waren schwielig und trocken, als ob er regelmäßig auf trockene Wände einprügeln würde.

Die Berührung war so unschuldig, doch sie ließ mir Schauer über den Rücken laufen. Mein ganzer Körper wurde von Wärme durchspült, und meine Kehle trocknete aus. Meine Zunge kam mir zu groß für meinen Mund vor, und meine Lunge zog sich automatisch zusammen und stieß einen zittrigen Atem aus. Nur diese einfache Berührung warf mich total aus der Bahn, wie ein Ast, der neben einem Streichholz in Kerosin getaucht wurde.

Als ich mein Gesicht in seine Richtung drehte, war sein Blick auf mich gerichtet. Er beobachtete mich aufmerksam, als suchte er in meinen Augen etwas. Sein Blick berührte mich überall, drang in meine dunkelsten Furchen ein.

Er kam näher an mich heran, durchbrach mein Schutzschild. Ich konnte seinen Atem hören, und einen Augenblick lang roch ich einen Hauch von Minze. Seine Eau de Cologne überkam mich, und ich wurde an unsere gemeinsame Nacht erinnert, als wir einander in den Armen gelegen hatten. Meine Finger brannten plötzlich, durch die Nähe zu dem Feuer, das in seiner Seele wütete.

Ich wollte die Verbindung schon unterbrechen, weil sie so stark war. Mein Körper konnte mit dieser Nähe, dieser Intimität nicht umgehen. Aber ich ging keinen Schritt zurück oder wandte mich ab. Ich hielt meine Stellung, weil ich es wollte. Ich wollte etwas haben, das ich nie haben konnte, und Hawke ging es genauso. Wir würden uns lieber durch unsere gegenseitige Anwesenheit foltern lassen, als die Kälte der gegenseitigen Abwesenheit zu spüren.

Schließlich entfernte er seine Finger von meinen und mit ihnen die Hitze. Dann lehnte er sich weg, als ob er sich selbst nicht vertraute, weil er meinen Lippen so nah war. Er räusperte sich und sah weg.

Marie und Axel kamen zu uns. „Dies ist der richtige Ort." Sie klatschte in die Hände und hüpfte auf und ab.

Ich hatte ihre ganze Auseinandersetzung verpasst, weil ich so in Hawke vertieft war. „Sehr gut." Meine Begeisterung war erzwungen, weil ich mit den Gedanken ganz woanders war.

„Super", sagt Hawke. „Es ist ein schöner Ort."

Axel scherte sich einen Dreck um den Veranstaltungsort, aber als er Marie vor lauter Begeisterung auf und ab springen sah, lächelte er. Er war nicht dieser egoistische Mann, den ich vorher gekannt hatte. Nun lebte er sein Leben für eine einzige Person.

Und man sah es.

WIR GINGEN DANACH ZU MEINER WOHNUNG UND SAHEN UNS DAS Spiel an. Ich bereitete schnell ein bisschen Fingerfood vor und stellte es auf Platten auf meinem Couchtisch bereit. Glücklicherweise hatte ich einen Kasten Bier im Kühlschrank. Eigentlich gehörte er Kyle, aber ich wusste, dass er ihn nicht wiederhaben wollte.

Axel hatte seinen Arm um Marie gelegt, während er ein Bier auf seinem Oberschenkel balancierte.

Ich saß mit Hawke auf der Couch, aber zwischen uns war mindestens ein Meter Platz. Letzte Nacht hatte er noch bei mir geschlafen, aber es sah so aus, als ob das nie geschehen wäre.

„Alter, Manning sollte das besser hinkriegen." Axel blinzelte nicht einmal, als er fernsah. „Wenn er es nicht tut, werde ich nie wieder eine *Papa Murphy's* Pizza kaufen."

„Ihr esst sie doch sowieso nicht", sagte Marie mit irritiertem Blick.

„Stimmt", sagt Hawke. „Wir gehen immer zu *Luigi's*."

„Darum geht es nicht", sagte Axel. „Es geht ums Prinzip."

„Zu sagen, dass du etwas nicht tust, das du sowieso nicht tun würdest?" Marie schnappte sich sein Bier und nahm einen großen Schluck. „Darüber zu reden, einen Unterschied zu machen ..."

Axel beobachtete sie, wie sie ihren Mund um den Kopf der Flasche legte. „Du wirst später noch etwas Anderes schlürfen dürfen ..."

Ich versuchte, nicht loszulachen.

Und zu meinem Entsetzen lächelte Marie, als sie die Flasche absetzte. „Du lässt mich im *The Plaza* heiraten. Das ist das Mindeste, was ich tun kann."

„Was auch immer", sagte Axel. „Tu nicht so, als ob es dir nicht gefallen würde."

„Okay …" Mein Magen hatte sich gerade umgedreht. „Ich weiß, ihr beiden seid verliebt und alles, aber genug davon."

„Tut mir leid?" Marie überkreuzte ihre Arme vor der Brust. „Manchmal vergesse ich, dass ihr beiden Geschwister seid."

„Weil ich unglaublich sexy bin und sie nichts zu bieten hat?", fragte Axel.

„Eigentlich ist es genau anders herum", hänselte Marie.

Axel lächelte und kitzelte sie schnell. „Dafür wirst du versohlt werden."

„Ooh …" Marie rollte sich an seiner Seite ein.

Ich wandte mich zu Hawke. „Hast du Pepto-Bismol Whiskey?"

Er kicherte verhalten. „Das wünschte ich."

Axel nahm sich zwei Frühlingsrollen, die ich aus Resten gemacht hatte, und schob sie in den Mund. „Verdammt, sind die gut." Sein Mund war so vollgestopft, dass seine Worte nicht zusammenhängend waren.

Weil ich mit ihm aufgewachsen war, konnte ich seinen Code entschlüsseln. „Ich danke dir."

„Maries Kochkünste sind trotzdem besser." Nachdem er die Brocken zerkaut hatte, schluckte er sie herunter.

Ich wusste, dass das nicht stimmte, was keine Beleidigung für Marie sein sollte. Sie wusste das auch. Aber die Tatsache, dass Axel das gesagt hatte, war dennoch noch süß. „Da hast du recht."

Wir sahen uns das Spiel weiter an, und als es vorbei war, war ich froh, dass sie gingen. So nah bei Hawke zu sitzen, machte mich heiß. Die Art und Weise, wie unsere Hände sich vorhin berührt hatten, ließ meinen Herzschlag auf ein ungesundes Tempo ansteigen. Es war unmöglich, so nahe beieinander zu sein und sich nicht jeder Bewegung und jedes Atemzugs bewusst zu sein. Ich kämpfte, um die Kontrolle zu behalten. Ich wünschte mir verzweifelt, dass er mich berührte, mich umarmte. Dieses Verlangen war unbeschreiblich.

Schließlich stand Axel auf. „Baby, bereit zu gehen?"

„Ja, ich bin müde." Marie trat an seine Seite. „Wir hatten einen langen Tag. Aber zumindest wissen wir jetzt, wo wir heiraten." Sein Arm bewegte sich um ihre Taille. „Das ist ein guter Schritt vorwärts."

„Ein sehr guter", stimmte Marie zu. „Wir sehen uns." Sie blickte dezent zu Hawke rüber, was mir schweigend sagte, dass sie wusste, dass etwas vor sich ging, aber das würde sie nie aussprechen — zumindest nicht in Gegenwart von Axel und Hawke.

„Gute Nacht." Ich fragte mich, ob Hawke mit ihnen zusammen weggehen würde, doch er blieb auf seinem Platz sitzen.

„Hast du morgen Zeit für Basketball?", fragte Hawke. Axel wandte sich an Marie. „Ist es okay, wenn ich nach der Arbeit Basketball spiele?"

Hawke wandte sich zu mir und kämpfte ein aufkommendes Grinsen an. „Scheiß Memme ..."

Axel drehte seinen Kopf in unsere Richtung. „Was hast du gerade gesagt?"

„Nichts." Hawke behielt seinen unleserlichen Ausdruck bei.

Nun musste ich mich zusammenreißen, um nicht zu lachen.

„Axel, du musst mich nicht fragen, ob du Basketball spielen kannst", sagte Marie.

„Ich weiß", sagte Axel. „Ich wusste nicht, ob wir etwas vorhatten, zu Abend zu essen oder so was."

„Haben wir nicht", sagte Marie. „Also wird er dich morgen treffen, Hawke."

Hawke nickte. „Cool."

Marie und Axel gingen Hand in Hand nach draußen.

In dem Augenblick, in dem sich die Tür hinter ihnen

schloss, lud sich die Luft statisch auf. Es klingelte in meinem Trommelfell und das Geräusch des Fernsehers verschwand im Hintergrund. Meine Handflächen wurden plötzlich angesengt. Sie brannten, obwohl keine Flammen zu sehen waren.

Hawkes Körper spannte sich in seinem Anzug leicht an. Die Spannung stieg, und die übernatürliche Verbindung zwischen uns baute sich auf. Ich konnte seinen Herzschlag fühlen, ohne ihn zu berühren. Ich konnte den Schweiß riechen, der sich auf seiner Brust zu bilden begann.

Ich drückte meine Oberschenkel zusammen.

Wir konnten nicht alleine im selben Raum sein, ohne dass dies geschah, ohne diese Anziehungskraft zu spüren, die unsere Körper ständig für einander ausstrahlten.

Hawke packte die Fernbedienung vom Couchtisch und drückte auf die Aus-Taste. Der Bildschirm wurde sofort schwarz.

In meinem Hals bildete sich ein Klumpen und ich versuchte, ihn herunterzuschlucken, aber mein Mund war plötzlich trocken.

Hawke drehte sich zu mir um, und als unsere Blicke sich trafen, stürzten die Wände ein. Der Widerstand war verschwunden. Zumindest wollte keiner von uns mehr dagegen ankämpfen. Im selben Augenblick packte er meine Hüfte und zog mich auf ihn, ich kroch in seinen Schoß und setzte mich auf seine Hüften.

Sein Arm wickelte sich ganz um meine Taille und er vergrub den anderen in meinen Haaren. Er drückte sein Gesicht auf meinen Hals und atmete tief ein, um mich zu riechen. Meine Arme legten sich um seinen Hals und meine Oberschenkel drückten seine Hüften. Die Berührung gab jedem von uns große Erleichterung, aber zur gleichen Zeit auch viel Angst. Wenn unsere Körper auf diese Weise aneinandergedrückt waren, blieb die Zeit stehen. Die Welt verbeugte sich vor uns, damit wir uns aus Verzweiflung aneinander klammern konnten.

14

WIDERSTAND

Hawke

WAS ZUM TEUFEL TAT ICH HIER?

Ich konnte mich nicht von ihr fernhalten, nicht mehr. Mein Herz blutete und sie war die Einzige, die die Wunde heilen konnte. Ich hatte in meinem ganzen Leben nichts so sehr gewollt. Immer, wenn sie in meinen Armen lag, verschwanden alle Schmerzen.

Würde ich sie jemals verletzen?

Konnte ich wirklich jemanden verletzen, den ich so sehr liebte?

Bisher, so wie jetzt, war die Antwort nein. Ich würde niemals Hand an sie legen. Die Vorstellung, dass sie irgendeinen Schmerz erlitt, war zu viel für mich. Das könnte ich nicht verkraften. Ich würde lieber sterben, als ihr Schmerzen zuzufügen.

Aber was wäre, wenn ich wütend wurde, wenn sie dabei war? Was wäre, wenn sie ein unschuldiger Zuschauer wäre?

Was, wenn ich mich in meinen Vater verwandelte?

Ich hatte die Trümmer gesehen, die seine Trunkenheitswut

hinterlassen hatte. Meine Mutter war ein hilfloses Opfer, das nicht davon wegkam. Wenn sie wegrannte, würde er ihr folgen. Und die Schläge wären noch viel schlimmer. Ich trank, wie jeder andere auch, aber ich war noch nie in meinem Leben betrunken gewesen.

Ich hatte Angst davor, was passieren würde, wenn ich es jemals wäre.

In den vergangenen zwei Jahren habe ich jeden Tag damit verbracht, zu trinken und zu ficken. Jeden Abend, wenn ich ins Bett ging, träumte ich von der einen Frau, um die ich mich tatsächlich zum Teufel noch mal scherte. Ich war nicht einfach nur wahnsinnig in die Weichheit ihres Haares oder die Kurven ihrer Lippen vernarrt. Ich war über alles in ihre Seele verliebt — weil sie mir gehörte.

Warum konnte ich die eine Sache nicht haben, die ich wollte? Hatte ich nicht schon genug gelitten? Francesca war die Einzige, was mich ganz machen konnte. Ich würde niemanden sonst lieben, solange ich lebte. Sogar jetzt wünschte ich mir noch bei jedem Mädchen in meinem Bett, dass sie sie wäre sie.

Ein Klopfen an meiner Tür unterbrach meine Gedanken.

Ich erwartete keine Gesellschaft, deshalb war ich nicht sicher, wer das sein konnte. In meinem Herzen hoffte ich, dass es Francesca wäre. Aber wenn sie hier wäre, würde ich es wissen. Irgendwie würde ich es wissen.

Ich öffnete die Tür und sah Danielle davorstehen. Sie trug einen Mantel und Stöckelschuhe. Sie musste die Jacke nicht öffnen, um mir zu verstehen zu geben, dass sie darunter nur Dessous trug.

„Du siehst aus, als hättest du einen langen Tag gehabt." Sie legte den Kopf zur Seite und versuchte sexy auszusehen.

„Könnte sein."

„Lass mich ihn besser machen." Sie tat einen Schritt in

meine Wohnung, kam herein, ohne darum gebeten worden zu sein.

Ich hatte Danielle schon früher gefickt und es hat immer Spaß gemacht. Sie war auf Arten pervers, wie es die meisten Mädchen nicht waren. Ich hatte eine Menge übler Scheiße gemacht, von der die meisten Jungs nur träumen konnten.

Aber jetzt konnte ich das nicht. „Nicht heute Abend. Mit uns ist es aus."

Sie neigte den Kopf wieder, aber diesmal aus Verwirrung. „Warte mal ... was?"

Ich musste mich von Francesca fernhalten. Ich traute mir selber nicht. Aber ich dachte wirklich, ich könnte sie richtig behandeln. Wenn ich in ihrer Gegenwart jemals wütend würde, würde ich gehen. Das würde alle zukünftigen Probleme lösen. Wenn ich mich einfach aus der Situation zurückzog, würde ich mich nie mehr darum sorgen müssen, sie eventuell zu verletzen. „Ich bin mit jemandem zusammen."

„Noch mal ... was?"

Vor zwei Jahren hatte ich Francesca verlassen und es war damals die beste Entscheidung gewesen. Ich hatte zu viele Ähnlichkeiten zwischen meinem Vater und mir gesehen, und nachdem ich sie so wütend auf den Boden dieser Bar geworfen hatte, verdiente ich sie nicht mehr.

Aber jetzt tat ich es.

„Ich gehöre jemandem. Ich kann nicht mehr mit dir schlafen."

Danielle stemmte ihre Hände in die Hüften. „Du hast eine Geliebte?"

„Nein." Es war so viel mehr als das. „Es tut mir leid, dass du deine Zeit vergeudet hast, Danielle. Ich bin nicht zu haben. Ich weiß, dass du jemanden finden wirst, der dich mehr schätzt, als ich."

Dem stinksauren Blick in ihrem Gesicht nach zu urteilen,

war ihr Stolz sehr verletzt. „Was auch immer, Hawke. Komm nicht eines Tages angelaufen, weil du das hier vermisst — das alles.“

Es gab nur eine Frau, die ich vermisste. „Gute Nacht.“

Sie warf ihre Haare über ihre Schulter, bevor sie davonstolzierte und ihre Hüften schwang.

Ich schloss die Tür und ging zurück in meine leere Wohnung. Ich hatte keine Ahnung, was ich da tat, aber es schien so, als ob ich nicht mehr für mein Leben verantwortlich wäre. Etwas Anderes traf alle Entscheidungen für mich — meine Seele.

Ich wartete um fünf Uhr draußen vor der Bäckerei. Ich wusste, dass Francesca zu der Zeit von der Arbeit kam, und ich hatte gehofft, sie zu treffen, ohne es so aussehen zu lassen, dass es mit Absicht geschah.

Ich wusste, dass sie das Gleiche fühlte, wie ich. So viel war klar, weil sie an mir hing, als ob ihr Leben davon abhängig wäre. Sie hatte einen netten Kerl verlassen, weil er einfach nicht ich war. Aber ich erinnerte mich daran, wie sehr ich ihr wehgetan hatte. Das war nicht gerade etwas, das man so leicht verzeihen konnte.

Würde sie mir überhaupt verzeihen?

Um fünf Uhr machte sie Feierabend. Als sie aus der Bäckerei kam, trug sie ein schwarzes, mit Mehl bedecktes T-Shirt.

I ging mit meinen Händen in den Taschen absichtlich auf sie zu. Genau, als mein Weg sich mit ihrem kreuzte, entdeckte sie mich. Sie unterbrach ihren Gang und blickte zu mir auf, den gleichen Ausdruck von Angst und Freude auf ihrem Gesicht, wie es immer der Fall war. „Hallo.“

„Hallo …" Sie spielte sofort mit ihrem Haar, als ob sie sich des Mehls, das überall an ihr hing, bewusst wäre.

Sie hatte kaum eine Vorstellung davon, wie gerne ich das alles von ihr abgeleckt hätte. „Kommst du gerade von der Arbeit?"

„Ja. Es war ein langer Tag. Was ist mit dir?" Je weiter das Gespräch voranging, desto mehr schien sie sich zu entspannen. Manchmal war sie in meiner Gegenwart sehr angespannt, aber ich vermutete, dass der Grund dafür darin lag, dass sie ihr Herz ständig in Zaum hielt.

„Eine Menge Papierkram. Ich bin kein großer Fan von so was."

„Machst du nicht nur so was?"

Ich zuckte mit den Schultern. „Wahrscheinlich schon. Aber da ist noch mehr als nur das." Francesca hatte nie wirklich mit mir über meine Firma gesprochen. Wir hatten nicht viel Zeit, wenn wir alleine waren, deshalb war es nie zur Sprache gekommen. Sie hatte keine Ahnung, wie reich ich war oder wie hart ich dafür gearbeitet hatte, mein Geschäft zu öffnen. Ich hatte mehr Geld, als ich jemals brauchen würde, und ich wollte ihr alles geben.

„Ich nehme dich beim Wort." Sie richtete den Riemen ihrer Tasche und verlagerte ihr Gewicht.

„Willst du zum Abendessen zu mir kommen?" Ich hatte nicht geplant, sie das zu fragen, aber jetzt, da sie vor mir stand, rutschten mir die Worte so raus. Ich vermisste es, Zeit mit ihr zu verbringen — nur sie und ich.

Ihre grünen Augen leuchteten merklich auf, sie gab sich mir hin. Sie wollte sich von mir fernhalten, aber sie hatte die Kraft nicht, ihren Widerstand aufrechtzuerhalten.

Ich auch nicht.

„Ich sollte duschen gehen." Sie sah an ihrem schmutzigen Shirt hinunter.

„Du kannst bei mir duschen.“ Scheiße, meine Zunge war außer Kontrolle.

„Und danach die gleichen schmutzigen Kleider anziehen?“, fragte sie mit einem unbehaglichen Lachen.

„Du kannst etwas von meinem Sachen anziehen.“

Sie atmete tief ein, als ob die Vorstellung, von meinem Geruch umgeben zu sein, den größten Trost der Welt bedeutete. Ich verstand dieses Gefühl. Immer wenn sie mir nahe war, war ich berauscht. Es fühlte sich dann so gut an, und später, wenn das Hoch vergangen war, fühlte es sich nur noch bescheiden an. „Okay.“

Ich wusste, dass das ihre Antwort sein würde, obwohl sie nicht wollte, dass das ihre Antwort war. „Dann lass uns gehen. Ich mache Lachs und Grünzeug.“

„Manchmal ist es schön, jemanden zu haben, der für einen kocht.“

Und es war manchmal schön, mit jemandem zu Abend zu essen.

Der Gedanke, dass sie splitternackt in meiner Dusche stand, machte meinen Schwanz steinhart. Er war nicht mehr so steif gewesen, seit ich das letzte Mal mit ihr zusammen gewesen war. Sie törnte mich immer wie verrückt an, auch wenn sie mit Mehl und Zucker bekleckert war.

Ich bereitete das Abendessen in der Küche zu, während ich dem fließenden Wasser in der Dusche lauschte. Ich stellte mir vor, wie die Tröpfchen an ihrer wunderschönen Figur herunterliefen. Sie achtete sehr bewusst auf ihre Oberschenkel. Sie fand sie zu dick.

Für mich waren sie perfekt.

Als das Wasser abgestellt wurde, hörte mein Schwanz

endlich auf zu pochen. Aber ich hatte das Gefühl, dass er zu der Größe eines Ballons anschwellen würde, sobald sie in meinen Klamotten herauskäme. Ich briet den Lachs auf dem Herd und bereitete dann das Grünzeug in einer separaten Pfanne zu. Ich aß die ganze Zeit wie ein Gesundheitsfreak. Es war die einzige Möglichkeit, meine Muskeln zu behalten und dabei nicht fett zu werden.

Als sie aus dem Bad kam, war das Essen fertig.

Sie trug eins meiner Yankees T-Shirts, zusammen mit einer Jogginghose, die ein Dutzend Mal an ihrer Taille aufgerollt waren. Das war die einzige Möglichkeit, sie am Runterrutschen zu hindern. Ihr Haar war etwas feucht und ihr Gesicht war frei von Make-up.

Scheiße, ich wollte sie.

„Das riecht wirklich gut."

„Danke." Ich setzte mich an den Tisch und sie setzte sich mir gegenüber.

Sie zog ihre Haare über eine Schulter und aß leise, ihre Augen waren auf ihr Essen gerichtet.

Ich aß langsam und beobachtete sie die ganze Zeit.

„Kochst du oft?"

„Jeden Abend. Ich mag es nicht, auswärts zu essen."

„Das ist gesund."

„Ich bin kein Fan von all dem Öl und Fett, das sie überall reinmischen. Zumindest weiß ich, was ich zu Hause bekomme."

„Ich mache das auch so."

Ich kaute auf ein paar Stücken Brokkoli herum. „Hast du heute wieder eine Hochzeitstorte dekoriert?"

„Nein, heute nicht", sagte sie. „Aber ich habe eine ganze Menge Bärentatzen gemacht."

„Das hört sich köstlich an."

„Das sind sie auch", sagte sie mit einem Lächeln. „Ich habe

sie probiert. Du weißt schon ... um sicherzustellen, dass sie gut sind."

„Darauf wette ich."

Sie hatte vor mir aufgegessen. „Das war wirklich gut. Ich bin beeindruckt."

„Ich würde gerne das ganze Lob für mich in Anspruch nehmen, aber ich denke, dass Google auch einen Teil davon verdient hat." Ich nahm unsere leeren Teller und stellte sie in die Spüle.

„Du hast gekocht, sollte ich dann nicht sauber machen?" Es war, als wären wir wieder zurück in unserer alten Beziehung. Als sie eine Woche bei mir verbracht hatte, während ihre Fußböden neu gemacht wurden, hatte sie immer gekocht, und ich hatte das Aufräumen übernommen. Die Erinnerung an die Vergangenheit machte mich traurig. Alles, woran ich denken konnte, war, wie sie auf dem Fußboden kniete, als ich meine damalige Wohnung zum letzten Mal verlassen hatte.

„Nein." Ich erklärte nicht, warum, und sie war klug genug, nicht danach zu fragen.

„Was gibt es zum Nachtisch?" Sie änderte ihren Ton, um die Stimmung zu lockern.

Dich. „Ich bin keine Naschkatze."

„Das habe ich anders in Erinnerung ..."

„Ich bin nur eine Naschkatze, wenn es um dich geht." Ich konnte sie ins Wohnzimmer einladen, um fernzusehen aber das war nicht das, was ich tun wollte. Ich hatte das Gefühl, dass sie das auch nicht wollte.

Ich zog ihren Stuhl vor und hob sie dann an meine Brust. Ich legte einen Arm unter ihre Knie, während ich mit dem anderen ihren Rücken stützte. Ihr Arm legte sich sofort um meinen Nacken, als ob sie das erwartet hätte.

Ich trug sie in mein Schlafzimmer und setzte sie auf die

Matratze. Dann zog ich mein Hemd und die Jeans aus, bis ich nur noch meine Boxershorts anhatte.

Francesca saß auf dem Bettrand.

Ich zog die Decke zurück, schlüpfte hinein und lehnte mich in die Kissen zurück.

Sie bewegte sich nicht.

Ich setzte mich hin und beobachtete sie, versuchte ihre Gedanken zu ergründen.

Sie sah sich die Laken an und befühlte dann den Stoff mit den Fingerspitzen. Ihre Augen waren halb geschlossen, irgendwo weit entfernt.

Dann traf es mich. „Sie haben mir nichts bedeutet."

Francesca richtete ihren Blick auf mich.

Ich packte ihren Arm und zog sie sanft zu mir. „Denk einfach nicht daran. Wir beide wissen, dass du die Einzige bist, auf die es wirklich ankommt. Also vergleiche dich nicht mit den Anderen." Als ich auf ihrem Bett gelegen hatte, hatte ich über Kyle und die Tatsache nachgedacht, dass er sie wahrscheinlich auf dieser Matratze gefickt hatte. Aber dann erinnerte ich mich daran, dass sie ihn verlassen hatte, weil er nie mit mir konkurrieren konnte.

Und keine von ihnen konnte mit ihr konkurrieren.

Ich zog sie flach an meinen Körper und legte ihr Bein um meine Hüfte. Es war 19:30 Uhr und keiner von uns hatte vor, zu schlafen. Aber ich wollte bei ihr liegen und sie nur anschauen. Ich wollte diese wunderschönen grünen Augen anstarren, die mir Schauer über den Rücken jagten. Ich wollte das Brummen unserer Körper spüren, wenn sie so nahe aneinander lagen.

Das heilte mich.

Francesca stricht mit einer Hand über meine Brust, und ihre Finger streiften über die Haut. Ihre Lippen waren leicht geöffnet, und ihre Zähne waren zu sehen.

Ich wollte sie — jetzt. Aber ich zog das hier vor. Sie war nicht nur eine weitere Frau für mich. Sie war *die* Frau. Und nur mit ihr zusammen zu sein, war schon genug für mich. Ich dachte nicht daran sie zu ficken oder mich in ihre zu vergraben, um den Schmerz zu verdecken. Ich dachte nur daran, sie zu küssen, diese Lippen mit meinem Mund zu massieren. Ich dachte nur daran, sie auf die Art und Weise zu lieben, die sie verdiente.

„Was machen wir hier?", flüsterte sie.

„Ich weiß nicht so recht. Aber ich mag es."

„Ich mag es auch."

Meine Hand schob sich in ihr Haar und schob es ihr aus dem Gesicht. Dieser Moment kam mir vor wie ein Traum, eine Realität, in der sie mir gehörte. Manchmal fragte ich mich, wo wir jetzt wären, wenn ich nicht gegangen wäre. Wären wir verheiratet? Hätte wir ein gemeinsames Kind? Ich wollte nie Kinder haben, aber mit ihr zusammen hörte es sich gar nicht so schlecht an.

Den Rest der Nacht, starrten wir uns nur gegenseitig an. Manchmal schloss sie ihre Augen und schlief ein, aber selbst dann starrte ich sie weiter an. Ihre Finger bewegten sich über meine Brust und legten sich schließlich auf mein Herz. Wir verbrachten die Nacht damit, einzuschlafen und aufzuwachen. Ich wollte schlafen, weil sie meine Albträume verjagte, aber ich wollte auch wach bleiben, nur damit ich sie beobachten konnte.

Ich wollte sie in Erinnerung behalten.

NACH EINER STUNDE BASKETBALL SPIELEN, DUSCHTEN WIR UNS und gingen dann in ein Schnellrestaurant.

„Ich bin überrascht, dass deine Frau dir die Erlaubnis zum Ausgehen gegeben hat." Ich liebte es, ihn mit so etwas zu necken. Vor ein paar Jahren hatte er mir noch erzählt, und daran erinnerte ich mich deutlich, dass er niemals heiraten würde. Nun stand er unterm Pantoffel.

„Halt verdammt noch mal dein Maul." Er packte sein Tablett mit Essen voll und setzte sich dann an den Tisch.

Ich tat das Gleiche.

„Und sie ist nicht meine Frau — noch nicht. Aber bald wird sie das sein." Ein unfreiwilliges Lächeln erstreckte sich auf seinen Lippen.

Ich wollte noch einen Scherz machen, hielt mich jedoch zurück.

„Gefällt dir *The Plaza*?"

„Sicher." Es war nur irgendein Hotel für mich.

„Genauso denke ich auch darüber. Ich bin nicht sicher, warum Marie davon so besessen ist. Ehrlich gesagt glaube ich, dass ihr die Vorstellung davon mehr gefällt, als der Ort selbst. Ich persönlich hatte mir immer vorgestellt, irgendwo außerhalb zu heiraten."

„Warum sagst du ihr das nicht?"

Er zuckte mit den Schultern. „Es ist ihr Tag. Sie soll alles haben, was sie will.

„Schwächling ..."

„Sieh mal, sie ist sie meine Lady. Selbst, wenn sie bei *Funworks* heiraten wollte, würde ich nichts sagen."

„Nun, irgendjemand müsste dann was sagen", sagte ich mit einem Lachen.

Axel aß mit wenigen Bissen die Hälfte von seinem Sandwich auf. „Also, mit wem hast du letzte Nacht dein Bett geteilt?"

Ich fand es immer ein wenig blöd, über Mädchen zu reden, seit Francesca und ich uns getrennt hatten. Wir gingen darüber nie ins Detail, aber Axel stellte mir hin und wieder Fragen. Und er war nicht dumm. Er wusste, dass ich meinen alten Gewohnheiten in dem Augenblick wieder verfallen war, als ich hierher gezogen war. „Niemand." Das war eine Lüge. Francesca war in meinem Bett gewesen, aber ich glaubte nicht, dass das die beste Antwort gewesen wäre.

„Das ist ja seltsam."

Ich hatte endlos über die Situation mit Francesca nachgedacht. Ich entschied mich immer wieder um, aber ich wusste, was ich wirklich wollte. Mit jedem Tag würde es nur noch schwieriger werden. Und wenn ich es wollte, dann musste ich es auch richtig machen. „Axel, wir müssen über etwas reden ..."

„Ja?" Er hob eine Augenbraue, während er sich Chips in den Mund warf. „Hast du dir eine Chlamydieninfektion geholt?"

„Ich werde so tun, als hättest du das nicht gefragt."

„Das ist eine berechtigte Frage. Du hast dir mit Sicherheit was geholt. Einmal dachte ich, ich hätte Filzläuse."

Ich warf einen Blick auf mein Essen und verlor meinen Appetit. „Nichts dergleichen."

„Puh. Was ist dann los?"

„Es geht um Frankie."

Seine Miene änderte sich komplett. Er wechselte von lässig zu angespannt. Er sah mich mit einem wachsamen Blick an, sein Misstrauen war am Brennen in seinen Augen und an der feinen Linie seiner Lippen sichtbar. „Was ist mit ihr?"

„Ich habe viel darüber nachgedacht und ... ich will sie zurück."

Er lehnte sich in seinem Stuhl zurück und wurde mit jeder Sekunde wütender. „Dies ist besser nur ein verdammter Witz."

„Ist es aber nicht."

Er lehnte sich über den Tisch und beugte sich nah zu mir. „Lass mich das mal klarstellen. Du hast sie vor zwei Jahren verlassen, nachdem du ihr erklärt hattest, dass sie deine Scheiß Seelenverwandte ist, und nun, da du sie wieder gesehen hast, willst du es noch mal versuchen?" Axel war nicht besonders eng mit Francesca verbunden, aber sein Beschützerinstinkt war stark. Er behauptete, dass das so sei, weil sie keinen Vater hatte, aber ich wusste, dass er das tat, weil er sie liebte, ob er es nun zugeben wollte oder nicht.

„Es ist etwas komplizierter als das."

„Nein, du willst nur das haben, was du nicht haben kannst. Frankie findet einen netten Lebensgefährten und du wirst eifersüchtig —"

„Sie hat sich schon vor Wochen von ihm getrennt."

Axels Unterkiefer war immer noch heruntergeklappt. „Warum erzählst du mir das alles, Hawke? Ich bin wegen dem, was du ihr angetan hast, immer noch sauer auf dich. Und ich weiß immer noch nicht, warum du das getan hast."

„Es war nicht, weil ich sie nicht mehr liebte."

„Halt die Klappe, Romeo."

„Und ich erzähle dir das jetzt aus einem bestimmten Grund."

Die Ader in seiner Stirn begann zu pulsieren. „Ich habe das Gefühl, dass mir das nicht gefallen wird."

„Ich möchte dich nur um deine Unterstützung diesbezüglich bitten. Ich werde ihr sagen, was ich für sie empfinde. Und ich weiß, dass es ihr viel bedeuten würde, wenn du das unterstützen würdest. Sie verhält sich immer so, als ob deine Meinung für sie keine Rolle spielt, aber ich weiß, dass das nicht stimmt."

„Beim letzten Mal hast du dich einen Dreck um meine Unterstützung geschert. Warum sollte es jetzt anders sein?"

„Weil ich weiß, dass ich es versaut habe. Das gebe ich zu."

Er sah mich prüfend an.

„Und ich verdiene es, dass du zweifelst. Ich verdiene deine Bedenken."

Er verschränkte seine Arme vor der Brust.

„Aber ich liebe sie wirklich, Axel. Das habe ich immer getan."

„Ich glaube, dass das eine schlechte Idee ist …"

„Ich bitte dich nicht um Erlaubnis, Axel. Ich wollte dich nur darüber informieren. Ich werde ihr sagen, was ich für sie empfinde, und ich weiß jetzt schon, was sie für mich fühlt. Aber es würde die Dinge viel einfacher machen, wenn du uns beide unterstützen würdest. Weil es das ist, was wir beide möchten."

„Du sprichst für sie, aber du hast keine Ahnung, was sie dazu sagen wird."

„Ich weiß genau, was sie sagen wird."

Axel schüttelte etwas den Kopf. „Du warst nicht da, Hawke. Du hast nicht mitbekommen, wie schlecht es ihr ging."

Ich unterbrach meinen Blick, weil der Schmerz ein Loch in meine Haut brannte. Ich konnte sein Starren nicht erwidern, weil ich es nicht verdiente. „Ich weiß, dass ich ihr wehgetan habe. Ich hatte meine Gründe dafür."

„Die du immer noch nicht zugeben willst."

„Bitte glaube mir, dass ich dachte, dass ich das Richtige täte."

„Und was ist jetzt anders?"

Ich konnte das nicht beantworten, ohne etwas zu verlieren. „Alles."

Er seufzte und stützte seine Ellbogen auf dem Tisch ab.

„Axel, komm schon."

Der saure Blick war immer noch in seinen Augen. „Hör zu, wenn sie dich wirklich zurücknimmt, werde ich ihre Entscheidung unterstützen. Aber ich hoffe von ganzem Herzen, dass sie es nicht tut. Obwohl ich dich wie einen Bruder liebe, denke ich nicht, dass es richtig ist, dass du sie fallen lässt und dann einfach wieder angekrochen kommst, wenn es dir gerade in den Sinn kommt. Meine Schwester verdient etwas Besseres als das."

Ich könnte dem nicht mehr zustimmen.

„Also, viel Erfolg. Aber ich hoffe, dass du zu Fall kommst und verbrennst."

15

BEKENNTNISSE

Francesca

„Wirst du nervös?" Bis zur Hochzeit waren es nur noch zwei Monate. Vielleicht sah es so aus, als ob das eine lange Zeit wäre, aber in Wirklichkeit war es das nicht.

Marie saß neben mir auf der Couch. Zeitschriften bedeckten meinen Couchtisch, und wir malten darin herum, wie auf einem Whiteboard. Sie hatte die Blumen für die Hochzeit immer noch nicht ausgesucht, und wir versuchten, die perfekten Gestecke zu finden. Zum Glück, war alles andere bereits geklärt. Das war das Letzte, was noch fehlte. „Warum sollte ich nervös sein?"

Ich legte meinen Kopf zur Seite und blickte sie feurig an.

Sie schaute mit schulderfüllten Augen zur Seite.

„Ich weiß, dass Axel mein Bruder ist, aber du kannst mir ruhig diese Dinge erzählen. Ich werde deswegen nicht schlechter über dich denken. Erinnere dich, ich liebe dich mehr als ihn."

Marie kicherte. „Ja, das ist wahr."

„Also, spuck es schon aus."

„Ich glaube, ich bin ein wenig nervös ..." Sie schloss das Magazin und bog es in ihren Händen.

„Wegen was genau?"

„Ich weiß nicht ... manchmal frage ich mich, ob dies sein wahres Ich ist, weißt du? Was, wenn er in seine alten Gewohnheiten zurückfällt, wenn es ihm mit mir langweilig wird."

„Das wird nie passieren, Marie. Glaube mir, ein Mann, der verliebt ist, wird sich nie langweilen."

„Ich hoffe wirklich, dass du recht hast."

Ich legte meine Hand auf ihr Handgelenk. „Das habe ich."

„Es scheint wirklich so, als würde er mich aufrichtig lieben —"

„Es scheint so?", fragte ich mit einem Lachen. „Dieser Kerl ist ein Hund und du bist sein Knochen. Auch wenn er nicht mit dir spielen mag, will er genauso nicht, dass jemand anderes mit dir spielt. Du brauchst dir wirklich absolut keine Gedanken machen."

„Ich weiß ... aber ich erinnere mich daran, wie er mir wehgetan hat."

„Das ist Vergangenheit."

„In der Regel denke ich nicht darüber nach, aber jetzt, da ich ihn heiraten werde, kommt es mir hin und wieder in den Sinn." Sie durchblätterte das Magazin weiterhin. „Wird er ein guter Vater sein? Wird er mich eines Tages betrügen? Wird er mich wegen einer Anderen verlassen, direkt vor meiner Nase?"

„Ja, Nein und Nein."

„Wie kannst du da sicher sein?"

Ich seufzte. „Genau genommen kannst man da nie wirklich sicher sein. Niemand ist jemals sicher. Aber Axel ist so nah an einer Garantie, wie irgend möglich. Jedes Mal, wenn du dich unsicher fühlst, erinnere dich daran, wer Axel wirklich ist. Er ist süß, fürsorglich und sehr loyal. Selbst wenn er nicht mehr genauso fühlte, würde er keine Affäre haben. So ist er einfach nicht."

„Da hast du recht ..."

„Fühlst du dich jetzt besser?"

Sie ließ die Zeitschrift los und stieß einen tiefen Atemzug aus. „Ja, ich denke schon. Trauzeugin zur Rettung."

Ich spannte meinen Bizeps an. „Mit Superstärke und super Kochfähigkeiten."

„Was für eine dickmachende Supermacht."

Ich lachte und schlug ein weiteres Magazin auf.

„Also ... ist irgendwas mit Hawke passiert?" Sie blätterte die Seiten um und hielt ihre Augen nach unten gerichtet. Sie versuchte, so zu tun, als ob sie nicht interessiert wäre, aber der Klang ihrer Stimme verriet sie.

„Ich habe vor einigen Tagen eine Nacht mit ihm verbracht."

„Was?" Sie ließ das Magazin auf den Boden fallen.

„Ich habe nicht mit ihm geschlafen." Das musste ich klarstellen. Ich wollte nicht, dass jemand dachte, dass wir Freunde mit gewissen Vorzügen wären.

„Aber du hast mit ihm in einem Bett geschlafen? Wie oft ist das nun schon vorgekommen? Drei Mal?"

„So in etwa ..."

„Und du denkst, dass das normal ist?"

„Nein ... wir werden damit aufhören."

Marie warf mir einen Blick zu, der aussagte, dass sie mir das nicht glaubte.

„Wir wurden nur so mitgerissen. Manchmal ist es so schwierig, einander zu widerstehen. Aber ich werde dem ein Ende setzen. Ich fühle mich immer so gut dabei, aber danach fühle ich mich wie Scheiße. Ich will ihn dann noch mehr, aber ich kann ihn nie haben."

„Ihr zwei seid echt verworren“, sagte sie. „Habt ihr euch wenigstens geküsst?“

„Nein.“

Sie sah wie eine Eule aus, weil ihre Augen so groß waren. „Das ist die dümmste Sache, die ich je gehört habe.“

„Man kann auch ohne Sex intim sein.“

„Aber … ich glaube, dass ich das einfach nicht verstehen kann.“

Niemand konnte das.

Marie schnappte sich das Magazin vom Fußboden. „Egal … die Hortensien sehen gut aus. Vielleicht würden einige weiße davon gut aussehen.“

„Ja.“ Ich betrachtete das Bild in ihrer Hand, dachte aber über Hawke nach.

Genau in diesem Moment ertönte ein Klopfen an meiner Tür.

Marie wurde sofort steif. „Hey, ich frage mich, wer das sein könnte.“

„Es ist wahrscheinlich Axel, auf der Suche nach dir.“

„Das bezweifle ich stark.“

Ich stand von der Couch auf und ging langsam in den Eingangsbereich. Ich hatte den starken Verdacht, dass es Hawke sein könnte, aber ich wollte, dass ich mich irrte. Wir hatten schon viel zu viel Zeit zusammen verbracht, und wir waren mit Tätigkeiten beschäftigt, die nicht als freundschaftlich galten. Es war nichts Physisches dabei, aber wir waren definitiv nicht unschuldig.

Ich schaute erst gar nicht durch das Guckloch, bevor ich die Tür öffnete.

Und natürlich war er es.

Er trug keinen Anzug, wie es üblicherweise der Fall war. Er trug schwarze Jeans und ein graues T-Shirt. Irgendwie waren seine Schultern und die Brust noch stärker ausgeprägt, als in der lässigen Kleidung. Seine Jeans hing tief auf seiner Hüfte, und er war in jeder erdenklichen Weise begehrenswert. Aber ich schob den Gedanken beiseite, weil es nicht sicher war, so zu denken.

„Hallo." Seine Hände hingen an seinen Seiten, und seine Arme sahen in dem kurzärmeligen Hemd, das er trug, mächtig aus.

„Hallo." Unsere Begrüßungen waren immer ein wenig angespannt. Es schien so, als ob wir nicht genau wussten, was wir tun sollten, wenn wir einander sahen. Aber nach ein paar Minuten konnte man uns nicht mehr voneinander trennen.

„Wie geht es dir?"

„Gut. Und dir?"

Er kam nicht herein. „Okay." Er schob seine Hände in seine Taschen, während er meine Tür blockierte.

Also was nun? Ich könnte ihn fragen, was er wollte, aber ich hatte das Gefühl, dass ich das bereits wusste.

„Ich hatte gehofft, dass wir reden könnten. Hast du jetzt gerade Zeit?"

Ich sah über meine Schulter. „Eigentlich, wollte Marie gerade gehen." Sie erschien an meiner Seite mit ihren Magazinen in ihre Tasche geschoben. „Ich muss Abendessen machen. Axel wird stinkig, wenn kein heißes Essen auf dem Tisch steht." Sie ging an mir vorbei. „Hallo, Hawke." Dann verschwand sie durch den Flur.

Hawke richtete seinen Blick auf mich.

„Nun, ich glaube, dass ich jetzt Zeit habe. Möchtest du hereinkommen?"

„Wie ist es, hast du schon gegessen?"

„Nein."

„Sollen wir einen Happen essen gehen?"

Zeit mit ihm zu verbringen war keine gute Idee. Wir hatten uns auch so schon oft genug gesehen. Das war für uns beide nicht gut, aber das würde ich ihm nach dem Abendessen sagen. Ich fühlte mich unhöflich, ihm das jetzt vorzutragen.

WIR NAHMEN EIN PAAR BREZELN VON EINEM STAND IM CENTRAL Park mit und gingen einen Weg entlang. Es war nicht die Art von Essen, die ich erwartet hatte, aber als Hawke es vorschlug, liebte ich die Idee.

„Soviel dazu, dass du ein Gesundheitsfanatiker bist“, sagte ich, nachdem ich meine Brezel aufgegessen hatte. „Es gibt da noch hundert andere Orte, wo man etwas mitnehmen kann und bei denen das Essen besser für uns wäre.“

Er hatte seine schon vor ein paar Minuten aufgegessen. „Hm, man muss auch ein bisschen Leben, nicht wahr?“

„Ich weiß.“ Ich kreuzte meine Arme vor der Brust, weil die Kälte mich überkam. Der Central Park war ein schöner Ort, einer der wenigen Orte in New York, an dem man tatsächlich Bäume finden konnte. Während ich die Stadt liebte, in der geheimen Restaurants gab, für die man jemanden kennen musste, um hineinzukommen, und in der es alte Gebäude gab, die zu wichtig waren, um sie zu zerstören, aber nicht wichtig genug, um sie zu renovieren, und die voller interessanter Menschen war — hieß ich dennoch Bäume und Rasen willkommen. Sie erinnerten mich an Zuhause.

Hawke ging weiterhin neben mir, und es schien, als ob er nicht die Absicht hätte, zu sagen, was er sagen wollte. Vielleicht wollte er das Gleiche sagen, was ich dachte. Da wir uns so ähnlich waren, war das sicherlich der Fall. Und das erleichterte mich. Hawke und ich waren in eine Richtung unterwegs, in der nur eine Sackgasse liegen konnte. Obwohl es für uns beide unfair war, war das die Wahrheit. Wir mussten uns voneinander abschotten, bevor wir einen Fehler machten. Sobald diese

Hochzeit vorbei war, konnten wir einander viel leichter aus dem Weg gehen.

„Also, über was wolltest du mit mir sprechen?"

Er musterte eine Bank links von uns und nahm dann Platz.

Ich tat es ihm gleich, obwohl ich viel lieber weitergegangen wäre. Jedes Mal, wenn wir nah beieinandersaßen, landete ich irgendwie auf seinem Schoß.

Er stützte seine Unterarme auf seine Oberschenkel, während er auf den Weg blickte. Es schien so, als ob er nicht im Begriff wäre, überhaupt irgendetwas zu sagen oder er legte sich gerade die richtigen Worte zusammen.

Ich wartete geduldig, weil ich wusste, dass Hawke eine Person war, die mit Stress nicht gut umgehen konnte.

Schließlich wandte er sich mir zu, mit einem anderen Blick in seinen Augen. „Ich habe Scheiße gebaut — wirklich schlimm. Wenn ich überlege, was ich vor zwei Jahren gemacht habe, hasse ich mich selbst dafür. Ich habe dich genommen und dann habe ich dich buchstäblich wie eine ausgestopfte Puppe weggeworfen ... Gott sei Dank bist du nicht verletzt worden."

Warum erwähnte er das nach all dieser Zeit? „Hawke, es war ein Unfall. Du wusstest nicht einmal, dass ich es war. Beruhige dich. Niemand sieht dich wegen dem, was in dieser Nacht geschehen ist, mit anderen Augen."

„Ich schon."

„Nun, dann lass das."

„Und es tut mir unendlich leid, dass ich dich verlassen habe. Ich dachte, ich täte das Richtige, und ... nun merke ich, dass ich mich völlig falsch verhalten habe."

Ich bemerkte die kalte Luft oder die Art, wie sie sich auf meiner nackten Haut anfühlte nicht mehr. Meine Lunge hörte auf, zu arbeiten und hielt inne. Auch wenn ich mich hätte bewegen wollen, hätte ich es nicht gekonnt.

„Seit der Verlobungsfeier überlege ich hin und her wegen

uns. Es gibt Tage, an denen ich glaube, dass es funktionieren könnte. Aber dann gibt es Nächte, da erinnere ich mich daran, was für ein Monster ich bin."

Ich atmete immer noch nicht.

„Aber ich fühle mich absolut miserabel ohne dich. Die letzten zwei Jahre waren wie dichter Nebel. An das Meiste kann ich mich nicht mehr erinnern. Alles, was ich weiß ist, dass ich jeden Tag, seit wir nicht mehr zusammen waren, an dich gedacht habe. Meine Gefühle haben sich nie geändert — nicht ein einziges Mal. Und jetzt, da wir wieder zusammen sind, fängt mein Herz endlich wieder an zu schlagen. Mein Körper taut auf. Hoffnung keimt in mir. Ich bin es leid, dich von mir fernzuhalten. Ich bin es leid, mich nach dir zu sehnen. Ich bin es leid ... ohne dich zu sein."

Ich musste atmen.

„Ich habe es in meinem Kopf durchgearbeitet ... und ich glaube, dass ich das schaffen kann. Ich glaube, ich kann der Mann sein, den du brauchst. Wenn ich jemals mein Temperament verliere oder außer Kontrolle gerate, werde ich einfach gehen. Ich werde dir nie wehtun, Francesca. Ich weiß, dass ich wie mein Vater bin, aber ... ich bin nicht er."

Meine Lunge öffnete sich endlich und holte tief Luft. Ich hörte die Worte, die er sagte, aber ich konnte ihnen nicht glauben. Jeden Tag, seit er mich verlassen hatte, hatte ich auf diese Rede gewartet. Jeden Tag hoffte ich, dass er seinen Wert erkennen und zu mir zurückkehren würde.

Und jetzt hatte er es getan.

Er beobachtete meine Reaktion und sah die Feuchtigkeit, die meine Augen füllte. „Muffin, sei mein."

Meine sofortige Antwort war ja.

Ja.

Die andere Hälfte meiner Seele saß neben mir, und er wollte die Distanz nicht mehr aufrechterhalten. Es war alles, was ich jemals gewollt hatte. Ich stellte mir vor, wie ich in der Kirche auf ihn zuging. Ich stellte mir vor, dass unser Sohn genauso aussehen würde wie er. Ich sah alles in einem Augenblick.

Er rutschte auf der Bank näher zu mir, seine Hände griffen nach meinen.

Aber ich zog sie weg.

Hawke erstarrte und starrte mich an.

„Ich ..." Ich konnte nicht glauben, was ich sagen würde, aber ich wusste, dass es das Richtige war — für mich. „Du weißt, was ich für dich empfinde, Hawke. Das hat sich nie geändert."

Er hörte mir zu.

„Und es ist schwer, von dir weg zu bleiben, wenn jeder Teil meines Körpers sich nach dir sehnt. Du bist immer noch in meinen Träumen. Du bist immer noch in meinen Gedanken."

Er atmete tief ein, als hätte er Angst.

Und Hawke hatte nie Angst.

„Ich weiß, dass du mich nie verletzen würdest, Hawke. Das wusste ich von Anfang an. Ich hatte niemals irgendwelche Zweifel daran, welche Art von Mann du bist. Du verletzt Menschen nicht. Du beschützt sie. Du bist sehr gut, jemand, auf den ich sehr stolz bin. Du kämpfst für das, an was du glaubst. Du bist ein Krieger. Ich bin so froh, dass du endlich erkannt hast, dass du dein eigener Mann bist. Aber das ist nicht das Problem."

Schließlich wich er meinen Blick aus und starrte auf den Betonboden.

„Du hast keine Ahnung, wie sehr du mir wehtust ..."

Er schloss die Augen, als ob er Schmerzen hätte.

Ich hatte nie eine Chance gehabt, ihm zu sagen, wie schlimm es war. Er wusste nie, wie dunkel mein Himmel geworden war. Vielleicht war er in eine neue Stadt gezogen und hatte neu angefangen, aber ich hatte das nie getan. Ich musste im selben Haus wohnen, in dem ich ihn geliebt hatte. Ich musste Yaya erzählen, dass es mit Hawke und mir aus war. Ich musste in der Hoffnung zu seiner Wohnung fahren, dass ich seinen Truck sehen würde. „Ich war auf den Knien und du bist trotzdem weggegangen. Anstatt es mit mir auszuarbeiten, bist du weggelaufen. Du hast eine harte Zeit durchgemacht, das verstehe ich. Aber wir hätten zusammen daran arbeiten müssen, nicht getrennt."

Er bewegte sich nicht.

„Ich möchte uns eine neue Chance geben, weil ich weiß, dass du es wert bist. Aber ... ich fürchte, dass du in dem Augenblick die gleichen Fehler wiederholen wirst, wenn es schwer wird. Ich fürchte, du wirst den Glauben an dich verlieren, wenn die Dinge nicht so einfach laufen. Ich habe Angst ... dass du mich noch mal zerreißen wirst."

„Das werde ich nicht."

„Und ich will dir glauben. Aber ich habe zwei Jahre gebraucht, um über dich hinwegzukommen, und ich glaube nicht, dass ich das noch mal schaffe. Ich werde dich immer lieben. Aber wenn ich wieder da hineingezogen werde ... dann befürchte ich, dass ich da nicht mehr herauskomme. Ich kann diesen Schmerz nicht viermal durchmachen ... ich schaffe nur drei."

Hawke schauderte, als er die Bedeutung meiner Worte verstand.

„Irgendwie war es schlimmer, dich zu verlieren, als meine beiden Eltern zu verlieren. Es war nicht, weil du meine erste Liebe oder ein Kerl warst, den ich wirklich mochte. Es war, weil du mein Seelenverwandter bist, der für mich bestimmt ist. Du hast mir gesagt, dass wir für immer wären. Aber ... dann bist du trotzdem gegangen." Meine Stimme verstummte in meiner Kehle, weil ich nicht mehr sprechen konnte.

Hawke sagte lange Zeit nichts, und die Stille zog sich so lange hin, dass es schien, als würde er überhaupt nichts sagen.

Ich legte meine Hände in meinen Schoß und fühlte, wie mein Herz aufs Neue brechen würde.

„Muffin."

Der Spitzname traf mich direkt ins Herz.

„Da hast du recht. Was ich getan habe, war unverzeihlich."

Ich beobachtete ihn und versuchte, nicht laut zu atmen.

„Ich bereue es — mehr als alles andere." Seine Augen richteten sich wieder auf mich, und sie waren voller Verzweiflung, ein Gefühl, das Hawke sonst kaum zeigte. „Ich wünschte, ich hätte mich umgedreht. Ich wünschte, ich hätte angerufen. Ich wünschte ... ich hätte Vieles getan. Aber ich kann nicht ändern, was passiert ist. Alles, was ich tun kann, ist für die Zukunft zu leben. Muffin, du bist meine Zukunft. Du bist meine Welt. Ich werde den Rest meines Lebens damit verbringen, es wieder gut zu machen."

Ich wollte ihm glauben — und ein Teil von mir tat es auch.

„Was wir haben, ist zu gut, um es zu ignorieren. Ich werde niemals eine andere Frau lieben, als dich. Du bist die Richtige für mich, Muffin. Du bist die Einzige. Und ich weiß, dass du genauso fühlst. Bitte gib mir noch eine Chance. Ich verspreche dir, ich werde dich nicht wieder verletzen."

„Du hast versprochen, dass wir für immer wären ..."

„Und ich habe dieses Versprechen nicht gebrochen. Ich bin immer noch hier."

„Aber du warst nicht da, als ich dich am meisten brauchte." Ich war nicht die Art von Person, die einen Groll hegte oder in der Vergangenheit lebte. Das Leben war zu kurz für solche Belanglosigkeiten. Aber das hier war anders. Ich konnte nicht darauf vertrauen, dass er mich nicht wieder verletzte.

„Und das tut mir leid. Aber jetzt bin ich hier. Gib mir eine Chance. Wir können die Dinge langsam angehen. Ich werde dein Vertrauen zurückgewinnen."

„Du kannst es zurückgewinnen, wenn es unwiderruflich zerstört ist."

Hawkes Augen veränderten sich. Anstatt unendlich tief und spiegelgleich zu sein, verdunkelten sie sich. Tränen bildeten sich in beiden Augen, und seine Atmung änderte sich auch. Der starke und stille Mann, den ich kannte, zerbrach direkt vor meinen Augen. Das Weiße in seinen Augen wurde rot. Er ergriff meine Hand und der schnelle Puls in seinem Handgelenk bewies seine Panik. „Bitte. Ich kann nicht ohne dich leben, Francesca. Bitte schick mich nicht weg. Gib mich nicht auf."

Ich nahm noch einen tiefen Atemzug, und dann kamen die Tränen. Ich versuchte gar nicht erst, sie zurückzuhalten, weil sie unaufhaltsam waren. Meine Brust war schwer vor Schmerz, und obwohl es meine Seele zermalmte, zog ich meine Hand weg. „Es tut mir leid." Das war die härteste Sache, die ich je getan hatte — meine wahre Liebe abzuweisen. Aber ich konnte diesen Schmerz nicht noch einmal durchmachen. Ich konnte nicht eine ganze Packung Schmerzmittel nehmen und hoffen, dass es mir Leben nähme — nicht noch einmal.

Hawke griff nicht noch mal nach mir. Er blickte weg und wandte sein Gesicht von mir ab, sodass ich seinen Ausdruck nicht sehen konnte.

Schweigen.

Ich weinte weiter und wünschte, dass er mich in den Arm nehmen würde. Und ich weinte, weil ich mich dafür hasste, wie ich ihm gerade wehgetan hatte. Er hatte mir gesagt, dass er mich brauchte, aber das war nicht genug.

Dann hörte ich ihn laut schniefen.

Meine Augen starrten auf seinen Hinterkopf, Angst ergriff mein Herz.

Er stand auf und ging weg, in die entgegengesetzte Richtung. Seine Schritte klangen auf dem Beton, und sie wurden leiser, als sich der Abstand zwischen uns vergrößerte.

Ich konnte mich nicht bewegen.

Ich konnte kaum atmen.

Ich blieb auf der Parkbank sitzen, bis ich aufhörte zu weinen. Aber ich konnte meine Tränen nur zurückhalten, bis ich zurück in meiner Wohnung war. Als ich im Bett lag, die Decken über meinen Kopf gezogen, fing das Ganze wieder von vorne an.

16

ALLEINE SEIN

Francesca

EINE WOCHE KAM UND VERGING.

Eine sehr lange und leere Woche.

Hawke lief mir nicht über den Weg, und das war nicht verwunderlich, da wir uns gegenseitig mieden. Es war nicht so, dass ich ihn nicht sehen wollte, ich dachte nur, dass es nach diesem herzzerreißenden Gespräch zu früh gewesen wäre.

Ich hoffte, dass diese Sache Marie und Axel nicht beeinträchtigen würde, zumal ihre Hochzeit kurz bevorstand. Ich wollte dieses Wissen für mich behalten, damit sie es nicht erfahren würden. Wenn sie es wüssten, würden sie sich nur Sorgen machen. Sein Trauzeuge und ihre Trauzeugin konnten nicht zusammen in demselben Raum sein. Wenn das mal kein Stimmungskiller war ...

Ich arbeitete mehr als üblich, blieb in der Bäckerei und arbeite an Kreationen, anstatt allein nach Hause zu gehen. Alles, woran ich denken konnte, war das Gespräch mit Hawke.

Ich änderte meine Meinung immer und immer wieder. Vielleicht sollte ich ihm wirklich noch mal eine Chance geben. Ich war immer noch in ihn verliebt, also sollte ich mit ihm zusammen sein. Aber dann erinnerte ich mich an all den Schmerz, den er mir bereitet hatte und wie einfach es für ihn gewesen war, zu gehen. Also nahm ich all meine Entschlossenheit zusammen und zwang mich, weiterzumachen.

Aber ich vermisste ihn wie verrückt.

NACHDEM ICH GEDUSCHT UND MICH FERTIGGEMACHT HATTE, vibrierte mein Handy auf dem Nachttisch.

Immer, wenn es ein Geräusch machte, hoffte ich, dass es Hawke wäre.

Als ich auf den Bildschirm schaute, sah ich Kyles Namen.

Ich vermisse dich.

Gerade, als ich dachte, dass ich mich nicht noch schlimmer fühlen könnte, trat genau das ein. Sollte ich zurückschreiben? Sollte ich ihn einfach ignorieren? Ich konnte nicht das Gleiche sagen, weil ihm das nur falsche Hoffnung geben würde. Obwohl es kalt war, nichts zu sagen, war es wohl die beste Entscheidung.

Kann ich dich anrufen?

Ich seufzte, als ich die Nachricht las. Wenn er etwas zu sagen hatte, konnte ich ihn nicht ignorieren. *Ja.*

Mein Handy leuchtete sofort auf. „Hallo?"

„Hey." Er atmete tief ein und zwang sich dazu, dass seine Stimme freundlich klang. „Du hast nicht geschlafen, oder?"

„Nein … aber ich liege im Bett."

„Allein?", sagte er hoffnungsvoll. „Tut mir leid, beantworte das nicht. Ich bin ein Idiot."

„Nein, das bist du nicht, Kyle. Und ja, ich bin allein.

Ein Seufzer der Erleichterung kam durch das Handy. „Ich weiß, ich klinge jetzt wie eine riesige Memme, weil ich dir SMS schicke und dich anrufe …"

„So denke ich nicht."

„Nun, ich schon. Es ist erbärmlich. Ich schwöre dir, ich bin vorher nie so gewesen. Ich bin nicht anhänglich und hilfsbedürftig. Aber im Moment benehme ich mich wie eine Tussi."

„Das glaube ich genauso wenig. Du machst gerade eine harte Zeit durch. Das ist verständlich."

Er machte dreißig Sekunden Pause. „Es ist nur so komisch, nicht mehr mit dir zu sprechen. Früher habe ich dich die ganze Zeit gesehen, und jetzt bist du weg. Es ist wie den besten Freund verloren zu haben ..."

„Ich kenne das Gefühl ..."

„Du warst sechs Monate lang in meinem Leben. Ich weiß nicht, wie du das siehst, aber das ist eine lange Zeit. Ich hatte noch nie vorher so lange ein einzelnes Mädchen. Du bist die Einzige, die mich nicht nervt."

„Danke für das Kompliment", sagte ich mit einem Kichern.

„Ich vermisse dich, Frankie. Vermisst du mich auch?"

Jetzt waren wir auf gefährlichem Territorium. „Ich denke, wir sollten bei geeigneteren Themen bleiben. Das macht es uns sonst nur schwerer."

„Da hast du recht."

„Was macht die Arbeit?"

„Der Fall geht vor Gericht. Wir werden gewinnen."

„Ich weiß, dass ihr das werdet." Ich drehte mich auf die Seite, das Handy an mein Ohr gepresst. „Wie geht es deiner Mom?"

„Gut. Ich habe nicht viel mit ihr gesprochen."

„Sie weiß nicht von mir?" Vielleicht hätte ich das nicht fragen sollen.

„Nein. Ich traue mich nicht, ihr das zu erzählen. Nicht um es noch schlimmer zu machen, aber ... sie war total begeistert von dir."

„Ich mochte sie auch sehr."

„Jeder mag meine Mom“, sagte er mit einem Schmunzeln. „Und sie mag auch jeden.“

„Was gibt es sonst noch Neues bei dir?“

„Ich muss ein neues Fitnessstudio finden, kann mich aber nicht entscheiden.“

„Du musst dein Fitnessstudio nicht wegen mir wechseln, Kyle.“

„Ich weiß. Es ist nicht so, als ob ich dich nicht mehr sehen wollte. Es ist nur ... du siehst so gut aus in diesen Leggins. Falls du auf dem Laufband sein solltest, werde ich hinter dir stehen und zusehen, wie dein Arsch die ganze Zeit wackelt.“

Ich musste über seine brutale Ehrlichkeit lachen. „Du hast Glück, dass ich weiß, dass du kein Widerling bist.“

„Pervertiert ist ein besseres Wort.“

„Ich werde von jetzt an Schlabberhosen anziehen.“

Er zuckte durch das Telefon hindurch zusammen. „Tu das bloß nicht. Damit tust du niemandem einen Gefallen.“

Ich lachte wieder, und es war das erste Mal in dieser Woche, dass ich mich wirklich gut fühlte.

„Also, was gibt es Neues bei dir?“

Mein Herz hörte auf, zu schlagen. „Marie hat einen Ort für die Hochzeit ausgesucht.“

„Ich habe gefragt, was es bei dir Neues gibt, nicht bei deinen Freunden.“

Die einzig interessante Sache in meinem Leben war Hawke. „Der Shop läuft gut. Ich habe Preiselbeerbärentatzen gemacht. Sie sind ein Hit.“

„Ich wette, dass sie das sind. Ich werde vorbeikommen und sie probieren müssen.“

Ich wollte Kyle sehen. Eigentlich wollte ich ihn auf einen Drink einladen. Ich vermisste es, mit ihm zu reden. Unsere Gespräche flossen immer wie Wasser.

„Und ... wie geht es Hawke?“

Ich war mir nicht sicher, warum er nach ihm fragte, wenn er es doch gar nicht wissen wollte. „Wir ... sprechen zurzeit kaum miteinander."

„Und warum ist das so?"

Ich wollte Kyle nicht noch mehr weh tun, aber ich wollte ihn auch nicht anlügen. Er wusste ja schon, was ich für ihn fühlte. „Wir haben viel Zeit zusammen verbracht, und ich vermutete, dass es intim werden würde. Als ich beschloss, ihm zu sagen, was ich fühlte, bat er mich, ihn zurückzunehmen. Er sagte, er wolle eine weitere Chance."

Kyle war absolut still.

Eine Minute verging.

„Das ist großartig." Er räusperte sich. „Das ist, was du wolltest, nicht wahr?"

Ja, auf komplizierte Weise. „Ich habe Nein gesagt."

„Was?" Platzte er heraus. „Warum hast du nNein gesagt? Du liebst den Kerl doch, oder nicht?"

„Natürlich." Daran gab es keinen Zweifel. „Aber ich vertraue ihm nicht. Er wird mich wieder verletzen, wie beim letzten Mal. Ich könnte das nicht ertragen."

„Nun, ich würde dir nicht weh tun." Die Aufrichtigkeit in seiner Stimme kam von Herzen.

„Ich weiß."

„Also, lass mich das mal gerade klarstellen. Du schickst diesen erstaunlichen, sexy und erfolgreichen Kerl, den du um den Finger gewickelt hattest, weg, und du lehnst deinen Seelenverwandten ab, wenn er dich darum bittet, ihn zurückzunehmen. Frankie, was zum Teufel willst du denn nun?"

Das war eine gute Frage. „Ich weiß es nicht ... aber es ist keins von den beiden."

17

DAS BRENNEN

Hawke

ALLES TAT WEH.

Wirklich alles.

Ich war in meinem Leben oft verletzt worden, physisch und emotional, aber zu hören, wie Francesca mir das sagte ... zerbrach mich.

Wir waren vorbei.

Ich hatte es zu sehr vermasselt.

Sie vertraute mir nicht mehr.

Ich hatte sie verstoßen.

Und ich konnte nur mir selbst die Schuld geben.

Ich war nicht die Art von Kerl, der weinte. Es lag einfach nicht in meiner Natur. Selbst als ich noch ein Kind war, geschah das nicht. Entweder war ich emotional verkümmert oder ich war einfach irreparabel verletzt worden.

Aber nun weinte ich.

Ich wandte mich von Francesca ab und ging, ohne mich umzusehen. Meine Sicht wurde durch die Tränen behindert, und meine Nase brannte bei jedem Atemzug. Meine Brust riss, durch den Druck meines gebrochenen Herzens auf.

Ich hasste mich selbst. Ich hatte Francesca verlassen, um sie zu beschützen, aber alles, was ich vollbracht hatte war, uns beide zu ruinieren. Und jetzt konnte ich sie nicht mehr zurückbekommen. Jetzt konnte ich es nicht mehr in Ordnung bringen. Ich hatte das eine Mädchen verloren, das ich liebte. Sie war die einzige Person, die mein Geheimnis kannte. Sie war die einzige Person, die mich verstand, und mich trotz all meiner Fehler akzeptierte.

Aber ich hatte sie verdammt noch mal weggeworfen.

Ich ging am nächsten Tag nicht zur Arbeit. So sehr hatte mich die Zurückweisung getroffen. Ich blieb im Bett und wartete darauf, dass das Handy läutete. Ich hoffte, dass Francesca ihre Meinung ändern und mich anrufen würde.

Aber ich wusste, dass sie das nicht tun würde.

Am nächsten Tag war ich wieder auf den Beinen und versuchte, weiterzumachen. Francesca war immer in meinem Kopf, und ich war im Laufe des Tages dauernd abgelenkt. In meinem Hinterkopf hatte ich immer geglaubt, dass es in meiner Macht stand, wieder mit ihr zusammen zu sein, wenn ich das wollte. Aber zu wissen, dass mir diese Option genommen worden war, erschütterte den Boden unter meinen Füßen. Der Tag, an dem ich sie verlassen hatte, war der Tag, an dem ich mich von ihr verabschiedet hatte. Sie war seitdem nicht mehr mein gewesen.

Ich hatte es versaut.

Jeder Tag verging sinnlos. Ich konnte nicht sagen, was ich getan oder gegessen hatte. Mein Kopf arbeitete nur noch mit geringer Leistung, da der Rest meines Körpers heruntergefahren war. Ich war es gewohnt, zu trainieren, um den Stress abzubauen, aber auch das interessierte mich nicht mehr.

Axel hatte mir ein paar Mal eine SMS geschickt und mich gebeten, mit ihm essen zu gehen.

Ich sagte ihm jedes Mal, dass ich beschäftigt sei.

Er wusste sicher, was zwischen seiner Schwester und mir passiert war. Francesca würde Marie informieren, und sie würde es dann Axel erzählen. Er war wahrscheinlich gerade am Lächeln, begeistert darüber, dass Francesca die richtige Entscheidung getroffen hatte.

Aber ich liebte sie wirklich.

Es klopfte an meine Tür.

Ich saß auf der Couch und überlegte, ob ich aufmachen sollte. Falls es Francesca wäre, würde ich blitzschnell aufmachen. Aber eine Woche war jetzt gekommen und vergangen und ich hatte nichts von ihr gehört, deshalb war es unwahrscheinlich, dass sie es war.

Es klopfte noch mal. „Hawke, ich weiß, dass du zu Hause bist. Leg die Lotion weg und öffne die verdammte Tür." Axel schlug mit seiner Faust gegen das Holz.

Wenn er wusste, dass ich da war, würde nicht wieder gehen, bis ich ihm die Aufmerksamkeit geschenkt hatte, die er haben wollte. Ich öffnete die Tür und ging zur Couch zurück, ich versuchte erst gar nicht, ein anständiger Gastgeber zu sein. „Was ist los?"

„Ich habe die ganze Woche nichts von dir gehört. Du warst wie vom Erdboden verschwunden." Er saß neben mir auf der Couch, vor dem Fernseher.

„Ich war beschäftigt."

Er verzog angewidert das Gesicht. „Mit meiner Schwester?"

Weil ich nicht wusste was er meinte, drehte ich mich zu ihm um. „Was?"

„Meine Schwester. Ist sie im Schlafzimmer?"

Warum sollte er so etwas denken? „Nein."

„Aber ich vermute, dass sie oft hier gewesen ist?"

Wusste er wirklich gar nichts? Oder spielte er nur den Dummen, um mich zum Reden zu bringen? „Sie war überhaupt nicht hier, Axel."

Axel verstand endlich, was ich meinte. „Du hattest beschlossen, ihr zu sagen, was du fühlst."

War das sein ernst? „Ich habe es ihr gesagt."

„Und?"

„Was denkst du denn?", schnauzte ich. „Wenn sie mich zurückgenommen hätte, würde ich jetzt grinsen." Ich legte meine Füße auf den Couchtisch und starrte auf den Fernseher.

„Sie hat Nein gesagt?"

„Tu nicht so, als ob du nichts wüsstest."

„Tu ich wirklich nicht ..."

„Erwartest du von mir, dass ich dir das glaube?", schnauzte ich. „Francesca muss Marie erzählt haben, was passiert ist, und ich bin sicher, dass sie es dir erzählt hat."

Er blieb ernst, und seine Augenbrauen verzogen sich nicht, wie sie es gewöhnlich taten, wenn er log. „Sie hat mir gar nichts erzählt, Hawke. Und ich habe Marie nie erzählt, was du mir gesagt hast."

„Warum nicht?"

„Weil ich genau wusste, dass diese Göttin zu Francesca gehen würde, um ihr alles zu erzählen. Ich hatte angenommen, dass das Gespräch nur zwischen uns stattfand."

Wenn er wirklich nichts wusste, hieß das, dass Francesca Marie nichts davon erzählt hatte. Sie behielt das für sich und ich war nicht sicher, warum. Vielleicht würde ich sie eines Tages fragen ... falls wir jemals wieder miteinander reden würden. „Nun, ich habe dir schon gesagt, was passiert ist. Sie wollte mich nicht."

Axel sah nicht schadenfroh oder auch nur ein bisschen zufrieden aus. „Hat sie gesagt, warum?"

„Sie liebt mich und wird es immer tun, aber sie vertraut mir nicht. Ich habe ihr wehgetan, als ich sie verlassen habe, und ... sie könnte es nicht ertragen, das noch mal durchzumachen. Ehrlich gesagt mache ich ihr keine Vorwürfe. Aber sie und ich sind anders als andere Menschen. Ich dachte, sie würde mir noch mal eine Chance geben."

Axel kratzt wieder seinen Nacken. „Ich kann das einfach nicht glauben ..."

„Du hast, was du wolltest."

„Ich ..." Er stützte seine Unterarme auf die Knie. „Ich kapier das nicht. Sie verlässt diesen Kerl, weil sie dich will, aber wenn du dann eure Beziehung wieder aufnehmen möchtest, sagt sie Nein? Ich kann das nicht verstehen."

„Es ist kompliziert ..."

„Ich bin wirklich überrascht."

Ich verschränkte meine Arme vor der Brust. „Ich weiß nicht, was ich tun soll, Axel. Ich habe mich noch nie so schlecht gefühlt." Ich legte meinen Nacken auf die Lehen des Sofas und schaute an die Decke. „Sie ist die Richtige für mich." Ich führte mit niemandem gerne tiefgründige Gespräche, außer mit Francesca — doch vor allem nicht mit Axel. Es war einfach zu merkwürdig. Aber ich konnte mich im Moment nicht zurückhalten und platzte einfach mit allem heraus. „Sie ist die Eine. Sie ist das einzige Mädchen, das mir alles bedeutet. Aber ich habe alles so sehr verdorben, dass sie nicht mehr mit mir zusammen sein kann."

Axel lehnte sich im Stuhl zurück und schwieg weiter.

Ich wünschte, ich könnte die Zeit zurückdrehen und die Vergangenheit verändern. Ich wünschte, ich hätte mich umgedreht und wäre zurück in die Wohnung gegangen. Anstatt sie zu verlassen, hätte ich sie nehmen und nie wieder gehen lassen sollen.

„Ich denke, da kann ich dir helfen."

„Was hast du gerade gesagt?" Ich hob meinen Kopf und sah ihn an.

„Aber du wirst mir sagen müssen, warum du beim ersten Mal weggegangen bist."

Das war etwas, wozu ich nicht bereit war.

„Ich versuche nicht neugierig zu sein", sagte er mit erhobener Hand. „Aber ich kann mir nicht darüber klar werden, wenn ich nicht alle Fakten kenne."

„Warum willst du mir überhaupt helfen? Du hast mir gesagt, dass ich mir die Finger verbrennen soll."

„Ich weiß, was ich gesagt habe." Er schaute mich nicht an, als er sprach. „Aber wenn ich etwas Dummes täte und Marie mich verlassen würde … würde ich absolut alles tun, um sie zurückzubekommen. Es scheint so, dass du meine Schwester wirklich liebst, trotz allem, was in der Vergangenheit geschehen ist, und ich weiß, dass sie von dir besessen ist. Aber ich muss wissen, was passiert ist, Hawke."

Ich diskutierte mit ihm darüber, dass ich es ihm schon vor langer Zeit gesagt hätte. Es war mein dunkelstes Geheimnis, aber wenn ich irgendjemandem vertrauen konnte, es für sich zu behalten, dann war es Axel. „Du kannst das Marie nicht erzählen."

„Versprochen."

„Ich meine es wirklich so, Axel. Wenn du mich verrätst, sind wir fertig."

„Ich habe dir bereits mein Wort gegeben."

Ich räusperte mich, bevor ich ihm die ganze Geschichte von Anfang an, so erzählte, dass es Sinn machte. Ich erzählte ihm von dem Missbrauch in meiner Kindheit und auf welche Weise meine Mutter mich beschützt hatte. Dann erzählte ich ihm von der Beziehung, die ich mit meiner Mutter hatte, sobald ich ausgezogen war und wie ich sie ständig von den Schlägen meines Vaters rettete. Dann erzählte ich ihm von der Nacht, in der ich sie verlassen hatte — und warum ich gegangen war.

Axel hörte sich alles an, ohne ein Wort zu sagen. Er legte seine Hand auf die Stirn und zog sie über sein Gesicht, drückte dabei den Nasenrücken, bevor er seine Hand ans Kinn senkte. „Heiliger Scheißdreck."

Ich fühlte mich nicht besser, nachdem ich dieses Geheimnis mit einem anderen Menschen geteilt hatte. Tatsächlich erinnerte es mich nur an all die Dämonen, die mich immer noch verfolgten.

„Fuck, ich weiß nicht einmal, was ich dazu sagen soll."

„Du musst gar nichts sagen. Bemitleide mich nur nicht oder sieh mich mit anderen Augen. Das wäre das Schlimmste, was du tun könntest."

Er nickte.

„Nun, da du es weißt, welchen Unterschied macht es?"

„Es macht einen großen Unterschied, genau genommen. Ich dachte, du hättest sie verlassen, weil du sie leid gewesen wärst oder weil sie einen kleinen Fehler gemacht hätte und du es ihr für immer vorhalten würdest. Ich wusste nicht ... dass das der Grund war."

„Ich hätte sie nie verlassen, wenn es nicht hätte sein müssen."

„Hawke, du würdest meine Schwester nie verletzen. Wie konntest du nur so etwas denken?"

„Weil ich das schon getan hatte. Erinnerst du dich?"

Er seufzte. „Es war klar, dass es ein Unfall war."

„Erfinde keine Ausreden für mich", sagte ich kalt.

„Tu ich nicht."

Ich wendete meinen Blick ab. „Ich will jetzt nicht mehr darüber reden."

Axel ließ vom Thema ab.

„Nun, wie kannst du mir dabei helfen?"

Er rieb sich das Kinn. „Willst du meinen Rat?"

„Rat für was?"

„Wie du ihre Meinung ändern könntest."

„Ich werde ihre Meinung nicht ändern. Francesca ändert ihre Meinung nie. Wenn sie sich für etwas entscheidet, dann bleibt sie dabei, quasi aus Prinzip."

„Gib sie einfach nicht auf, Hawke. Überzeuge sie, warum sie dir noch eine Chance geben sollte."

Das war nicht so einfach.

„Schau, sie ist schon in dich verliebt. Sie behauptet, du seist ihr Seelenverwandter. Die ganze schwierige Arbeit ist schon getan. Jetzt musst du nur deine Stellung behalten und ihr sagen, dass sie keine Wahl hat. Du gehörst ihr und sie gehört dir. Ende."

Ich betrachtete ihn genau, überrascht von dem Vorschlag.

„Es ist das, was ich mit Marie tun würde."

„Ja?"

„Ja."

Francesca schien sich so sicher zu sein. Als sie mir gesagt hatte, dass es nicht funktionieren würde, war klar, dass sie diese Entscheidung schon irgendwann in der Vergangenheit getroffen hatte. Die Idee, ohne sie zu leben, niemals eine echte Chance mit ihr zu haben, zerbrach meine Seele. Ich könnte nicht für den Rest meines Lebens so leben, niemals mit der einen Person, die ich wirklich liebte, zusammen zu sein.

Axel hatte recht.

Ich konnte nicht aufgeben.

18

ZWEITE RUNDE

Francesca

NACH EINEM LANGEN TAG AUF DER ARBEIT SAß ICH IN MEINER Wohnung herum. Ich lag auf der Couch und bewegte mich kaum, und selbst wenn mein Magen knurrte, stand ich nicht auf. Wenn ich deprimiert war, aß ich kaum etwas.

Mein Magen knurrte gerade, als jemand an die Tür klopfte.

Bitte sei ein Pizzalieferant.

Ich trug den Flanellpyjama mit dem Loch im Schritt, und ich hatte meine Hasenpantoffeln an den Füßen, als ich zur Tür ging. Es war sicher Marie mit einer Flasche Wein und einem Stapel von Hochzeitsmagazinen.

Ich öffnete die Tür und platzte heraus: „Ich bin es leid, Blumen auszusuchen."

Hawke stand vor der Tür und trug zwei Einkaufstaschen. „Das Gute daran ist, dass ich keine Blumen dabei habe."

Mein Mund stand offen, und ich versuchte, meine Überraschung zu verbergen. „Äh ... hallo." Warum musste ich gerade jetzt so beschissen aussehen? Meine Haare waren in einem unordentlichen Dutt, und ich trug kein Make-up. Mein Tanktop hatte einen Schokoladenfleck, von der flüssigen Schokolade, die ich direkt aus der Flasche getrunken hatte.

Warum muss mir das passieren?

„Hey." Hawke war charmant, wie immer. Er benahm sich so, als ob er nicht bemerkt hätte, wie schrecklich ich aussah. „Darf ich reinkommen?"

„Wieso?" Die Worte klangen unhöflich, sogar für mich. „Ich meine ... was ist los?" Das letzte Mal, als ich Hawke gesehen hatte, hatte er mich auf der Parkbank sitzen gelassen. Das Gespräch war schmerzvoller als die Trennung selbst. Und jetzt stand er vor meiner Haustür, als wäre nichts passiert.

„Ich wollte dir Abendessen machen. Du mochtest meinen Lachs so sehr."

„Äh ..." Warum konnte ich nicht etwas sagen, das sich irgendwie intelligent anhörte?

Er musterte erst die Tür, dann mich. „Ich lade mich selbst ein ..." Er ging an mir vorbei und in die Küche.

Ich sprühte Trockenshampoo in mein fettiges Haar und trug dann so schnell wie möglich Make-up auf. Ich tauschte den alten und schmutzigen Pyjama gegen eine Yogahose und ein rosa Top aus.

Als ich wieder in die Küche kam, war Hawke mit dem Abendessen fast fertig. „Ich mache Koriander-Limetten-Tacos."

„Klingt gut." Ich war nicht einmal sicher, was das war.

Er schaltete den Herd aus, ohne mich anzusehen. „Du hättest dich nicht umziehen müssen. Du sahst vorher toll aus."

Verdammter Lügner.

Er deckte den Tisch und goss zwei Gläser Wein ein. Dann setzte er sich hin und wartete darauf, dass ich mich ihm anschloss.

Ich setzte mich im gegenüber und blickte ihn an.

„Brauchst du noch etwas Anderes?"

Warum bediente er mich, obwohl wir in meiner Küche waren? „Ich habe alles. Danke."

Hawke aß schweigend sein Essen und starrte mich nicht an, wie er es gewöhnlich tat.

Ich dachte, ich würde durch seine Anwesenheit meinen Appetit verlieren, aber ich war immer noch hungrig. Ich aß mein Essen schnell und schweigend. Es war wirklich gut. Alles, was Hawke machte, schien köstlich zu sein.

Hawke nippte an seinem Wein, als er mit seiner Mahlzeit fertig war. Er schaute aus dem Fenster und blickte auf die Stadt.

„Das war wirklich gut."

„Danke", sagte er. „Und danke auch dir, Google."

Ich verarbeitete immer noch die Tatsache, dass er hier war und mir an meinem Küchentisch gegenübersaß. „Hawke, was machst du hier?"

Er stellte die schmutzigen Teller zusammen und trug sie zum Waschbecken. Sein Rücken war mir zugewandt und es war ziemlich klar, dass er meine Frage nicht beantworten würde. Nachdem er mit dem Geschirr fertig war, setzte er sich auf meine Couch.

Jetzt war ich noch mehr verwirrt.

Ich ging zu ihm ins Wohnzimmer und kreuzte sofort meine Arme vor der Brust. „Hawke, was ist los?"

„Was meinst du damit?" Er sah mich von seiner Seite der Couch aus an. „Ich wollte nur mit dir zu Abend essen. Ist das okay?"

„Natürlich. Ich habe nur … ich glaube, ich bin verwirrt."

„Was gibt es da verwirrt zu sein? Auch wenn wir nicht zusammen sind, können wir uns nicht voneinander fernhalten. Also können wir auch genauso gut nachgeben." Er wandte sich dem Fernseher zu und behielt den Abstand zu mir bei. Er packte die Fernbedienung und wechselte den Kanal. „Es läuft gerade *South Park*. Du magst diese Show, richtig?“

Ich nickte.

„Dann soll es *South Park* sein.“ Er machte es sich gemütlich und bewegte sich kein bisschen zu mir.

Immer wenn ich ihm nahe war, fühlte ich diese natürliche Anziehungskraft. Aber heute Abend fühlte ich überhaupt nichts. Die Verwirrung aufgrund dieser Situation warf mich aus dem Gleichgewicht, und so nah bei ihm zu sein, machte es mir schwer, zu denken. Also saß ich nur da und sah fern.

Und er auch.

Ich packte meine Hanteln und stand auf meiner Matte.

Ein lautes Pfeifen ertönte hinter mir. „Spandex ist Gottes Gabe für die Menschen.“

Ohne mich umzudrehen, wusste ich, wer es war. Ein Lächeln zog meine Lippen hoch. „Und Unterhosen sind Gottes Geschenk für die Frauen.“

Kyle kam zu mir und stellte sich in einem ärmellosen Hemd, das er selbst aufgeschnitten hatte, neben mich. Seine definierten Arme und Schultern waren zu sehen. Und das glückliche Grinsen war in seinem Gesicht, wie immer. „Zweieinhalb Kilo?“ Er lachte beim Anblick meiner Gewichte. „Komm schon, wir beide wissen, dass du auch mehr schaffst.“

„Ich mache Bauchübungen.“

„Nimm doch eine Siebeneinhalb-Kilo-Platte. Ich weiß, dass du das schaffst.“

„Ich bin nicht so stark, wie du denkst.“

Er zog seine Ohrstöpsel aus den Ohren und stopfte sie in seine Tasche. „Ich habe dich hier eine ganze Weile nicht mehr gesehen.“

„Ja, ich habe viel gearbeitet."

„Und diese Hochzeit geplant."

„Ja. Ich liebe Marie, aber ich freue mich darauf, wenn die Hochzeit vorbei ist. Ich muss ständig daran denken."

„Stell dir nur vor, wie sie sich fühlen muss."

Hawke hatte ihr ein zwanzigtausend-Dollar-Brautkleid gekauft. Sie war jetzt im Himmel. „Was gibt es bei dir Neues?"

„Ich habe heute Abend ein Date."

„Oh." Ich hatte nicht erwartet, durch so etwas verletzt zu sein, aber ich war es irgendwie. „Das ist schön."

„Ja, sie kam zu mir, als ich vor einigen Tagen in der Bar war. Sie ist nett und hübsch, aber ..." Er zuckte mit den Schultern. „Ehrlich gesagt bin ich nicht wirklich daran interessiert. Aber da sie den Mut hatte, diesen Schritt zu machen und es so gut gemacht hat, konnte ich nicht nein sagen."

„Das klingt nach einem Mädchen, wie ich es bin."

„Du würdest sie mögen. Aber ich fühle mich nicht gleich."

„Sei aufgeschlossen." Ich wollte, dass Kyle glücklich war, besonders nachdem ich ihn so verletzt hatte.

„Das ist, was ich tue. Vielleicht werde ich mich durch den Sex besser fühlen."

Auch das machte mich ein wenig eifersüchtig, aber ich versteckte meine Reaktion. Ich hatte kein Recht, etwas für ihn zu fühlen, besonders keine Eifersucht. Und wenn ich irgendetwas zeigte, könnte es Kyle verwirren. „Wenn sie solch ein Selbstvertrauen hat, bin ich sicher, dass sie im Bett erstaunlich gut ist."

„Ja, wahrscheinlich." Aber er klang immer noch desinteressiert.

Ein Mann näherte sich uns von links, aber ich drehte mich nicht um. Er würde wahrscheinlich zu den freien Gewichten an der Wand gegenüber gehen.

Kyle sah ihn an und wandte sich dann wieder zu mir.

Sobald wir erkannten, dass der Kerl direkt neben uns stand und keine Absicht hatte da wegzugehen, wandten wir uns beide zu ihm um.

Es war Hawke, er trug ein graues T-Shirt, das sich seinem Körper perfekt anpasste. Es hob seine mächtige Brust und die Kurven seiner Brustmuskeln hervor. Sogar seine Schultern wurden noch mehr ausdefiniert. Seine Shorts waren an den Beinen locker, doch seine Wadenmuskeln zeichneten sich dennoch ab. Er hatte einen Körper, wie man ihn in einer Zeitschrift von Calvin Klein sehen würde.

Warum war er hier? Wir waren nie ins gleiche Fitnessstudio gegangen.

„Hallo ..." Jedes Mal, wenn ich ihn sah, hörte ich mich wie ein Idiot an. Immer, wenn er nah war, versetzte er mich in Alarmstimmung, und das brachte mich zum Stottern, als hätte ich kein Selbstvertrauen. Er machte mich nervös, aber auf eine gute Weise.

„Hallo." Seine Augen waren hingen an meinem Gesicht, und er blinzelte nicht, während er mich studierte. Die Blicke, die er mir immer zuwarf, waren intensiv, stark genug, um jeden anderen zum Blinzeln zu bringen. Obwohl seine Augen blau waren, nahmen sie jedoch je nach seiner Stimmung einen dunkleren Farbton an.

Kyle blickte hin und her zwischen uns, unsicher, was los war.

Ich stand auf der Stelle, bewegungslos, unsicher, was ich sagen sollte. Hawke und ich konnten unsere Beziehung nicht reparieren, aber er war an meine Haustür gekommen und hatte mir Abendessen gemacht. Die plötzliche Veränderung seines Verhaltens verwunderte mich, und als ich ihn danach fragte, gab er mir keine ausreichende Antwort.

Und jetzt war er hier — in meinem Fitnessstudio.

Kyle wandte sich an Hawke und streckte seine Hand aus. „Äh, hallo. Ich bin Kyle. Und du bist …?"

Durch die Überraschung hatte ich meine Manieren ganz vergessen.

Hawke betrachtete Kyles Hand, nahm sie aber nicht. Der Ausdruck in seinen Augen sagte aus, dass er Kyles Namen erkannte. Er wusste genau, wer er war. „Hawke."

Kyle senkte langsam seine Hand, dann zählte er zwei und zwei zusammen.

Verdammt, das war unangenehm.

Ich erinnerte mich, wie schrecklich ich mich gefühlt hatte, als ich das Mädchen vor seiner Wohnung stehen sah. Ihr Haar war durcheinander, als hätte sie die ganze Nacht in seinem Bett herumgetollt. Mein Magen war unruhig gewesen und mir war richtig schlecht geworden.

Ich war mir sicher, dass beiden sich jetzt genauso fühlten.

Ich kreuzte meine Arme vor der Brust und ließ die Spannung ansteigen. Einer von ihnen musste gehen, aber keiner von beiden war bereit, den ersten Schritt zu machen. Hawke starrte Kyle an, ohne zu blinzeln, und Kyle erwiderte diesen Blick mit seinem eigenen stoischen Ausdruck.

Das war ein Albtraum.

Kyle hörte schließlich auf. „Bis demnächst, Frankie." Er ging und brach sein Training einfach ab. Er verließ das Fitnessstudio mit seiner Tasche über der Schulter.

Hawke sah ihm nicht hinterher, als er ging. In dem Augenblick, in dem Kyle uns verlassen hatte, wandten sich Hawkes Augen mir zu, und verbrannten mich mit ihrem Blick.

Das Geräusch der fallenden Gewichte und das Summen der Trainingsmaschinen dröhnte in unseren Ohren. Musik aus dem Aerobicsaal im Obergeschoss war entfernt zu hören.

Ich weigerte mich, zuerst etwas zu sagen, weil ich nicht wusste, warum Hawke hier war.

Hawke machte den ersten Schritt. „Du und Kyle steht euch immer noch nah?“ Er stellte eine andere Frage, ohne sie tatsächlich auszusprechen. Seine Augen bohrten sich in meine, die Angst war deutlich zu sehen, wenn man stark genug hinschaute.

„Nein. Wir gehen einfach nur ins gleiche Fitnessstudio.“ Ich war nicht verpflichtet, seine Frage zu beantworten, und ehrlich gesagt, ging es ihn nichts an. Aber ich wollte, dass Hawke wusste, dass ich nicht mehr mit Kyle schlief … irgendwie.

„Du triffst ihn sonst nicht?“

Ich sollte ihm nicht antworten. Mein Privatleben ging ihn nichts an. „Er war einmal in der Bäckerei. Wir haben kurz geredet, dann ging er wieder. Genau genommen hat er heute Abend ein Date.“

Hawke nickte nicht zustimmend oder sah erleichtert aus. Sein intensiver Blick brannte noch immer auf der Haut meiner Wangen. „Ich war mit niemandem zusammen seit damals, als ich dir erzählt habe, wie ich mich fühlte. Und ich werde auch nicht noch mal mit jemand anderem zusammen sein.“

Seine Worte klangen völlig daneben und ich wusste nicht, was ich davon halten sollten. Natürlich liebte ich es, das zu hören. Obwohl ich das mit ihm nicht geradebiegen konnte, mochte ich es, zu wissen, dass er seine Hände bei sich behielt — obwohl ich das nicht sollte.

„Hast du dich mit jemandem getroffen?“

Ich sollte meine Stellung halten und die Frage nicht beantworten. Aber ich gab nach. „Nein.“

„Wirst du dich mit jemand anderem treffen?“

Warum schmolz ich direkt vor seinen Augen dahin? Warum zerbröckelte ich jedes Mal? „Nein.“

„ Kyle eingeschlossen?“

Der Klugscheißer in mir kam hervor. „Warum hätte ich ihn verlassen sollen, wenn das der Fall wäre?“

Hawke Ausdruck änderte sich nicht — überhaupt nicht.

„Ich sehe nicht ein, warum das eine Rolle spielen sollte, Hawke. Ich habe dir gesagt, was ich fühle, und es hat sich nichts geändert."

„Alles hat sich verändert."

Warum führten wir überhaupt ein solches Gespräch im Fitnessstudio? „Warum bringst du mich dazu, dir wieder wehtun? Ich möchte das nicht."

„Ich verdiene es, verletzt zu werden." Die Aufrichtigkeit in seiner Stimme schockierte mich. Es klang so grob. „Und ich verdiene dich nicht. Aber ich will dich trotzdem."

Ich drückte meine Arme fester an meine Brust. „Warum machst du es mir so schwer?"

„Ich versuche, das nicht zu tun", sagte er leise. „Ich wollte eigentlich nur gehen und dich in Ruhe lassen. Aber dann habe ich gemerkt, dass ich das nicht kann. Ich kann nicht aufgeben — nicht dich." Das Geräusch von Hanteln, die auf den Boden krachten, hallte durch den Raum, aber Hawke schien das nicht zu bemerken. „Wir sind für immer. Und wir sind immer noch für immer."

Wir mieteten einen Partybus und fuhren zu den Chippendales, für Maries Junggeselinnenabschied. Obwohl ich gerne trinken und eine schöne Zeit haben wollte, wollte ich auch eine gute Trauzeugin sein und ging deshalb sicher, dass ich nur leicht angetrunken war. Axel hatte sehr deutlich gemacht, dass ich auf Marie aufpassen musste.

Als ob ich das nicht wüsste.

Marie war lustig, wenn sie trank, aber wenn sie einen zu viel hatte, war es nicht mehr schön. Sie stolperte bei jedem Schritt und lallte jedes Wort. Sie war dann echt anstrengend.

„Oh mein Gott." Sie hielt sich eine Hand vor den Mund und

schnappte nach Luft. „Schau dir diese Wölbungen an. Axel ist groß, aber nicht so gewaltig."

Ich versuchte, nicht zu kotzen. „Diesen Tänzern da unten macht gar nichts was aus."

„Ich weiß nicht …" Marie sah noch mal hin. „Ich möchte es mir gerne selber ansehen." Sie erhob sich von ihrem Sitz und legte dann ihre Hände auf den Mund. „Ich will dein Teil sehen!"

Ich hielt meine Hände vors Gesicht. „Oh mein Gott …"

Der Tänzer, ein großer Blonder, kam ans Ende der Bühne. „Hey, Süße."

Die anderen Mädchen hielten ihre Getränke hoch und feuerten Marie an. „Zieh ihm sein G-String mit den Zähnen runter."

Ich hasste es, Spielverderber zu sein, aber nun musste ich es. „Ohne ihn zu berühren, Marie." Wenn ich heiraten würde, würde ich nicht wollen, dass mein Mann irgendjemanden berührte. Er konnte sich alles ansehen, was er wollte, aber das war es.

„Komm schon", jammerte sie. „Sei nicht so lahm."

„Ich rette deinen Arsch."

Marie kletterte auf die Bühne und begann dann mit dem Stripper zu tanzen. Sie streckte ihren Arsch nach ihm aus, dann drehte sie sich um und gab ihm einen Klaps auf den Arsch.

„Nimm deine Kamera raus", sagte Veronica zu Janice.

Janice hielt ihr Handy hoch.

„Das glaube ich ja wohl nicht." Ich nahm es ihr weg und schob es in meine Tasche. „Freunde nehmen sich nicht gegenseitig auf und laden das hoch auf Facebook."

Veronica streckte mir die Zunge heraus.

Marie tanzte weiter mit dem Stripper, und ich hatte das Gefühl, dass der sie wirklich mochte. Er lächelte sie an und legte seine Hände auf ihre Taille. „So, kann ich jetzt dein Paket sehen?"

„Sicher." Er lächelte und zog dann seinen G-String ein bisschen herunter.

„Oh mein —" Marie schnappte nach Luft und wurde knallrot. „Du polsterst da nichts aus."

Ich nahm noch einen Schluck, weil ich das nüchtern nicht ertragen konnte.

Wir fuhren mit dem Partybus in der Stadt umher und zogen von einer Bar zur nächsten. Marie war betrunken, mehr als betrunken, aber sie wollte weitermachen. Wenn ich ihr Wasser reichte, nahm sie einen Schluck und spuckte es dann wieder aus. „Das ist der schlimmste Wodka, den ich je hatte."

„Weil das Wasser ist, du Idiot."

Sie schob mir das Getränk zu. „Ich will diesen Wasser Wodka nicht."

„Es ist nur Wasser." Ich stellte das Glas auf die Theke.

„Lasst uns jetzt anfangen zu feiern." Marie klatschte in die Hände, ging dann in die Mitte des Raumes, und begann zu tanzen. Es lief zwar Musik, es gab aber keine Tanzfläche. „Ich werde heiraten!"

Die anderen Mädchen kamen dazu und hielten ihre Gläser hoch, während sie ihre Hüften schüttelten.

Ich bestellte ein Getränk und genoss es, während ich ihnen zusah, wie sie in ihren Stöckelschuhen herumstolperten. Zumindest hatte Marie ihren Spaß, und das war alles, was zählte. Ich fühlte plötzlich, wie ein schneidender Blick meine Haut durchdrang. Ich spürte siedende Hitze, und ohne hinzusehen, wusste ich genau, wer es war.

Hawke.

Ich wandte mich der Quelle des Starrens zu und sah ihn mit drei Jungs an einem Tisch sitzen. Sie trugen alle Jeans und T-

Shirts, aber sie hatten eine aristokratische Atmosphäre um sich, als ob sie täglich Anzüge trügen.

Hawke nahm einen großen Schluck von seinem Scotch, während er meinem Blick standhielt. In seinen Augen war keine Überraschung zu erkennen, als hätte er mich schon die letzten dreißig Minuten angestarrt. Anstatt von hübschen Mädchen umgeben zu sein, war er allein.

Die Jungs unterhielten sich, lachten zusammen. Hawke nahm daran nicht teil, weil alles, worauf er sich konzentrierte, ich war. Wenn er sein Glas hinstellte, legte er seine Finger fest um den Stiel. Ein Fuß ruhte auf seinem gegenüberliegenden Knie.

Endlich unterbrach ich die Trance und zwang mich, meinen Blick auf Marie zu richten. Ich fühlte mich, in dem engen Cocktail Kleid, das ich trug, plötzlich unsicher. Es war schwarz und rückenfrei. Meine Füße schmerzten in meinen High Heels, aber Marie hatte darauf bestanden, dass ich sie trug. Ich hatte nichts gegen Kleider, aber ich hatte vorgehabt, hautenge Jeans und ein T-Shirt zu tragen.

Wenn Hawke mit mir sprechen wollte, dann hätte er das wahrscheinlich gleich getan, als er mich zum ersten Mal gesehen hatte. Aber ich erkannte schnell, dass ich damit falsch lag, als der Duft seines Eau de Cologne in meine Nase zog. Er stand neben mir an der Bar, sein Glas Scotch noch in der Hand.

Ich drehte mich schließlich zu ihm um, und hasste es, wie sehr mein Körper nach ihm schrie. Der unerklärliche Zwang, meinen Körper um seinen zu schlingen, überkam mich. Wie Magnet und Stahl wurden wir ständig voneinander angezogen. Manche würden es körperliche Anziehung oder sogar Lust nennen, aber es war etwas völlig Anderes.

„Du siehst ... atemberaubend aus." Er stellte sein Glas auf die Theke und stand ganz nah bei mir. Er beugte sein Gesicht nah an meins, und sein Dreitagebart machte ihn noch sexyer. Ich mochte es, wenn er sich ein paar Tage nicht rasierte.

„Danke."

„Ich mag es wirklich." Seine Augen nahmen meinen nackten Rücken auf, und verschlangen ihn praktisch.

„Ich mag, dass ich es im Schlussverkauf bekommen habe."

„Es war jeden Cent wert."

Ich konzentrierte mich auf Marie, die mitten auf der Tanzfläche war. Sie tanzte immer noch herum, und schüttelte ihren Arsch wie Shakira.

„Warum bist du nicht da draußen?"

„Ich bin diejenige, die die Verantwortung trögt, damit sie das nicht tun müssen."

„Hört sich langweilig an."

„Ein wenig", sagte ich. „Aber ich muss sicherstellen, dass jeder von ihnen heil nach Hause kommt."

„Ich nehme mal an, dass das der Junggesellinnenabschied ist?"

„Ja."

„Wie wäre es, wenn ich ein Auge auf euch werfe, dann könntet ihr den Bär steppen lassen?"

Es war ein verlockendes Angebot. „Damit du dann später auch etwas davon hast?" Es war ein koketter Witz, aber Hawkes saurem Gesichtsausdruck nach zu urteilen, sah er das anders.

„Ich werde darauf gar nicht erst reagieren." Er kippte den Rest seines Scotchs hinunter.

„Es war ein Scherz."

„Ein echt schlechter." Er wandte seine Augen Marie zu. „Geh zu ihnen und ich werde sicherstellen, dass ihr Mädels alle heil zurückkommt."

„Ist schon in Ordnung", sagte ich. „Ich habe Marie versprochen, dass ich das tun würde. Außerdem habe ich es auch Axel versprochen."

„Du solltest auch da draußen sein und mit deinem Arsch wackeln." Er gab mir einen sexy Blick und schmunzelte dabei. „Ich würde mir das gerne anschauen."

„Dieses Kleid ist schon etwas kurz. Man könnte etwas zu viel sehen."

„Ooh ... noch besser."

Meine Atmung hatte sich verändert, seit er nähergekommen war, und meine Brust fühlte enger als sonst. Adrenalin durchschoss mich in mächtigen Wellen. So gerne ich auch gesagt hätte, dass ich ihn nicht mehr wollte, es war unmöglich zu leugnen. Mein Herz würde immer für seins schlagen. Meine Seele würde immer singen, wenn seine nahe war.

„Darf ich dir einen Drink kaufen?"

„Nein danke. Ich bin von dem Stripclub immer noch ein bisschen benommen."

„Stripclub?", fragte er.

Ich erkannte, dass ich Maries Geheimnis ausgeplaudert hatte. „Das habe ich dir nie erzählt."

Er lachte. „Was auch immer heute Abend passiert, bleibt zwischen uns. Ich würde keinem von Marie erzählen."

Marie zog irgendeinen Kerl auf die Tanzfläche und begann, mit ihm zu tanzen. Die anderen Mädchen schlossen sich an. Der Kerl sah aus, als hätte er die beste Zeit seines Lebens, umgeben von schönen Frauen.

„Ich wusste nicht, dass Marie so viel Spaß haben kann." Er klopfte mit dem Knöchel auf die Theke und bestellte einen weiteren Scotch.

„Sie ist angetörnt."

„Also, hast du bei den Chippendales irgendetwas gesehen, was dir gefallen hat?"

„Nicht wirklich."

„Ich könnte dafür sorgen, dass sie pleite gehen, wenn ich wollte."

Ich verdrehte die Augen. „Du bist so von dir überzeugt … wie immer."

Er blickte mich weiter an und lehnte sich näher zu mir, fast so, als ob er mich küssen wolle.

Wenn er es täte, würde ich den Kuss erwidern. Ich wünschte, dass das nicht der Fall wäre, doch das war es. Wenn er diesen Schritt machte, hätte ich nicht die Kraft, ihn aufzuhalten. Er wusste, dass ich mich nicht gegen ihn wehren konnte, deshalb hoffte ich, dass er ein Gentleman sein und diesen Schritt erst gar nicht machen würde.

Er tat es nicht. Er lehnte sich nur ganz zu mir, sodass sein Atem auf meine Wange fiel.

Ich musste diese Spannung lösen. Sie bereitete mir Schmerzen in meinen Oberschenkeln. „Sind das deine Jungs?"

Hawke entfernte sich leicht von mir. „Ich arbeite mit ihnen zusammen."

„In deiner Firma?"

„Ja, das sind Angestellte."

„Mögen sie ihren Chef wirklich?"

„Was soll ich sagen?", fragte er, bevor er einen Schluck trank. „Ich bin ein großartiger Chef."

Ich konnte mir Hawke als den schrecklichsten Chef auf dem ganzen Planeten vorstellen.

„Ich bin nicht wirklich ihr Chef. Sie arbeiten so viel, wie sie wollen, und bestimmen ihr Gehalt selbst. Ich bekomme nur einen Prozentsatz davon. Also lohnt es sich für alle Beteiligten."

„Das ist interessant." Er hat mir noch nie vorher von seinem Job erzählt. Ich war nicht einmal sicher, wie er angefangen hat. Nachdem sich unsere Wege getrennt hatten, hatte ich nicht mal mehr Axel nach ihm gefragt. „Magst du deine Arbeit?"

„Ich liebe sie."

„Was machst du den ganzen Tag?"

„Es ist kompliziert, aber grundsätzlich entscheide ich, wie

das Geld der Leute investiert wird. Wenn sie eine Rendite erzielen, gilt das Gleiche für mich. So einfach ist das."

„Und sie vertrauen dir?"

„Ich bin ein ziemlich kluger Bursche. Ich habe noch nie etwas verloren."

„Noch nie?" Das war schwer zu glauben.

„Zumindest bis jetzt noch nicht", antwortete er. „Vor etwa einem Jahr hatte ich einen wirklich hochkarätigen Klienten. Wir trafen uns tatsächlich in der Stadt. Er hat mir viel Geld gegeben, um in kleinere Märkte zu investieren. Ich habe es angelegt und das, was er investiert hatte, verfünffacht. Und ich habe dafür eine enorme Gewinnausschüttung bekommen. Er erzählte seinen Milliardär Kollegen davon und es hat sich herumgesprochen. Jetzt wenden sich eine Menge Leute an mich."

„Das ist beeindruckend", sagte ich. „Ich bin stolz auf dich."

Seine Augenlider wurden schwer und seine Augen verrieten seine Gefühle. „Danke, Muffin."

Er benutzte weiterhin meinen Spitznamen. Ich wünschte, dass er das nicht tun würde, aber das konnte ich ihm nicht sagen. Genau genommen mochte ich es sogar, ihn zu hören, auf eine verdrehte und komplizierte Weise.

„Ich kann dir die ganze Welt geben — wenn du mich nur lässt."

„Ich will die Welt nicht, Hawke. Die wollte ich nie haben." Es gab nur eine Sache, die ich schon immer wollte, und er stand direkt neben mir. Arm oder reich, das hatte keinen Einfluss auf den Mann, der Hawke war. Ich hatte mich wegen seiner Seele in ihn verliebt, nicht wegen seines Erfolges.

Er hatte seinen Kopf leicht zur Seite geneigt, als er mich ansah, und seine Lippen sahen so gut aus, dass ich sie küssen wollte. Ich wollte an seiner Unterlippe saugen, und ihm dann meine Zunge in den Mund stecken. „Was willst du, Francesca? Sag es mir und ich werde es dir geben."

Wenn er eine Zeitmaschine hätte, wäre es möglich. „Du kannst mir das nicht geben, Hawke. Niemand kann das.“ Ich drehte mich weg und beobachtete Marie. Sie gab mir Trost, während ich dieses dunkle Gespräch mit Hawke führte.

Seine Hand legte sich auf meine Wange, und er zwang mich, ihn anzusehen. Sein Daumen strich über meine Haut und hielt dann an meinem Mundwinkel inne. Er starrte mich besitzergreifend an, als ob ich ihm gehörte.

Ich schmolz bei seiner Berührung dahin, trauriger weise. Mein Leib und mein Herz waren sein. Ich konnte sie nicht beschützen, egal wie sehr ich mich auch bemühte. Er konnte sich alles nehmen, was er wollte, selbst wenn er sich alles nahm.

„Ich liebe dich.“

Die Worte hallten in meinem Kopf wider, und mein Magen schlug Purzelbäume. Ich wusste bereits, dass er mich liebte, auch wenn er es nie gesagt hätte. Als wir zusammen waren, hatten wir diese Worte selten zueinander gesagt. Aber das brauchten wir auch nicht. Es war so offensichtlich, dass es praktisch überflüssig war, es auszusprechen.

Hawke starrte in meine Augen, als er darauf wartete, dass ich es erwiderte. Das Verlangen war da, brannte direkt unter der Oberfläche. Er beugte sich näher zu mir, drückte seine Schenkel an meine Knie. Er setzte mich schweigend unter Druck, kommandierte mich, ohne ein Wort zu sagen.

„Ich bin schrecklich und unendlich in dich verliebt.“

Als Marie genug hatte und die Augen kaum noch offen halten konnte, war die Nacht vorbei.

„Ich muss sie nach Hause bringen.“ Sie war auf einem Stuhl zusammengesackt, fast wie eine Leiche, die noch kotzen konnte.

„Bist du sicher, dass du das allein hinbekommst?", fragte Hawke. „Ich kann gerne helfen."

„Nein, ist schon okay." Ich schüttelte Maries Arm. „Babe, wach auf. Es ist Zeit, nach Hause zu gehen."

Ihr Gesicht lag auf dem Tresen und ihre Augen waren geschlossen. Ihr Mund stand offen.

„Marie, komm schon." Der Rest der Mädchen war schon gegangen, sodass ich die Aufgabe des Erwachsenen übernehmen musste.

Sie bewegte sich nicht.

Hawke sah sich den nicht ansprechbaren Körper an. „Ich glaube, dass du meine Hilfe brauchst."

Ich hasste es, zuzugeben, dass ich irgendjemandes Hilfe brauchte.

Er zog seine Jacke aus und legte sie um ihren Körper. Ihr schien nicht kalt zu sein, weshalb ich nicht sicher war, warum er das tat. Als er sie dann aus dem Stuhl hob und in seinen Armen wiegte, verstand ich es. Er bedeckte damit den Saum ihres Kleides, der sonst über ihren Hintern rutschen würde. „Wo bringe ich sie hin?"

„In ihre Wohnung."

„Denkst du, dass Axel sie so sehen sollte?"

„Er weiß, was ihn erwartet", sagte ich. „Außerdem kann er sich dann morgen Früh um sie kümmern."

„Okay."

Wir gingen zusammen die Straße entlang und steuerten auf ihre Wohnung zu. Sie lag nur ein paar Häuserblocks entfernt, und wir liefen in angenehmer Stille. Marie lag ohnmächtig an seiner Schulter und nahm ihre Umwelt nicht wahr.

„Ist sie schwer?"

„Federleicht." Hawke hielt mit mir Schritt, als ob er überhaupt kein menschliches Wesen trug. Er war ein solider Muskelprotz, weshalb das nicht verwunderlich sein sollte.

Wir kamen an dem Haus an, in dem sie wohnte, und klopften dann an die Tür. Es war drei Uhr morgens, sodass Axel wohl am Schlafen war.

„Sind ihre Schlüssel in ihrer Tasche?“, fragte Hawke.

„Ich bin sicher, dass sie da sind, aber es wäre mir lieber, wenn Axel die Tür aufmachen würde.“

Axel öffnete die Tür einen Augenblick später, seine Haare waren unordentlich und er in seine Jogginghose gekleidet. Er trug kein Oberteil und seine Augen waren klein, als ob er gerade aufgewacht wäre. „Geht es ihr gut?“

„Ja, sie ist nur total betrunken“, erklärte ich.

Axel trat zur Seite. „Leg sie auf das Bett.“

Hawke trug sie ins Schlafzimmer und kam dann zurück. Er hatte seine Jacke wieder an.

„Warte mal“, sagte Axel. „Und warum warst du da?“

„Wir sind uns nur über den Weg gelaufen“, erklärte Hawke. „Und Frankie brauchte Hilfe, um Marie zu tragen.“

„Sie wird mir morgen auf die Nerven gehen“, sagte Axel, während er mit seinen Fingern durch sein Haar fuhr. „Aber ich bin froh, dass es ihr gut geht. Hat sie wenigstens Spaß gehabt?“

„Sie hatte zu viel Spaß“, sagte ich.

„Ich werde sie nicht danach fragen.“ Axel machte die Tür langsam zu. „Vielen Dank, dass ihr sie nach Hause gebracht habt.“

„Kein Problem“, sagte ich.

Axel schloss die Tür ganz und ließ uns alleine davor stehen.

Hawke drehte sich zu mir um, und der Blick in seinen Augen sagte mir, dass unsere Nacht noch nicht vorbei war, obwohl es drei Uhr morgens war. „Meine Wohnung ist nur einen Block von hier. Lass uns gehen.“

„Huh ... wer hat gesagt, dass ich mit zu dir komme?“

Hawke nahm meine Hand und umschloss meine kleinen

Finger vollständig. Es war das erste Mal, dass er mir diese Art von Zuneigung zeigte, unschuldig aber intim. „Ich."

Ich war ein Sklave meiner Gefühle. Deshalb ging ich in sein Schlafzimmer und zog meine Stöckelschuhe aus. Ich wusste, dass ich gehen sollte. Es würde nichts Gutes dabei herauskommen, wenn ich hier bliebe. Mein Herz war immer noch vom letzten Mal, als er es zerschmettert worden war, gebrochen, und hiermit machte ich mich wieder verletzbar.

Aber ich blieb.

Ich saß auf dem Bettrand, ich trug immer noch mein enges Kleid. Ich würde mir Klamotten von ihm ausleihen müssen.

Hawke zog seine Schuhe und die Jeans aus. Doch dann hörte er nicht auf, sondern machte weiter. Er zog sein Hemd langsam aus, bis er nur noch in seinen Boxershorts dastand. Die Beule vorne war deutlich sichtbar und spürbar.

Meine Kehle wurde trocken.

Er stand vor mir, ohne den Blickkontakt zu unterbrechen. Dann packte er den Bund seiner Boxershorts und schob sie seine langen Beine hinunter. Er stand ganz nackt vor mir und sah aus, wie ein griechischer Gott, der in Stein gemeißelt war.

Ich drückte meine Oberschenkel zusammen. Er war das Schönste, was ich je gesehen hatte. Sein Bauch war mit Muskeln bepackt, und die endlosen Linien und Furchen machten ihn zu einem Kunstwerk. Seine Oberschenkel waren dick und muskelbepackt, und seine Brust war so hart wie Stahl.

Ich wusste, dass ich feucht war, ohne es zu überprüfen.

Hawke kroch ins Bett, bis er vor mir kniete.

Ich hörte auf, zu atmen. Wir waren ganz nah beieinander, und er war auf den Knien. Diese Art von Kontakt ließ mich heißer brennen als die Sonne. Ich hielt meine Hände in meinen

Schoß, aber ich spürte das verzweifelte Verlangen, ihn zu berühren. Ich drückte absichtlich meine Oberschenkel zusammen, um meine Hände in Schach zu halten.

Hawke griff meine Oberschenkel mit den Händen und schob sie sanft auseinander, und öffnete meine Beine für ihn.

Ich hätte sie geschlossen halten können. Er hatte die Führung, doch ich hatte immer noch die Kontrolle. Aber ich erlaubte ihm, das zu tun.

Als meine Beine auseinander waren, rutschte er zwischen sie, bis seine Brust fast meine berührte. Sein Gesicht schwebte ganz nah über meinem, und seine Lippen waren nur einen Zentimeter entfernt. Jeder Atemzug, den er tat, landete auf mir. Ich versuchte, meine Atmung zu kontrollieren und so zu tun, als wäre ich ruhig, doch es funktionierte nicht. Meine Brust hob und senkte sich schnell, weil ich sowohl, aufgeregt als auch erschrocken war.

Eine Hand verließ meinen Oberschenkel und schob mein Kleid hoch. Als er über meine nackte Haut glitt, brachte es mich fast zum. Er berührte jeden Zentimeter meiner Haut und konzentrierte sich auf den Bereich zwischen meinen Schulterblättern. Dann erreichte er meinen Nacken, wo er das Oberteil meines Kleides öffnete.

Mein Kleid löste sich und die Träger fielen herunter, doch meine Brust war immer noch bedeckt.

Dann bewegte er sich zu dem Reißverschluss direkt über meinem Arsch und zog ihn so weit, wie mein Körper es erlaubte, nach unten. Der Stoff rutschte langsam an meiner Brust herunter und glitte unter meine Brüste und dann meinen Bauch hinab, bis er in meinem Schoß ruhte.

Ich atmete scharf ein, als ich entblößt vor ihm lag.

Hawke richtete seinen Blick auf meine Brüste und starrte sie ohne Scham an. Mein Körper war sein, was ihn anging. Er studierte ihn so, wie ein Künstler ein Gemälde beurteilt. Dann rollte er mich langsam auf den Rücken und zog mir das Kleid ganz aus. Es rutschte von meinen Hüften herunter, bis es an meinen Knöcheln vorbei war. Dann war es weg. Alles, was ich trug, war ein kleiner, schwarzer String, der kaum etwas bedeckte.

Hawke starrte auf ihn hinab, ohne zu blinzeln, bevor er ihn mit einer Hand ergriff und auszog.

Ich ließ zu, dass er mich weiter entkleidete, obwohl der vernünftige Teil von mir wusste, dass ich das nicht zulassen sollte. Das würde es mir nur noch schwerer machen, ohne ihn leben zu müssen. Es war ein Fehler, und ich wusste, dass es ein Fehler war. Aber ich wollte es trotzdem.

Hawke schaute mit Anerkennung auf meinen nackten Körper herunter. Seine Augen brannten nicht vor Begierde, wie die meinen es für ihn taten. Er sah ganz anders aus, und seine Gedanken waren für mich unleserlich. Sein Schwanz war steinhart und pochte, aber das war alles, was ich ausmachen konnte.

Ihn nackt zu sehen, machte meine Verzweiflung noch intensiver. Ich wollte ihn so sehr, genauso, wie es in jedem Traum der Fall war. Ich vermisste die Art, wie unsere Körper sich durch die Schmerzen der Leidenschaft miteinander bewegten. Ich wusste schon, wie es sich anfühlte, weil wir ja schon so viele Male miteinander geschlafen hatten, aber es fühlte sich immer noch wie das erste Mal an.

Hawke schlang seinen Arm um meine Taille und schob mich dann im Bett hoch, bis mein Kopf auf einem Kissen lag. Er hatte mich immer noch nicht geküsst, und ich wartete gespannt darauf. Das hier roch förmlich nach Katastrophe, aber ich würde mich erst am Morgen mit der Reue befassen.

Anstatt sich auf mich zu begeben, legte er sich neben mich. Er drehte sich auf seine Seite und zog mich dann ganz nah an sich. Mein Bein war über seine Hüfte gelegt, und sein Arm schlang sich um meine Taille. Unsere Gesichter waren ganz nah beieinander, doch wir küssten uns nicht.

Seinen Körper auf diese Art zu berühren fühlte sich so gut an ... es brachte mich dazu, mich zu drehen und zu winden. Er tat nichts, keine der Dinge, die ich mochte, und dennoch war es qualvoll. Einfach nur seine Haut auf meiner zu fühlen gab mir mehr Zufriedenheit als Sex mit jedem anderem.

Hawke nahm einen tiefen Atemzug, als ob das Gleiche fühlte, als ob er mich genauso verzweifelt wollte, aber gleichzeitig zufrieden mit dem Moment war. Diese Intimität und die Verwundbarkeit waren schwierig für uns beide. Man konnte sich nirgends verstecken. Unsere Herzen und Seelen waren bloßgestellt, nichts hinderte sie daran, einander zu erreichen.

Die Vorfreude auf einen Kuss war manchmal besser als der Kuss selbst, und unsere Körper zu fühlen, wie sie in einander verschlungen waren, sich aneinander drückten, brachte mich dazu, mich zu winden. Aber ich liebte, wie sehr wir im Einklang waren. Es waren nur er und ich und sonst nichts.

Er zog mich näher an sich heran, und wir verschmolzen zu einem einzigen Wesen. Meine Titten waren an seine Brust gepresst und meine Brustwarzen wurden durch die Berührung hart. Sein Gesicht war nah genug für einen Kuss, aber er kam nicht näher. Seine Augen waren weit geöffnet und er starrte mein Gesicht an, nicht meinen nackten Körper. Er starrte mich nur an, er sah meine Seele. Nur er konnte sie erkennen, weil sie mit seiner eigenen identisch war.

Und wenn ich in seine Augen blickte, sah ich auch die seine.

19

FRÜHSTÜCK

Hawke

Ich war früh aufgestanden, denn es war für mich unmöglich auszuschlafen. Egal wie spät ich schlafen ging, am nächsten Morgen wachte ich trotzdem um acht auf. Francesca war das Gegenteil von mir. Sie konnte ewig schlafen, wenn niemand sie störte.

Ich machte mich zum morgendlichen Joggen auf, und als ich zurück war, machte ich Frühstück. Ich machte French Toast, Eier und Speck. Aber es stand fast eine Stunde lang herum, weil sie noch nicht aufgewacht war, deshalb aß ich ohne sie.

Mittags wachte sie endlich auf.

Sie kam ins Wohnzimmer, mit strubbeligem Haar und verschmiertem Make-up. Sie trug eines meiner T-Shirts und ihr schöner Körper war schon bedeckt. Sie blinzelte, als sie mit ihren Fingern durch ihr Haar fuhr. „Wie spät ist es?"

„12.30 Uhr."

Sie zuckte zusammen. „Der Tag ist schon vorbei."

„Hungrig?"

Sie rieb ihren flachen Bauch. „Ich habe heute eine Mahlzeit ausgelassen. Ich bin total hungrig."

Ich machte das Essen wieder warm und stellte es dann auf den Tisch.

Sie ließ sich, noch ein wenig verkatert, auf den Stuhl fallen. „Das sieht gut aus."

„Danke."

„Willst du nichts essen?"

„Habe ich schon."

„Oh …" Sie schaute etwas verlegen drein. Sie nahm ihre Gabel und hielt ihren Blick abgewendet, während sie aß.

Ich saß neben ihr am Tisch und beobachtete sie.

„Wann bist du aufgewacht?"

„Um acht."

„Was hast du dann gemacht?"

„Ich bin joggen gegangen und dann habe ich einige Arbeiten auf dem Laptop erledigt."

„Meine Güte … da fühle ich mich ja richtig faul."

„Du bist faul." Ich sah sie neckisch an, bevor ich ihren Fuß mit meinem unter dem Tisch berührte.

Sie aß weiter, bis ihr Teller sauber war. „Das war gut. Vielen Dank."

„Ich habe nichts dagegen, für eine schöne Frau zu kochen."

Bei diesem Kommentar verstummte sie, und ich war nicht sicher, warum. Dann brachte sie den Teller zur Spüle, wo sie ihn abspülte, bevor sie ihn in der Spülmaschine platzierte. „Macht es dir etwas aus, wenn ich deine Dusche benutze?"

„Natürlich nicht."

Sie ging ins Bad und verschloss die Tür hinter sich.

Zu wissen, dass sie in der Dusche war, ließ mich an ihren nackten Körper denken. Ihre Haut war makellos, als ob sie noch nie den Elementen ausgesetzt worden wäre. Sie war glatt, und das

Gefühl, wenn mein Körper darauf gedrückt war, war auf natürliche Art beruhigend. Aber es war zugleich sehr erregend. Ich hatte fast die ganze Nacht einen Steifen. Während ich mich wahnsinnig zu ihr hingezogen fühlte, war alles, was ich wollte, diese Verbindung zwischen uns zu spüren. Es ging nicht um Sex. Es ging darum, sich wie zu Hause zu fühlen. Sie erdete mich, gab mir eine Welt, in der ich mich sicher fühlen konnte. Ich hatte so lange ohne das gelebt, und jetzt konnte ich es nicht mehr ertragen.

Ich brauchte das.

Als sie aus der Dusche kam, war ihr Haar noch ein wenig feucht, aber ihr Gesicht war sauber. Sie zog sich im Schlafzimmer um und kam dann in dem Cocktail Kleid heraus, das sie am Vorabend getragen hatte. Ihre Beine waren einfach atemberaubend. „Nun, danke für das Frühstück ..." Sie packte ihre Klamotten und wandte sich dann zur Tür.

Dachte sie, dass sie gehen würde?

Ich stand vom Tisch auf und trat an ihre Seite. „Ich wollte eigentlich einen Katharine Hepburn Film ansehen. Willst du mir nicht Gesellschaft leisten?" Francesca mochte es, alte Filme anzusehen. Sie waren mir gleichgültig, aber ich dachte, dass es schön sein könnte, weil sie es so sehr genoss.

Sie packte ihre Clutch, als ob es ihr unangenehm wäre. Reue stand ihr ins Gesicht geschrieben. Sie wünschte, sie hätte die letzte Nacht nicht hier verbracht, hätte nicht nackt mit mir in diesem Bett gelegen. Nichts war passiert, aber in Wirklichkeit war viel geschehen. Nun machte sie einen Rückzieher, weil sie wusste, dass unsere Beziehung ihr zu viel wurde. Sie musste ihren Abstand halten, und sie wusste, dass sie damit nicht erfolgreich war. „Ich sollte jetzt wirklich gehen. Ich habe noch Wäsche zu machen ..."

„Ich kann mit zu dir kommen." Ich hatte sie in die Enge getrieben.

„Ich muss auch noch meine Buchführung erledigen — für die Bäckerei."

Dieses Mal, packte ich ihre Hüften und stellte sie direkt vor mich. „Francesca, bleib bei mir." Ich wollte nicht, dass sie mir durch die Finger glitt. Jedes Mal, wenn sie in Frage stellte, was sie tat, musste ich ihre Zweifel beseitigen. Ich wäre kein weiterer Fehler. Sie konnte mir vertrauen.

Als meine Hände sie berührten, hatte sie zu kämpfen, mir zu widerstehen. Die Niederlage war in ihren Augen sichtbar. Sie wollte nirgendwo anders sein, als hier — bei mir. „Ich kann nicht zu lange bleiben."

Ich lächelte, weil ich wusste, dass das nicht wahr war. Sie verbrachte wieder die Nacht mit mir.

WIR ROLLTEN UNS ZUSAMMEN AUF DER COUCH EIN, UND SIE LAG auf meiner Brust. Die Decke bedeckte uns beide, und während die Welt sich um uns herum weiterdrehte, stand für uns die Zeit still.

Anstatt den Film zu schauen, beobachtete ich sie. Meine Hand knetete ihr Haar, während die andere um ihre Taille geschlungen blieb. Ihr unterer Rücken war so markant. Er war eines der Dinge, von denen ich am meisten angezogen wurde. Für gewöhnlich hatte ich diesen Bereich geküsst, während sie auf dem Bauch lag, und die Berührung machte sie wild. Ich erinnerte mich noch all die kleinen Dinge, die sie liebte ... wie konnte ich das jemals vergessen.

Der Film war gerade zu Ende, als ihr Handy klingelte.

Ich wollte es ausschalten.

Francesca warf einen Blick auf den Bildschirm. „Es ist Marie."

Meine Hand war immer noch in ihrem Haar, was sie mit mir verankerte.

Sie ging ran. „Hey, wie fühlst du dich heute?“ Sie hörte sich Maries Antwort auf der anderen Leitung an. „So schlimm, huhuh? Ich kann nicht sagen, dass ich überrascht bin. Du bist ein wenig durchgedreht.“ Sie lauschte wieder. „Sicher, ich komme vorbei und bringe dir etwas.“

Verdammt noch mal, Marie.

Francesca legte auf und setzte sich dann aufrecht hin. „Marie will, dass ich ihr etwas Suppe bringe.“

„Ist Axel beschäftigt?“

„Er sagt, dass er sie nicht alleine lassen will.“

„Scheiß Memme ...“

„Das ist schon in Ordnung“, sagte sie, als sie aufstand. „Ich sollte jetzt sowieso gehen.“ Sie zog ihre High Heels an. Das gleiche Bedauern erschien in ihren Augen, als sie merkte, dass sie den ganzen Nachmittag mit mir verbracht hatte. Sie wollte mir nah sein, aber sie wollte auch über mich hinwegkommen.

„Soll ich dich nach Hause begleiten?“

„Das schaffe ich schon.“ Sie nahm ihre Clutch und frischte ihr jetzt trockenes Haar auf. „Wir sehen uns später.“ Sie vermied Augenkontakt und eilte zur Tür.

Ich packte sie am Ellbogen, bevor sie rausgehen konnte. Ich drehte sie zu mir und hielt sie mit meiner Hand fest. „Wir sehen uns später.“

Ein überraschter Ausdruck erschien in ihren Augen. Es war offensichtlich, dass sie erwartet hatte, dass ich sie bitten würde, zu bleiben. So sehr ich sie auch zurückhalten und niemals wieder gehen lassen wollte, wusste ich doch, dass es mich nirgendwo hinbringen würde — nicht bei ihr.

Cassandra hatte mir eine SMS geschickt. *Was machst du heute Abend?*

Ich hatte Cassandra vor einigen Wochen in einer Bar getroffen. Wir schliefen miteinander, und da sie überraschend gut im Bett war, lud ich sie ein paar Mal dazu ein, zu mir zu kommen. Es überraschte mich, wie viele Frauen mit einer rein körperlichen Beziehung zufrieden waren. Vielleicht war guter Sex schwer zu finden.

Ich reagierte nicht darauf, weil ich sofort danach eine Nachricht von Axel bekam. *Mittagessen?*

Ich sah auf die Uhr und erkannte, dass es schon Mittag war. Wenn ich arbeitete, verging die Zeit wie im Flug. *Wo?*

Firebrick?

Das war ein italienisches Restaurant, und es war nur einen Block von meinem Büro entfernt. *OK.*

Ich hatte nicht mehr mit Axel gesprochen, seit ich Marie dort abgesetzt hatte. Er wusste nicht, was zwischen Francesca und mir vorging oder dass ich dem Ziel näherkam, ihr Vertrauen zurückzugewinnen.

Ich betrat das Restaurant und nahm einen Platz am Tisch ein. „Na, wie läuft es so?" Ich schnappte mir die Karte und durchsuchte sie.

„Marie ist wieder auf den Beinen. Obwohl sie eine Weile dafür gebraucht hat."

„Ich habe gefragt, was es bei *dir* Neues gibt."

„Sie ist ein Teil von mir, du Idiot. Und eine Weile dachte ich, dass sie eine Alkoholvergiftung hätte."

„Geht es ihr jetzt gut?" fragte ich, ernsthaft besorgt.

„Ja, ich habe mich um sie gekümmert. Ich liebe Sex mit ihr, wenn sie betrunken ist, aber dafür war sie viel zu betrunken."

Das waren etwas zu viele Informationen.

Sein Handy klingelte und er ging ran. „Hey Baby. Was gibt es?"

Natürlich war es Marie. Ich schaute mir noch mal das Menü an, weil ich nichts anderes zu tun hatte. Ich würde wahrscheinlich einen Salat nehmen. Das tat ich fast immer.

„Willst du mit uns essen?“, fragte er. „Wir sind im *Firebrick*.“

Die einzige Zeit, in der wir beide allein waren, war, wenn wir Basketball spielten und das auch nur, weil Marie nicht Basketball spielte.

„Ja“, sagte er ins Handy. „Hol Francesca auch dazu.“

Das erregte meine Aufmerksamkeit.

„Alles klar, bis bald. Ich liebe dich.“

Ich versuchte, meine Augen nicht zu verdrehen.

„Tschüss.“ Er beendete das Gespräch und legte das Handy auf den Tisch. „Meine Verlobte kommt.“

„Ja, das habe ich gehört.“

„Sie bringt Francesca mit.“

„Das habe ich auch gehört.“

„Irgendwelche Fortschritte mit ihr?“

Es war immer angespannt, wenn ich mit ihm über andere Frauen sprach, aber es war besonders peinlich, wenn ich mit ihm über seine Schwester redete. „Ein wenig. Sie hat letzte Nacht bei mir geschlafen.“

Axel Augen weiteten sich etwas, aber er sah nicht wütend aus. „Ja?“ Er fragte nicht nach Einzelheiten.

„Wir haben nur geschlafen, sonst nichts.“ Immer, wenn ein Mädchen die Nacht mit jemandem verbrachte, bedeutete dies in der Regel, dass Sex im Spiel war, und ich wollte nicht, dass Axel den falschen Eindruck bekommt.

„Und ihr habt nur geschlafen?“

Nun gut, wir waren komplett nackt, aber die Details waren irrelevant. „Ja.“

„Warum war sie dann überhaupt da?“

Ich zuckte mit den Schultern. „Hast du mit Marie noch nie einfach nur geschlafen? Du weißt schon, kuscheln und so?“

„Klar, aber ich werde sie heiraten. Ich hatte angenommen, dass wenn ein Paar wieder zusammenkommt, würde es heiß hergehen und man würde sich umeinander kümmern."

Bei uns war es genau so. Auf jeden Fall war es genau so. „Sie und ich sind anders. Wir sind manchmal einfach gern zusammen."

„Also ist da Versöhnung in Sicht?"

„Ja, aber ich glaube nicht, dass das über Nacht passieren wird. Es macht mir nichts aus, geduldig zu sein. Ich weiß, dass ich ihr wirklich weh getan habe."

Axel stimmte mir darin nicht zu, das war das erste Mal. Und er nahm sie auch nicht in Schutz. Vielleicht erkannte er langsam, dass sie eine unabhängige Frau war, die in der Lage war, sich um sich selbst zu kümmern.

Marie und Francesca betraten das Restaurant und kamen dann zu unserem Tisch. Francesca trug eine Lederjacke über ihrem T-Shirt und versuchte, damit das Mehl auf ihrer Kleidung zu verstecken. Ihr Haar war in einem losen Haarknoten. Ich mochte es, wenn sie ihr Haar zurücksteckte. Sie hatte ein wunderschönes Gesicht mit schönen Wangenknochen. Unsere Blicke trafen sich, als sie näherkam und zwischen uns spielte sich ein stummes Gespräch ab.

„Hey Baby." Axel sprang sofort von seinem Stuhl auf und küsste Marie. „Du siehst in diesem Kleid wirklich heiß aus."

„Danke." Wie immer, stieg ihr Farbe in die Wangen.

Ich bemerkte, dass Axel ihr immerzu schmeichelte, aber seine Worte schienen nicht leer zu sein.

Francesca kam auf meine Seite des Tisches und beobachtete mich zögernd.

Ich stand auf, berührte sie aber nicht. „Hallo."

„Hallo."

Unsere Begrüßungen waren immer noch schwierig, auch

nach allem, was in den letzten Monaten geschehen war. „Hast du es geschafft, der Arbeit für eine Weile zu entfliehen?“

„Ja, ich hatte schon richtig Hunger.“

Ich zog ihr den Stuhl vor, ohne darüber nachzudenken.

Sie sah ihn an, bevor sie sich setzte.

Ich nahm meinen Stuhl und setzte mich neben sie, mir ganz und gar bewusst, wie nah wir einander waren. Ich wollte ihre Hand greifen und auf meinem Oberschenkel festhalten, aber ich schaffte es, das nicht zu tun. Diese seltsame Beziehung, Freunde zu sein und doch fast Liebhaber, war verwirrend. Manchmal dachte ich, es wäre okay, wenn ich ihr ganz offen meine Zuneigung zeigte, aber wenn ich ihre Stimmung bemerkte, wusste ich, dass es das nicht war.

Nachdem Axel und Marie ihr Knutschfest beendet hatten, setzten sie sich.

„Möchtest du dir etwas mit mir teilen?“, fragte Axel.

Dieser Kerl stand total unter dem Pantoffel.

„Sicher“, sagte Marie. „Wie wäre es mit Spaghetti?“

„Perfekt“, sagte er. Dann fragte er sie über ihren Tag aus.

Francesca und mich ignorierten sie.

Ich räusperte mich. „Wie geht es dir so?“

„Gut“, sagte sie. „Und dir?“

Ich hatte sie erst den Tag vorher gesehen und es gab nichts Neues zu berichten. „Gut. Nur Arbeit und kein Vergnügen.“

„Du bist beim Mittagessen. Es sieht so aus, als ob du einigen Spielraum hast.“

„Nur, weil mein Chef ein anständiger Kerl ist.“ Ich lachte über meinen eigenen Witz.

„Ich weiß nicht so recht … er scheint eher ein echter Wichser zu sein.“

„Aber ein heißer, nicht wahr?“

„Ganz okay“, sagte sie mit einem Achselzucken.

Ich streichelte unter dem Tisch spielerisch ihr Bein mit meinem. „Du bist voll davon überzeugt."

„Er ist nach einem Vogel benannt", sagte sie. „Wie cool kann er schon sein?"

Ich versuchte, nicht zu lachen. „Du hast Glück, dass du niedlich bist."

„Was wäre sonst?", forderte sie mich heraus.

Ich wollte ihr Gesicht nehmen und ihr einen festen Kuss auf den Mund drücken. Das Verlangen erwischte mich an der Kehle und drückte zu. Wenn sie so rau zu mir war, törnte mich das an. Sie war so sexy und liebenswert zugleich. „Sonst würden wir das nächste Mal, wenn du bei mir schläfst, überhaupt nicht schlafen."

Ihre neckische Natur verschwand sofort. Ein begehrender Blick ersetzte sie, und als sie bemerkte, dass ihre Gefühle zu sehen waren, nippte sie an ihrem Wasser, um sie zu verstecken.

Der Kellner kam an unseren Tisch und unser Blickkontakt wurde durch seine Anwesenheit unterbrochen. Als ich bestellen sollte, blickte ich auf das Menü, um meine Auswahl zu treffen. Mein Handy vibrierte auf dem Tisch, als ich eine SMS bekam, aber ich sah sie mir nicht an. „Ich werde die Meeresfrüchte-Pasta nehmen."

„Sehr gerne, mein Herr." Bevor er ging, nahm er unsere Menükarten an sich.

Sobald er weg war, warf ich einen Blick auf mein Handy. Zu meinem Entsetzen war die SMS von Cassandra.

Ich möchte, dass du es mir wie beim letzten Mal besorgst. XOXO.

Und um das Ganze abzurunden, hatte sie ein aufreizendes Bild von sich angehängt. Sie lag auf ihrem Bett, die Kamera nach unten gerichtet. Ihr blondes Haar war auf dem Bett ausgebreitet, und ihr perfekter Körper war nur von einem Push-up-BH und einem Tanga bedeckt.

In der Hoffnung, dass Francesca es nicht gesehen hatte, sperrte ich den Bildschirm sofort,.

Aber sie hatte es gesehen.

Das war durch die plötzliche Kälte, die von ihr ausging, klar. Sie nahm keinen Blickkontakt mit mir auf, sah absichtlich aus dem Fenster und hielt ihre Schultern etwas von mir abgewandt.

Verdammte. Scheiße.

Ich wollte es an Ort und Stelle beheben, aber das konnte ich nicht, wenn Marie und Axel uns gegenübersaßen. Ich konnte mir gerade jetzt keine Rückschläge leisten, nicht wenn Francesca so zerbrechlich war. Es war eine Sache, wenn Cassandra mich bat, Zeit mit ihr zu verbringen, aber warum musste sie mir dieses Bild schicken? Sie hatte im Vergleich zu Francesca nichts zu bieten, aber natürlich würde sich Francesca von einer schönen Frau bedroht fühlen, die das Selbstvertrauen hatte, ein solches Bild zu machen.

Ich war erledigt.

NACH DEM MITTAGESSEN VERABSCHIEDETEN WIR UNS AUF DEM Bürgersteig.

„Baby, ich gehe mit dir zum Büro." Axel legte seinen Arm um ihre Taille.

„Ich kann das auch alleine", sagte Marie.

„Komm schon", sagte Axel. „Du wirst bald meine Frau sein. Mir macht das nichts aus."

Ja, geht nur.

„Wir sehen uns, ihr zwei." Francesca winkte noch kurz, bevor sie auf dem Gehweg davonlief und eindeutig versuchte, von mir weg zu kommen.

Ich machte mir nicht die Mühe mich von ihnen zu verabschieden, weil ich ihr folgte. „Francesca."

Sie beschleunigte ihr Tempo.

Ich würde ihr nicht hinterherrennen. Das war nicht mein Stil.

Sie schaute sich nicht um, doch an der nächsten Kreuzung hielt sie an, weil sie die Straße überqueren musste. Sie drückte auf den Knopf, und als die Ampel nicht direkt umschaltete, drückte sie ganz besorgt noch einmal.

Ich hielt an ihrer Seite an. „Es ist nicht so, wie du denkst."

Sie drückte die Taste erneut, als ob ich dadurch verschwinden würde. „Ich weiß nicht, wovon du redest."

„Ich schlafe nicht mehr mit ihr."

„Sie ist wunderschön. Vielleicht solltest du damit wieder anfangen."

Ich biss die Zähne zusammen und schaffte es, nicht zu knurren. Francesca war nie der eifersüchtige Typ gewesen, und das liebte ich an ihr. „Wie kannst du dich von ihr bedroht fühlen? Ich bin in dich verliebt, und sie wird immer nur eine Tussi sein, an die ich mich nicht erinnern werde."

Francesca stampfte mit ihrem Fuß auf, während sie darauf wartete, dass die Ampel umschaltete.

„Es tut mir leid, dass sie die SMS geschickt hat, aber das konnte ich nicht kontrollieren."

Endlich wurde die Ampel grün und sie ging sofort los.

Ich passte mein Tempo an. Als wir die andere Seite erreicht hatten, packte ich sie am Arm und zog sie aus dem Weg. „Das war vor über einem Monat. Ende der Geschichte."

Sie verschränkte die Arme vor der Brust und beobachtete die vorbeigehenden Menschen.

„Willst du nicht etwas dazu sagen?"

Sie drehte sich langsam zu mir um, Wut in ihren Augen. „Ich werde etwas sagen. Du liegst absolut falsch."

„Ich liege falsch? Womit?"

„Ich habe jedes Recht, mich von ihr bedroht zu fühlen.

Denn während ich zu einer Kugel zusammengerollt in meinem Bett lag, jeden einzelnen Tag, nachdem du mich verlassen hattest, hast du deine Nächte mit solchen Nichtsen verbracht. Du sagst du liebst mich, verlässt mich aber trotzdem. Du wirst diese Mädchen nie verlassen. Jedes Mal, wenn sie für eine weitere Runde zurückkommen, bist du da. Also, doch. Ich sollte mich von einem wunderschönen Supermodel bedroht fühlen, das dir heiße Bilder schickte." Ihre Augen füllten sich mit Tränen und ihre Stimme klang gebrochen durch die Emotionen.

Ich fühlte mich wie ein Stück Scheiße.

„Weißt du was? Ich stehe zu dem, was ich schon gesagt habe. Das wird niemals richtig funktionieren. Vielleicht muss ich nur über das, was geschehen ist hinwegkommen und aufhören, in der Vergangenheit zu leben, aber das ist nicht so einfach. Du hast nicht ein einziges Mal angerufen oder nach mir geschaut. Du bist einfach verschwunden. Meine Mutter wurde von mir genommen, und dann ließ mein Vater mich allein. Dann hast du das Gleiche mit mir gemacht. Ich werde das nicht noch einmal durchmachen, Hawke. Es ist vorbei —endgültig."

WARUM HATTE SIE MIR EINE SMS SCHICKEN MÜSSEN?

Warum war das Ganze so explodiert?

Warum musste ich Francesca überhaupt verlassen, um ganz am Anfang anzufangen?

Ich gab Francesca Zeit, weil ich wusste, wie erschüttert sie war. Sie brauchte Zeit, um zur Ruhe zu kommen und wieder auf den Boden zurückzukehren. Sie war die Art von Mensch, die ihre eigenen Wunden lecken musste. Kein anderer konnte das für sie tun.

Ich war erschrocken, dass ich unsere Beziehung nie wieder würde reparieren können. Zu viel Schaden war angerichtet worden. Sie hatte ständig Angst, dass sie mich wieder verlieren würde, sodass sie mich immer auf Distanz hielt. Wenn ich zu nah kam, fand sie einen Grund, mich zu verlassen.

Ich wusste nicht, was ich machen sollte.

Nach einer Woche Sendepause, tauchte ich an ihrer Tür auf. Ich stand lange Zeit davor, bevor ich endlich den Mut hatte, anzuklopfen. Sie würde wahrscheinlich durch das Guckloch schauen und sehen, dass ich es war. Dann würde sie nicht aufmachen.

Aber öffnete die Tür doch.

Sie baute sofort ihre schützenden Mauern auf, als sie mich anschaute. Ihre Augen starrten mich ausdruckslos an, und ihre normalerweise fröhliche Stimmung war verschwunden. Sie war nicht bereit, mit mir zu reden. Eine Woche war nicht lang genug.

„Darf ich reinkommen?“

Sie öffnete die Tür nicht weiter. Sie sagte einfach gar nichts.

„Es gibt etwas, was ich dir sagen möchte, aber ich würde es lieber nicht hier im Flur tun.“

Francesca dachte über meine Bitte erst nach, bevor sie zur Seite ging.

Ich betrat in ihre Wohnung und fühlte mich nicht mehr so gefasst wie sonst. Ich hatte wahrhaftig Angst davor, dass ich scheitern würde. Wenn ich das nicht richtigstellte, würde ich das Einzige, was ich je wollte, nie haben.

Ich setzte alles aufs Spiel.

„Ich wollte nur sagen —“

„Ich habe erkannte, wie tief meine Beziehung zu dir geworden ist“, sie verschränkte ihre Arme vor der Brust, während sie mitten in ihrem Wohnzimmer stand. „Als ich ihren Namen auf deinem Handy sah und was sie schrieb ... tief im Inneren bin ich gestorben. Ich weiß, dass du nicht mein bist, aber zu wissen, dass du jemand anderem gehört hast, wenn auch nur für eine kurze Zeit, bringt mich fast um. Und das ist genau das, was mir Angst macht. Die Tatsache, dass ich mich wieder total verliebt habe, erschreckt mich. Das ist der Grund, warum ich ausgeflippt bin. Das ist der Grund, warum ich wütend war. Es war nicht, weil ich eifersüchtig war. Es war nur, weil ich mich selber dafür hasse, dass ich dich wieder in mein Herz gelassen habe."

Ich steckte meine Hände in die Taschen und ließ sekundenlange Stille verstreichen. Ich wollte sicher sein, dass sie fertig war, bevor ich sprach. Als ich sicher sein konnte, dass sie fertig war, sprach ich. „Ich verstehe das. Es macht total Sinn."

Ihr Haar lag in einem geflochtenen Zopf über einer Schulter und es reichte bis zur Brust. Ich liebte es, wenn sie ihr Haar so trug. Es war unschuldig und sexy zugleich.

„Du hast mit dem, was du eben gesagt hast, absolut recht. Ich habe dich nie angerufen und bin auch nie zu dir zurückgekommen. Du hattest nie eine Chance, mir zu sagen, was du wirklich fühltest. Du konntest mir nie sagen, was du durchgemacht hast. Ich möchte, dass du es mir erzählst. Ich will, dass du mich anschreist. Ich will, dass du es rauslässt."

Sie drehte sich langsam zu mir um, ihr Blick war unlesbar.

„Francesca, erzähl es mir." Ich setzte mich auf die Couch und beobachtete sie. „Ich will es wissen."

Sie setzte sich auf den Platz neben mir und legte die Hände in ihren Schoß.

Ich wollte meinen Arm um ihre Taille legen, aber ich hielt mich davon ab. Ich wollte sie auf meinen Schoß ziehen, aber ich schaffte es, das nicht zu tun. Sie brauchte es, dass ich ihr zuhörte, und genau das wollte ich tun.

„Du willst dir mein Gejammer anhören?", fragte sie ungläubig.

„Es ist kein Jammern. Sprich mit mir." Wir konnten niemals weitermachen, wenn sie die Vergangenheit nicht hinter sich ließ. Sie musste mich konfrontieren, um all die schmerzenden

Gefühle aus ihrer Brust zu verbannen. Ich wusste, dass es mir wehtun würde, aber ich verdiente es, verletzt zu werden.

„Mein Leben war wie ein undurchsichtiger Schleier. Ehrlich gesagt habe ich das meiste unterdrückt. Jeden Abend, wenn ich mich schlafen legte, hoffte ich, dass ich am nächsten Morgen nicht aufwachen würde. Ich versuche nicht, dramatisch zu sein und zu sagen, dass der Verlust eines Partners dich wünschen lässt, dass du stirbst. Aber du hattest das Loch gefüllt, das der Verlust meiner Eltern hinterlassen hatte. Meine Mutter ging unfreiwillig, aber mein Vater ... entschied sich dazu gehen. Du hast das alles wieder gut gemacht. Und als du gegangen bist ... habe ich diesen ganzen Verlust noch einmal durchgemacht.

Ich habe meinen Glauben an die Liebe verloren. Ich habe meinen Glauben an alles verloren. Marie und Axel haben sich um mich gekümmert, so gut sie nur konnten, aber ich bin in der Dunkelheit versunken und habe Maries Schmerztabletten genommen ... die ganze Dose."

Ich war mir nicht sicher, ob ich mir das anhören konnte. Es brach mein Herz — buchstäblich.

„Ich bin ohnmächtig geworden, und kann mich an den Rest nicht mehr erinnern. Als ich aufwachte, war ich im Krankenhaus. Marie sagte, dass sie mir den Magen ausgepumpt haben und alles herausholen konnten, bevor es zu spät war. Ihre Schicht war in dieser Nacht früher zu Ende. Wenn das nicht so gewesen wäre ... wäre ich jetzt nicht hier."

Ich schloss vor Schmerz meine Augen.

„Marie und Axel haben mir danach mehr Aufmerksamkeit geschenkt. Wenn ich nicht mit dem einen zusammen war, war der andere da. Sie tauschten Schichten und stellten einen Zeitplan auf, um bei mir sein zu können. Nach der Geschichte mit den Schmerzmitteln habe ich nicht noch etwas anderes versucht. Ich war nicht suizidal. Ich hatte nur eine schlechte Nacht, als ich die Tabletten im Badezimmer entdeckte."

Kein Wunder, warum Axel so streng mit mir umgegangen war.

Francesca sprach weiter über ihr Leben, als ich nicht mehr Teil davon gewesen war. Es war einsam und kalt, und sie wusste nicht, wie es weitergehen sollte, nachdem das Feuer erloschen war. Ihre Stimme klang nicht anschuldigend. Tatsächlich verurteilte sie sich selbst dafür, so hart kollabiert zu sein. „Ich war wütend auf meinen Vater, weil er uns verlassen hatte ... aber dann tat ich das Gleiche mit Axel. Ich kann nicht glauben, dass ich ihn das habe durchmachen lassen.“ In ihren Augen bildeten sich Tränen, dann fielen sie auf ihre Wangen. Sie schniefte laut und versuchte, sich zurückzuhalten. Ihre Finger wischten die Feuchtigkeit weg, und ihre Brust hob und senkte sich schnell, weil sie alles im Inneren loslassen wollte.

„Lass es raus.“ Ich bewegte meine Hand zu ihrer.

Sie blinzelte und versuchte, sich selbst zu stoppen.

„Muffin, behalt es nicht in dir .“ Ich zog sie auf meinen Schoß und drückte ihr Gesicht an meinen Hals. Sobald sie bei mir war, schluchzte sie. Ihr Körper erschütterte in meinen Armen und sie schrie ihr Herz heraus. Ich hatte sie ein paar Mal mit Tränen in den Augen gesehen, aber sie hat niemals so geschluchzt.

Ich fuhr mit meiner Hand durch ihre Haare und den Rücken hinunter, um sie zu beruhigen, aber nichts konnte ein gebrochenes Herz reparieren. Ich wusste, dass ich das verursacht hatte. Es war meine Schuld. Als ich mich umdrehte und ging, wusste ich, dass es ihr wehtun würde. Aber ich hatte das Ausmaß der Zerstörung nicht verstanden. Ich dachte, dass ich sie retten würde, aber in Wirklichkeit hatte ich sie zerstört.

Eine Stunde verging, bevor ihre Tränen zu schwinden begannen. Sie schniefte und wischte sich die Wangen ab, dann gab es eine lange Pause, bevor ihre Augen endlich trocken waren. Sie klammerte sich an mich und unterbrach es nicht.

Schließlich schlief sie ein. Ihre Brust hob und senkte sich stetig. Ihr Körper war durch den emotionalen Kampf erschöpft.

Ich nahm sie auf meine Arme und trug sie ins Schlafzimmer. Als ich sie hinlegte, wachte sie nicht auf. Ihr Haar verteilte sich auf dem Kissen und sie sah aus, wie eine Meerjungfrau, die am Strand lag.

Ich zog mir meine Kleidung aus, bis auf meine Boxershorts, dann legte ich mich neben ihr ins Bett. Meine Arme bildeten einen schützenden Käfig um sie herum und meine Augen nahmen die schönen Züge ihres Gesichts auf. Die Haut und ihre Nase um ihre Augen waren vom ständigen Reiben etwas gerötet. Sogar wenn sie weinte, sah sie immer noch schön aus.

Meine Abwesenheit hatte ihr unnötige Schmerzen verursacht, und das würde ich immer bereuen. Ich traute mir nicht zu, der Mann zu sein, den sie verdiente, meinen Zorn zu kontrollieren und zu hüten, anstatt ihn zu entfesseln. Aber ich musste es für sie schaffen. Wenn ich mich nur genug konzentrierte und meinen Zorn in eine positive Richtung kanalisierte, konnte ich es schaffen. Wenn ich einfach ging, wann immer ich wütend war, sollte es nie ein Problem geben. Als ich Kyle im Fitnessstudio gesehen hatte, wollte ich ihm den Hals umdrehen, aber ich schaffte es, meine Arme an meinen Seiten zu halten. Ich sagte kein Wort, weil ich wusste, dass das die Tore zu meiner Wut öffnen würde. Zum Glück war er gegangen, sodass ich das nicht hatte tun müssen.

Es gab keine andere Möglichkeit. Wenn ich das nicht hinbekäme, würde ich Francesca für immer verlieren. Mein Leben wäre hohl und leer, und die Schönheit, die es füllte, würde verschwinden. Ich war mit Hunderten von wunderschönen Frauen zusammen und sie alle hatten keine Fehler. Aber nicht ein einziges Mal fühlte ich mehr als pure Lust. Kein einziges Mal wollte ich mehr als nur das.

Aber als ich Francesca getroffen hatte, wollte ich mehr.

Axel konnte mich eine Memme nennen, weil ich dachte, dass sie meine Seelenverwandte wäre. Leute konnten von mir denken, was sie wollten. Ich wusste, wie verrückt es klang. Aber es war die Wahrheit. Ich hatte es schon lange erkannt. Es gab eine Verbindung zwischen uns, und selbst wenn wir Hunderte Kilometer voneinander entfernt waren, bestand diese Verbindung immer noch.

Ich war dazu bestimmt, genau hier zu sein.

20

NEUE ANFÄNGE

Francesca

ALS ICH AM NÄCHSTEN MORGEN AUFWACHTE, FÜHLTE ICH MICH schwerelos. Das Gewicht auf meinen Schultern war verschwunden. Irgendwie fühlte ich mich besser. Ich fühlte mich anders.

Ich fühlte mich ganz.

Ich wollte nicht vor Hawke weinen. Das war etwas, wobei ich mich immer unwohl fühlte. Aber er erlaubte mir nicht, mich länger vor dem zu verstecken, was ich in mir trug. Also schluchzte ich an seiner Schulter und erlebte die schmerzliche Zeit, nachdem er mich verlassen hatte, noch einmal.

Jetzt fühlte ich mich wie ein neuer Mensch.

Ich öffnete meine Augen und sah Hawke an. Er schlief noch, seine Haare waren unordentlich, nachdem er sich die Nacht über herumgewälzt hatte. Seine Bartstopplen waren mittlerweile sehr markant, weil er sich über eine Woche nicht rasiert hatte. Sein harter Körper war immer noch genau definiert, obwohl er tief schlief.

Er war wunderschön.

Meine Zurückhaltung war letzte Nacht verschwunden. Es

war schwer für mich, Hawke nach dem, was er getan hatte wieder zu vertrauen, aber mein Herz sehnte sich immer noch nach ihm. Ihn von mir fernzuhalten war, als würde man einer grauen Wolke befehlen, nicht zu regnen.

Es war unmöglich.

Er schien zu wissen, dass ich wach war, weil sich seine Augen in diesem Moment öffneten. Er starrte mich mit blinzelnden Augen an, als er in die Realität zurückkehrte. Sein Arm lag um meine Taille, und als er mich fühlte, drückte er mich sanft. Ein leiser Seufzer entwich seinen Lippen, es klang männlich. „Hallo."

„Hallo ..." Meine Hand glitt seinen Arm hinauf, bis sie sich in seinen Haaren vergrub. Ich griff eine Strähne, dann verdrehte ich sie mit meinen Fingern, etwas, was ich vor Jahren immer getan hatte. Sein Haar war leicht lockig, und ich liebte es, es in meinen Händen zu spüren.

Hawke beobachtete mich, seine Augen ruhten auf meinem Gesicht. Er bemerkte die Veränderung der Atmosphäre, und auch die Tatsache, dass es keine Betonmauern mehr gab, die um mein Herz errichtet waren. Er blinzelte nicht, als er mich beobachtete, als wolle er kein einziges Detail verpassen.

Meine Finger hörten auf, mit seinen Haare zu spielen und legten sich dann auf die Seite seines Gesichtes. Ich bemerkte die grobe Beschaffenheit seines kurzen Bartes. Die Berührung war sexy, männlich.

Hawke starrte mich an, als würde er auf etwas warten.

Ich war es leid, ihn wegzustoßen. Ich war es leid, uns auseinanderzuhalten. Ich konnte davonlaufen, aber egal, wie weit ich lief oder wo ich hingehen würde, ich würde immer wieder hierher zurückkommen.

Ich drückte mein Gesicht fest an seines und ließ zu, dass sich unsere Lippen leicht berühren. Ich ging es ungezwungen an und wollte nicht alles sofort haben. Hawkes Lippen bewegten sich leicht auf meinen, eine unwillkürliche Reaktion. Ich strich meine Lippen an seinen entlang und spürte, wie sich die Emotionen in meinem Herzen aufbauten. Ich wartete gespannt auf diesen Kuss. Ich wusste, wo es hinführen und was es bedeuten würde.

Aber ich wollte es auch.

Ich gab nach und drückte meinen Mund auf seinen. Seine weichen Lippen fühlten sich auf meinen warm an, und in dem Augenblick, in dem wir uns berührten, fühlte ich, wie die Hitze mich wie eine blaue Flamme versengte. Es fühlte sich so gut an, dass es schmerzte. Ich stöhnte in seinen Mund, weil jeder Nerv in meinem Körper stimuliert war. Keiner von uns hatte die Zähne geputzt, aber ich bemerkte es nicht. Ich hatte das Gefühl, dass es ihm genauso wenig auffiel.

Hawke hielt mich fester und zog mich näher an sich heran, packte mich förmlich. Er atmete in meinen Mund, seine Schultern spannten sich an, als ob die Zuneigung stark genug wäre, um ihn zu zerbrechen.

Nach dem ersten Kuss drückte ich meinen Mund langsam stärker auf seinen. Ich nahm mir Zeit, weil es sich so unbeschreiblich gut anfühlte. Mein Körper wickelte sich durch die Intensität wie ein Draht auf. Meine Hand wanderte zu seiner Brust und in die Gegend über seinem Herzen. Ich spürte, wie es für mich schlug, nicht stockend.

Hawke küsste mich noch stärker, seine Zurückhaltung schwankte. Seine Hand knetete meine Haare an meinem Hinterkopf und er packte sie fest, damit ich ihm nicht entfliehen konnte. Er küsste mich genau so, wie er es gewöhnlich getan hatte, und doch war es intensiver als je zuvor. Er betete mich mit seinem Mund an, und trotz der Hitze, die unsere beiden Körper erzeugten, gab es keine Sinneslust.

Da war nur Verlangen.

Hawke rollte mich auf den Rücken und hielt sich über mir,

dabei küsste er mich liebevoll. Unsere Lippen bewegten sich aufeinander zu und machten leise Geräusche. Zartes Stöhnen kam tief aus unseren Kehlen, während wir uns umarmten. Meine Beine schlangen sich um seine Hüfte und er legte einen Arm um meine Taille, seine Hand ruhte auf meinem unteren Rücken.

Ohne ein Wort zu sagen, setzten uns wieder zusammen. Ich zeigte ihm, dass ich ihm gehörte, und dass ich ihm immer gehören würde.

Und er zeigte mir, dass er mir gehörte.

Ich schob die Form in den Ofen und stellte dann den Timer ein. Mein Körper sehnte sich danach, dass die Uhr fünf schlug. Ich hatte niemals auf die Zeit geachtet, wenn ich arbeitete, entweder, weil ich zu beschäftigt war oder weil es mir egal war, aber jetzt wollte ich verdammt noch mal unbedingt hier raus.

Ich konnte nicht aufhören, zu lächeln.

Ich wollte Hawke sehen, in seine Arme laufen und niemals wieder gehen. Alle Schmerzen, die ich in mir trug verschwanden, als er mich hielt, während ich weinte. Als ich merkte, dass er mich nicht aufgeben würde, dass er da sein würde, ob ich ihn nun zurücknehmen würde oder nicht, da wusste ich, dass er mich nie wieder so verletzen würde, wie er es in der Vergangenheit getan hatte.

Es tat ihm wirklich leid.

Hawke war der einzige Mann, den ich wollte, und ich war es leid, das zu verleugnen. Ich brauchte ihn, und er brauchte mich. Die meisten würden ihm nach dem, was er getan hatte, keine zweite Chance nach dem geben, aber ich war nicht wie die meisten Leute.

Arme umfassten mich von hinten, und große Hände

schoben sich über meinen Bauch. Der Duft seines Aftershaves erreichte meine Nase, und mein Herz fing plötzlich an zu tanzen. Seine harte Brust drückte sich an meinen Rücken, und ich konnte die Konturen seiner Krawatte fühlen. „Hey, Muffin." Er drückte seine Lippen an mein Ohr, und seine Stimme hörte sich kratzig an.

Ich lehnte meinen Kopf zurück und sah ihn an. „Hey, Grizzly." Ich hatte diesen Spitznamen seit langer Zeit nicht benutzt. Jetzt fühlte es sich an, als ob ich ihn schon immer benutzt hätte.

Er lächelte, als er zu mir herab starrte, und zeigte dabei seine perfekten Zähne. Dann gab er ein leises Knurren von sich.

Meine Hand legte sich auf seinen Nacken, und ich zog seine Lippen auf meine hinab. Ich gab ihm einen langen Kuss, während mein Arsch sich in seine Hüfte grub. Sein Schwanz wurde hart, und ich konnte das durch seine Hose und meine Jeans fühlen.

Er atmete in meinen Mund und zog mich stärker an sich heran.

Ich wackelte ein wenig mit meinem Arsch, um ihn zu necken.

Er biss sanft in meine Lippe. „Baby ... quäle mich nicht."

Ich löste mich und drehte mich um, dann merkte ich, dass ich überall Mehl auf seinem schwarzen Anzug verteilt hatte. „Scheiße, tut mir leid." Ich fing an, es wegzuwischen, aber das machte es nur noch schlimmer. Ich wusste, dass seine Kleider teuer waren, obwohl er mir das nie erzählt hatte.

„Hey, ist schon in Ordnung." Er ergriff meine Hand und zog sie von seiner Brust weg. „Es ist nichts, was die Reinigung nicht rausbekommt."

Ich fühlte mich immer noch schuldig, dass ich ihn so schmutzig gemacht hatte.

„Wann bist du fertig?" Seine Hände legten sich um meine Taille und er packte meine Hüften.

„Um fünf Uhr."

„Nun, es ist 04:59 Uhr. Kannst du früher Schluss machen?" Er rieb seine Nase gegen meine und starrte auf meine Lippen.

„Ich denke, dass ich einmal nachlässig sein kann ..."

„Gut. Du arbeitest im Moment eh zu viel."

„Ich habe das Gefühl, das wir weiterarbeiten werden, wenn wir nach Hause kommen ..."

Er grinste breit, und sogar seine Augen funkelten. „Interessant. Die Vermutung habe ich auch."

„Lass uns zu mir gehen." Ich zog ihn in die entgegengesetzte Richtung.

„Warum nicht zu mir?", fragte er. „Es ist näher. Und ehrlich gesagt, auch größer."

Seine Wohnung war meiner weit überlegen. Sie war in einer viel schöneren Gegend und die Aussicht war ein Traum. Es war die Art von Wohnung, die man in den Kinofilmen sieht. Meine war kaum besser als eine Abstellkammer. „Aber alle meine Kochutensilien sind in meiner Wohnung."

„Ich habe dir doch schon bewiesen, dass ich kochen kann." Er zog mich an sich.

Es gab noch einen ganz anderen Grund, warum ich in seine Wohnung gehen wollte. Und es war kindisch, unreif und dumm. „Lass uns doch zu mir gehen. Komm schon, ich bin es leid, zu streiten."

Hawke hatte mein unangebrachtes Verhalten bemerkt. „Muffin, was ist los?"

„Nichts. Ich habe nur —"

„Erzähl mir jetzt keinen Scheiß." Seine Augen schwelten vor Aggression. Er tat so etwas nur, wenn er irritiert war, aber er war trotzdem noch genauso sexy.

Ich wich seinem Blick aus, als ich sprach. „Ich will nicht auf dem Bett ficken, du alle anderen schon gefickt hast. Ich weiß, dass es dumm ist, aber … es stört mich einfach.“ Ich hasste es, an all die Frauen zu denken, die ihn unterhalten hatten, während ich darum kämpfte, zu atmen. Er war mein, auch wenn er es nicht war. Ich konnte in diesem Bett mit ihm schlafen, aber es war mir unmöglich, etwas Physisches zu tun, ohne an die Anderen zu denken. Es war unfair, weil auch ich Männer in meinem Bett gehabt hatte, aber ich gestand ihm das trotzdem nicht zu .

„Du hast recht“, sagte er. „Es ist dumm.“

Meine Augen fanden seine.

„Aber ich würde dich gar nicht ficken, Francesca. Ich ficke dich nie.“

Ich kreuzte meine Arme vor der Brust.

„Es ist etwas völlig Anderes mit dir, und das weißt du. Aber wenn es dir in deiner Wohnung angenehmer ist, dann ist das so. Ich bin einverstanden.“ Er legte seinen Arm um meine Taille. „Lass uns jetzt gehen.“

Hawke ließ sich Zeit dabei, mich von meinen Kleidern zu befreien. Er schälte sie langsam von meiner Haut, entfernte jedes Kleidungsstück, als ob es zerbrechlich wäre. Mehr und mehr Haut wurde sichtbar, und als er mein nacktes Fleisch sah, schwelten seine Augen vor Verlangen.

Als er meinen BH öffnete, wanderte sein Mund in das Tal zwischen meinen Brüsten. Er küsste meine Haut ganz sanft und fuhr mit seiner Zunge an den sensiblen Bereichen entlang.

Mein Kopf neigte sich zurück, und ich stöhnte, weil es sich so gut anfühlte. Seine Zunge berührte mich immer auf die richtige Weise. Meine Brustwarzen wurden automatisch hart. Die Haut auf meiner Brust errötete vor Erregung.

Hawke wanderte mit seinen Küssen zu meinem Nacken. Er saugte die Haut fester, bevor er sie mit zarten Küssen übersäte. Dann machte er auf meinem Kieferknochen weiter, von wo er sich bis zu meinen Lippen vorarbeitete. Er gab mir einen aufgeheizten Kuss, umspielte meine Zunge mit seiner.

Meine Hände packten seine Jacke und rissen sie an seinen Armen runter. Er half mir, sie auszuziehen, während er fortfuhr, mich zu küssen. Sobald sie auf dem Boden lag, kam er wieder zu mir. Mit seiner riesigen Hand umschloss er eine Titte und saugte den Nippel. Seine Zunge fuhr darüber, bevor er darauf blies. Dann tat er es wieder — und wieder.

Nachdem er auch der anderen Titte Aufmerksamkeit geschenkt hatte, wanderten seine Lippen zu meinem Bauch. Als er die Haut an meinen Rippen erreichte, wölbte ich meinen Rücken automatisch. Ich war dabei, mich auf dem Bett zu winden, obwohl wir noch nicht einmal richtig begonnen hatten.

Er küsste meinen Bauchnabel und dann meine Hüften. Dann bewegte er sich nach unten zu meiner Jeans, die er aufknöpfte und mir auszog. Sie rutschte an meinen Beinen nach unten, bis sie auf den Kleiderhaufen auf dem Boden fiel.

Hawke starrte mich an, während er die Spitze an meinem Tanga streichelte. Beide Hände berührten das Material auf beiden Seiten meiner Hüfte. Ein hungriger Blick war in seinen Augen, als er den Tanga langsam an meinen Oberschenkeln herunterzog. Er konnte widerstehen und es langsam angehen lassen. Ich hatte keine Ahnung, woher er diese Willenskraft nahm.

Als mein Höschen auf dem Boden gelandet war, drückte er seine Lippen auf die Haut unter meinem Bauchnabel und bewegte sich nach unten, zentimeterweise näher zum Zentrum meiner Erregung. Als er sich tiefer bewegte, wurde meine

Atmung hektischer. Mein Körper schmerzte nach Erlösung, und nicht nur von irgendjemandem, sondern von ihm.

Als er seine Lippen auf meine Klitoris drückte, schrie ich fast.

Es. War. So. Gut.

Hawke küsste den Bereich, als ob es mein Mund wäre, nahm seine Zunge, um ihn mit Liebe zu überschütten. Seine Zunge fuhr in mich hinein, bevor sie zu meiner Klitoris zurückkehrte. Mein Rücken wölbte sich, weil meine Nerven pausenlos unter Strom standen. Es war einfach so verdammt gut. Hawke hatte das die ganze Zeit getan, und ich konnte gar nicht glauben, dass ich tatsächlich vergessen hatte, wie unglaublich es war.

Ich fühlte, wie mein Innerstes sich zusammenballte, als die ungezügelte Leidenschaft mich überkam. Ich war am Rand eines fantastischen Höhepunktes. Ein Teil von mir wollte es ganz verzweifelt, aber ein anderer Teil wollte dem widerstehen. „Hawke ... ich komme gleich."

Er saugte meine Klitoris noch stärker.

„Das meinte ich damit nicht." Ich löste mich von seinen Lippen. Das war nicht, wie ich kommen wollte. Ich wollte ihn in mir haben, nicht seine Zunge. Ich wollte unsere Körper aufeinander spüren, seine massive, verschwitzte und leckere Brust auf mir.

Er kam aber nicht auf mich. Er blieb, wo er war, vollständig bekleidet.

„Was zum Teufel machst du da? Komm her."

Er blieb auf den Knien am Bett. „Ich würde lieber hier bleiben." Er zog meine Hüfte zu sich zurück, und sein Mund war wieder auf mir.

Eine Welle der Euphorie überrollte mich, und ich fiel zurück, als sich dieses aufbäumende Vergnügen wieder in meinem Körper verbreitete. Hawke bereitete mir fantastische

Gefühle, und ich wollte ihn dazu bringen, dass er genauso fühlte. „Hawke, hör auf."

„Ich weiß, dass du das nicht so meinst, Muffin." Er machte weiter.

Irgendwie fand ich die Kraft, mich loszureißen. „Liebe mich, jetzt."

Seine Lippen glänzten von dem Saft, und sein Haar war durcheinander, wo ich es gepackt hatte. Er hatte sein Hemd immer noch an, aber seine Krawatte war gelockert. „Das tue ich."

Ich zog seine Krawatte aus und begann sein Hemd aufzuknöpfen. „Wenn ich komme, möchte ich, dass du mit mir gemeinsam kommst."

Er beobachtete mich dabei, wie ich ihn auszog, seine Augen verließen mein Gesicht keine Sekunde.

Ich öffnete sein Hemd und sah seine steinharte Brust.

„Nein."

Als Reaktion darauf zuckte ich zusammen. „Nein, was?"

„Ich will das nicht überstürzen."

„Da gibt es nichts zu überstürzen. Du lässt mich besser nicht so lange warten, wie beim letzten Mal." Das war reine Folter.

„Tut mir leid, Muffin."

„Gib mir einen guten Grund, warum nicht." Ich wusste, dass ich mich wie ein Kleinkind benahm, aber das war mir egal.

Er hielt meinem Blick für eine volle Minute, ohne zu sprechen. „Weil wir noch den Rest unseres ganzen Lebens dafür haben." Er schob mich zurück auf das Bett und drückte dann sein Gesicht zwischen meine Beine. Er küsste mich und machte erstaunliche Dinge mit seiner Zunge. Dann brachte er mich bis kurz davor, so dass ich vor Lust wimmerte.

Meine Fingernägel gruben sich in das Laken, und das hielt so lange an, wie der Orgasmus in mir wütete. Alles brannte, aber ich liebte dieses Gefühl. „Hawke ..." Ich sprach seinen Namen immer und immer wieder aus, durchlebte meine größten Fantasien. Der Mann zwischen meinen Beinen war der einzige Mann, den ich je geliebt hatte, und er war auf seinen Knien, um mich zu befriedigen. Mein Rücken tat weh, weil ich ihn so energisch wölbte, und ich versuchte, meine Beine auseinanderzuhalten, sodass sie nicht an seinen Kopf drückten.

Hawke küsste mich weiter, während ich mich hin und her wand. Mein Körper entspannte sich langsam, als der Höhepunkt abklang. Seine Hände packten meine Hüften, als er mich niederlegte.

„Hawke."

Er verlagerte sein Gewicht auf seine Fußballen. „Francesca."

Ich setzte mich auf und öffnete seine Hose, klopfte mit meinen Knöcheln an die harten Umrisse seiner Bauchmuskeln. Der Stoff fing an nach unten zu rutschen, und ich riss an seinen Boxershorts. Sobald er nackt war, lehnte ich mich nach unten, um meine Lippen auf seine Spitze zu drücken.

Aber er hielt mich zurück. Er warf mich zurück und führte mich dann auf das Bett. „Ich würde dich lieber küssen."

„Warum?"

„Weil ich das liebe." Er zog meinen nackten Körper an seinen und beugte sich zu mir.

„Ich würde es dir lieber so besorgen, wie du es möchtest."

„Dafür ist später noch Zeit." Er steckte mir die Haare hinters Ohr. „Ich würde dich lieber wie einen Teenager in der Schule küssen. Es ist amateurhaft und ohne Höhepunkt, aber ich liebe es. Ich möchte es für den Rest der Nacht tun, und sobald du den Mund hältst, lege ich los."

Ich machte den Mund zu.

21

NEUER LOOK

Hawke

Möchtest du nach der Arbeit Basketball spielen? Axel schickte mir am Ende des Arbeitstages eine SMS.

Kann nicht. Habe ein heißes Date.

Er antwortete schneller, als ich mein Handy hinlegen konnte. *Mit wem?*

Was glaubst du?

Er hörte auf, mir zu schreiben und rief mich stattdessen an. „Ihr seid wieder zusammen?"

„Du weißt, dass du nicht wie ein Mädchen aussiehst, aber du benimmst dich wie eins."

Axel ignorierte die Stichelei. „Beantworte die Frage."

Ich lächelte und fühlte mich seltsam, das zu tun. Lächeln war nicht in meiner Natur — es sei denn, Francesca war der Grund dafür. „Ja."

„Warum hat sie dich zurückgenommen?"

„Ich glaube, ich habe ihr bewiesen, wie sehr es mir leidtut. Und ich habe ihr gezeigt, dass ich sie nie wieder verlassen werde."

„Darf ich das Marie erzählen?"

Ich lachte in das Handy. „Ich bin sicher, dass sie das schon längst weiß."

„Wenn sie es tut, hat sie mir noch nichts davon gesagt", sagte er. „Kannst du mir einen Gefallen tun und es dieses Mal nicht wieder verderben?" Sein Ton war neckisch, aber es war klar, dass er es ernst meinte.

„Das werde ich nicht."

„Gut. Also, Basketball?"

„Ich habe dir gesagt, dass ich mit Francesca ausgehen werde."

„Oh ja, habe ich vergessen. Sieht aus, als ob du von nun an beschäftigt sein wirst … "

„Ich bin sicher, dass ich dich noch dazwischen schieben kann, wenn du mich nicht verärgerst."

„Was habt ihr vor?"

„Ich nehme sie zu einem extravaganten Abendessen mit."

„Und dann?"

Axel war manchmal etwas langsam. „Ich habe eine Überraschung für sie, in meiner Wohnung."

Axel lenkte vom Thema ab, sobald er verstand, was ich meinte. „Nun, ich freue mich so für dich. Ihr beiden seid die kompliziertesten Menschen, die ich kenne, deshalb denke ich, dass ihr zusammenbleiben solltet."

„Ich denke, dass es eine Menge Gründe gibt, warum wir zusammenbleiben sollten."

„Gut, wir sehen uns später."

„Tschüss."

Als ich sie abholte, trug sie ein enges, dunkelblaues Kleid, das ihre Titten zusammendrückte und dadurch eine deutliche Spalte schuf.

Ich Glücklicher.

Ich pfiff leise. „Du siehst gut aus."

„Danke." Sie klemmte ihre Clutch unter den Arm. „Du siehst auch schön aus." Sie drückte ihren Körper an meinen und gab mir einen langen Kuss. Wenn sie ihre Titten so an mich drückte, dachte ich an Dinge, an die ich nicht denken sollte. Ich vermutete, dass dass ihr Ziel war, und sie hatte Erfolg damit.

Ich beendete die Berührung und legte meinen Arm um ihre Taille. „Hungrig?"

„Immer. Du kennst mich doch."

Ich zog sie an meine Seite und fühlte, wie mich das Glück überströmte. Ich hatte das Mädchen meiner Träume in meinem Arm, und alle Dinge dieser Welt waren wieder in Ordnung. Wenn ich sie hatte, konnte mich nichts unterkriegen. Ich war genau da, wo ich sein sollte, und ich konnte ich selber sein, wenn ich bei ihr war.

„Ich habe dich heute vermisst."

„Ja?", fragte ich. „Ich vermisse dich immer."

„Immer?", fragte sie nachdrücklich.

„Ja." Ich war todernst. Die ganze Zeit, wenn ich nicht bei ihr war, war sie alles, über das ich nachdachte.

„Also, als du heute Morgen nach Hause gegangen bist, hast du mich da vermisst?" Sie ging neben mir, ihre Absätze klackerten auf dem Boden.

Ich wusste, auf was sie sich bezog. Ich hatte es ihr besorgt, und zwar mit dem Mund, aber ich ließ nicht zu, das Gleiche für mich tat. Ich war so sehr auf sie aus, konnte aber keine Befreiung finden. „Ja, das habe ich."

„Hast du dir in der Dusche einen runtergeholt?"

Diese Aussage warf mich in unserer gemeinsamen Zeit in der Vergangenheit zurück. Sie hatte mir erzählt, dass es sie antörnte, wenn ich es mir in der Dusche selbst machte, und sie das sagen zu hören, machte meinen Schwanz hart. „Ja."

„Hast du dabei an mich gedacht?"

„Ich denke immer an dich." Ich küsste sie auf den Rand ihres Ohres.

„Ich hätte das so gerne gesehen."

Sie flirtete mit mir und machte das sehr gut. Mein Schwanz in meiner Jeans war hart, und ich dachte darüber nach, wie süß ihre Muschi schmeckte. „Ich werde es dir irgendwann zeigen."

„Ja? Ich werde dich daran erinnern."

„Ich hoffe, dass du das tun wirst."

Wir erreichten das Restaurant und nahmen unsere Plätze ein. Ich bestellte eine Flasche Wein für uns beide, und nachdem ich einen Blick auf mein Menü geworfen und ich mich entschieden hatte, was ich bestellen wollte, starrte ich sie an. Es war mein liebster Zeitvertreib. Sie hatte die schönsten Kurven, aber sie war deswegen nie eingebildet. Aber sie stand ihren Reizen auch nicht blind gegenüber.

Sie rieb ihr Bein unter dem Tisch an meinem.

Ich ergriff ihre Hand und schob meine Finger zwischen ihre. Es machte mir nichts aus, mit ihr für ein nettes Abendessen auszugehen, aber ich zog es vor, zu Hause zu sein. Wenn nur sie und ich beisammen waren, konnte ich sie berühren, soviel ich wollte. Wenn es nach mir ginge, säße sie jetzt auf meinem Schoß. Aber ich wäre ein beschissener Freund, wenn ich sie nicht in die Stadt ausführen und vorzeigen würde. Vorher waren wir kaum gemeinsam ausgegangen, aber nun war alles anders.

Nachdem wir bestellt hatten, machten wir etwas Small Talk über die Arbeit. Sie befragte mich über meine Anlagestrategie und schien wirklich daran interessiert zu sein. Die meisten Frauen kümmerten sich nicht um meine Arbeit — nur darum, wie viel Geld in meiner Brieftasche war. Ich fragte sie nach der Bäckerei, und ihre Antwort war die gleiche, wie immer.

Als dann das Essen kam, aßen wir es still. Keiner von uns beiden aß viel, wahrscheinlich, weil wir viel lieber uns gegenseitig vernascht hätten. Francesca war begierig darauf, wieder ins Bett zu springen, und ich auch. Aber ich wollte alles in Ordnung bringen. Ich hatte sie wirklich verletzt und ich hatte eine Menge wieder gut zu machen, obwohl sie mir bereits verziehen hatte.

„Gehen wir zu mir?", fragte sie, nachdem ich die Rechnung bezahlt hatte.

„Ehrlich gesagt, lass uns zu mir gehen." Sie hasste die Tatsache, dass mein Bett schon so viele Besucher gehabt hatte, bevor sie zurück in mein Leben gekommen war. Es war bis zu einem gewissen Grad verständlich, aber sie hat nicht wirklich verstanden, wie bedeutungslos sie alle gewesen waren. Sie hatte sechs Monate lang mit Kyle in ihrem Bett verbracht, und ich dachte, dass das etwas ganz anderes wäre. Aber da ich sie so lange durch den Dreck gezogen hatte, gab ich ihr viel Spielraum.

Sie verspannte sich sofort, als ob das nicht im Geringsten attraktiv für sie wäre.

„Es gibt dort etwas, das ich dir zeigen möchte."

„In deiner Wohnung?", fragte sie ungläubig.

„Ja." Sie würde es verstehen, wenn sie es sah.

„Du lässt mich besser zusehen, wenn du dir einen runterholst."

„Eigentlich hatte ich etwas Besseres vor."

WIR GINGEN IN DIE WOHNUNG, UND ICH MACHTE DAS LICHT ERST gar nicht an. Es war dunkel, aber man konnte in der Wohnung noch etwas sehen. Ein fernes Leuchten kam aus dem Flur, die Überraschung, die ich für Francesca gemacht hatte.

Ich nahm ihre Hand. „Komm mit."

Sie widersprach nicht, als ich sie mit mir zog.

Ich führte sie in mein Schlafzimmer und auf den Nachttischen und Kommoden flackerten weiße Kerzen im Dunkeln. Sie leuchteten schwach, und die Schatten, die sie warfen, erstreckten sich über die Wände.

Francesca nahm es auf und sah dann auf mein Bett. Weiße Rosenblätter waren auf der brandneuen Bettdecke verstreut. Neue Laken waren auf dem Bett und auch die Kissen waren neu. Genau genommen, war alles im Zimmer neu. Ich hatte auch den Bettrahmen, die Matratze und das übrige Mobiliar ersetzt.

„Du bist die einzige Frau, die jemals in diesem Bett schlafen wird." Ich stellte mich hinter sie und schlang meine Arme um ihre Taille. Ich küsste ihren Hals, dann den Rand ihres Ohres. Ich zog sie stärker an meine Brust und fühlte, wie sich ihre Atmung intensivierte.

Ihr Einwand bezüglich meiner alten Möbel, den Sachen, die die anderen benutzt hatten, war kindisch. Aber Francesca hatte nicht um viel gebeten, und ich würde ihr geben, was immer sie wollte. Ich spürte, wie ihr Körper durch diese Geste in meinen Armen zitterte, und die Temperatur um ein paar Grad anstieg. Sie und ich fingen nochmal von vorne an, uns um die Zukunft zu kümmern — etwas, das wir schon vor zwei Jahren hätten tun sollen.

Meine Lippen fanden ihren Haaransatz, und ich drückte einen sanften Kuss darauf. Ich war ein sehr sexueller Mensch und brauchte regelmäßig guten Sex. Vielleicht war es nur meine Natur, aber es war die eine Sache, die meine Wut dämpfte. Ich mochte es schmutzig und versaut, und ich mochte es stark und schnell.

Aber das wollte ich nie mit Francesca machen.

Was wir hatten, war so viel besser als das. Wenn wir uns berührten, tat alles andere das auch. Wir kommunizierten, ohne Worte zu gebrauchen. Sie gab mir das Gefühl, ganz zu sein —

tief im Inneren, an Stellen, von denen ich nie gedacht hätte, dass ich sie erreichen könnte. Mit ihr ging es um viel mehr, als nur um Sex.

Ich fuhr damit fort, ihren Hals zu küssen, während ich langsam den Reißverschluss ihres Kleides aufmachte. Ihr Atem wurde leicht angespannt, als ich ihn bis ganz nach unten zog. Als ich den unteren Rücken erreichte, streiften meine Finger die Haut, wenige Zentimeter über ihrem Arsch. Dann zog ich das Oberteil des Kleides nach unten, offenbarte ihren Körper mit nichts als nur ihrem schwarzen BH. Meine Finger schoben ihr Haar über eine Schulter, und ich küsste den Bereich zwischen ihren Schulterblättern. Ihre Haut schmeckte wie Honig, und ihr Haar roch nach Vanille. Meine Lippen wurden von ihren angezogen, wie die Motten vom Licht. Ich liebte es, sie überall zu küssen. Es war mir das Liebste in der Welt.

Meine Hände zogen das Kleid den Rest des Weges herunter, und es rutschte bis zu ihren Knöcheln. Sie blieb völlig still, ließ mich ihren Körper nur mit meinen Lippen verehren. Mit nur einer Hand öffnete ich ihren BH. Die Träger lockerten sich, ich schob sie von ihren Schultern und beobachtete, wie er fiel.

Jetzt war nur noch der schwarze Tanga übrig. Meine Finger spielten mit der Spitze, und ich starrte auf die Konturen ihres strammen Arsches. Sie hatte einen wunderschönen Körper mit endlosen Kurven. Ich war nicht sicher, warum Cassandra sie einschüchtern sollte. In Wirklichkeit war es so, dass alle Frauen von Francesca eingeschüchtert sein sollten.

„Du bist wunderschön." Ich zog den Tanga von ihren Hüften.

Sie nahm einen tiefen Atemzug, zeigte ihre Erregung.

Ich zog ihn bis zu den Knöcheln runter und half ihr dann heraus. Als wir in der anderen Nacht herumgemacht hatten, wollte ich nicht aufpassen und warten. Aber ich wollte nicht einfach meinen körperlichen Begierden nachgeben, wenn Francesca doch so viel mehr verdient hatte. Sie verdiente eine perfekte Nacht, keine schnelle Nummer. Ich wollte, dass sie ohne einen Zweifel wusste, dass sie anders war, als all die anderen.

Sie war die Eine.

Francesca drehte sich um und schaute mich an. Das Licht der Kerzen warf Schatten auf ihr Gesicht, aber man konnte sie noch erkennen. Ihre perfekten Titten waren knapp unterhalb meiner Brust und der feste, kleine Bauch hatte die Form einer Sanduhr. Sie packte die Unterseite meines Hemdes und zog es dann langsam über meinen Kopf, sodass meine nackte Brust enthüllt wurde. Als es ausgezogen war, starrte sie die liebevoll an, Verlangen und Wertschätzung leuchteten in ihren Augen. Dann beugte sie sich vor und drückte mir einen Kuss mitten auf meine Brust. Es war nicht sexuell, sondern intim.

Und es erweckte Leben in mir.

Sie öffnete meinen Gürtel und den Reißverschluss und zog dann meine Jeans herunter. Als sie vor mir auf die Knie ging, stellte ich mir vor, wie sie mir einen blies. Aber ich schüttelte diesen Gedanken ab, weil ich wusste, dass dafür später noch Zeit sein würde. Francesca und ich hatten eine starke körperliche Beziehung gehabt, als wir zusammen waren, aber die entwickelte sich später weiter.

Als sie dann meine Boxershorts runterzog, sprang mein Schwanz heraus. Ich war auf meine Größe stolz, und ich wusste, dass jede Frau, mit der ich zusammen gewesen war, davon beeindruckt gewesen war. Wer behauptete, dass Größe keine Rolle spielte, log.

Sie leckte sich die Lippen, als sie ihn anstarrte.

Verdammt.

Ich legte meine Hand um ihren Nacken und zog dann ihre Lippen zu meinen. Ich küsste sie heftig, genoss jeden Augenblick, weil ich wollte, dass es ewig andauern würde. Als wir eine

Nacht stundenlang so herumgemacht hatten, hatte ich jede Sekunde genossen. Die meisten Jungs würden das nicht tun, aber dann wiederum, waren die meisten Jungs nicht bis über beide Ohren verliebt, so wie ich es war.

Ich führte sie zum Bett und legte sie darauf. Die Rosenblätter waren weich auf ihrer Haut, und sie rochen wie ein Garten. Ich legte meinen Körper auf ihren, hielt mich aber auf meinen Arme über ihr. Francescas Beine waren um meine Taille geschlungen und sie drückte mich an sich, als ob sie begierig auf die Verbindung die wir fühlen würden, wartete.

Ich auch.

Es war kein Zögern mehr in ihren Augen, wie es noch vor ein paar Tagen der Fall gewesen war. Nachdem sie sich mir geöffnet hatte, schien sie alle ihre Zurückhaltung vergessen zu haben. Sie war verflogen, wie Dampf. Jetzt sah sie mich genauso an, wie es vor langer Zeit der Fall gewesen war, als ob ich das Wichtigste für sie wäre. Vertrauen war in ihren Augen, und sie war in mich verliebt.

Ich fragte sie nicht, ob sie die Pille nahm. Ich hatte sie nicht gefragt, ob es okay wäre, wenn ich es ohne Kondom machte. Sie fragte mich nicht, ob ich sauber wäre. Wir sprachen nicht darüber. Auch wenn sie die Pille nicht nahm und schwanger werden würde, machte es mir nichts aus. Das musste irgendwann sowieso passieren. Und sie wusste, dass ich nie mit jemandem ungeschützt zusammen sein würde, außer mit ihr.

Meine Lippen sehnten sich verzweifelt danach, sie zu küssen, aber ich hielt mich zurück. Mein Blick konzentrierte sich auf ihren, und mein Herz hämmerte in meiner Brust. Ich richtete mich auf ihren Eingang aus, und in dem Augenblick, als meine Spitze ihre warme Haut fühlte, wollte ich stöhnen. Als ich dann ein Stückchen in sie hineindrückte, spürte ich die Feuchtigkeit zwischen ihren Lippen. Das Gefühl war nicht einfach nur angenehm. Es war so viel mehr — denn es war Francesca.

Ich schob mich sanft auf sie zu, zwang mich zwischen ihre Beine. Als ich kaum in ihr war, biss Francesca auf ihre Unterlippe und packte dann meine Arme. Ihre Augen waren hell vom Feuer und ihre Nippel waren härter, als die Spitze eines Diamanten.

Ich schob weiter und fühlte ihre vertraute Enge. Sie schnürte mich ein, wie eine Python, und zu sagen, dass es sich gut anfühlte, wäre das eine totale Untertreibung. Nur zu wissen, dass ich in ihr war, sie fühlte, brachte meine Muskeln dazu sich vor Zufriedenheit anzuspannen.

„Hawke ..." Ihr Haar war um sie herum auf dem Kissen verteilt, und sie hatte einen verträumten Blick in den Augen. Ihr Mund war offen, als ob sie meine Zunge wollte, und ihre Brüste wippten bei jeder Bewegung, die ich machte.

Als ich ganz von ihr umschlossen war, wollte ich mich nicht mehr bewegen. Ich wollte nur genauso bleiben, tief in ihr vergraben. Ich atmete schwerer als ich wollte und fühlte, wie meine Zurückhaltung nachgab. Jedes Mal, wenn ich mit ihr zusammen war, schmolz mein kaltes Äußeres. Ich befand mich in einem anderen Universum, eines in dem nur sie und ich existierten.

Francesca ließ ihre Finger durch mein Haar gleiten und zog ihre Beine um meine Hüfte fester an sich. Dann küsste sie mich langsam, ohne etwas zu überstürzen. Sie nahm sich Zeit, genoss jede Liebkosung meiner Zunge.

Ich schaukelte langsam in sie hinein und sorgte mich mehr um das Zusammenspiel unserer Herzen, als unserer Körper. Sie war unter mir, und sie gehörte mir. Der Schmerz verschwand, wenn sie mich so wiegte. Ich war angetörnt und so heiß auf sie, aber ich war auch so tief und unglaublich verliebt.

Francescas hielt mitten im Kuss inne und sie atmete in meinen Mund, als die Lust sie übernahm. Sie wölbte ihren Rücken und wand sich auf dem Bett, als hielte sie nicht mehr aus, wie gut ich mich anfühlte. Ihre Nägel glitten über meinen Rücken und hinterließen Spuren, wo sie mich berührten. „Oh Scheiße ..."

Ich liebte es, ihr Freude zu bereiten. Es war mir das Liebste auf der ganzen Welt. Zu beobachten, wie sie außer Kontrolle geriet, gab mir ein Gefühl größter Zufriedenheit. Sonst kümmerte ich nur um mein eigenes Vergnügen, aber wenn ich mit ihr zusammen war, war sie das Einzige, was zählte.

„Du bringst mich gleich dazu, zu kommen." Sie sagte es mit überraschtem Ton, als ob sie nicht glauben konnte, dass das so schnell passieren konnte.

Ich wollte auch kommen, aber es war noch zu früh. Ich wollte, dass es die ganze Nacht andauerte — bis ans Ende aller Zeiten. „Muffin." Ich saugte an ihrer Unterlippe und strich dann mit meinen Lippen über ihre. Sie zog sich zusammen und bereitete sich darauf vor, zu explodieren.

Und dann fing sie Feuer sie sich.

„Hawke ..." Sie packte meine Schultern und war so weit. „Oh mein Gott."

Sie kam über meinen ganzen Schwanz. Ich spürte, wie die Feuchtigkeit um mich herum flutete, und das brachte meinen Schwanz zum Zucken. Ich stieß weiter in sie, um sie an der richtigen Stelle zu treffen, damit sie es so lange wie möglich genießen konnte.

Sie war außer Atem und mit Schweiß bedeckt. Ihre Brust war gerötet, und ihre Augen waren irgendwo anders. Sie fuhr mit ihren Händen an meiner Brust entlang und erspürte die Rillen und Linien der Muskeln.

Ich liebte es, in ihr zu sein.

„Ich liebe dich." Sie hielt meinem Blick stand, als sie sich unter mir bewegte. Ihre Hände waren an meine Brust gedrückt, und ihre Finger gruben sich leicht in mich hinein.

So viele Frauen waren schon in meinem Bett gewesen, und

ich konnte mich bei keiner Einzigen daran erinnern, wie sie ausgesehen hatten. Es war alles nur Nebel, eine bedeutungslose Eskapade. Ich hätte auch einfach alleine sein können, weil ich nie wirklich dort gewesen war. Aber mit Francesca, lebte ich im Moment. Ich war dankbar, am Leben zu sein. „Ich liebe dich."

22

KLATSCH & TRATSCH

Francesca

Marie stürmte nach hinten in die Bäckerei, wo ich arbeitete. „Spuck es aus. Ich weiß, dass etwas los ist und du sagst mir besser, was es ist. Ich werde diesen Spatel schnappen und ihn so weit in deinen —"

„Beruhige dich, Fräulein." Ich stellte meine Sachen hin und zog meine Schürze aus. „Verdammt, du solltest Vernehmer werden."

„Das war eine meiner Optionen." Sie kreuzte ihre Arme vor der Brust. „Gib es zu. Axel hat sich in letzter Zeit komisch verhalten. Jedes Mal, wenn es um Hawke geht, bekommt er diesen seltsamen Ausdruck, als ob er versucht, nicht zu lächeln, aber es kommt als Grinsen raus. Du kannst mir glauben, wenn ich dir sage, dass das nicht sexy ist."

Der einzige Grund, warum ich es Marie noch nicht gesagt hatte, war, dass ich sie nicht viel gesehen hatte. Sie war mit der Arbeit und der Hochzeit beschäftigt, und wenn ich nicht arbeitete, war ich bei Hawke. „Hawke und ich sind wieder zusammen." Ich sagte es wie es war und verschönerte nichts.

„Was?“, fragte sie verwundert. „Seit wann?“

„Seit etwa zwei Wochen.“

„Warum hast du mir das nicht erzählt?“ Sie stampfte mit dem Fuß auf.

„Ich wollte es persönlich machen.“

Maries Irritation dauerte nicht lange an. Als sie das Lächeln in meinem Gesicht sah, konnte sie ihre Wut nicht aufrechterhalten. „Bist du glücklich?“

„Du kannst alle meine Zähne sehen, nicht wahr?“ Ich war überglücklich.

Sie lächelte gegen ihren Willen. „Ja, das kann ich. Und es ist wirklich überraschend, dass du nie eine Spange hattest.“

„Danke.“

Sie ließ ihre Arme an ihre Seiten fallen und kam auf mich zu. „Erzähl mir alle Details.“

„Erinnerst du dich daran, als ich erzählt habe, dass er wieder zu mir zurückkommen wollte, ich aber Nein gesagt habe?“

„Na klar“, sagte sie. „Weil es überhaupt keinen Sinn gemacht hat.“

„Nun, er hat diese Antwort nicht akzeptiert und versucht, mich trotzdem zurückzugewinnen. Er hat mir Abendessen gekocht und Zeit mit mir verbracht … und ich habe ein paar Mal bei ihm geschlafen.“

Ihre Augen weiteten sich und sie öffnete den Mund, um zu sprechen.

„Wir hatten keinen Sex“, sagte ich schnell. „Wir haben einfach nur zusammen geschlafen. Er sagte mir, er würde nicht aufgeben, bis er bekommen hätte, was er wollte. Ich konnte ihm lange nicht vertrauen, und das änderte sich erst, als ich ihm genau gesagt hatte, was ich gefühlt habe … und alles, was passiert ist, nachdem er gegangen war. „

Maries Augen verfielen in Traurigkeit, als sie erkannte, worauf ich mich bezog.

„Und ich habe mir lange die Augen ausgeweint, bis ich eingeschlafen bin. Als ich am nächsten Morgen aufwachte ... waren alle diese Schmerzen verschwunden. Ich habe alles rausgelassen und Hawke und ich sind darüber hinweg.“

Marie presste ihre Lippen fest zusammen. „Denkst du, dass es jetzt dabei bleibt? Glaubst du nicht, dass er dir nochmal das Gleiche antun wird?“

„Nein.“ Da war kein Zögern. Das würde er mir nicht antun, nicht noch einmal.

Marie nahm mich beim Wort und lächelte. „Dann freue ich mich sehr für dich.“

Ich lächelte wieder und schmolz bei dem Gedanken an ihn dahin.

Marie umarmte mich. „Jetzt können wir auf Doppeldates gehen.“

„Wir sind schon auf Doppeldates gegangen“, sagte ich lachend.

„Die anderen Mädchen werden so enttäuscht sein“, sagte sie. „Jede Einzelne ist in Hawke verknallt.“

„Oh, zu schade“, sagte ich. „Weil er mir gehört.“

„Sie hatten sowieso keine Chance.“ Sie ging mit einem Hauch von einem Lächeln auf den Lippen weg. „Also, habt ihr beiden ...?“

„Oh ja“, sagte ich. „Letzte Nacht.“

„War es so gut wie früher?“

„Eigentlich war es noch besser.“

„Ich bin ein wenig eifersüchtig ...“

„Ist Axel nicht gut?“

„Doch, das ist er. Aber wir haben schon lange keinen Sex mehr gehabt ... vielleicht sollte ich später mal ein ernstes Wort mit ihm reden.“ Ein schelmisches Grinsen war auf ihren Lippen.

„Geh nur sicher, dass du dich nicht zwei Jahre lang von ihm trennst.“

Marie und ich gingen in das Restaurant und sahen Hawke und Axel an einem Tisch sitzen. Sie saßen sich gegenüber, die Plätze neben ihnen waren frei.

„Schau dir die heißen Männer da an“, flüsterte Marie mir ins Ohr.

„Ja …“ Hawke trug einen dunkelgrauen Anzug, der seine starken Schultern und die massive Brust betonte. Er passte zu seinem Bartschatten und er sah appetitlich aus.

Als Hawke mich bemerkte, stand er auf und knöpfte seinen Anzug mit einer Hand auf. Er beobachtete mich und lächelte nicht. Er starrte mich nur an und befahl mir nur mit seinem Blick, zu ihm zu kommen.

„Lass uns hingehen.“ Marie zog mich mit sich.

Das brauchte man mir nicht zweimal zu sagen.

Marie ging zuerst zu Axel und er umarmte sie wie ein Mann, der total verliebt war.

Als ich Hawke näherkam, waren seine Augen auf mich gerichtet. Er beobachtete jede meiner Bewegungen mit voller Aufmerksamkeit. Als ich ihn endlich erreichte, fuhr seine Hand auf meinen unteren Rücken und er zog mich an seine Brust. Er sah zu mir hinab, ohne mich zu küssen, aber er liebte mich, nur mit seinen Blicken.

Meine Knie wurden schwach.

Hawke drückte seine Lippen auf meine, und gab mir einen langen Kuss. Er musste seinen Hals runterbeugen, um mich zu erreichen, und ich musste auf meinen Zehenspitzen stehen, da er 1,90 m groß war. Der Kuss dauerte länger als nötig, und Hawke musste sich zwingen, davon abzulassen, obwohl es klar war, dass er es nicht wollte.

Wir sprachen kein einziges Wort miteinander, aber mit einer Verbindung wie unserer, waren Worte unnötig. Hawke zog den

Stuhl für mich vor, bevor er sich auf seinen eigenen setzte. Als ich meinen Platz einnahm, bewegte sich seine Hand automatisch zu meinem Oberschenkel.

Axel blickte zwischen uns hin und her. „Das wurde aber wirklich Zeit."

Hawke zuckte mit den Achseln.

Ich sagte überhaupt nichts.

„Ärger sie doch nicht", sagte Marie leise, als ob sie hoffte, dass wir sie nicht hören würden.

„Doch, genau das werde ich tun", sagte Axel." Ihre Beziehung ist wie eine verdammte Seifenoper. Und ich sehe mir aus einem bestimmten Grund keine Seifenopern an."

Marie gab ihm einen Klaps auf sein Handgelenk. „Hör damit auf. Hawke könnte eines Tages dein Schwager sein. Du solltest froh sein."

Er würde sicher Axels Schwager sein.

Hawke drückte meinen Oberschenkel.

„Nun, da es herausgekommen ist", sagte ich. „Können wir nicht einfach nur weitermachen und uns normal verhalten?"

Axel blickte als Antwort seine Speisekarte an.

„Also, was ist für die Hochzeit noch übrig?", fragte ich. „Irgendetwas, was wir noch tun müssen? Gastgeschenke? Gestecke?"

„Nein", sagte Marie. „Alles ist vorbereitet. Jetzt müssen wir nur noch heiraten."

„Je früher, desto besser." Axel küsste sie auf die Hand.

Es überraschte mich immer noch, wenn er so süße Dinge tat. Es entsprach gar nicht seinem Charakter.

Marie reagierte nicht so auf seine Zuneigung, wie sie es sonst getan hatte.

„Könnt ihr es glauben, dass ihr beiden tatsächlich in zwei Wochen heiraten werdet?", fragte ich.

„Ich kann es immer noch nicht glauben“, sagte Marie. „Diese Verlobung kam so plötzlich.“

„Ich bin auf die Flitterwochen gespannt“, sagte Axel.

„Darauf wette ich“, sagte Hawke mit einem Grinsen. „Das Beste an der ganzen Hochzeit. Wo wollt ihr hinfliegen?“

„In die Karibik“, antwortete Axel. „Marie wird einen Tangabikini tragen.“ Er grinste so breit, wie ein Idiot.

„Vor all den Menschen?“, fragte Hawke. Hawke war das genaue Gegenteil. Er würde mir nicht sagen, was ich anziehen soll, aber er würde es überhaupt nicht mögen, wenn mein Arsch der ganzen Welt gezeigt würde. Mein Körper war sein und er wollte nicht, dass jemand anderes sich daran erfreuen könnte — auch wenn es nur mit den Augen war.

„Oh ja“, sagte Axel. „Sie werden sich wünschen, dass sie sie an meiner Stelle ficken könnten. Aber das können sie nicht, weil sie meine Lady ist.“

„Lasst uns das Thema wechseln, bevor du alle zum Kotzen bringst“, sagte Marie.

„Kotzen?“, fragte Axel. „Du hast einen wunderschönen Arsch. Der würde niemanden zum Kotzen bringen.“

„Da hat er recht“, sagte ich. „Ja, das hast du.“

Marie zuckte zustimmend.

Hawke beugte sich zu mir. „Ich würde jetzt gerne deinen Arsch in einem Tanga sehen.“

„Das können wir arrangieren.“ Das war kein Scherz. „Es gibt hier ein Bad.“

Er zog seine Augenbrauen interessiert hoch.

Ich hielt seinem Blick stand, ohne einen Rückzieher zu machen.

„Wie wäre es nach dem Mittagessen in meinem Büro?“

Über seinen Schreibtisch gelegt zu werden, klang irgendwie reizvoll, aber dann dachte ich an die anderen Mädchen, die genau dasselbe getan hatten. Ich sollte nicht so denken, und ich wünschte es würde aufhören, aber ich konnte einfach nicht. Ich brach den Blickkontakt ab und sah auf das Menü, was seine Frage schweigenderweise beantwortete.

Nachdem wir uns von Axel und Marie verabschiedet hatten, standen wir uns auf dem Bürgersteig gegenüber. Hawke hakte seinen Arm um meine Taille gelegt und seine Hand ruhte auf meinem unteren Rücken, seinem Lieblingsplatz. „Mein Büro ist nur einen Block entfernt. Und ich bin mir ziemlich sicher, dass du es noch nicht gesehen hast."

„Oder wir könnten ein paar Blocks weitergehen, bis zu meiner Wohnung."

Wie immer konnte Hawke mich wie ein offenes Buch lesen, einfach so, mit nur einem Blick. „Warum willst du mein Büro nicht sehen?"

Ich fühlte mich kindisch, wenn ich an die Antwort dachte.

Nach ein paar mehr Sekunden des Anstarrens fand Hawke es heraus. „Ich habe noch nie vorher eine Frau in meinem Büro gefickt."

Ich fand das schwer zu glauben, und mein Ausdruck zeigte es.

„Warum sollte ich lügen?"

Ich wusste, dass er das nicht tun würde.

„Möchtest du nun mein Büro sehen?" Er zog mich fester an seine Brust und kam mit seinen Lippen nahe an meine.

Meine Knie fühlten sich wieder schwach an. „Sehr gerne."

Sein Büro befand sich im 10. Stock des Gebäudes, und es war sehr schön. Es war modern, mit unberührten weißen Wänden,

Glastüren und eleganten Möbeln. Eine Sekretärin saß vor den Doppeltüren. Sie war blond und hübsch, und es warteten auch ein paar Leute auf den Stühlen.

„Hallo, Mr. Taylor. Hatten sie ein gutes Mittagessen?“ Sie schaute mich interessiert an und drehte sich dann zu ihm zurück.

„Das hatte ich, Abby. Vielen Dank.“ Hawke öffnete die Glastür und erlaubte mir, zuerst hineinzugehen.

Ich fühlte mich fehl am Platz, mit meinem schmutzigen T-Shirt und der alten Jeans. Mein Haar lag in einem Zopf über einer Schulter. Ich sah nicht annähernd so elegant aus, wie die Sekretärin.

Hawke nahm meine Hand und führte mich in sein Büro. Es gab noch andere Büros auf diesem Flur, und in jedem von ihnen saßen Männer in Anzügen. Einige saßen an ihren Computern und andere am Telefon.

„Es ist wirklich schön.“ Ich war sehr beeindruckt.

„Vielen Dank.“ Er begrüßte seine Sekretärin, eine weitere Blondine, und ging dann mit mir hinein. Anstelle von Glastüren, wie jeder andere sie hatte, waren seine schwarz.

Ich betrachtete sein Büro und schaute auf die grauen Bücherregale an der Wand. Zwei rote Sessel standen gegenüber von seinem großen Mahagonischreibtisch. Am Rand des Tisches standen ein paar Bilder. Eins war von ihm und mir.

War das schon immer dort gewesen? Oder hatte er das da hingestellt, nachdem wir wieder zusammengekommen waren?

Meine Finger berührten den Rahmen, und als ich den Staub an meinen Fingerspitzen fühlte, wusste ich, dass es dort mehr als ein Jahr gestanden haben musste.

Hawke lehnte sich an seinen Schreibtisch und kreuzte seine Arme über der Brust. „Was hältst du davon?”

„Ich liebe es“, antwortete ich. „Es ist so ... du.“

„Dunkel, Unheil verkündend und gefährlich?“

„Nein“, antwortete ich. „Wunderschön.“

Er blinzelte nicht.

Ich ging zu seinem Schreibtisch und stand dann vor ihm. Ich berührte ihn nicht, sondern behielt meine Hände bei mir. „Warum hast du noch keine Mädchen hier gehabt?“ Ich war mir nicht sicher, warum ich diese Frage stellte. Ich wünschte, ich würde mich nicht mehr um die Anderen kümmern. Als wir das erste Mal zusammenkamen, war mir das egal. Aber nachdem er gegangen war, war das nicht mehr so.

„Weil das hier mein Büro ist.“ Der Ton seiner Stimme drückte aus, dass das alles war, was dazu gesagt werden musste. „Ich habe einen Ruf, den ich schützen muss. Die Leute hier müssen nichts über mein Privatleben wissen.“

„Und warum hast du mich dann hierhergebracht?“

Er neigte seinen Kopf etwas. „Du bist anders, Francesca. Und das weißt du.“

Mein Herz schwoll auf die doppelte Größe an, und es pochte schmerzhaft in meiner Brust. Meine Finger fanden mein Shirt, und ich zog es langsam über meinen Kopf und zog meine Haare mit sich. Dann warf ich es auf den Boden.

Hawkes Augen verließen meine, und er starrte auf meine Titten in dem BH.

Ich öffnete ihn und ließ ihn fallen.

Hawke griff nach dem Rand des Schreibtisches.

Meine Finger öffneten den Knopf und den Reißverschluss meiner Jeans, und ich zog sie an meinen Oberschenkeln runter und dann über meine Converse Sneaker. Ich ließ die Schuhe an, nur um anders zu sein.

Er musterte meinen Tanga mit dunklem Blick.

Ich zog auch den aus. Dann stand ich nackt vor ihm, nur in meinen Converse Sneakern.

Er schluckte den Kloß in seiner Kehle herunter, bevor er sich ganz aufrichtete. Dann zog er seine Jacke aus und warf sie auf den Sessel. Langsam öffneten seine Finger jeden Knopf seines Hemdes. Er machte es auf und ließ es an seinen Arme herunterrutschen, bis es auf den Boden fiel.

Ich würde nie müde werden, seine perfekte Brust anzusehen.

Er näherte sich mir langsam, während er seinen Gürtel und dann seine Hose öffnete. Schnell schob er sie nach unten, bis sie um seine Knöchel fiel. Dann trat er sie beiseite, und hatte immer noch seine Schuhe an.

Alles, was übrig war, waren seine Boxershorts.

Er hielt meinem Blick stand, als er sie von seinen schlanken Hüften und seinen kräftigen Oberschenkeln zog. Als er sie ausgezogen hatte, war er ganz nackt. Mit einem schwelenden Blick in seinen Augen packte er meine Hüften und drückte mich an seinen Körper. Meine Titten rieben an seiner harten Brust, und ich merkte, wie mein Atem stockte.

Hawke drückte mir einen weichen Kuss auf die Lippen, bevor er mich zum Schreibtisch führte. Mein Rücken war dagegen gedrückt, und er wollte mich hochheben und auf die Oberfläche setzen. Stattdessen drehte ich mich um und gab ihm meinen Arsch.

Er ließ von seiner Berührung ab und starrte auf mein Hinterteil.

„Du hast gesagt, du wolltest das sehen." Ich sah ihn über meine Schulter an.

Er ergriff eine Backe mit seiner Handfläche und massierte sie. „Er ist genauso schön, wie ich ihn in Erinnerung habe." Er kniete sich nieder und legte beide Handflächen auf meinen Arsch.

Mein Körper spannte sich erwartend an.

Er drückte sein Gesicht zwischen meine Backen und küsste dann den Bereich zwischen meinen Beinen. Er leckte und saugte die Stelle und verschlang sie, als ob jedes Schmecken ihn noch mehr antörnte.

Ich blieb über den Schreibtisch gebeugt, atmete schwer und genoss jede Sekunde davon. Er war in allem, was mit Sex zu tun hatte, so unglaublich gut und ich fühlte mich wie das glücklichste Mädchen der Welt, aber aus ganz unromantischen Gründen.

Er war heiß.

Er küsste den Bereich noch einige Minuten, bevor er sich wieder auf die Füße stellte, sein harter Schwanz drückte noch zwischen meine Backen. Ich hatte einen großen Arsch für meine Größe. Ich hasste ihn, weil es so schwierig war, damit in Jeans zu kommen, aber jeder Mann, mit dem ich je zusammen gewesen war, war von ihm besessen.

Hawke drückte seine Lippen an mein Ohr und schob seinen Schwanz zwischen meine Backen. „Verdammt …"

Ich wölbte meinen Rücken erwartungsvoll.

Er beugte sich über mich, seine Arme auf beiden Seiten von mir auf dem Schreibtisch. Dann schob er sich langsam hinein, ich spürte keinen Widerstand, weil ich so nass war. Genau genommen war ich durchtränkt. Es waren meine eigene Feuchte und sein Speichel. Als er ganz in mir war, stöhnte er mir ins Ohr.

Ich wiegte meinen Arsch und umhüllte ihn wieder und wieder, und wartete total gespannt auf ihn.

Er stieß ein weiteres Stöhnen aus und begann dann, sich mit mir zu bewegen. Er behielt seine Lippen an meinem Ohr, sodass ich jeden Atemzug und jedes Geräusch das er machte, hören konnte. Ihm dabei zuzuhören, wie er mich genoss, machte mich noch mehr an.

Ich drückte meine Handflächen auf die Oberfläche seines Schreibtisches, aber meine Hände rutschen dauernd weg, weil schweißnass waren.

Hawke schlang seinen Arm über meine Brust, direkt auf meinen Titten. Er packte mich und benutzte mich als Anker, um sich in mich hineinzubewegen. Er war so lang und dick, und jeder Stoß sorgte dafür, dass ich zerbersten wollte.

Ich konnte mich kaum noch festhalten, und ich packte seinen Arm und grub meine Nägel in seine Haut, als die Explosion begann. Es war sengend heiß und mein Körper hielt es kaum aus.

Hawke lehnte sich über mich und drückte seinen Mund auf meinen, brachte mein Stöhnen zum Schweigen und ließ mich zugleich noch stärker kommen. Seine Zunge tanzte mit meiner, und er stieß in mich hinein, als ich meinen Höhepunkt genoss. Er dauerte lange und war unglaublich stark. Mein Rücken wölbte sich und ich stieß ein Stöhnen aus, lauter, als ich es eigentlich wollte.

Als ich fertig war, löste Hawke seine Lippen von mir, und küsste dann meinen Nacken und den Bereich zwischen meinen Schulterblättern. Er fuhr gleichzeitig fort, in mich hineinzustoßen. Dann brachte er seine Lippen zurück an mein Ohr und pumpte stärker in mich hinein, dabei stöhnte er leise in mein Ohr. Ich wusste, dass er im Begriff war, zu explodieren, weil sein Körper sich auf meinem anspannte. Sein Atem beschleunigte sich und er packte mich so fest, dass er mich fast zerdrückte.

Dann kam er. „Francesca ...“ Sein Schwanz zuckte in mir, während er alles ausstieß, was er besaß. Er machte seine letzten Stöße, bevor er sein Gesicht an meinen Hals vergrub und meinen Duft einatmete. Der Schweiß auf seiner Brust rieb an meinem Rücken. Er blieb noch lange so stehen und hielt mich einfach nur fest.

„Ist das das erste Mal, dass du deinen Schreibtisch geschändet hast?“, fragte ich, während er seinen Körper an mich presste.

Er lachte. „Geschändet?“

„Ja. Du weißt schon, dass du etwas Unanständiges darauf gemacht hast."

„Ja, es ist das erste Mal. Aber geschändet ist nicht das richtige Wort dafür. Wunderschön. Das ist das Wort, das du benutzen solltest."

ICH HÖRTE SCHRITTE HINTER MIR, ALS ICH HINTEN IN DER Bäckerei war. Ohne mich umzudrehen, wusste ich, wer es war. Die Schritte klangen schwer, als ob ein großer Mann hinter mir wäre.

Und das konnte nur eins bedeuten.

Ich drehte mich um, mit einem aufgesetzten Lächeln im Gesicht und erwartete, den Mann meiner Träume zu sehen.

Aber stattdessen war es Kyle. „Hey, ist es gerade ungünstig?" Er trug Jeans und ein langärmeliges graues Hemd. Seine Bizepse waren definiert, und die Härte seiner Brust war für jedermann sichtbar, selbst wenn man blind wäre.

„Äh ..." Ich wünschte, ich könnte schneller umdenken. „Nein, du hast mich nur überrascht."

„Tut mir leid, ich weiß, dass ich nicht hier sein sollte." Er rieb seinen Nacken und stieß einen Seufzer aus. „Es gibt da etwas, was ich unbedingt wissen muss, und ich denke, dass mir deine Antwort helfen könnte."

Was wollte er wissen? Ich legte mein Werkzeug ab und zog dann meine Schürze aus. „Was ist los?"

„Hawke." Er sagte den Namen so, als ob es alles erklären würde.

„Was ist mit ihm?"

„Vor ein paar Wochen war er in unserem Fitnessstudio ... und ich war nur neugierig, was das bedeutete. Seid ihr wieder zusammen?" Er schauderte etwas, als wollte er meine Antwort gar nicht hören — zumindest nicht die, die ihn verletzen würde.

Ich wollte nicht ehrlich sein, aber nicht, weil ich ihn anlügen wollte. Ich wollte sein Herz nur einfach nicht noch mal brechen. „Warum fragst du?“

„Weil ... wenn ihr das seid, dann weiß ich, dass es absolut keine Hoffnung für uns gibt. Aber wenn ihr es nicht seid ... können wir die Dinge vielleicht ausarbeiten. Ich habe das Leben als Single nie genossen, nicht wie ich es gewohnt war. Ich würde mich viel lieber mit der Hälfte deines Herzens zufriedengeben, als diese Existenz zu durchleben.“

Versuchte er, mich zu zerreißen?

„Also ... seid ihr?“ Er steckte seine Hände in die Hosentaschen und wartete auf die Antwort.

So oder so, ich würde verlieren. Ich konnte ihm keine Antwort geben, die seine Situation besser machen würde. Also hielt ich mich an die Wahrheit. „Ja.“

Der Schmerz schoss ihm in die Augen und er konnte es nicht verbergen. Er nickte leicht mit dem Kopf, dann räusperte er sich. „Okay. Jetzt kann ich darüber hinwegkommen.“

Ich hasste mich selbst.

„Gratuliere.“ Trotz seiner Schmerzen schien er aufrichtig zu sein. „Ich weiß, dass das genau das ist, was du wolltest. Du hattest immer gesagt, dass er dein Seelenverwandter sei und so.“

„Er ist mein Seelenverwandter.“ Ich wollte ihm den Todesstoß nicht versetzen, aber ich wollte ihn mit einem besseren Gefühl hier weggehen lassen, als das, mit dem er gekommen war.

„Nun gut ... Ich denke, das war es dann.“ Er rieb seinen Nacken und zuckte gleichzeitig mit den Schultern.

„Kyle, du bist so ein toller Kerl. Du wirst eine Frau finden, die eine Million Mal besser ist als ich, und sie wird dich lieben, wie keine andere.“

„Danke.“ Er nahm keinen Blickkontakt mit mir auf, was mir sagte, dass er kein Wort von dem glauben würde, was ich sagte.

„Ich meine das wirklich so.“

„Ich bin sicher, dass du das tust“, sagte er mit einem Seufzer. „Ich habe einfach nur noch nie so für jemanden gefühlt. Was für eine Chance habe ich, so etwas noch einmal zu fühlen? Und es gibt keine Bessere als dich, Francesca. Damit hast du unrecht.“ Er steckte seine Hand wieder in die Tasche und ging dann zur Tür zurück. „Es tut mir leid, dich gestört zu haben. Ich werde es in Zukunft nicht mehr tun.“

Ich wollte ihn umarmen und auf jede erdenkliche Weise trösten. Aber ihm jegliche Art von Zuneigung zu zeigen, würde es ihm nur noch schwerer machen. Ich würde ihn viel lieber mit Hassgefühlen hinausgehen sehen, als mit gebrochenem Herzen. Ich wünschte, ich hätte die Zeichen früher erkannt. Ich wünschte, dass ich die Dinge beendet hätte, bevor er sich in mich verliebt hatte.

Es war alles meine Schuld.

„Tschüss, Francesca.“ Kyle drehte sich um und ging in den Flur, aber er blieb stehen, als er merkte, dass jemand im Weg war.

Hawke stand da, eine Drohung brannte in seinen Augen.

Ich hatte ihn gar nicht bemerkt. Er trug Anzug und Krawatte, wie er es an jedem Arbeitstag tat. Seine Größe und Präsenz hätten mich vorwarnen müssen, aber ich war so in Kyle vertieft, dass ich ihn nicht bemerkt hatte.

Kyle starrte ihn ohne den geringsten Anflug von Angst an.

Hawke blinzelte nicht.

Es war höllisch angespannt. Keiner von beiden sagte ein Wort, aber ihr Gespräch lief über die Blicke ab. Ihre Muskeln waren gespannt, und sie waren beide für einen Kampf bereit. Hawke redete nicht viel, aber seine Gedanken waren in seinen

Augen zu sehen. In diesem Moment wollte er Kyles Kehle herausreißen, nur dafür, dass er mich angeschaut hatte.

Ich wartete darauf, dass dieser Moment verging, und einer von ihnen sich entfernte.

Endlich ging Kyle in den Flur, ohne zurückzuschauen.

Hawke beobachtete, wie er hinausging, bis er außer Sichtweite war. Dann wandte er sich mir zu, Zorn brannte immer noch tief in seiner Seele. Seine Schultern waren steif, und seine Arme rührten sich nicht von seinen Seiten. Er warf mir den gleichen tödlichen Blick zu, eifersüchtig und wütend.

Ich hatte nichts Falsches getan und Kyle auch nicht, deshalb brauchte ich mich für nichts zu entschuldigen. Er konnte mich anknurren, soviel er wollte, aber das würde nichts ändern. Ich hatte dasitzen und beobachten müssten, wie sein Handy mit expliziten SMS aufleuchtete und Tussis draußen vor seiner Tür warteten.

Er konnte darüber hinwegkommen.

Hawke schloss schließlich den Abstand zwischen uns, sein Körper immer noch steif. „Soll ich ihn umbringen?"

„Nein, das wird nicht nötig sein."

„Kann ich ihn trotzdem umbringen?" Er verzog keine Miene.

„Nein."

Hawke war kurz vorm Platzen. Die Wut wollte ihm aus den Augen springen. „Was zum Teufel tut er hier? Was zum Teufel glaubt er, wer er ist? Er hat kein Recht, hierherzukommen und mit dir zu reden. Du. Bist. Mein."

Ich legte eine Hand an meine Hüfte und blickte ihn an, ohne zu blinzeln. „Er ist ein Mensch, und er ist mein Freund. Er hat mich nicht berührt und ist mir nicht zu nahegekommen, er wollte nur reden. Daran ist nichts schlimm."

„Zur Hölle, das ist nicht schlimm? Ich lasse nicht zu, dass ein Typ meine Freundin belästigt."

„Er hat mich nicht belästigt."

„Er hat trotzdem kein Recht, hierher zu kommen. Was zum Teufel wollte er?“

„Das geht dich nichts an.“

Die Vene an Hawkes Stirn begann zu zucken. „Es geht mich wohl etwas an. Ich will nicht, dass er dir noch mal nahekommt.“

„Ich kann mich um mich selbst kümmern, Hawke. Und du solltest mir vertrauen.“

„Ich vertraue dir voll und ganz. Ich kann nur ihm nicht vertrauen.“

„Nun, dann versuch, damit klarzukommen.“

„Bitte?“, zischte er.

„Ich musste mich schon an alle deine Schlampen und Tussis gewöhnen. Du kannst damit umgehen.“

„Diese Schlampen und Tussis haben mir verdammt noch mal nie etwas bedeutet. Du hattest doch eine richtige Beziehung mit diesem Mann. Du hast seine Familie getroffen, verdammt noch mal. Ich habe allen Grund, verärgert zu sein, Frankie. Du bist jetzt mit mir zusammen, und das bedeutet, dass du nicht mehr mit ihm sprechen darfst.“

Da hatte er gerade das Falsche gesagt. „Ich darf das nicht?“ Jetzt stemmte ich auch meine andere Hand in meine Hüfte.

Hawke wusste, dass er es mit mir verdorben hatte. „Wenn du mit mir zusammen bist, gibt es keinen Grund, warum du mit ihm reden solltest. Das ist alles, was ich sage. Ich hatte keine Beziehung mit meinen Bimbos. Ein Ex kann niemals ein Freund sein.“

„Kyle ist ein toller Kerl. Du solltest netter zu ihm sein.“

„Das ist genau der Grund, warum ich nicht nett zu ihm bin.“ Seine Arme zitterten an seinen Seiten.

Ich verschränkte meine Arme vor der Brust. „Entweder, du vertraust mir oder nicht. Für den Fall, dass du es vergessen haben solltest, ich habe ihn verlassen, weil ich so sehr an dir hänge. Es gibt keinen Grund auf der Welt, warum du dich von ihm bedroht fühlen müsstest. Wenn ich deine Seelenverwandte bin, dann sollte es egal sein, dass er hier war."

Hawke presste seine Lippen fest zusammen. „Was wollte er denn überhaupt?"

„Er wollte wissen, ob wir wieder zusammen wären."

„Wusste er das denn nicht schon?", schnauzte er.

„Woher hätte er das wissen sollen?", fragte ich ruhig. „Ich spreche doch nicht regelmäßig mit ihm."

Seine Wut verebbte ein wenig.

„Und ich habe ihm gesagt, dass es so ist."

„Was macht das für einen Unterschied?", fragte Hawke. „Du bist doch sowieso nicht mit ihm zusammen."

„Weil er gesagt hat, dass es ihm dabei helfen würde, über mich hinwegzukommen." Ich fühlte mich nicht gut dabei, das laut auszusprechen. Ich wusste, wie es war, jemanden haben zu wollen, den man nie haben konnte.

Hawkes Ausdruck änderte sich nicht, aber es war klar, dass er diese Antwort nicht mochte.

„Lass es jetzt endlich gut sein und hör auf, mich dauernd zu kritisieren." Ich ging wieder an meinen Tisch und legte meine Schürze um. Ich war zu irritiert, um Hawke zu küssen und so zu tun, als ob alles völlig in Ordnung wäre. Ich schätzte es nicht, so verhört zu werden, vor allem, weil ich unserer Beziehung noch nie negativ gegenübergestanden hatte.

Hawke seufzte hinter mir und ging nicht weg.

Ich hielt ihm meinen Rücken zugewandt und wartete darauf, dass er ging.

„Es tut mir leid." Die Worte zerschnitten die Luft wie ein Messer, das durch seine Aufrichtigkeit stumpf wurde.

Ich drehe mich nicht um.

„Ich habe überreagiert. Ich bin nicht ganz bei Sinnen, wenn es um dich geht."

Das wusste ich, nur zu gut. Ich erinnerte mich daran, wie

verrückt die Situation wurde, als er sah, dass Aaron mich an der Bar küsste. Hawke hatte ihn fast umgebracht —buchstäblich.

„Ich weiß, dass ich nicht eifersüchtig sein sollte — überhaupt nicht. Es gibt keinen Grund dazu, nicht mit dir."

Es wurde immer schwieriger für mich, meine Wut aufrechtzuerhalten. Wenn er zugab, dass er falsch lag, etwas extrem Seltenes, war es für mich unmöglich, ihn zurückzuweisen.

Seine Hände schoben sich um meine Taille und er verführte mich dazu, dass ich mich umdrehte.

Zuerst kämpfte ich dagegen an und war nicht bereit, sein Gesicht zu sehen.

Aber er gewann und drehte mich zu ihm um. Als er meine Züge sah, gab er mir den Hauch eines Lächelns. Seine Augen erhellten sich leicht, als er seine Hand zu meinem Hals bewegte. Seine Finger ruhten in meinen Haaren und sein Daumen berührte meinen Mundwinkel.

„Ja." Ich war sprachlos.

„Muffin, es tut mir leid." Er sah zu mir herunter, seine Stirn berührte fast meine.

„Ich vergebe dir."

Er lächelte, als er wusste, dass er mich hatte. Dann gab er mir einen sanften Kuss, der jedes Mädchen schwachmachen würde. Mein unterer Bauch brannte vor Begierde, und ich fühlte mich leichtsinnig und sogar ein wenig schwindelig.

Als er sich von mir löste, wollte ich nicht, dass es endete. „Möchtest du zu Mittag essen?"

Ich hatte vergessen, dass er aus einem bestimmten Grund hierhergekommen war. „Nicht unbedingt."

„Hast du keinen Hunger?"

„Doch", sagte ich. „Ich würde nur lieber etwas Anderes tun, als zu essen."

Seine Hände griffen meine Taille fester. „Das können wir arrangieren. Kommen die Leute oft hier hinten hin?"

„Manchmal … aber niemand außer mir geht in die Vorratskammer."

Er streifte seine Lippen über meine. „Dann wird es gleich schmutzig."

„Das Gute daran ist, dass ich es schmutzig mag."

Es waren nur noch wenige Tage bis zu Maries. Der Druck und der Stress steigerten sich.

„Okay, ich muss das Fotoalbum kaufen —

„Habe ich schon." Ich hatte mich schon vor Wochen darum gekümmert.

Marie sah sich die Liste an. „Ich muss dem DJ sagen, welche Musik wir während der Cocktailstunde haben möchten."

„Darum habe ich mich auch schon gekümmert."

Ihre Augen hingen am Papier. „Scheiße, habe ich vergessen —"

„Ich habe auch etwas Altes, etwas Neues, etwas Geliehenes und etwas Blaues für dich bekommen."

Sie legte endlich die Liste weg. „Du bist die Trauzeugin des Jahres, weißt du das schon?"

„Ja, weiß ich schon." Ich wollte mein Licht diesbezüglich nicht unter den Scheffeln stellen. Ich war bei Marie auf Abruf und tat alles, was sie sagte. Eigentlich hatte ich nichts getan, ohne sie zu fragen.

„Was ist mit dem Kuchen?"

„Was soll damit sein?", fragte ich ungläubig. „Marie, dein Kuchen wird perfekt sein. Mach dir deswegen keine Gedanken."

„Aber du hast schon so viele Dinge zu erledigen —"

„Mädchen, das ist das, was ich am besten kann. Halt die Klappe und bleib cool."

Sie lächelte. „Du hast es mir so leicht gemacht. Ich bin so froh, dass du diese Erfahrung mit mir teilst."

„Es ist mir eine Ehre, an deiner Seite zu sein, Marie."

„Und ich bin so erleichtert, dass ich keine verrückten Schwiegereltern bekomme."

„Bist du dir da sicher?", fragte ich schmunzelnd.

„Du bist verrückt, Frankie. Aber im positiven Sinne. Also, wie läuft es mit Hawke?"

„Perfekt." Es gab keine andere Möglichkeit, das zu beschreiben.

„Lebt ihr beiden immer noch in einem Märchen?"

„Es ist so, als ob wir da weitergemacht hätten, wo wir aufgehört haben ... nur noch besser." Weil ich dieses Mal wusste, dass es glücklich enden würde. Er würde sich nicht davonmachen und mich wieder verlassen. Er würde mich nicht noch einmal verletzen. Wie er schon gesagt hatte: wir waren für immer.

Ich wollte etwas Rücksichtsloses tun — mit Hawke.

Ich war total überglücklich, so glücklich, dass es illegal sein sollte, so verliebt zu sein. Hawke und ich verbrachten jeden Abend nach der Arbeit Zeit miteinander. Wir gingen zu ihm oder zu mir, und wir kuschelten auf der Couch und starrten uns gegenseitig an. Manchmal sagten wir gar nichts und kommunizierten nur mit Blicken.

Gerade letzte Nacht hatte Hawke meine Hand genommen und jeden Knöchel geküsst, während er meinen Blick erwiderte. Die Berührung war unschuldig, aber sie machte mich heißer als ich es je zuvor gewesen war. Mit ihm, war ich ganz. Bei ihm, war ich zu Hause.

Aber ich wollte etwas Abenteuerliches und Verrücktes machen. Wir hatten die Dinge langsam angehen lassen, seit wir wieder zusammengekommen waren. Hawke war immer sanft mit mir, und wenn er mich liebte, fühlte es sich immer wie beim ersten Mal an.

Aber jetzt wollte ich noch etwas mehr.

Ich fuhr zu Hawkes Etage hoch und ging an der Sekretärin vorbei. Sie hob eine Augenbraue, als ob sie mir etwas sagen wollte, aber als sie erkannte, wer ich war, ließ sie mich vorbeigehen.

Als ich den Schreibtisch seiner Assistentin erreichte, sagte sie kein Wort zu mir. Dem missbilligenden nach Blick zu urteilen, war sie nicht erfreut darüber, dass ich Hawkes Freundin war. Wenn ich so darüber nachdachte, glaubte ich, dass keine alleinstehende Frau das war.

Ich klopfte an seine Tür.

„Kommen Sie herein“, sagte er mit gleichgültiger Stimme.

Als ich hineinging, tippte er gerade auf seinem iPad herum. Er sah nicht auf, als ob er dachte, ich wäre sein Assistent oder jemand anderes, der ihm egal war.

„Was ist los?“ Er hob eine Augenbraue, tippte aber weiter.

Ich ging weiter in den Raum und öffnete meinen Trenchcoat. Ich trug, außer schwarzen Dessous, nichts darunter. Es war etwas, was ich normalerweise nicht tun würde, aber ich wollte Hawke überraschen.

Als ich nichts sagte, sah er auf. Er musste ein zweites Mal hinschauen, als ob er nicht glauben konnte, dass ich vor ihm stand — nur in Dessous. Seine Finger rutschten und er ließ das iPad auf den Schreibtisch fallen. „Francesca ...“ Er starrte mich gierig an und schluckte den Kloß in seinem Hals hinunter.

Ich versuchte, mein Selbstvertrauen zu behalten, ging um den Schreibtisch herum und kniete vor seinen Füßen nieder.

Er sah zu mir hinab, überraschter als je zuvor.

Ich öffnete seine Hose und zog seinen Schwanz heraus. Er war lang und hart.

Er starrte mich nur an, ohne ein Wort zu sagen.

Ich warf meinen Trenchcoat beiseite und leckte dann die Spitze seines Schwanzes.

Er nahm einen unfreiwilligen Atemzug und stöhnte.

Ich leckte den Schaft langsam und saugte die Spitze. Dann massierte ich seine Eier, bevor ich ihn tief in meinen Mund schob. Ich blies ihm einen, so gut ich konnte, und bald vergrub er seine Hand in meine Haare und stöhnte unkontrolliert. Er beugte seine Hüften und schob sich weiter in mich hinein, packte dabei meine Haare bis an die Kopfhaut. „Francesca ..."

Ich unterdrückte meinen Würgereflex und ertrug es wie ein Soldat. Er war dick und lang, und seine Größe war einschüchternd. Aber er hatte so viel für mich getan, so dass ich auch etwas für ihn tun wollte.

„Muffin, ich komme gleich." Er fuhr mit seinen Händen zu meinem Nacken.

Ich zog meinen Mund kurz weg. „Dann komm." Ich steckte ihn wieder in meinen Mund und beobachtete ihn, während ich mich an ihm auf und ab bewegte. Meine Hand knetete sanft seinen Sack, etwas, von dem ich wusste, dass er es liebte.

„Scheiße." Er pumpte noch ein paar Mal mehr, bevor er in meinem Mund explodierte. Er beobachtete mein Gesicht, während er sich in mich entleerte, seine Augen brannten voller Lust. Er spritzte noch ein paar Mal ab, bis er fertig war. Dann lehnte er sich zurück in den Stuhl und seufzte zufrieden.

Ich schluckte alles, was er mir gegeben hatte, runter und zog dann meinen Trenchcoat wieder an, machte mich bereit zum Gehen.

Hawke beobachtete mich mit müden Augen. „Warum hast du das getan?"

Ich packte meine Tasche und ging zur Tür. „Tschüss."

„Wart mal ... was?"

„Wir sehen uns später, Grizzly."

Er stand er auf, obwohl seine Hose noch unten war. „Francesca, was machst du?"

Ich warf ihm einen Kuss zu. „Genieße den Rest deines Arbeitstages."

Hawke klopfte an, bevor er meine Wohnung betrat. „Das ist sie. Das geheimnisvolle Blasmädel."

Ich schob die Form in den Ofen. „Nennen sie mich heutzutage so?"

„Sie?", fragte er. „Ich hoffe, dass nur ich es bin." Er schlang seine Arme um mich und gab mir einen Kuss. Er trug Jeans und ein T-Shirt.

„Ja, nur du."

„Also, was sollte das vorhin bedeuten?" Er wiegte mich an seiner Brust.

„Wovon sprichst du?"

„Du hast so etwas noch nie zuvor getan."

„Ich habe dir schon oft einen geblasen. Und ich will, dass du mir das anrechnest."

Er lachte. „Das meinte ich nicht, und du weißt es." Er sah mich forschend an, während er auf eine Antwort wartete.

„Ich wollte dich einfach nur überraschen … etwas Abenteuerliches tun."

Er nickte zögerlich. „Obwohl ich es genossen habe und zu würdigen weiß, musst du solche Sachen nicht machen, nur um mich bei dir zu halten. Ich denke auch so den ganzen Tag an dich, ob deine Lippen nun um meinen Schwanz sind oder nicht."

Ich lächelte und drückte dann mein Gesicht an seine Brust.

Seine Lippen drückten einen Kuss auf meine Stirn. „Wie war dein Tag?"

„Er war nicht schlecht."

„Bereit für Samstag?"

„Ich bin bereit, das hinter mich zu bringen."

„Nervös?", fragte er.

„Ich bin nicht diejenige, die heiratet."

„Es ist trotzdem nervenaufreibend", sagte er.

„Wie geht es Axel?"

„Gut", antwortete er. „Ich glaube, dass er noch dringender heiraten will, als Marie."

„Weichei …"

Er lachte und küsste dann noch mal meine Stirn. „Ich will dich auch heiraten. Macht das ein Weichei aus mir?"

Ich schaute ihm in die Augen und suchte Aufrichtigkeit darin.

Sein Lächeln verschwand und er schaute mich ernst an, als ob er sich nicht traute, meine Worte infrage zu stellen.

„Nein."

„Gut. Denn ich bin alles andere als ein Weichei." Er küsste meine Mundwinkel und spähte dann ins Innere des Ofens. „Was haben wir denn hier?"

„Pilz- und Kürbis-Ravioli."

„Klingt gut."

„Wer hat dir gesagt, dass du was davon abbekommst?", neckte ich ihn.

Das sexy Lächeln kehrte zurück und er zog mich wieder an seine Brust. „Ich bin dabei — ob es dir gefällt oder nicht."

23

DIE GENERALPROBE

Francesca

„DIES IST DIE ANORDNUNG." RODOLFO REIHTE DIE MÄDCHEN VOR dem Altar auf.

Ich wusste, dass mein Platz neben Marie war, das war einfach.

Die Mädchen am Ende der Reihe sahen sauer aus, und die, die näher an der Mitte standen, verhielten sich so, als ob sie da hingehörten. Ich mochte die meisten Freundinnen von Marie, aber ehrlich gesagt, waren einige von ihnen einfach nur zickig.

„Jetzt die Männer." Rodolfo war der Zeremonienmeister für die Hochzeit, deshalb war es seine Verantwortung, sicherzustellen, dass alles gut laufen würde. „Hawke, du stehst hier." Er packte sein T-Shirt und zog ihn auf seinen Platz.

Hawke mochte nicht, wenn jemand ihn berührte.

Dann reihte Rodolfo der Rest der Jungs auf.

„Verdammt, er sieht so gut aus", flüsterte Cheyenne Kayla zu.

Ich wusste, dass sie über Hawke redeten.

„Und seine Arme sehen so gut aus“, flüsterte Kayla zurück.

Sie wussten offensichtlich nicht, dass Hawke und ich eine Einheit waren, und wenn sie es taten, dachten sie sicherlich, dass es nicht sehr ernst wäre.

Ich musste das geraderücken.

„Lasst uns das üben. Geht zu euren Ausgangspositionen.“

Wir gingen zurück zum Eingangsbereich des Ballsaals und warteten darauf, dass die Musik begann. Ich kam mit Hawke herein, das war eine Erleichterung. Ich wollte nicht, dass einer von Axels perversen Freunden mich berührte, und ich wollte auch nicht, dass eine von Maries schlampigen Freundinnen Hawke berührte.

Die Musik fing an, und ich ging in die Mitte des Raumes, wo Hawke mich traf. Er reichte mir seinen Arm, und ich ergriff ihn. Er beobachtete mich, während wir langsam den Gang zusammen hinuntergingen.

„Was?“, flüsterte ich ihm zu.

„Ich bedauere Marie.“

„Wieso?“ Wusste er etwas, das ich nicht wusste?

„Du wirst sie in den Schatten stellen.“

Meine Wangen erröteten, und ich schüttelte den Kopf. „Nein, das ist nicht richtig.“

Hawke lächelte sicher. „Immer die perfekte Trauzeugin …“

Wir nahmen unsere Plätze am Ende des Ganges ein, und warteten darauf, dass alle anderen fertig wurden. Die ganze Zeit, während wir dastanden, starrte Hawke mich an. Er war blind, für alle anderen um ihn herum.

Axel und Marie standen sich gegenüber, und da bemerkte ich, dass etwas mit Axel nicht in Ordnung war. Er runzelte zwar seine Stirn nicht, aber er schien auch nicht so zu sein, wie er es normalerweise war. Er machte den ganzen Abend keinen einzigen Witz über die Flitterwochen oder wie schön Maries Arsch in ihrem Kleid aussehen würde.

Es war merkwürdig.

„Sind wir noch nicht fertig?“, fragte Shane, einer von Axels Freunden. „Ich habe einen Riesenhunger.“

„Das wäre geschafft“, sagte Rodolfo. „Ihr habt alle gute Arbeit geleistet. Wir sehen uns dann morgen, am großen Tag.“

Axel sah blass aus.

„Wo essen wir?“, fragte Veronica.

„Hier“, sagte Marie. „Im Restaurant.“

„Schön“, sagte Kayla. „Das Gute ist, dass ich ein schönes Kleid trage.“

Hawke kam auf mich zu und legte seinen Arm um meine Taille. „Willst du neben mir sitzen?“

„Bitte.“ Ich blickte über meine Schulter und sah, dass Axel blass aussah. „Ist Axel okay?“

„Ja“, antwortete Hawke. „Warum?“

„Er scheint nur ... als ob er gleich zusammenbrechen würde.“

„Ich bin sicher, dass gerade alles auf ihn einstürzt. Er braucht wahrscheinlich erst mal ein paar Minuten, um es zu verdauen.“

„Ich hoffe, dass es das ist ... und keine Lebensmittelvergiftung.“

„Ich werde später mit ihm reden, wenn alle weg sind.“

„Gute Idee.“

HAWKE LEGTE SEINEN ARM DEN GANZEN ABEND AUF DIE Rückenlehne meines Stuhls. „Du siehst heute Abend wunderschön aus.“ Seine Lippen waren an mein Ohr gedrückt, und wenn er sprach, spürte ich, wie sich seine Lippen bewegten.

„Danke ... das hast du bereits gesagt.“

„Ich kann es auch mehr als nur einmal sagen?“ Er hatte nur Augen für mich.

Ich wusste, dass Maries Freunde mich offiziell hassten. „Du kannst das so oft sagen, wie du willst.“

Hawke packte seinen Wein und nahm einen Schluck.

Ich warf einen Blick auf Axel und bemerkte, wie ruhig er war. Er sprach nicht mit seinen Trauzeugen, und er sprach auch nicht mit Marie. Glücklicherweise schien Marie nicht zu bemerken, dass mit Axel etwas nicht stimmte, weil sie mit ihren Brautjungfern sprach.

Ich konnte mir nicht vorstellen, dass Axel Marie am Altar verlassen würde, das war das Letzte, was mir in den Kopf käme. Aber da war definitiv etwas, was ihn störte, ihn bei lebendigem Leibe auffraß. Musste er noch mal darüber nachdenken? Oder hatte er am Vorabend einfach zu viel getrunken?

Am Ende des Abends gab Hawke mir einen Abschiedskuss. „Tut mir leid, aber ich kann heute Nacht nicht bei dir bleiben.“

„Was?“, platzte es mir raus. „Warum denn nicht?“

„Ich werde bei Axel bleiben. Du weißt schon, ihn beruhigen.“

Ich wollte ihn erst bitten, zu bleiben, aber das wäre egoistisch gewesen. „Das ist eine gute Idee.“

Er zuckte mit den Schultern. „Ich bin sein Trauzeuge, nicht wahr?“

„Ich werde dich vermissen.“

Er schien sich über diese Antwort zu freuen. „Ich werde dich auch vermissen, Muffin.“ Er gab mir einen letzten Gutenachtkuss.

Ich schlang meine Arme um seinen Hals und umarmte ihn, wollte ihn nicht gehen lassen. Ich würde ihn mehr vermissen, als ich bereit war zuzugeben, und obwohl wir nur eine Nacht getrennt sein würden, war das schon zu viel für mich.

Hawke erlaubte mir, meine Zuneigung zu zeigen und drückte seine Lippen auf meine Stirn. „Ich werde morgen den ganzen Abend mit dir tanzen, Francesca. Und ich werde den Rest meines Lebens alle meine Tänze mit dir tanzen."

24

ÄRGER

Hawke

ICH HATTE MICH NICHT UNBEDINGT DARAUF GEFREUT, BEI AXEL ZU bleiben. Ich hatte nichts gegen ihn. Ich wollte einfach nur mit Francesca zusammen sein, fühlen, wie ihr kleiner Körper um mich geschlungen war, während wir schliefen. Ich wollte am Morgen meine Augen öffnen und sie als Erstes sehen.

Ich wollte sie.

Axel und ich gingen zu meiner Wohnung zurück. Er war totenstill, steckte seine Hände in seine Taschen.

„Alles in Ordnung mit dir, Mann?" Ich konfrontierte ihn nicht direkt. Stattdessen versuchte ich beiläufig darüber zu reden, sodass er nicht das Gefühl hatte, dass er verhört werden würde.

„Mir geht es gut." Er hielt das schnelle Tempo bei, als ob er dringend zu Hause ankommen wollte.

„Bist du dir da sicher?", fragte ich. „Du hast kein verdorbenes Fleisch gegessen oder so etwas?"

„Nein."

Irgendetwas stimmte absolut nicht, aber er rückte nicht damit heraus, was es war.

Wir betraten meine Wohnung und ich schaltete das Licht ein.

„Ich nehme das Sofa. Du kannst das Bett haben."

„Passt schon", sagte er. „Ich bevorzuge das Wohnzimmer."

„Ich habe die ganze Bettwäsche gewaschen." Vielleicht widerte ihn die Idee, dass Francesca und ich es auf dieser Matratze getan hatten, an.

„Ehrlich gesagt bevorzuge ich die Couch." Er zog seine Jacke aus und warf sie über die Rückenlehne der Couch. Dann zog er seine Schuhe aus. Als er dann auf dem Kissen saß, ließ er einen tiefen Seufzer heraus.

Ich saß neben ihm. „Axel, ich weiß, dass die Ehe beängstigend ist. Sie macht jedem Angst. Du musst mir das nicht verschweigen. Ich schätze dich deswegen nicht weniger."

Axel legte seine Hände auf die Knie. „Die Ehe macht mir keine Angst."

„Was ist dann los?"

„Nichts."

Warum musste er so sturköpfig sein? „Alter, du kannst es mir ruhig sagen. Ich nehme deine Geheimnisse mit ins Grab."

Er blieb ruhig sitzen, als ob er seine Antwort abwägen müsste. Aber dann stand er plötzlich auf und ging ins Bad. „Ich will noch duschen. Gute Nacht."

Ich gab auf.

IN DIESER NACHT FIEL ES MIR SCHWER, ZU SCHLAFEN, UND ICH wusste, dass es daran lag, dass Francesca nicht bei mir war. Ich vermisste ihren Duft auf meinem Laken. Ich vermisste die Art, wie sie mich am Morgen zuerst auf die Brust küsste. Ihre schlanken Beine waren immer um meinen Körper geschlungen und sie klammerte sich an mich, als ob sie mich zum Überleben brauchte.

Ohne sie war ich nur ein Mann, allein in einem Bett.

Gerade als ich eindöste, klingelte mein Handy.

Ich hob es ganz gespannt hoch, weil ich hoffte, dass es Francesca wäre, die mich anrief, um mir zu sagen, dass sie mich vermisste. Aber sie war es nicht.

Es war meine Mutter.

Ich antwortete sofort. „Mom?"

Es war nur ein undefinierbares Geräusch im Hintergrund zu hören, als ob sich jemand bewegte. Ich konnte es nicht ausmachen.

„Mom?"

Schließlich schallte ihre Stimme durch das Handy. „Hawke?" Sie klang verzweifelt, als ob sie in Gefahr wäre.

„Mom, bist du in Ordnung?"

„Hawke —"

Die Verbindung brach ab.

Ich hörte mir den Rufton an, während mich die Panik überkam. Ich war auf der anderen Seite des Landes und hatte keine Möglichkeit, zu ihr zu kommen. Die einzige Option, die ich hatte, war die Polizei anzurufen, und natürlich würde ich es tun, auch wenn meine Mutter das nicht wollte. Ich beendete den Anruf und wählte dann 9-1-1.

Mein Handy klingelte wieder, der Name meiner Mutter auf dem Bildschirm.

Ich antwortete und hob es an mein Ohr. „Mom, ich rufe die Polizei an. Sie werden in einer Sekunde da sein."

„Die Polizei?" Ihre Stimme klang überhaupt nicht so wie früher. Jetzt klang sie ruhig, fast glücklich. Es war so, als ob die vorherige Konversation nie gewesen wäre. „Warum solltest du das tun?"

Hatte ich etwas überhört? „Als du vorhin angerufen hast, hörte es sich so an, als ob etwas nicht in Ordnung wäre. Bist du in Ordnung?"

„Oh, das?" Sie lachte in das Handy. „Ich habe mein Handy fallen lassen und es dabei ist es fast in die Spüle gefallen. So dumm von mir."

Ich setzte mich im Bett aufrecht hin und hörte weiter zu.

„Ich habe nur angerufen, weil ich mich daran erinnert habe, dass Axel morgen heiraten wird. Bist du aufgeregt?"

„Ja. Nicht unbedingt." Axel benahm sich seltsam, und ich wusste, dass die Hochzeit stressig werden würde.

„Gut. Ich bin sicher, du wirst in deinem Anzug hübsch aussehen."

„Danke, Mama."

„Gut, ich lege jetzt auf. Ich habe gerade erst gemerkt, wie spät es bei euch ist."

Ein Bauchgefühl sagte mir, dass ich sie am Telefon halten soll. „Bist du sicher, dass es dir gut geht?"

„Ja, Schatz." Sie atmete in das Handy und blieb ruhig. „Ich vermisse dich." Ihre Stimme war voller Emotionen, als ob ihr Herz bald versagen würde.

„Ich vermisse dich auch."

„Ich liebe dich so sehr, Hawke. Du bist der beste Sohn, den eine Mutter haben könnte."

Ich wurde nicht sehr oft emotional, aber diese Worte erfüllten mich mit Wärme. „Ich liebe dich auch, Mom."

Am nächsten Morgen ging ich in die Küche, um Kaffee zu machen. Ich hatte letzte Nacht keinen Schlaf bekommen und meine Augen waren blutunterlaufen. Ich brauchte starkes Koffein, wenn ich durch diesen Tag kommen wollte.

„Wie nimmst du ihn?“, fragte ich, als ich die Kaffeekanne nahm.

Keine Antwort.

Ich ging zur Couch und sah die verstreuten Decken und das Kissen, das auf den Boden gefallen war. „Axel?“ Meine Augen gingen sofort zum Badezimmer, aber die Tür stand weit offen. Ich suchte seine Tasche auf dem Boden, aber die war auch nicht da.

Mist.

Ich drehte mich um, um mein Handy zu packen, als ich die Notiz auf dem Tisch bemerkte.

HAWKE,

Sag Marie, dass es mir leidtut.

FRANCESCA ANTWORTETE GLEICH BEIM ERSTEN KLINGELN. „Vermisst du mich?“

Das tat ich, aber es war keine Zeit für dieses Gespräch. „Geh irgendwo hin, wo dich niemand hören kann.“

Anstatt Fragen zu stellen, wurde das Handy still, während sie ging. Dann klang ihre Stimme durch den Lautsprecher. „Was ist los?“

„Kann dich jemand hören?“

„Ich bin am Ende des Flurs an der Treppe. Marie ist in der Wohnung. Was ist los, Hawke?“

Es war eine lange Geschichte, aber ich musste fragen. „Ist Axel da? Hast du ihn heute gesehen?“

„Nein … wieso?“

Ich wollte sie da nicht hineinziehen, aber ich brauchte Hilfe. „Axel hat sich aus dem Staub gemacht.“

„Das heißt ... er holt sich gerade irgendwo einen Kaffee?“ In ihrer Stimme hörte ich Hoffnung, aber auch Zweifel.

„Nein Francesca, er ist gegangen. Er hat nur eine Notiz auf dem Tisch hinterlassen.“

Jetzt geriet sie in Panik. „Was stand da drauf? Sag es mir Wort für Wort.“

„Er hat Folgendes geschrieben: „Sag Marie, dass es mir leidtut.““

„Oh mein Gott.“ Sie schnappte nach Luft. „Was zum Teufel denkt er sich nur dabei?“

„Ich habe keine Ahnung.“

„Das ist nur so ... unerwartet. Er liebt Marie.“

Ich rieb meinen Nacken. „Ich wusste, dass ihn letzte Nacht etwas beschäftigt hat.“

„Ich auch“, sagte sie. „Aber ich dachte, er hätte nur etwas Schlechtes gegessen.“

„Francesca, ich weiß nicht, was ich tun soll.“

„Hast du ihn angerufen?“

„Sein Handy ist aus.“

„Dieses Stück Scheiße“, zischte sie. „Hawke, du musst ihn finden.“

„Ich weiß nicht einmal, wo ich suchen soll. Er könnte in einem Flugzeug in die Toskana sitzen, soweit ich weiß.“

Sie seufzte durch das Handy. „Ich lasse nicht zu, dass er Marie das antut. Und ich lasse Axel nicht den größten Fehler seines Lebens machen.“

„Was machen wir dann?“

„Ich werde Marie so lange, wie ich kann, hinhalten, während du ihn ausfindig machst.“

Ich rieb meine Stirn. „Ich weiß nicht einmal, wo ich suchen soll.“

„Überprüfe alle seine regelmäßigen Orte — Bars, Restaurants und so. Wenn er da nicht ist, schau in seinem Büro und seinem Fitnessstudio nach."

„Denkst du wirklich, dass er an seinem Hochzeitstag weglaufen und ins Fitnessstudio gehen würde?" Jetzt war nicht die Zeit, um sarkastisch zu sein, aber ich war zu gestresst, um meine Worte zu filtern.

„Schau einfach mal nach", schnauzte sie. „Und lass mich wissen, wenn du es tust."

Ich überprüfte jeden Ort, der mir einfiel, und wie ich es erwartet hatte, war er nirgendwo zu finden. Wenn ich vor so etwas weglaufen würde, säße ich in einem Flugzeug zu einem schön Ort. Ich würde nicht in der Stadt bleiben und riskieren, gefunden zu werden.

Die Zeit lief uns davon, und die Angst verwandelte sich in reine Panik. Ich wusste nicht, warum Axel sich verpisst hatte, aber ich wusste, dass es nicht war, weil er aufgehört hatte, Marie zu lieben. Er liebte diese Frau mehr als alles auf dem Planeten. Ich konnte nicht zulassen, dass er diese Beziehung wegwarf. Ein Mädchen konnte einem Mann eine Menge Dinge verzeihen, aber sie am Altar, vor ihren Freunden und ihrer Familie zu verlassen, gehörte nicht dazu.

Francesca rief mich an. „Bitte sag mir, dass du ihn gefunden hast."

Ich seufzte als Antwort.

„Verdammt noch mal, Axel."

„Es tut mir leid. Ich habe überall nachgesehen."

„Okay, was hat er dir gesagt? Was war das Letzte, das er dir gesagt hat? Denk nach, Hawke."

„Ich sagte ihm, dass es okay wäre, Angst vor der Ehe zu haben. Dass es normal sei."

„Warum zum Teufel musstest du das sagen?"

„Weil ich wusste, dass ihn etwas bedrückt hat", schnauzte ich. „Ich habe versucht, ihn aufzumuntern."

„Was auch immer", sagte sie. „Was hat er dazu gesagt?"

„Er sagte, dass er keine Angst vor der Ehe hätte, dann ist er duschen gegangen."

„Was?", fragte sie verwundert. „Er sagte, er hätte keine Angst vor der Ehe?"

„Ja."

„Bist du dir da sicher?"

„Ich weiß, was ich gehört habe, Francesca." Mit ihr zu streiten würde mich nirgendwo hinbringen, aber die Frustration wog schwer.

„Nun ergibt das Ganze noch weniger Sinn."

„Ich weiß." Ich versuchte, an einen anderen Ort zu denken, an dem er sein konnte, und ich hatte den starken Verdacht, dass er jetzt über dem Atlantischen Ozean war. „Wir werden ihn nicht rechtzeitig finden. Du musst es Marie erzählen."

„Nein. Wir haben noch ein paar Stunden."

„Selbst wenn ich ihn finden würde, würde ich ein paar Stunden brauchen, um ihn zu überzeugen, dass er einen Fehler macht. Wenn er Marie auf diese Art verlässt, hat er seine Entscheidung wahrscheinlich schon getroffen."

„Such weiter."

„Wo?", fragte ich fordernd. „Wenn sein Handy an wäre, könnte ich einen Freund bitten, ihn auszumachen, aber das ist keine Option."

Francesca schwieg. Sie war wahrscheinlich in den Flur gegangen. „Marie ist dabei, ihr Kleid anzuziehen. Ich kann nicht zulassen, dass sie es anzieht, und dann zuschauen, wenn sie es tränenüberströmt auszieht."

Ich wollte das genauso wenig. „Uns gehen die Optionen aus."

Francesca ging weiter. „Warte ... ich glaube ich habe eine Idee."

Ich hatte nicht mehr viel Vertrauen in neue Ideen. „Was?"

„Geh zur Bäckerei."

„Wieso?", fragte ich. „Willst du, dass ich dir ein paar Muffins bringe?"

„Nein", zischte sie. „Ich wette, Axel versteckt sich in meinem Büro."

„Warum?"

„Weil das der einzige Ort ist, an dem wir nicht nachsehen würden."

Ich bezweifelte das sehr. „Ich weiß nicht so recht ..."

„Er hat einen Schlüssel, um hineinzukommen. Ich wette, dass er da ist."

„Och ..."

„Hawke, schau einfach mal nach. Wenn er nicht da ist ... dann sage ich es Marie."

Axel sollte besser dort sein. Ansonsten würde das der schlimmste Tag in Maries Leben werden ... und auch in Francescas. „Okay."

Ich ging nach hinten in den Shop, an den Arbeitern vorbei. Sie kannten mich, also fragten sie nicht, warum ich dort war, obwohl Francesca nicht da war. Wenn sie fragten, würde ich sagen, dass sie etwas für den Kuchen vergessen hätte.

Ich war noch nie in Francescas Büro gewesen, aber ich fand es ganz leicht. Die Tür war geschlossen, also öffnete ich sie, ohne zu klopfen. Ich glaubte meinen Augen nicht zu trauen, ich erstarrte auf der Stelle. Genau, wie Francesca es vorausgesagt hatte, saß Axel auf dem Stuhl hinter dem Schreibtisch und sah total fertig aus.

Er starrte mich mit der gleichen Überraschung an.

Nun, da ich von Angesicht zu Angesicht mit ihm war, wusste ich nicht, was ich sagen sollte. Ich schloss die Tür hinter mir und lehnte mich dagegen, damit er nicht weglaufen konnte.

Axel bedeckte sein Gesicht und seufzte. „Wie hast du mich gefunden?"

„Francesca."

„Diese Göre."

Ich verschränkte meine Arme vor der Brust. „Axel, was zum Teufel machst du? Du wirst in zwei Stunden heiraten."

„Ich werde nicht heiraten." Er senkte die Hände und legte sie an seine Lippen.

„Warum zur Hölle nicht?" Ich ging zu dem Stuhl, der auf der anderen Seite des Schreibtischs stand, weil es klar war, dass er nicht weglaufen würde. „Du hast dich letzte Woche so darauf gefreut. Du musst doch keine Angst haben, Axel. Du liebst Marie, und sie liebt dich."

„Natürlich liebe ich sie." Er starrte auf die Tischoberfläche und begegnete meinem Blick nicht.

„Dann lass nicht zu, dass dich die Angst abschreckt. Die Ehe ist eine große Verpflichtung, aber es ist eine gute Verpflichtung. Du wirst den Rest deines Lebens mit der einen Frau verbringen, die du liebst." Es war nicht leicht für mich, solch weichlichen Scheiß auszuspucken, aber ich tat es für ihn. „Ich weiß, dass du das willst. Du willst für immer bei ihr sein. Ich habe dich mit ihr gesehen, Axel. Auch wenn du noch nie gesagt hast, dass du sie liebst, ist es doch offensichtlich — die ganze Welt kann das sehen."

„Halt's Maul."

Mein Blick verengte sich auf sein Gesicht, und ich fühlte, wie meine Hände Fäuste bildeten. Wenn er mir das unter anderen Umständen gesagt hätte, hätte er jetzt eine blutige Lippe. Aber da die Situation so angespannt war, ließ ich es durchgehen. „Bitte?"

„Ich habe dir gesagt, dass ich sie liebte. Das ist nicht das Problem."

„Was zum Teufel ist es dann?", schnauzte ich. „Was in aller Welt könnte dich dazu veranlassen, an eurem Hochzeitstag von Marie wegzulaufen? Du wirst ihr das Herz brechen, und niemand wird es jemals wieder zusammensetzen können."

Er behielt seine Knöchel an den Lippen.

„Sprich mit mir."

„Es ist ... schwer, das laut auszusprechen."

Ich hatte keine Ahnung, worauf er sich bezog. Was konnte ihn nur so belasten? Wenn die Verpflichtung ihn nicht zurückhielt, und die Liebe kein Problem war, was konnte es dann noch sein? „Ich bin es, Axel. Du kannst mir alles sagen."

Er bedeckte sein Gesicht wieder und senkte dann langsam seine Hände. Er ließ einen tiefen Seufzer raus, bevor er sprach. „Ich habe Marie betrogen."

„Was?"

Heilige Scheiße.

Hatte er das wirklich gerade gesagt?

Ich starrte ihn ausdruckslos an, weil ich es nicht glauben konnte. Er war total in Marie verliebt. Warum sollte er das tun? „Du hast sie betrogen?"

Er schloss vor Scham die Augen. „Ja."

Ich lehnte mich auf dem Stuhl zurück und legte mein Kinn auf meine Knöchel, unfähig, das zu glauben. Das war das Letzte, was ich von ihm erwartet hätte.

„Ich kann sie nicht heiraten. Ich verdiene sie nicht."

Ich wünschte, ich könnte etwas Anderes dazu sagen, konnte ich aber nicht. Viele Dinge waren verzeihlich, aber Fremdgehen gehörte nicht dazu. Und ich wusste, dass Marie ihre Wange nicht hinhalten und es hinnehmen würde. Ich würde sie verurteilen, wenn sie es täte. „Du hättest ihr vorher schon etwas sagen sollen … und nicht bis zu deinem Hochzeitstag damit warten dürfen."

„Ich weiß." Er rieb sich seine Stirn. „Ich dachte, ich könnte es einfach vergessen und weitermachen, aber … das Schuldgefühl bringt mich um. Ich hasse mich, Hawke. Das tue ich wirklich. Ich wünschte, ich könnte es rückgängig machen."

„Ich auch."

„Ich heirate sie nicht. Ich werde nicht einmal mit ihr sprechen … weil ich es nicht verdiene."

Sollte das so enden? Das Paar, an das ich am meisten geglaubt hatte, würde aufgeben? Axel, ein Mann, den ich für wahnsinnig verliebt gehalten hatte, hatte die Person betrogen, die ihm am meisten am Herzen lag. Es brach mir wirklich ein das Herz. „Was ist passiert? Warst du betrunken?" Das war das einzige Szenario, das ich mir vorstellen konnte.

„Ja … richtig betrunken."

Es rechtfertigte sein Verhalten nicht, aber zumindest war es besser, als die Möglichkeit, dass er eine absichtliche Affäre gehabt haben könnte. Ich wusste nicht, was ich sagen sollte, also saß ich schweigend da.

Axel rieb weiter an seiner Stirn.

„Hast du nur einmal mit ihr geschlafen?"

„Mit ihr geschlafen?", fragte er. „Ich habe nicht mit ihr geschlafen."

Meine beiden Augenbrauen schossen hoch. „Sag das noch mal?"

„Ich habe nicht mit ihr geschlafen." Er legte die Hände auf den Schreibtisch.

„Was hast du denn dann gemacht?"

„Wir haben ein paar Minuten rumgemacht. Dann wurde mir klar, wie dumm ich war, und ich ging."

Das änderte alles. „Also, du hast nur jemanden geküsst?"

„Was meinst du, ‚*nur* jemanden geküsst'?", fragte er. „Betrügen ist betrügen."

„Was ist noch passiert?", fragte ich. „Wann war das?"

„Vor etwa zwei Jahren."

Das wurde jetzt noch verwirrender. „Vor zwei Jahren?"

„Ja, es war, als Marie und ich das erste Mal zusammenkamen. Wir haben uns schlimm gestritten und ich bin rausgestürmt und in eine Bar gegangen. Ich war sauer auf Marie, also habe ich etwas wirklich Dummes gemacht."

Das änderte alles. „Als ihr beiden das erste Mal zusammen wart? Lief das nicht nur ein paar Monate?"

„Ja. Wir waren nicht in einer Beziehung, aber wir haben uns noch getroffen ... Ich habe es versaut."

„Axel, warte mal. Du hast sie nicht betrogen."

„Ich habe mit irgendeiner Tussi rumgemacht, und nicht mit ihr", sagte er mit totenstiller Stimme. „Also: ja, ich habe sie betrogen."

„Aber sie war noch nicht einmal deine Freundin."

„Nicht offiziell, nein."

„Dann hast du ja überhaupt nichts Falsches gemacht."

„Ich hatte ihr trotzdem nie davon erzählt."

„Und du denkst wirklich, dass heute der beste Tag wäre, um auszupacken?", fragte ich ungläubig. „Marie würde dich deswegen nicht verlassen. Das ist zwei Jahre her und ihr wart noch nicht einmal zusammen. Du warst damals nicht die gleiche Person, wie heute. Axel, es ist völlig unerheblich."

„Kann ich sie wirklich heiraten und ihr nie davon erzählen?", fragte er. „Ich glaube nicht, dass ich das kann."

„Du wirst ihr nur den Tag ruinieren, wenn du ihr das sagst."

„Was, wenn ich sie heirate und es ihr dann sage, und sie mir nie vergibt?", fragte er. „Wäre das nicht noch schlimmer?"

„Warum musst du es ihr überhaupt sagen?", fragte ich. „Sie

würden dir verzeihen, wenn sie es wüsste. Es ist nicht einmal der Rede wert. Es ist so lange her."

Axel schüttelte etwas den Kopf.

„Axel, lauf nicht von Marie weg. Nicht wegen so etwas. Wir alle wissen, dass du sie liebst."

„Das tue ich", sagte er traurig.

„Dann lass uns, uns jetzt für die Trauung fertigmachen."

Er rührte sich nicht von seinem Stuhl.

„Axel, komm schon."

Er senkte seinen Kopf. „Hawke, ich muss es ihr sagen. Ich will nicht, dass diese Hochzeit zu ihrem größten Bedauern wird."

Es war keine gute Idee, aber es war die einzige Möglichkeit, ihn daran zu hindern, wegzulaufen. „Okay."

Francesca öffnete die Tür, sie trug ihr dunkellila Brautjungfernkleid. Es war schulterfrei und zeigte ihre straffen und abgerundeten Schultern. Ihre braunen Haare waren in einer hübschen Hochsteckfrisur arrangiert. Sie sah wunderschön aus, um es gelinde auszudrücken.

Sie entdeckte Axel neben mir. „Oh, Gott sei Dank. Du hast ihn gefunden."

„Er war in der Bäckerei."

„Gott sei Dank." Sie griff sich ans Herz. „Was macht ihr beiden hier? Ihr seid noch nicht mal richtig angezogen."

„Ist Marie hier?" Axels Stimme kam gebrochen heraus.

„Ja", sagte Francesca. „Sie hat gerade ihr Kleid angezogen. Warum?"

„Ich muss mit ihr reden." Der Ton in seiner Stimme verkündete nichts Gutes.

Francesca schloss die Tür hinter sich. „Axel, du wirst sie nicht verlassen. Du machst dich nur lächerlich damit —“

„Ich werde sie nicht verlassen“, sagte er leise. „Aber ich muss ihr unbedingt etwas sagen.“

Francesca wandte sich fragend an mich.

Ich nickte nur.

„Nun, du kannst sie nicht sehen“, sagte Francesca. „Sie hat ihr Kleid schon an.“

„Ich muss sie nicht sehen“, sagte Axel. „Sie muss mich nur hören können.“

„Okay ...“ Francesca konnte die Panik in ihren Augen nicht verbergen.

„Hat sie einen Raumteiler zum Umziehen?“, fragte ich.

„Ja“, sagte Francesca.

„Sie können den dafür nehmen.“ Er war dünn genug, damit sie nicht schreien mussten, um sich zu verstehen, aber auch dick genug, so dass sie einander nicht sehen konnten.

„Okay. Halt durch“, Francesca ging wieder hinein.

Ich wandte mich Axel zu. „Bist du sicher, dass du das tun möchtest?“

Er nickte. „Ich muss das tun. Was würdest du tun, wenn du an meiner Stelle wärst?“

„Ich hätte gar nicht erst mit anderen Mädchen herumgemacht.“

Er lachte nicht.

Als ich darüber nachdachte, wusste ich, dass ich das Gleiche tun würde. Ich wäre nicht in der Lage, Francesca zu belügen. „Ich würde genau dasselbe tun.“

Axel freute sich nicht, als ich ihm zustimmte.

„Okay, sie ist bereit.“ Francesca öffnete die Tür und führte uns hinein.

Axel näherte sich dem braun-weißen Raumteiler langsam,

seine Hände in den Hosentaschen. Er hielt vor dem Holz inne und starrte ihn an, obwohl er Marie nicht sehen konnte.

Francesca und ich standen in der Nähe der Tür, in der Lage, alles zu sehen und zu hören.

„Axel?“ Maries Stimme war voller Emotionen. Angst begleitete jedes Wort. „Du machst mir Angst. Stimmt etwas nicht?“

„Da ist etwas, was ich dir sagen muss“, sagte er leise. „Ich kann nicht zulassen, dass du mich heiratest, wenn du die Wahrheit nicht kennst. Zuerst einmal: ich liebe dich wirklich. Ich habe in meinem ganzen Leben noch nie jemanden so sehr geliebt. Ich bin nicht derselbe Mann, der ich früher war. Du hast mich zu einem besseren Menschen gemacht, eine bessere Version von mir, und ich hätte nie gedacht, dass das möglich wäre. Nur deinetwegen bin ich so glücklich. Nur wegen dir, bin ich ganz.“

Maries Stimme kam schwach hervor. „Was willst du mir sagen?“

„Ich habe etwas Dummes gemacht. Ich wünschte, ich könnte es rückgängig machen.“

Maries tiefes Atmen hallte durch den Raum.

„Vor zwei Jahren haben wir uns so schlimm gestritten. Du hast mir gesagt, dass wir uns nicht mehr sehen sollten, und ich habe dem zugestimmt ... weil ich dir nicht geben konnte, was du verdient hattest. Ich bin an diesem Abend ausgegangen und habe mich betrunken, und ... dann habe ich eine andere Frau geküsst. Es tut mir so leid.“

Marie sagte lange Zeit nichts. „Hast du mit ihr geschlafen?“

„Nein, ich habe sie nur geküsst. Es lief ein paar Minuten, bis ich dann erkannte, was ich da tat und wegging.“

Marie sagte nichts.

„Marie, es tut mir so leid. Ich war dumm und rücksichtslos. Ich habe mich seitdem schuldig gefühlt und ich wusste, das ich es dir erzählen muss, bevor du einen Fehler machst. Wir wissen beide, dass ich dich nicht verdiene. Wir wissen beide, dass du zu gut für mich bist. Wenn du mich nicht mehr heiraten willst, verstehe ich das vollkommen." Axel atmete tief und blinzelte dann, als ob er versuchte, die aufsteigenden Tränen zu bekämpfen. Er hatte Angst, und ich hatte ihn noch nie vorher ängstlich gesehen.

„Mach deine Augen zu."

Axel starrte zu Boden. „Was?"

„Mach deine Augen zu", wiederholte Marie.

Axel starrte weiterhin ins Leere, bevor er tat, was sie gesagt hatte.

„Sind deine Augen geschlossen?", flüsterte sie.

„Ja", antwortete er.

Marie kam um den Raumteiler herum, hielt die Unterseite ihres Kleides hoch. Sie sah aus wie eine mit Juwelen bedeckte Prinzessin. Ihr Haar war in großen Locken gestylt, und ihr Make-up ließ ihre Augen größer aussehen, als sie sonst waren.

Axel öffnete seine Augen nicht.

Marie blieb vor ihm stehen und starrte ihn an, Emotionen erfüllten sein Gesicht. Dann schlang sie ihre Arme um seinen Hals und drückte ihren Mund an seinen. Sie gab ihm einen langen Kuss, nur mit den Lippen.

Francesca sah nicht weg, wie sie es normalerweise tun würde. Sie drückte die Hände an ihre Brust und versuchte nicht zu weinen.

Axel erwiderte ihren Kuss, behielt aber seine Hände bei sich.

Marie löste sich von ihm, ihre Arme waren immer noch um seinen Hals. „Es gibt keinen anderen, mit dem ich lieber für immer zusammen sein möchte."

Axels Schultern entspannten sich sofort und er ließ den Atemzug, den er gehalten hatte, heraus. „Du verzeihst mir?"

„Axel, da gibt es nichts zu verzeihen." Ihre Finger zwirbelten eine seiner Haarsträhnen.

„Da kann ich dir nicht zustimmen."

„Es war vor langer Zeit und wir wussten beide nicht, was wir taten. Was wir jetzt haben, ist ganz anders. Es interessiert mich nicht, was du damals getan hast. Alles, was mich interessiert, ist der Mann, den ich jetzt kenne."

„Wirklich?", flüsterte er.

„Wirklich."

„Also werden wir immer noch heiraten?"

„Ich lasse dir keine Wahl."

Axel lächelte zum ersten Mal. „Ich liebe dich, Marie. Ich verspreche dir, dass ich den Rest meines Lebens damit verbringen werde, dich glücklich zu machen."

„Ich weiß, dass du das tun wirst."

Axel zog sie an seine Brust und umarmte sie, seine Augen waren die ganze Zeit geschlossen. „Ich kann nicht abwarten, dich den Gang hinunter gehen zu sehen."

„Und ich kann es nicht abwarten, Ja zu sagen."

Axel hielt sie eine lange Zeit im Arm, und die Traurigkeit verließ sein Gesicht endlich. Er vergrub sich an ihrem Hals, während er seine Arme um ihre Taille legte. Es sah aus, als ob er sie nie loslassen wollte. Und sie ihn auch nicht.

Francesca schniefte lautstark an meiner Seite.

Ich drehte mich zu ihr um und sah Tränen über ihre Wangen laufen.

Sie wischte sie schnell weg und versuchte zu sich selbst zurückzufinden. „Tut mir leid ... sie sind einfach so süß."

Ich legte meinen Arm um ihre Taille und zog sie an meine Brust. „Meine Augen sind auch ein wenig feucht geworden."

„Sind sie das wirklich?", fragte sie.

„Nein", sagte ich kichernd. „Aber beinahe wäre es dazu gekommen."

25

HOCHZEITSGLOCKEN

Francesca

Hawke und ich waren das letzte Paar, das vor Marie den Gang der Kirche entlanggging. Mein Arm war in seinen gehakt, als er mich auf dem Weg führte. Alle starrten uns an, und als ich an Yaya vorbeiging, sah ich, wie sie ihre Tränen wegwischte.

Bevor Hawke mich am Ende losließ, küsste er mich auf die Wange.

Ich lächelte und nahm meinen Platz ein.

Axel stand da und hielt seine Hände vor der Hüfte. Sein Gesicht war nicht lesbar, aber sein Blick hing am Eingang des Weges, wo Marie gleich erscheinen würde.

Die Musik änderte sich und es war Zeit, dass Marie auftauchte. Sie trug das wunderschöne Kleid, das sich kaum jemand leisten konnte, und ging mit dem Arm unter dem ihres Vaters den Gang entlang. Sie trug einen Blumenkranz, der mit zwei Bändern befestigt war, die hinten an ihrem Haar herunterhingen. Das rosa Bouquet, das sie hielt, wirkte danke der Farbe frisch und lebendig.

Sie bewegte sich anmutig, als sie auf Axel zuging. Alle hatten ihre Augen auf sie gerichtet, unfähig, zu glauben, dass eine so schöne Braut existierte.

Ich drehte mich zu Axel um, um den Ausdruck in seinem Gesicht zu sehen. Stattdessen erwischte ich Hawke dabei, wie er mich anstarrte. Er sah Marie überhaupt nicht an. Ich schaffte es, mich abzuwenden und Axels Gesicht zu sehen. Seine Augen waren mit Feuchtigkeit bedeckt, aber es liefen ihm keine Tränen die Wangen hinab. Seine Brust hob und senkte sich, weil er so schwer atmete.

Ich lächelte und sah Marie wieder an.

Ihr Vater küsste sie auf die Wange, bevor er sie losließ. Dann ging sie zu Axel, ihre Augen waren genauso tränenerfüllt wie seine.

Die Zeremonie hatte noch nicht einmal begonnen, und ich war schon zu Tränen gerührt. Mama wäre so stolz auf Axel, dass er solch ein ehrlicher Mann geworden war. Er hatte mir durch die schweren Zeiten geholfen und jetzt heiratete er die perfekte Frau. Papa wäre auch stolz und ich wusste, dass sie beide hier wären, wenn sie könnten.

Ich atmete tief durch und hielt die Tränen zurück. Aber wie die Flut, kamen sie mit voller Kraft zurück. Ich dämpfte meine Stimme etwas, damit niemand das leise Schluchzen hören würde.

Und ich sah zu, wie mein Bruder heiratete.

NACH DEM ABENDESSEN UND DEN REDEN HATTEN MARIE UND Axel ihren ersten Tanz als Ehemann und Ehefrau. Wir versammelten uns und schauten zu, wie sie sich zusammen auf der Tanzfläche bewegten. Axel sah die ganze Zeit in ihre Augen, als wollte er nie wegsehen. Und Marie sah wie das glücklichste Mädchen der Welt aus.

Hawke legte seinen Arm um meine Taille. „Wir haben den Tag gerettet."

„Ja, das haben wir." Axel hatte diesen Moment verdient. Wenn er weggelaufen wäre, hätte Marie ihm nie verziehen. Ich hätte ihm das auch nicht vergeben. „Eigentlich hast du es getan. Du warst derjenige, der ihm ins Gewissen geredet hat."

„Und wenn ich versagt hätte, wärst du die zweite Instanz gewesen." Er drückte einen Kuss auf meine Stirn. „Wir beide haben sie wieder zusammengebracht."

Ich schmolz an seiner Seite dahin und erkannte, wie glücklich ich wirklich war. Ich war im Laufe meines Lebens öfter glücklich gewesen, aber heute war der absolute Höhepunkt. Mein Bruder tanzte mit seiner Frau nur wenige Meter entfernt, und seine neue Braut war auch noch meine beste Freundin. Und die Liebe meines Lebens, mein Seelenverwandter, stand direkt neben mir. Er starrte mich genauso an, wie er es immer tat, wie ein Mann, der bis über beide Ohren verliebt war. Es erinnerte mich daran, wie Axel Marie ansah, aber irgendwie noch stärker.

Als ihr Lied zu Ende war, wurden alle anderen auf die Tanzfläche gebeten. Es war ein langsames Lied, und Hawke packte meine Hand und zog mich zur Mitte. „Darf ich um diesen Tanz bitten?"

„Du darfst um alle meine Tänze bitten."

„Gute Antwort." Er drehte mich im Kreis, bevor er mich an seine Brust zog. Dann bewegten wir uns gemeinsam. Hawke starrte mir in die Augen, ohne mit der Wimper zu zucken. Manchmal blickte er auf meine Lippen, und manchmal sah er mir tief in die Augen. Er wollte das ganze Bild und alle seine Details gleichzeitig erfassen.

Manchmal war ich mir nicht sicher, ob mein Leben real war. Es war zu perfekt um es zu verstehen. Die zwei Jahre, in denen wir getrennt gewesen waren, waren unerträglich gewesen. Sie waren so schwer gewesen, dass ich nicht klar denken konnte. Aber in dem Augenblick, in dem wir wieder vereint waren, verschwand der ganze Schmerz. Alles, was übrig geblieben war, war Freude. Er war das fehlende Stück von mir, der Teil meiner Seele, der außerhalb meines Körpers lebte.

Und ich wusste, dass er das genauso fühlte.

Eines Tages würden auch wir unser Happy End bekommen. Eines Tages würde er sich auf ein Knie niederlassen und mich bitten, mein Leben mit ihm zu verbringen. Es wäre der glücklichste Tag meines Lebens, und alle anderen Tage würden dagegen verblassen. Aber heute war nicht dieser Tag.

Hoffentlich würde er bald kommen.

NACHWORT

Ich hoffe, dass ihr beim Lesen von DIENSTAG genau so viel Freude hattet, wie ich beim Schreiben. Es würde die Welt für mich bedeuten, wenn ihr eine kurze Bewertung hinterlassen könntet. Das ist die beste Motivation, die ihr einem Autor zukommen lassen könnt. Vielen, vielen Dank dafür.

BÜCHER VON E. L. TODD

WILLST DU MICH STALKEN?

Melde dich für meinen Newsletter an, um Updates zu neuen Veröffentlichungen, Give-aways und meinen lustigen monatlichen Newsletter zu erhalten. Hier erfährst du alles, was du wissen musst. Melde dich heute an.
www.eltoddbooks.com

Facebook:
https://www.facebook.com/ELTodd42

Twitter:
@E_L_Todd

Jetzt hast du keinen guten Grund mehr, mich nicht zu stalken.
Also fang am besten gleich an.

BIST DU EINER DIESER SUPER-FANS?

Ich weiß, dass in der glücklichen Lage bin, Super-Fans zu haben, wissen Sie, solche, die für Sie eine Klippe hinunterspringen würden. Sie unterstützen mich durch und durch. Sie lieben meine Bücher und sie lieben es, mich zu empfehlen. Ihr größtes Ziel ist es, mich auf der New York Times Bestseller-Liste zu sehen und sie werden sich nicht aufhalten lassen, das umzusetzen. Obwohl es eine Menge Arbeit ist, macht es aber auch viel Spaß. Wie kann man besser Freundschaften schließen, als sich mit Menschen zu verbinden, die das Gleiche lieben, wie man selbst?

Wenn ja, dann sende mir eine Anfrage und tritt der Facebook-Gruppe bei. Sie ist geschlossen, so dass du es schwer haben wirst, sie ohne den folgenden Link zu finden. Hier ist er:

https://www.facebook.com/groups/1192326920784373/

Ich hoffe, dich dort zu sehen, ELITE!

45718982R00221

Printed in Poland
by Amazon Fulfillment
Poland Sp. z o.o., Wrocław